Illisibilité partielle

Début d'une série de documents
en couleur

CHARLES LOMON

AMOUR SANS NOM

PARIS

LIBRAIRIE PLON

E. PLON, NOURRIT et Cⁱᵉ, IMPRIMEURS-ÉDITEURS

RUE GARANCIÈRE, 10

Paris. Typographie de E. Plon, Nourrit et Cie, rue Garancière, 8.

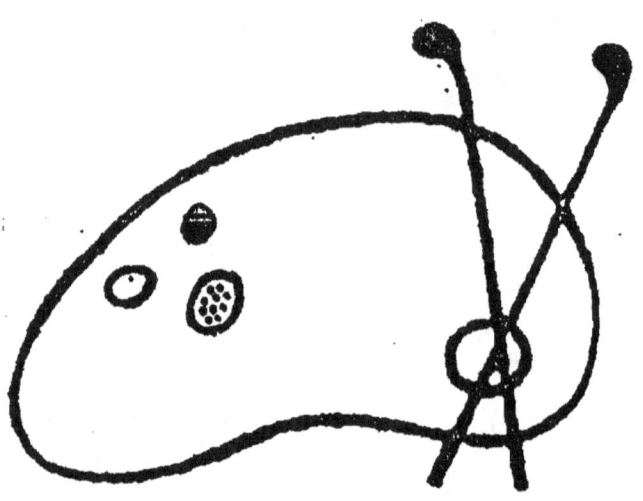

Fin d'une série de documents
en couleur

AMOUR SANS NOM

DU MÊME AUTEUR, A LA MÊME LIBRAIRIE :

PARIS. TYP. DE E. PLON, NOURRIT ET Cie, RUE GARANCIÈRE, 8.

CHARLES LOMON

AMOUR SANS NOM

PARIS

LIBRAIRIE PLON

E. PLON, NOURRIT et Cie, IMPRIMEURS-ÉDITEURS

RUE GARANCIÈRE, 10

AMOUR SANS NOM

PREMIÈRE PARTIE

I

Par une assez laide journée de fin d'avril, sous une pluie fine, vers cinq heures du soir, deux voyageurs faillirent se heurter sur le pont du *Péreire* qui faisait encore à cette époque la traversée entre le Havre et New-York. Le bateau venait juste de quitter son *pier* de North-River, en route pour la France, et la cloche du diner retentissait.

Les deux voyageurs se saluèrent.

— Monsieur est Français, je crois ? dit le premier avec cette aimable bonhomie qui rend irrésistibles nos voyageurs de commerce.

— J'ai cet honneur.

— Et si je ne me trompe, nous sommes voisins de cabine.

— C'est possible.

— Oh, j'en suis sûr : vous avez le numéro 19 et j'ai le numéro 21. Nos portes se font vis-à-vis.

Le second voyageur reconnut d'un geste la vérité de cette constatation.

— Je ne sais si vous êtes comme moi, mais j'aime mieux me trouver à côté d'un compatriote. Depuis dix ans que j'habite la Californie, j'ai eu si rarement l'occasion de parler français...

— Vous allez pouvoir vous dédommager.

— Ma foi, je ne sais trop. Sur cinquante voyageurs de premières, nous ne sommes peut-être pas six. Je me suis amusé à consulter la liste des passagers. Si je ne me trompe, c'est à M. Chalande que j'ai l'honneur ?..

M. Chalande s'inclina.

— Moi, je suis M. Roger (Louis). Mais nous avons le temps de faire plus ample connaissance. Venez-vous dîner ?

M. Roger passa son bras sous le bras de son voisin de cabine. M. Chalande suivit sans résistance ni empressement, mais avec une nuance d'ennui.

— Est-ce que vous avez fait souvent la traversée ? Moi, je l'ai faite juste une fois, il y a dix ans..., et j'ai été atrocement malade. Pas de l'estomac, précisément ; mais la tête !.. On dit que le *Péreire* secoue beaucoup.

— Nous verrons bien.

— Heureusement encore que le bateau n'est pas plein. Nous avons chacun notre cabine. C'est assez agréable. — Est-ce que nous sommes en retard, mon ami ? s'interrompit M. Roger en s'adressant à un garçon qui s'effaçait pour lui laisser libre l'entrée de la salle à manger.

— Non, Monsieur. On sert le potage.

II

L'intimité à bord se noue facilement, et M. Roger n'était pas plus homme à lâcher un compagnon de route qu'un client à l'époque très récente où il voyageait pour la parfumerie, les bonbons, les liqueurs, et autres agréables marchandises, du Sacramento à la frontière du Mexique. Bien avant que les feux fussent éteints, M. Chalande savait par le menu toute l'histoire de ce brave commissionnaire, depuis sa naissance dans une arrière-boutique de la rue Saint-Martin jusqu'à son mariage et à son brusque départ pour l'Amérique, un mois après la perte de sa femme, morte en couches de son premier enfant.

— Ça, voyez-vous, Monsieur, ç'a été la grande douleur de ma vie, un de ces coups qui vous cassent bras et jambes. J'avais perdu mes parents tout jeune ; les enfants se consolent vite. Mais ma Gabrielle, si bonne, si douce, si jolie ! Ah, pour jolie, vous n'êtes pas obligé de me croire sur parole. Regardez... Et M. Roger, tirant son portefeuille de sa poche, l'ouvrait avec une sorte de recueillement et en faisait sortir deux photographies.

— Oh, je suis convaincu ! protestait M. Chalande.

— Non, non, regardez ! La voilà, la première année de notre mariage, huit jours avant ma fête. Elle avait vingt-deux ans ; et six mois plus tard !...

— Elle était charmante, dit M. Chalande en lui rendant la photographie.

— Et voici ma fille, reprit M. Roger en lui mettant, presque de force, la seconde dans la main.
Elle s'appelle Gabrielle aussi. Trouvez-vous qu'elle
lui ressemble ?

— Mais, certainement !

— Elle va sur ses onze ans. Croiriez-vous que je
ne l'ai pas revue depuis le jour où la sage-femme
l'a emportée ? Que voulez-vous ? je la haïssais presque. Alors, j'ai eu l'occasion de venir en Amérique.
C'est ce voyage-là qui m'a sauvé. Je n'ai pas oublié
ma femme, mais je me suis fait une raison. Et puis
les affaires !... Vous pensez bien que, depuis dix ans,
j'ai pardonné à ma fille la mort de sa mère, pauvre
chère petite ! Mais c'était comme une fatalité : le
commerce allait, ou n'allait pas. Il y avait toujours
une raison qui me retenait là-bas.

— Oui, dit M. Chalande avec un sourire vague,
je connais cela.

— N'est-ce pas ? D'ailleurs, j'étais tranquille. La
petite vivait avec sa grand'mère, la mère de ma
femme. Je me disais : Elle grandit et sa petite
fortune s'arrondit ; nous pouvons laisser aller les
choses. Mais il y a six mois, quand ma belle-mère
est morte...

— Ah ! fit l'autre qui pensait à autre chose,
Mme votre belle-mère ?..

— Mon Dieu, oui. Et cette fois, il n'y avait pas à
dire, ma pauvre petite Gabrielle était seule au
monde. Pas un parent, pas un ami. Sa grand'mère
vivait fort retirée. Si j'avais reçu un télégramme à
temps, je serais p. ti, coûte que coûte. Mais j'étais
en voyage ; la dépêche a eu beau courir après moi.
De sorte que tout ce que j'aurais pu faire aurait été
d'arriver au bout d'un mois. J'ai mieux aimé en

prendre quatre ou cinq et arranger mes affaires.
Ma fille était en sûreté, dans un des bons pensionnats de Paris, à ce qu'il paraît : Mlles Duchesne,
rue de Vaugirard. Vous ne connaissez pas ? Naturellement !

— Il y a une dizaine d'années que j'ai quitté la
France.

— Tiens, vous aussi ! Ça fait un drôle d'effet,
hein ? de se dire : Dans huit ou dix jours... Mais
vous avez bien là bas quelques parents ?

— Aucun.

— Vous avez conservé des relations ?

— Non.

M. Roger se tapa sur la cuisse.

— Est-ce drôle que nous nous soyons rencontrés !
Nous sommes de la même taille. Nous nous ressem-
blons même un peu. Quel âge avez-vous ?

— Trente-six ans.

— Diable, je suis votre aîné. Je ne l'aurais pas
cru. C'est égal, si on ne nous voyait pas à côté, au
milieu de tous ces Yankees, on nous prendrait
facilement l'un pour l'autre.

— Vous me faites honneur, dit M. Chalande d'un
ton où quelque oreille plus subtile que celle de son
interlocuteur aurait pu saisir une pointe d'ironie.
Mais l'excellent M. Roger (Louis) était à cent lieues
d'une pareille supposition. Pour tout dire, il avait
admirablement fait honneur à l'excellent ordinaire
de la Compagnie Transatlantique, et se sentait
pénétré de bienveillance pour tout l'univers.

— Mais non ! reprit-il en serrant affectueusement
la main de son voisin de cabine. C'est positif; ça
m'a frappé. Il est vrai que nous avons la barbe coupée de la même façon. Ça y fait beaucoup.

M. Chalande le regarda en face avec plus d'attention qu'il ne lui en avait encore accordé. Il y avait en effet entre les deux hommes quelque chose comme une ressemblance, cette similitude tout extérieure qui vous fait parfois prendre à dix pas un inconnu pour votre meilleur ami. C'était la même taille notablement au-dessus de la moyenne, la même encolure robuste, le même profil légèrement aquilin, éclairé par d'assez beaux yeux d'un gris bleuâtre. Seulement, les yeux de Roger s'ouvraient largement et regardaient en face, tandis que le regard de M. Chalande se fixait volontiers à des distances incommensurables, ou se voilait complètement sous des paupières quelque peu rougies. La bouche de Roger, imperceptiblement plus épaisse, souriait à peu près continuellement ; les lèvres de son compagnon se serraient, cachant presque toujours les dents, d'ailleurs très blanches, solides et pointues, avec une expression de méfiance et de dédain.

Côte à côte, il était impossible de ne pas voir par où ils différaient ; les caractères communs pouvaient même échapper à un observateur peu attentif. Séparés, il devait être assez facile de prendre l'un pour l'autre. Comme l'avait remarqué Roger, la coupe pareille des cheveux et de la barbe aidait à cela.

L'ex-commissionnaire en parfumerie, ayant mis son voisin de cabine au courant de son passé, entama le chapitre de l'avenir.

— Moi, voyez-vous, je suis tout d'un bloc. Je ne sais faire qu'une chose à la fois. Finies, les affaires ! Je vais me reposer, acheter une jolie petite maison de campagne. Ah, si ma pauvre Gabrielle était encore là! Je sais bien qu'à ma place il y en a beaucoup qui se diraient: J'ai quarante-deux ans, une bonne santé, douze cent mille francs tout nets chez Berthomieu et frère, rue de la Chaussée-d'Antin...

— Douze cent mille francs?

— Mais, oui. N'est-ce pas que ce n'est pas un vilain denier? Les trois ou quatre dernières années ont été bonnes. Et puis j'avais fait des placements qui ont bien tourné. Mais je dois vous ennuyer, à vous raconter comme cela mes affaires.

— Point du tout, je vous assure.

— Que voulez-vous, je suis bavard. C'est mon caractère. Et la profession veut ça. Dans les débuts, quand il fallait se faire une clientèle... Ah, Seigneur! Un jour que nous aurons le temps, je vous raconterai comment j'ai fait prendre cinq cents kilos de sucre d'orge, d'un coup, à un seul épicier, dans une petite ville de trois mille âmes.

— Ce doit être bien intéressant! fit M. Chalande avec un petit bâillement étouffé. Roger se leva et regarda sa montre.

— Onze heures moins dix. On éteint à onze heures. Nous avons juste le temps de nous coucher. Pardon de vous avoir tenu si longtemps. J'espère que vous ne m'en voulez pas.

— Comment donc? Ravi d'avoir fait votre connaissance !

Ils se retrouvaient à la porte de leurs cabines respectives, ouvrant toutes deux, et vis-à-vis l'une de l'autre, sur un diminutif de couloir perpendiculaire à la coursive de babord et qu'un rideau fermait à volonté. Roger fit remarquer à son compagnon cette disposition particulière de leur domicile flottant. C'était comme un appartement de trois pièces, réservé à leur usage.

— Si vous êtes réveillé le premier, frappez à ma cloison. Vous me ferez plaisir.

M. Chalande promit, et referma sa propre porte. Dès qu'il fut seul sa physionomie changea. Un pli amer se forma aux coins de sa bouche. Son poing crispé menaça le plafond et retomba violemment sur l'oreiller de sa couchette. Ses dents serrées eurent un craquement sec comme le coup de mâchoire d'un loup qui manque sa proie.

Douze cent mille francs ! gronda-t-il en arrachant sa cravate. Cet idiot a gagné douze cent mille francs ! et moi !..

III

Vingt-quatre heures plus tôt, vers le milieu de la nuit précédant le départ du *Péreire*, le futur confident malgré lui de M. Roger était assis devant une table de jeu, dans un petit salon extrêmement doré d'un élégant petit hôtel situé vers le haut de la Cinquième Avenue. Il eût été fort embarrassé de dire comment il se trouvait là, débarqué du matin par l'express de Chicago, ne connaissant personne à New-York, et si peu tenté d'y séjourner que sa première course avait été pour retenir et payer sa place au bureau de la Compagnie Transatlantique. La Providence ménage de ces hasards aux étrangers de passage dans les grandes villes, pour les empêcher de s'ennuyer et les aider à faire circuler les espèces que peuvent contenir leurs porte-monnaie et leurs portefeuilles. Le portefeuille d'Étienne Chalande contenait dix mille et quelques cents dollars, péniblement amassés en sept ou huit ans de vie aventureuse, et dont il comptait tirer prochainement un million, grâce à certaines combinaisons commerciales nécessitant son retour en France. Ce retour le mettait de bonne humeur, et il n'avait pas cru mal faire en l'arrosant d'avance d'une bouteille de champagne chez Delmonico, dont la maison est un rendez-vous de bonne société. Là, un gentleman de belle mine et qui parlait correctement plusieurs langues, comme d'ailleurs Chalande lui-même, lui avait offert, après quelques compliments, de l'introduire, pour sa dernière soirée en Amérique, dans une maison honorable où il y avait des femmes charmantes et où l'on ne risquait pas de s'ennuyer.

Étienne Chalande ne s'ennuyait pas. Il avait dans sa poche de gauche, sous son veston, son portefeuille intact, à cent dollars près, et devant lui un tas grossissant d'or et de bank-notes représentant une trentaine de fois sa première mise. Et sa veine ne s'arrêtait pas; le tas s'accroissait à vue d'œil.

De temps en temps la maîtresse de la maison, une blonde superbe, s'approchait de lui avec un froufrou de jupes de soie, un cliquetis de diamants sur ses bras et ses épaules, et le félicitait en français, avec un sourire éblouissant.

— C'est vous, Madame, qui me portez bonheur.

— Vous croyez?.. Oh! je serais si contente!.. Mais il fait bien chaud, ne trouvez-vous pas? Un peu de champagne?

1.

Chalande se défendait. Mais la belle blonde faisait un signe. Un nègre s'approchait, un plateau sur la main.

— On dit qu'un Français ne refuse jamais aux dames, Monsieur Chalande.

Chalande finissait par prendre le verre. Une ou deux fois, comme son hésitation se prolongeait, la jeune femme lui avait donné l'exemple en effleurant la mousse de ses lèvres.

On ne pouvait pas dire qu'il fût gris. Il en était à cette minute heureuse où l'œil est plus brillant, la main plus ferme, le pas plus élastique. La volonté seule se détend un peu.

Il rassembla d'un revers de main le tas d'or et de papier accumulé devant lui depuis une heure. Il y avait plus de six mille dollars.

— Je vais avoir le chagrin de vous quitter, dit-il à la belle blonde. Je viens de passer trois nuits en sleeping-car, j'en vais passer huit ou dix dans une couchette de bateau ; je veux dormir une fois dans un vrai lit. Good bye !

— Vous plaisantez, dit la belle blonde en le prenant doucement par les épaules pour le forcer à se rasseoir. Il est à peine minuit. Nous avons là une demi-douzaine de gentlemen chargés d'or comme des galions. Je ne vous laisse pas partir que vous ne leur ayez gagné cinquante mille dollars. — Fleur-d'Oranger, un verre de champagne !

— Merci, dit Chalande en repoussant le nègre. Je n'ai pas soif.

La jeune femme prit le verre et fit signe au porteur de s'éloigner.

— Si vous restez encore une heure, murmura-

t-elle, si bas que ses lèvres durent effleurer l'oreille
du voyageur, je vous dirai quelque chose.

— Pourquoi pas tout de suite ?

— Il y a trop de monde.

Ses yeux, son sourire étincelaient. Chalande y
crut lire une promesse. Il rêva de quitter l'Amérique sur un souvenir de Paradis.

—J'obéis, fit-il en l'enveloppant d'un regard à faire
rougir le marbre, mais qui glissa sur la chair nacrée
de la belle blonde comme une pluie de printemps
sur un toit. Et pour montrer que son obéissance
était désormais assurée, il prit le verre des doigts
blancs de l'enchanteresse et le vida d'un trait. Puis
il fit son jeu, et comme il songeait maintenant surtout à gagner du temps, il ne mit devant lui que
vingt dollars qui furent enlevés eh un clin d'œil.

— Vous avez tort de changer le chiffre de votre
mise, lui dit gravement le gentleman qui lui avait
servi d'introducteur. Cela trouble la veine.

— Bah ! répondit Chalande en poussant négli-
gemment un second billet de vingt dollars à la place
de l'enjeu perdu, il s'agit de tuer le temps.

Le second billet suivit le premier. Un troisième
suivit le second. Chalande, en quelques minutes, perdit ainsi deux cents dollars. C'était peu de chose
auprès de ce qu'il avait gagné, et le tas où il puisait
n'en paraissait même pas appauvri ; mais ces nouvelles façons de la fortune l'agaçaientt comme la première révolte d'une maîtresse longtemps soumise.
Il y avait en face de lui un Mexicain à longue figure
de pain d'épice, qui se frottait les mains avec
un petit bruit sec, comme s'il eût roulé de petits
morceaux de bois entre ses doigts. L'idée que ce
Mexicain le voyait perdre et s'en réjouissait inté-

rieurement lui était souverainement désagréable.

— Je crois que vous avez raison, dit-il à son ami de fraîche date. Je ne suis pas heureux avec les faibles mises.

Il mit devant lui cent dollars et gagna; il laissa les deux cents dollars et gagna encore. Pour le coup, il n'y avait plus à douter : la fortune voulait qu'il se fiât à elle. Cependant, il jugea que quatre cents dollars formaient un enjeu un peu fort. Il en retira cent qu'il joignit à la réserve. C'était faire les choses à demi, ce que défend un proverbe. Le proverbe eut raison cette fois. Chalande perdit ses trois cents dollars.

— Vous auriez gagné si vous aviez laissé le tout, dit le gentleman introducteur avec le même air sérieux et bienveillant. Chalande essaya de douter.

— Vous croyez ?

— Infailliblement.

On ne discute pas avec les convictions. Il faut les accepter ou les repousser en bloc. Chalande sentit que la foi le gagnait. La chance ne voulait de sa part ni défiance, ni hésitation. A ce prix elle serait à lui. Elle ferait grossir devant lui ce tas d'or et de billets qui déjà égalait presque le contenu de son portefeuille, base de sa fortune future.

— Eh bien, reprit-il avec fermeté, nous allons voir. Je vous donne ma parole de ne pas bouger d'ici que je n'aie doublé ces trente et quelques mille francs, ou qu'il ne m'en reste pas un sou. Pour commencer, je fais mille dollars !

La beauté de ce discours fut perdue pour la plupart des joueurs qui ne savaient pas un mot de français. Mais la belle blonde aux bracelets de diamants l'entendit du fond de la pièce où elle donnait des ordres à Fleur-d'Oranger, et lui envoya, par-dessus la tête du Mexicain en pain d'épice, le plus enivrant des sourires.

Au fond, ce qui l'encourageait, c'est que, dût-il perdre ce qu'il avait devant lui, il lui restait son portefeuille intact, à une misère près. Pour cent dollars, il aurait goûté toutes les ivresses du jeu, et sans doute d'autres encore.

On ne manie pas l'or à poignées, on n'absorbe pas, de cinq minutes en cinq minutes, un nombre raisonnable de verres de champagne, on n'échange pas avec une belle blonde des regards et des sourires chauffés à blanc sans y gagner un peu de fièvre. La fièvre donne soif. Chalande fit signe à Fleur-d'Oranger et ingurgita coup sur coup deux autres verres. Entre les deux, il eut le temps de voir ses mille dollars traverser la table. C'était le Mexicain qui gagnait.

— Quitte ou double ! dit-il avec un beau sang-froid. Le Mexicain approuva d'un signe de tête, retourna les cartes, et gagna de nouveau. La réserve de Chalande était diminuée de moitié.

Il hésita. La belle blonde vint s'appuyer sur sa chaise.

— Quitte ou double ? demanda à son tour le Mexicain. Les autres joueurs suivaient maintenant la partie en amateurs.

— Quitte ou double ! répondit Chalande après quelques secondes de silence. Pour rien au monde il n'eût voulu laisser soupçonner à la jeune femme accoudée derrière lui l'angoisse qui commençait à lui serrer le cœur.

— Cela fait quatre mille dollars, reprit tranquillement le Mexicain. Je ne crois pas que vous les

ayez devant vous. Voulez-vous parfaire la somme,
ou vous en tenir à ce qui est là ?

La question était raisonnable et posée du ton le
plus courtois.

Chalande se dressa furieux.

— J'ai dit quitte ou double. Il me semble que le
double de deux mille est quatre mille !

— Il me semble aussi, dit l'autre de l'air d'un
homme qui goûte une plaisanterie, en alignant
ostensiblement les quatre mille dollars.

Chalande rougit, atteignit son portefeuille, et par
manière de revanche en mania quelques instants
le contenu sous les yeux de son adversaire et de
ses voisins. Puis, comme il se sentait sûr de gagner,
et qu'il ne voulait pas jouer éternellement quitte ou
double, il le posa près de lui, tout ouvert, prêt à
recevoir les banknotes du Mexicain. Au même
instant la maîtresse de maison lui glissa quelques
mots à l'oreille :

— Dépêchez-vous de mettre à sec ce moricaud.
Qu'il s'en aille, les autres suivront. Il est près de
deux heures du matin et je me sens horriblement
lasse.

Chalande se retourna : dans les beaux yeux bleus
qui rencontrèrent les siens il y avait tout autre
chose que de la lassitude.

— Le jeu est fait, dit-il au Mexicain. Je vous
attends.

Le Mexicain retourna gravement les cartes.
Chalande avait perdu.

Le contenu du portefeuille était entamé, la brèche
était ouverte. Le reste allait de soi. Une demi-heure
plus tard Chalande, hébété de désespoir et de fatigue,
voyait s'évanouir son dernier billet de banque et le

Mexicain se lever en bâillant un peu, avec une excuse courtoise.

— Charmante soirée !.. Ravi d'avoir fait votre connaissance ! Nous aurons le plaisir de vous revoir ?

— Je ne crois pas. Je pars demain, c'est-à-dire tantôt.

— Ah !.. Tous mes souhaits ! Voulez-vous un cigare ?

Les joueurs s'en allaient. La belle blonde avait disparu. Chalande la chercha des yeux et ne vit que Fleur-d'Oranger qui lui tendait son paletot. Un instant il eut l'idée folle de la demander. Peut-être aurait-elle pitié de lui, lui ferait-elle l'aumône d'une nuit d'amour.

Le nègre eut l'air de deviner sa pensée.

— Maîtresse bien fâchée... souffrante... migraine atroce !.. Prie le gentleman français de l'excuser. Espère le revoir à son premier voyage.

— Merci, dit Chalande en endossant son pardessus. Le nègre le regarda d'un air demi insolent, demi obséquieux.

— S'il plaît au gentleman de ne pas oublier le pauvre Fleur-d'Oranger ?..

Le joueur dépouillé fouilla dans son gousset où traînait quelque monnaie blanche, la lui mit dans la main, et sortit la tête haute.

IV

Le ciel gris et bas laissait filtrer les premières lueurs de l'aube au-dessus de la ville endormie quand Chelande se retrouva dans sa chambre de Saint-Nicholas Hôtel, où il était descendu la veille. Ses bagages, à l'exception d'une petite valise, étaient déjà à bord du *Péreire*. Il était revenu là machinalement, parce qu'il pleuvait, qu'il faisait froid et qu'il tombait de sommeil.

Son réveil fut celui qui suit les catastrophes. Il se trouvait littéralement sans un sou, dans cette ville immense où il ne connaissait personne; ses projets anéantis, son courage brisé.

Depuis près de dix ans qu'il habitait l'Amérique il avait vécu à l'aventure, voyageant beaucoup, ne s'arrêtant guère. Il n'avait pas, sur tout le territoire de l'Union, un ami capable de lui avancer cent dollars.

Il était seul. Le hasard plutôt qu'autre chose, deux ou trois bonnes affaires rencontrées et saisies au vol lui avaient permis de réunir une somme relativement considérable : ces cinquante mille francs follement jetés sur un tapis vert, entre une coupe de champagne frelaté et une caresse de courtisane. Ces hasards-là ne se renouvellent pas. Pour les saisir, d'ailleurs, il faut une mise de fonds, un capital quelconque. En supposant qu'il trouvât sur-le-champ à gagner sa vie, combien de temps lui faudrait-il pour économiser ce capital ?

Il avait trente-six ans, mais les années de lutte comptent double. Il se sentait vieux, ravagé avant l'âge. L'idée de reprendre sa vie de débuts, sa vie de jeune homme pauvre avec la jeunesse de moins, lui faisait caresser presque avec plaisir, au fond de sa poche, la crosse polie de son revolver.

L'Amérique ne l'avait jamais beaucoup séduit. Depuis deux ans la nostalgie commençait à se faire sentir. Heureusement encore qu'il avait son pasage payé. Mais que ferait-il en France? Misère pour misère, solitude pour solitude, était-ce la peine de retraverser l'Océan ?

Une bonne minute il hésita, son revolver à demi sorti, serrant de l'autre main ses tempes moites. Mais pour achever le geste commencé il eût fallu plus de fièvre ou plus d'accablement encore. Il était trop tard ou trop tôt.

— Après tout, pensa-t-il, j'ai huit ou dix jours devant moi. Entre New-York et le Havre, qui sait ce qui peut m'arriver? Un bon abordage qui enverrait le *Péreire* par le fond simplifierait bien les choses.

Il remit avec soin son revolver à sa place, prit son chapeau et sortit. Il avait remarqué la veille, en passant dans Bowery, une boutique de revendeur, où il comptait négocier la vente de sa montre. Ces sortes de boutiques ne manquent pas dans les grandes villes de passage. Chalande aurait pu s'épargner les trois quarts du chemin. Mais il avait le temps, et il lui répugnait de se renseigner.

Le revendeur de Bowery n'était pas plus malhonnête que la généralité de ses confrères. La montre, qui était excellente, et la chaine, qui était toute neuve, avaient coûté sept cents francs. L'or, au

poids, représentait un peu plus de la moitié du prix
d'achat. Le revendeur mania l'objet, essaya, pesa,
calcula, et remit à Chalande trente-huit dollars.

— Il paraît, pensa le voyageur, que je suis encore assez riche pour être volé.

Il revint à l'hôtel, paya sa note, déjeuna et se
dirigea à petits pas vers North-River, où se trouve
l'embarcadère des Transatlantiques. Le *Péreire*
chauffait, les passagers arrivaient. Chalande se fit
montrer sa cabine, remonta sur le pont et s'assit
sur un banc, regardant les allées et venues avec une
souveraine indifférence. De temps en temps, il se
demandait : Qu'est-ce que je fais ici? Au bout d'un
instant il se répondait : — Qu'est-ce que je ferais
ailleurs?

La pluie qui commençait à tomber le décida à
descendre. C'est alors qu'il rencontra M. Roger
(Louis), ex-commissionnaire pour la parfumerie,
qui revenait en France avez douze cent mille
francs.

Sa pensée était en lui comme une liqueur trouble,
une coupe d'amertume dont le moindre choc soulevait et faisait remonter la lie. Deux heures durant
le bavardage inconscient de son compagnon l'avait
torturé sans qu'il trouvât la force de le repousser
ou de le fuir. C'était comme une jouissance âcre, de
comparer à chaque instant cette destinée à la sienne, cette richesse à son dénuement, et en même
temps d'avoir conscience d'une véritable supériorité d'intelligence. Car Chalande n'était pas le
premier venu. Dans sa dure lutte pour l'existence,
ses qualités, quelques-unes du moins, l'avaient peut-
être plus mal servi que ses défauts.

Moins instruit, moins fier, moins ambitieux,

mais plus souple et plus avide, il eût probablement
mieux réussi. La veille même, dans sa folie de
joueur, il y avait eu moins de cupidité que d'orgueil.

Un autre se fût dit qu'un tel compagnon de voyage, à ce point prodigue de confiance et d'amitié,
ce commerçant fraîchement retiré qui n'avait sans
doute pas perdu tout à fait le goût des affaires, ce
portefeuille vivant, bourré de billets de banque et
cousu de naïveté, que cet excellent M. Roger (Louis)
enfin, tel qu'il était et se comportait après cinq
heures de rapprochement, méritait d'être apprécié
et cultivé comme un envoyé du ciel, un commandi-
taire offert par la Providence ; que lui, Chalande,
en huit jours de vie commune, avait le temps de
se rendre non seulement agréable, mais indispen-
sable ; et que la fortune qu'il comptait faire seul
avec cinquante mille francs, on la ferait bien plus
vite et plus sûrement à deux, avec une réserve
d'un million.

Que si le bonhomme refusait, en fin de compte,
le moins qu'on pût tirer de lui était une couple de
billets de mille, à titre de prêt, bien entendu ; ressource nullement à dédaigner dans la position où
Chalande s'était mis. Mais il n'y songeait même
pas.

Toute la force de son attention se concentrait sur
un point, question insoluble et dont la solution ne
l'eût pas enrichi d'un centime : — Comment cet
homme, évidemment inférieur à lui sous tous les
rapports, avait-il réussi, tandis que lui-même
échouait ? Car c'était échouer que revenir après dix
ans avec dix mille malheureux dollars, quand même
ceux-ci ne seraient point restés sur le tapis vert du
petit salon de la Cinquième Avenue. A regarder les

choses de haut, ce dernier incident n'était qu'un anneau dans la chaîne de ses mésaventures. Là comme partout, il avait été malheureux. Son voisin de cabine, à sa place, aurait dévalisé le Mexicain.

Le fait est qu'à sa place, M. Roger eût été bien capable de faire charlemagne à une heure du matin, et de rentrer paisiblement se coucher, avec trente mille francs de bénéfice.

— Il ne faut pas penser à cela ! murmura-t-il en ôtant son paletot par un mouvement d'habitude. Je deviendrais fou. — Non, mais quelle brute !..

La brute, c'était ce pauvre M. Roger, qui n'en pouvait mais, d'autant plus qu'à cette même minute le roulis plus accentué du *Péreire* commençait à l'incommoder sérieusement.

Chalande continuait entre ses dents :

— Devenir fou, ce ne serait peut-être pas un grand malheur !.. Cependant, j'aimerais mieux en finir tout de suite. Le temps est calme ; nous devons filer nos quatorze nœuds. Un homme qui se laisserait glisser par-dessus le plat-bord n'aurait pas beaucoup le temps de souffrir.

Ses doigts qui commençaient à déboutonner son gilet s'arrêtèrent au milieu de leur besogne. Il était certain qu'il ne dormirait pas. L'énorme bruit de la machine, de seconde en seconde, lui martelait le crâne. L'air de la cabine, immobile et chaud, l'étouffait.

— Il y a un banc adossé au bordage d'arrière, songea-t-il encore, du haut duquel un homme de ma taille passerait par-dessus le plat-bord comme une lettre à la poste.

Il avait repris son paletot et renouait sa cravate, posément. Quelle que dût être sa résolution définitive, le temps ne lui manquerait pas pour l'exécuter. Comme il mettait la main sur la porte, la lampe qui éclairait la cabine à travers un verre dépoli s'éteignit brusquement. Il était onze heures. Son voisin de cabine devait dormir.

Chalande ouvrit à tatons et souleva la portière flottante qui séparait les deux chambres de la coursive. Là, les fanaux de nuit brillaient toujours. Mais sur le pont les fenêtres du fumoir venaient de s'éteindre. On ne voyait que les trois feux de l'avant, vert, blanc et rouge, et tout à l'arrière, comme un gros ver luisant, la lanterne de la boussole. Du reste, la nuit n'était pas sombre ; la lune, quoique voilée, brillait haut dans le ciel. Seulement un brouillard couvrait la mer, épais et blanc comme une couche d'ouate. On aurait presque pu lire ; on ne distinguait rien à cinq pas.

Le vent, insensible à cause de la vitesse du navire, devait souffler du Sud. Il faisait doux comme en mai.

Chalande gagna l'arrière, trouva le banc, s'y appuya du genou, s'accouda au plat-bord, et regarda.

Il n'y avait là de visible que le brouillard. On eût dit que le *Péreire* flottait dans un nuage.

Chalande se redressant mit son pied où il avait d'abord mis son genou. Un mouvement de plus et il se trouvait debout sur le banc. Une fois là, le plat-bord pouvait tout au plus lui arriver à la hanche.

Quoique le temps fût calme, il y avait assez de roulis pour rendre cette position passablement périlleuse.

Comme il prenait son élan, quelque chose comme un rugissement sourd, un râle monstrueux de bête égorgée résonna dans le brouillard au-dessus de sa tête. Cela commençait à la limite des sons graves perceptibles et s'élevait chromatiquement jusqu'aux notes aiguës d'un clairon. On eût dit le hennissement d'un cheval épouvanté, mais un hennissement qui se ferait entendre à quinze milles. Chalande le sentit vibrer dans ses entrailles et tout son être en frémit.

En même temps une main lui serrait la jambe au-dessus de la cheville, et une voix tremblante, avec l'accent traînard de l'accablement physique secoué par la peur, demanda :

— Qu'est-ce que c'est que ça ?

Chalande avait déjà retrouvé son sang-froid.

— Ça, dit-il, c'est la sirène. Vous n'êtes donc pas dans votre lit, Monsieur Roger ?

M. Roger poussa un long soupir et lâcha la jambe de son voisin de cabine.

— Ah, c'est vrai, la sirène... je n'y pensais plus. A cause du brouillard, n'est-ce pas ? Le fait est qu'on ne verrait pas venir un autre bateau. C'est égal, c'est lugubre, cette machine-là ! Ça ne vous fait rien à vous ?

— Vous vous y habituerez.

— Vous croyez que nous l'entendrons souvent ?

— De cinq minutes en cinq minutes tant que nous serons dans le brouillard. Et comme nous nous dirigeons vers les parages de Terre-Neuve...

— Je me mettrai du coton dans les oreilles. Ah ! si ce n'était que cela ! Vous n'êtes pas malade, vous?

— Non.

— Vous êtes bien heureux. Ce n'est pas que l'estomac me tourmente. Non, c'est la tête !.. Oh, la tête !

— Vous seriez mieux dans votre cabine.

— Je ne sais pas où je serais mieux. En bas, j'étouffais. Alors j'ai pensé qu'un peu d'air... Oh !

M. Roger se prit la tête à deux mains et poussa coup sur coup une demi-douzaine de gémissements.

— J'avais commencé à me déshabiller. Ça m'a pris au moment où je mettais ma montre sous mon traversin... J'ai repassé mon paletot... J'ai jeté mon pardessus sur mes épaules...

Un nouveau rugissement de la sirène interrompit le narrateur qui se boucha les oreilles énergiquement.

— Tiens, fit-il au moment où ses mains s'écartaient sur la foi du silence revenu, c'est singulier : il y a de l'écho !

— Ce n'est pas l'écho, dit Chalande.

— Un autre navire, alors ?

Chalande étendit le bras vers l'avant et lui montra trois feux qui piquaient faiblement le brouillard : un vert, un blanc et un rouge. Ce n'étaient pas les fanaux du *Péreire*, qu'on distinguait plus nettement et beaucoup plus haut. L'ordre des couleurs était d'ailleurs inverse. Mais les nouveaux venus semblaient s'élever à vue d'œil, ce qui indiquait une approche rapide. M. Roger, vivement intéressé et quelque peu inquiet, oubliait pour un instant le mal de mer.

— Savez-vous que nous allons passer tout près les uns des autres ? Il ne faudrait qu'un coup de maladresse... C'est effrayant d'y penser ! Eh bien ?.. On ne les voit plus !

— C'est la passerelle qui vous les cache.

La passerelle, invisible dans le brouillard, devait en effet former écran pour les deux voyageurs. Pour retrouver les trois points lumineux il fallait se hausser ou se baisser. M. Roger se baissa inutilement.

— Voyons par-dessus, fit-il en mettant un pied sur le banc. Vous permettez que je m'appuie sur vous !

Il s'enleva d'un élan encore vigoureux. Chalande sentit quelque chose qui glissait le long de son corps et s'affaissait mollement à ses pieds.

— Ne faites pas attention, c'est mon pardessus qui me tombe des épaules. Ah, les voilà !.. Mais ils sont sur nous, nom de...

Il n'acheva pas. Chalande sentit les cinq doigts qui lui serraient l'épaule se rapprocher comme les mâchoires d'un étau. Les feux un instant invisibles reparurent, s'élevant dans le brouillard avec une rapidité foudroyante. Un choc effroyable l'arracha du pont, le jeta à dix pas, la tête en avant, comme une masse inerte. Alors il lui sembla qu'il tombait avec une vitesse croissante, toujours plus bas, pendant des minutes. Une sensation de fadeur l'envahit ; et soudain il se revit dans le petit salon de la Cinquième Avenue, la tête sur les genoux de la belle blonde. Elle lui caressait les cheveux d'une main, et de l'autre faisait ruisseler une véritable montagne de pièces d'or de toutes les valeurs et de tous les pays. Chalande savait qu'il n'avait qu'un mot à dire pour être le possesseur de tout cet or. Mais ce mot était le chiffre même, le chiffre exact de cette somme incalculable. Cependant, il fallait se décider. Une seconde d'hésitation, et le prodigieux trésor s'évanouissait. Tout à coup il lui sembla qu'un trait de feu pénétrait dans sa cervelle. Le chiffre magique venait de lui être révélé. Mais ses lèvres étaient muettes. Il luttait désespérément. L'angoisse lui mettait la sueur au front. Enfin, il lui sembla que quelque chose se brisait en lui. Il entendit une voix, sa propre voix, quoique ses lèvres n'eussent point bougé. Le mot prononcé était : Douze cent mille francs !

Toutes les lumières s'éteignirent, et il ne vit ni ne sentit plus rien.

V

Le soleil matinal s'élevait dans un ciel très pur. Ses rayons déjà chauds glissaient obliquement sur la coque noire du *Péreire* et, rencontrant une fenêtre libre, pénétraient gaiment dans la cabine, jusqu'au pied de la couchette où Chalande se trouvait étendu, les yeux grands ouverts, pleins de l'étonnement du réveil.

Après le soleil, le premier objet qui lui apparut distinctement fut une barbe, épaisse et noire comme le jais, une de ces barbes essentiellement méridionales et gallo-romaines qui font tout de suite penser à la bouillabaisse et au mistral. Au-dessus de cette barbe apparaissaient une bouche bien dessinée, aux lèvres rouges, aux dents blanches, un nez hardi, des yeux bruns et vifs, un front un peu bas, mais suffisamment large, et des cheveux d'une abondance et d'une épaisseur prodigieuses, noirs comme le charbon et frisés comme la toison d'un agneau. La bouche s'ouvrit et dit, comme il fallait s'y attendre, avec le pur accent de Tarascon :

— Ne parlez pas !

Les yeux de Chalande s'agrandirent. La bouche continua :

— Je vous dis de ne pas parler. Après cela, vous parleriez, ce serait la même chose. Mais comme vous avez la lèvre fendue, moins vous la tracasserez, mieux ça vaudra. Du reste, vous n'avez rien : une contusion à la tête, c'est l'affaire de vingt-quatre heures. Voulez-vous me donner votre poignet ?

Chalande poussa un cri.

— Qu'est-ce que c'est ? Nous avons quelque chose là ? Chut !.. répondez-moi avec les yeux. Ah, ah ! je vois... un peu de foulure... Vous serez gêné pour écrire pendant quelques jours. Je vais vous mettre une compresse d'arnica.

Chalande sentit l'odeur pénétrante de l'alcool et une fraîcheur soudaine sur sa main.

— Et voilà !.. Pas de fièvre... Je vais vous envoyer un bouillon. Après ces secousses-là, il est toujours prudent de ne pas surcharger l'estomac. Qu'est-ce que vous voulez ?

Chalande avait voulu parler. Une douleur assez vive l'arrêta.

— Laissez donc votre lèvre tranquille. Qu'est-ce qui vous manque ? Un objet matériel ? — Non. — Un renseignement ? — Bon ! — Vous voulez savoir ce qui s'est passé ? — Très bien ! — Ce n'est guère que la vingt-cinquième fois qu'on me le fait répéter depuis ce matin. Nous avons été abordés, tout simplement.

Les yeux de Chalande firent signe qu'il le savait.

— Vous vous en doutiez ? C'est juste, vous étiez sur le pont. — Eh bien, nous avons donc été abordés par un vapeur anglais : *City of Birmingham*. Il paraît que nous lui avons crevé sa paroi de babord avant. Heureusement pour lui qu'il avait des cloisons étanches. Nous, nous en sommes quittes pour des avaries insignifiantes, une douzaine de passagers contusionnés dans leurs lits, un bras cassé à un matelot, une brûlure du second degré à un chauffeur, et votre bobo... Voilà !

Ce n'est pas le rôle d'un médecin des Transatlantiques d'exagérer quelques-uns de ces menus accidents qui peuvent coûter des dommages à la compagnie.

— Est-ce tout? reprit le docteur. Ne vous gênez pas. Qu'est-ce qui vous tourmente?

La physionomie du blessé exprimait le plus vif étonnement.

Si semblables que soient deux cabines de paquebot, elles diffèrent toujours par quelque point. Chalande en promenant ses yeux autour de lui venait de s'apercevoir qu'il avait involontairement changé de domicile.

S'il avait pu conserver le moindre doute, il aurait suffi pour le dissiper de la vue d'un ample pardessus soigneusement accroché à un portemanteau, entre le canapé et la toilette. Ce pardessus était grisâtre, d'une nuance assez peu commune et très reconnaissable. Chalande n'en avait jamais possédé de pareil.

— Vous regardez votre paletot? fit le docteur, suivant le mouvement de ses yeux. Est-ce là ce que vous voulez ?

Chalande fit signe que non.

— Ma foi, il nous a rendu service cette nuit. Votre garçon de cabine l'a reconnu tout de suite, ce qui nous a permis de vous transporter immédiatement chez vous.

Chalande tressaillit. Il se rappelait les dernières paroles de son compagnon de la veille, et cette sensation d'un corps mou, flottant, glissant le long de son corps jusqu'à ses pieds. Evidemment c'était le pardessus de Roger qu'on avait trouvé près de lui ; c'était dans la cabine de Roger qu'on l'avait transporté sans connaissance; c'était la montre de Roger qu'il sentait sous son traversin. C'était à Roger que l'excellent docteur Marius Peyragat, de Barbazan, croyait prodiguer ses soins et ses compresses.

Mais alors Roger lui-même, où était-il?

Chalande se rappela l'étreinte qui lui avait meurtri l'épaule, l'exclamation étouffée, l'effroyable choc, et un frisson lui courut de la tête aux pieds. Le docteur le regardait, surpris.

Chalande sortit sa main gauche des couvertures, lui montra cette main, les quatre doigts fermés et le pouce en l'air, se désigna lui-même avec ce pouce, puis montra le plafond en allongeant l'index. Le docteur Marius suivit cette pantomime avec beaucoup d'attention.

— Vous voulez dire que vous étiez deux sur le pont? demanda-t-il après avoir un peu réfléchi. Est-ce cela?

Chalande fit signe que oui.

— Eh bien, votre compagnon s'en est tiré à meilleur compte que vous, car je n'ai pas entendu parler de lui. Il a dû redescendre dans sa cabine sans s'occuper de vous. Dans ces moments-là, vous savez...

Chalande fit signe que non.

— Comment, non?.. Puisqu'on n'a trouvé que vous sur le pont!.. A moins qu'il ne soit tombé à la mer!..

Chalande baissa la tête affirmativement. Le docteur devint un peu pâle.

Mais presque aussitôt, haussant les épaules :

— C'est impossible, avec la hauteur du bordage !

Chalande montra du doigt le canapé, puis les pieds du docteur, et fit le geste de s'élever.

— Hein !.. fit l'autre, les sourcils froncés ; vous voulez dire qu'il était monté sur quelque chose ?

Chalande baissa de nouveau la tête, montra la fenêtre ouverte sur la mer, et décrivit une parabole dans l'espace. Le docteur tira son mouchoir et se moucha, sans cesser de regarder son blessé.

— Diable ! fit-il en remettant son mouchoir dans sa poche. Liable !.. Diable !..

Puis Chalande le vit ouvrir la porte et se pencher dans le corridor, où l'on entendit aussitôt sa forte voix, alternant avec la voix d'un garçon.

— François !.. Eh, François !

— Monsieur !

— Savez-vous si le commissaire est chez lui ?

— Je viens de lui parler, Monsieur.

— Ah, ah ! Est-ce que vous aviez quelque chose à lui dire ?

— Dame, Monsieur, c'était au sujet du nº 19.

— Eh bien, que lui est-il arrivé, au nº 19 ?

— Je ne sais pas, Monsieur.

— Alors, qu'est-ce que vous avez été dire au commissaire ?

— Monsieur sait bien qu'à la suite de l'incident de cette nuit, — pour le personnel du *Péreire*, du commandant au dernier marmiton, il était bien entendu que ce n'était qu'un incident, — nous avons eu affaire à peu près à tous les passagers. L'un était blessé ; l'autre avait peur ; l'autre avait de la vaisselle cassée dans son lit... De sorte qu'après avoir couru au plus pressé, nous avons fini par une tour-

2.

née générale, bien sûrs que personne ne se plaindrait d'être réveillé en sursaut. J'ai donc frappé à la porte du n° 19, et comme on ne m'a pas répondu, de crainte d'accident, j'ai ouvert.

— Mais le voilà, le n° 19 !

— Oui, Monsieur; en face de Monsieur. Le passager était inscrit sous le nom d'Étienne Chalande. Un grand, à ce qu'il m'a semblé; car je n'ai fait que l'entrevoir, hier, dans le coup de feu du départ.

— Bon ! — Et depuis?

— Depuis, dame, Monsieur, la chambre est vide; le lit n'a pas été défait; et nous avons demandé M. Chalande à tous les échos du *Péreire.*

Le docteur Peyragat congédia le domestique d'un signe, rentra et referma la porte. Chalande avait fermé les yeux et semblait prêt à s'endormir.

— Monsieur, lui dit le docteur en baissant la voix sans s'en apercevoir; M. Chalande était-il votre parent?.. Votre ami?.. Non?.. une simple connaissance, alors?.. Vous vous étiez rencontrés hier, peut-être pour la première fois?.. Très bien ! D'après ce que vous m'avez donné à entendre tout à l'heure, il serait à craindre que ce malheureux, par suite d'une funeste imprudence, ait été précipité...

Chalande poussa un profond soupir et ferma les yeux. Le docteur n'insista pas.

— Je ne veux pas vous fatiguer davantage, reprit-il en lui tâtant le pouls d'un geste onctueux. Quoique vous ne soyez pas bien malade... — Ah! un soupçon de fièvre !.. — Vous vous sentez disposé à dormir?.. Très bien ! — Du repos... Un régime léger... Et surtout ne parlez pas, à cause de votre lèvre. Si nous pouvons obtenir la réunion des lambeaux par première intention, la cicatrice sera presque invisible. — A bientôt !

Le docteur sortit en refermant la porte.

Chalande le laissa partir, attendit une minute, sauta à bas de sa couchette et poussa soigneusement le verrou. Il avait mieux qu'un soupçon de fièvre. Les idées se heurtaient dans son cerveau comme des oiseaux effarouchés dans leur cage. Parmi ces idées il y en avait une, confuse encore, à peine entrevue, mais assez puissante déjà sur sa volonté pour lui inspirer cette feinte du sommeil naissant, qui l'avait débarrassé du docteur.

Cette idée, avant tout développement, se formulait ainsi :

— Il est évident que Roger est tombé à la mer, et qu'on me prend pour lui !

Il suffisait à Chalande d'un signe pour dissiper cette erreur. Mais ce signe, il ne l'avait pas fait. Il n'avait rien fait non plus pour confirmer l'illusion. Il avait poussé un soupir, le docteur l'avait interprété comme il avait voulu. C'était son affaire.

Mais bientôt, dans quelques heures au plus, il faudrait s'expliquer, reprendre son personnage, redevenir officiellement ce qu'il était réellement : le misérable qui, cette nuit même, s'était penché sur le plat-bord du *Péreire* avec la résolution des désespérés. Même cette branche de salut dédaignée la veille : la sympathie de son riche voisin, lui échappait. Roger n'avait été bon qu'à le retenir au moment où le courage lui manquait le moins. Sans lui, il aurait depuis longtemps fini de souffrir.

Pourquoi les choses s'étaient-elles arrangées ainsi ? Qu'aurait-il fallu pour que ce fût lui, Chalande, que la secousse de l'abordage eût jeté à la mer? C'était sa mauvaise fortune qui le poursuivait, ne voulait pas qu'une seule angoisse lui fût épargnée.

A moins...

C'est quand ce mot s'était formulé dans sa pensée que Chalande avait voulu rester seul.

Il avait besoin de réfléchir, de faire appel à sa mémoire, et de procéder à certaines constatations matérielles; après quoi seulement il se sentirait en état de prendre une décision d'où allait dépendre son avenir. Il est vrai qu'à défaut de cette décision, son avenir c'était la misère sous huit jours, ou le plongeon dans le sillage du *Péreire*.

Son premier soin, après avoir poussé le verrou qui lui garantissait la solitude, fut de chercher la glace de la toilette et de s'y regarder attentivement. Il avait une compresse autour du front, et une large bande de taffetas noir lui traversait la joue gauche, de l'oreille à la lèvre supérieure. Tout ce côté de sa moustache, qu'il portait longue, était tombé sous les ciseaux du docteur, ce qui devait nécessiter le sacrifice provisoire de l'autre moitié. Ainsi affublé, son meilleur ami ne l'eût pas reconnu. Il toucha du doigt sa lèvre fendue, qui le faisait passablement souffrir, et songea :

— Il serait curieux que ce bobo, comme dit le médecin, me valût une fortune. — Cherchons les clés.

Il ouvrit le tiroir de la toilette, fouilla dans les poches du pardessus et pressa sans façon le ressort d'un petit sac à courroie suspendu comme lui au portemanteau. Le sac et les poches étaient également vides. Chalande eut un geste d'impatience et, s'agenouillant devant le canapé, examina la ser-

rure d'une malle placée dessous, selon l'usage. La
malle était fermée. Chalande se releva en frappant
du pied.

— Il faut pourtant que je sache! Quand je devrais
forcer la serrure avec mon couteau!

Mais sa physionomie s'éclaira; il se rappelait la
montre restée sous l'oreiller. Les clefs étaient peut-
être avec la montre.

C'était une bonne inspiration. Une minute plus
tard, la malle était ouverte et Chalande, après
quelques instants de recherche, en tirait un large
portefeuille, gonflé de papiers dont l'inventaire rapide lui mit dans les yeux un éclair de triomphe.

C'était le résumé de l'état des affaires de Roger,
deux lettres de ses correspondants de Paris, Berthomieu et frère, les photographies de sa femme et
de sa fille, — il en avait emporté les doubles avec
lui dans le sillage du *Péreire*, — son propre portrait, d'autres lettres, celles-là de sa fille, de sa belle-
mère, du médecin, du notaire et de la maîtresse de
pension. Il y avait là en raccourci toute la personnalité de l'ancien commissionnaire. — Plus une
quinzaine de mille francs en billets de banque.

La lecture et l'étude de ces diverses pièces devaient employer plusieurs heures, peut-être plusieurs jours. Chalande se borna à parcourir quelques lignes des plus importantes, à examiner les
signatures, et à faire le compte des quinze mille
francs. Ce travail préliminaire achevé, il referma
le portefeuille avec soin, le glissa sous son oreiller et ramena la couverture sur ses épaules. L'idée
avait pris forme. Il savait ce qu'il voulait savoir.
Restait à fixer sa résolution. Il sentait le besoin de
réfléchir.

Au fond, sans qu'il s'en doutât peut-être, sa résolution était bien près d'être prise.

Il y avait trois partis possibles.

Le premier, simple : dire la vérité ; rentrer dans sa cabine ; reprendre sa couchette et sa personnalité. On inscrirait sur la liste de bord le décès accidentel du malheureux Roger. On mettrait sous scellés sa montre, son portefeuille et ses malles. Chalande resterait ce qu'il était la veille. Il aurait la satisfaction d'avoir tenu dans ses mains et remis à qui de droit une forte somme, dont nul ne pouvait lui demander compte, car nul ne pouvait affirmer que Roger ne l'avait pas sur lui quand il était monté sur le pont. A vrai dire, il n'était pas certain que tout le monde crût à cette belle probité. Il se trouverait probablement de mauvaises langues pour insinuer, entre haut et bas, qu'il était resté bien longtemps en tête à tête avec le portefeuille du défunt ; que si rien ne pouvait prouver contre lui, Chalande, que ce portefeuille contint plus de quinze mille francs, cette chose indémontrable n'était nullement invraisemblable, auquel cas il aurait profité de la différence ; que quelques-uns iraient probablement jusqu'à se demander s'il n'aurait pas un peu poussé par-dessus le bord le propriétaire de ce portefeuille. Du reste, ceux qui parleraient ainsi ne seraient sans doute pas les plus incapables d'imiter ce qu'ils blâmeraient. On juge volontiers d'après soi ; de là l'ordinaire malignité.

En revanche, personne n'oserait dire tout haut ce que quelques-uns se permettraient de penser tout bas. De plus, il aurait le témoignage de sa conscience, et les trente-huit dollars de sa montre. On a vu des fortunes commencer par moins.

Le second parti ne différait du premier que par un point : avant de rentrer dans sa cabine, il retirerait délicatement les quinze mille francs du portefeuille. Le portefeuille serait alors remis dans la malle ou jeté par la fenêtre : c'était un détail à régler. Tout le reste rentrait exactement dans la précédente combinaison. Il n'y aurait que le témoignage de sa conscience qui pourrait lui manquer. Il serait obligé de s'avouer ceci : Je suis un voleur !

Il est vrai que ce vol ne nuirait à personne. Il y aurait quelque part, dans un pensionnat de la rue de Vaugirard, une petite fille qui, au lieu de douze cent qu'nze mille francs, n'en aurait que douze cent mille tout juste. Cela ne diminuerait pas d'un millimètre l'épaisseur de ses tartines, ni la hauteur de ses prétentions.

Quinze mille francs, pour Chalande, c'était peut-être le salut, mais ce n'était pas la fortune. Ce n'était même pas de quoi la tenter dans des conditions sérieuses de succès. Il avait déjà essayé du petit commerce : cela ne lui avait qu'à moitié réussi. Avec cinquante mille francs, il se croyait sûr, l'avant-veille, de gagner un million. Avec quinze mille, il végéterait.

Végéter était précisément la chose dont il était las. Quant à jouer, purement et simplement, il n'en aurait même pas eu le courage. Il n'était pas joueur d'habitude. Sa soirée de la Cinquième Avenue lui avait imprimé une de ces secousses qui peuvent être salutaires, à la condition de ne pas arriver trop tard. La simple pensée du tapis vert lui donnait le frisson. Quant à la Bourse, il était trop intelligent pour ne pas la voir telle qu'elle est pour les simples joueurs : un tapis vert en grand, où ils ne tiennent

pas les cartes et où ils ont un peu moins de chances
de se tirer d'affaire qu'à Monaco. Il avait assez
d'audace pour spéculer, pas assez de crédulité pour
jouer.

On spécule avec un million ; on joue avec quinze
mille francs.

Et puis, voler quinze mille francs, cela est bas,
petit, laid, vulgaire, à la portée de tout le monde.
Des circonstances extraordinaires comme celles où
se trouvait Chalande peuvent rendre une telle
action sans danger, ou à peu près ; elles ne l'empê-
cheront jamais d'être ignoble.

Chalande n'avait peut-être pas beaucoup de délicatesse à l'égard du prochain, mais il éprouvait vis-
à-vis de lui-même un sentiment où il entrait beaucoup d'orgueil, une bonne dose de vanité, mais un
peu de fierté aussi. C'était ce sentiment qui, sur le
seuil du salon où on venait de le dépouiller, l'avait
porté à chercher dans son gousset sa dernière pièce
blanche au profit du nègre qui l'aidait à endosser
son paletot. C'était encore ce côté de son caractère
qui l'aurait empêché de cultiver la bienveillance de
Roger en vue d'un emprunt possible. Il est peut-être
plus facile de voler quinze mille francs à un mort
que d'en demander le prêt à un vivant ; cependant
il y a quelque chance pour que celui qui répugne à
la seconde de ces deux négociations recule devant
la première.

Il y avait un troisième parti.

Roger, dans l'exubérance de sa triple satisfaction :
— commerciale, il se retirait des affaires après fortune faite ; — patriotique, il rentrait en France
après dix ans d'éloignement ; — gastronomique, il
avait admirablement diné,—Roger, qui avait encore

d'autres sujets de contentement, car il allait retrouver sa fille et, eût-il peut-être ajouté tout bas, ne pas retrouver sa belle-mère, Roger s'était ouvert à Chalande avec la belle confiance de l'homme qui n'a rien à cacher, rien à redouter, et pour lequel un compatriote sympathique est un ami au bout de cinq minutes. Il n'avait même pas attendu si longtemps pour prendre sous son bras le bras de son voisin de cabine. Grâce à cette confiance, grâce à la prolixité naturelle à un ancien voyageur de commerce, grâce au bordeaux de la Compagnie, grâce enfin à une série de minimes circonstances qui ressemblait à une complicité du hasard, Chalande s'était trouvé instruit de la vie intime de son ami improvisé comme eût pu l'être un prêtre en recevant sa confession générale. Le pauvre homme ne se doutait guère qu'il fût en effet sur cette limite où les croyants, et quelques autres, se confessent *in extremis.* Il savait que Roger, débarquant à Paris, n'y trouverait personne pour le reconnaître. Quelques anciennes relations, peut-être... Mais de simples relations n'approchent qu'à la distance qui lui convient le propriétaire de douze cent mille francs.

Que Chalande acceptât simplement le fait accompli, qu'il se bornât à ne pas contredire le procès-verbal que le commissaire, le docteur et le commandant du *Péreire* étaient probablement en train de rédiger en ce moment même, et il serait avéré que lui, Chalande, avait disparu par cette nuit d'avril. A quiconque serait tenté de mettre son nom sur son visage, il pourrait opposer cette feuille de papier, obstacle et déguisement à la fois, difficile à pénétrer, presque impossible à détruire. Et puis, dans quel but ? Qui avait intérêt à ce qu'il fût Chalande

plutôt que Roger ? Qui se souciait de lui, il y a dix
ans ? Personne. — Et aujourd'hui ?

Chalande étant bien et dûment décédé, il était tout
naturel que Roger vécût. C'était bien assez d'un passager disparu dans le sillage du *Péreire*. Ce Roger
n'était plus tout à fait ce qu'on l'avait connu autrefois. Y avait-il là de quoi s'étonner ? C'est un fait
assez généralement admis que dix ans d'absence
changent un homme. Il est vrai que cinquante personnes avaient vu la veille Chalande côte à côte avec
Roger. Mais qui s'inquiétait d'eux, alors ? Qui
savait leurs noms ? Sur le pont d'un paquebot, chacun songe à soi, surtout dans les premières heures.
On a bien assez à faire de se caser, de s'installer, de
faire connaissance avec le bateau. D'ailleurs, quand
Chalande, ou plutôt Roger, sortirait de sa cabine,
ce qui ne serait pas sans doute avant deux ou trois
jours, il aurait la moustache rasée, la coupe de sa
barbe modifiée, une bande de taffetas sur la lèvre,
et la démarche qu'il voudrait, du droit de sa convalescence. Il serait un objet de sympathie. Il serait
solidement reconnu par les autorités du bord, du
commandant au garçon de cabine. Le docteur
Marius Peyragat le regarderait avec complaisance.
Le commissaire le choierait comme un homme qui
pouvant, à la rigueur, réclamer on ne sait quels dommages à la Compagnie, protesterait n'en vouloir rien
faire ; qui non seulement ne réclamerait rien, mais
viendrait déclarer, de son plein gré, que ce malheureux Chalande ou ses ayants droit n'avaient rien à
réclamer non plus, la chute de cet infortuné n'étant
imputable qu'à son imprudence. Le garçon de bateau,
qu'il gratifierait de cinq louis pour ses bons soins,
ne serait pas disposé à reconnaître son erreur pre-

mière, base de tout l'échafaudage ; erreur que la nuit, le trouble du moment, la blessure au visage et la présence du pardessus de Roger expliquaient de reste. Qui pourrait avoir un soupçon ? Qui oserait l'articuler ? Qu'y aurait-il à répondre à qui, par impossible, l'articulerait ? Un haussement d'épaules serait assez.

Le nouveau Roger rencontrerait-il plus de difficultés à se faire reconnaître à Paris ? Mais, en somme, à qui aurait-il affaire ?

A ses correspondants, tout d'abord, MM. Berthomieu et frère, dépositaires de ses douze cent mille francs. Ces Messieurs ne l'avaient jamais vu. Ils l'attendaient. Il avait sous son oreiller leurs lettres, les reçus de leur correspondant de San-Francisco, toutes les preuves de son identité nouvelle. Pourquoi douteraient-ils? Et s'ils doutaient, comment changeraient-ils leurs doutes en certitudes? Les douze cent mille francs allaient donc se trouver à la disposition du réclamant. Si c'était un vol, ce n'était pas du moins un vol ordinaire. Il y avait quelque chose de flatteur dans l'énormité de la somme, et aussi dans l'audace qu'une telle action supposait, audace tout intellectuelle, très différente de l'aplomb du simple filou risquant ses mains dans les poches d'autrui. Mais était-ce un vol? Chalande ne l'admettait pas.

Que serait-il arrivé sans son intervention? Le véritable Roger reconnu mort, sa fortune allait tout entière à sa fille. La pauvre enfant, pour être riche, n'en serait pas moins orpheline. Elle n'avait aucun parent; on lui donnerait donc un tuteur quelconque. Les douze cent mille francs seraient placés. Le tuteur toucherait consciencieusement les

coupons, paierait les notes de la pension, prépare-
rait à loisir ses comptes d'administration. Entre
dix-huit et vingt et un ans on marierait la petite au
premier venu. Ses intérêts matériels seraient sau-
vegardés, ou à peu près.

A moins que le tuteur ne fût un coquin, ou un né-
gligent, ou un imbécile ; que les valeurs « de tout
repos » choisies par lui et le conseil de famille ne
subissent un beau jour une dépréciation de cinquante pour cent, ou davantage, ce qui arrive quelquefois même aux valeurs de tout repos ; qu'un accident quelconque ne se produisît qui mit aux prises
les intérêts de l'orpheline avec ceux du premier venu,
auquel cas l'orpheline étant mineure et comme telle
protégée par la loi, il y avait beaucoup de chances
pour que le premier venu, se protégeant lui-même,
et libre de ses mouvements, eût le dessus. Si aucun
de ces incidents, qui ne sont pas sans exemple, ne
se produisait, la petite en serait quitte pour porter
le deuil de son père. On pouvait admettre qu'elle
ne le regretterait pas démesurément, ne l'ayant jamais vu.

Qui sait, pourtant ?

Au lieu de cela, le nouveau Roger se présentait.
Plus de deuil, plus de larmes. L'enfant retrouvait
un père. La fortune trouvait un gérant. Les douze
cent mille francs habilement, prudemment maniés,
produiraient évidemment plus qu'entre les mains
d'un tuteur. Qui y perdrait ? Personne. Qui y gagnerait ? Tout le monde. On reconnaît l'arbre à son
fruit ; on juge l'action par ses résultats. Étaient-ce
là les résultats d'un vol ?

Donc, sécurité matérielle ; sécurité morale ; rien
à craindre et rien à se reprocher : tel était le ré-

sumé de cette opération, d'ailleurs très simple. Le jour où la petite se marierait, elle trouverait ses douze cent mille francs intacts. Mais d'ici là, en dix ans, Chalande, c'est-à-dire Roger, en aurait fait sortir un autre million, ou deux, ou davantage. Il serait prudent pour le premier, hardi pour les autres, sage pour tous. Était-ce un emprunt? Pas même! Une commandite, plutôt. Au fait, s'il avait proposé à l'autre une association, qui prouvait que l'autre eût refusé? Accepter était, à coup sûr, ce qu'il avait de mieux à faire.

La situation réglée avec les banquiers, il resterait à voir le notaire, la maîtresse de pension, l'enfant elle-même. Ici, rien à craindre. L'enfant se trouvait naturellement hors de cause ; la maîtresse de pension n'avait jamais vu Roger et ne se doutait pas que Chalande existât ; le notaire n'était pas plus avancé que la directrice. Le nouveau venu, d'ailleurs, ne lui demanderait rien. La succession de la grand'mère, médiocre, était déjà liquidée et placée au nom de la petite. N'ayant rien à livrer, le notaire n'avait aucune raison de se défier. On ne se défie pas pour le plaisir. La méfiance est mère de la sûreté ; mais elle est la mort des affaires.

Chalande avait réfléchi ; sa résolution était prise.

VI

Huit jours plus tard, le *Péreire* entrait au Havre avec la marée. Parmi les voyageurs les plus empres-

sés de sauter à terre, on pouvait remarquer un
homme de haute taille, aux larges épaules, au profil
aquilin, aux yeux gris bleu. Cet homme, qui avait
la figure entièrement rasée, portait un petit sac en
bandoulière et, sur le bras, un ample pardessus
gris. Une mince ligne rouge sillonnait sa joue gauche, de l'oreille à la lèvre supérieure. Du reste, à
part cette cicatrice toute récente, et qui devait pâ-
lir avec le temps, il paraissait frais et dispos, et surtout satisfait de toucher le quai. Cette satisfaction,
qui n'avait rien d'extraordinaire, ne l'avait pas empêché d'échanger les salutations les plus cordiales
avec le commandant, le commissaire, et surtout
l'excellent docteur Marius Peyragat, de Barbazan,
qui en avait presque les larmes aux yeux.

— J'espère, mon cher Monsieur Roger, que vous
ne garderez pas un trop mauvais souvenir du *Péreire*.

M. Roger ne gardait pas rancune au *Péreire*. Ni
sa balafre, qui du reste ne lui allait pas trop mal,
ni sa foulure du pouce droit, — qui ne voulait pas
guérir, au point de l'avoir empêché de signer le
procès-verbal de la disparition du malheureux Chalande, — n'avait altéré sa bonne humeur. Les
derniers jours de la traversée ayant été favorisés
par un temps splendide, on avait pu se lier, s'appré-
cier les uns les autres. Il n'y avait qu'un mot sur
l'occupant de la cabine 21 : Quel aimable compagnon!

A la gare, c'était à qui monterait en wagon avec lui.

Le *Péreire* était arrivé dans la matinée. Le soir
même, M. Roger couchait à Paris, et le lendemain
matin, sur les dix heures, se présentait chez Messieurs Berthomieu et frère, banquiers, rue de la

Chaussée-d'Antin, où il priait le garçon de bureau de
faire passer sa carte aux patrons.

M. Berthomieu junior vint au-devant de lui les
mains tendues, comme il convient pour un client de
douze cent mille francs qui arrive de San-Francisco.
Les deux hommes, du reste, ne s'étaient jamais vus.
La connaissance s'était faite par l'intermédiaire du
correspondant californien. Inutile d'ajouter que le
compte courant de M. Roger était en ordre et à sa
disposition. — Monsieur Roger voulait-il retirer une
somme quelconque?

— Au contraire, j'ai encore une quinzaine de
mille francs sur moi, et comme je suis descendu
à l'hôtel, ma foi! on dit qu'il y a tant de voleurs à
Paris...

M. Berthomieu salua comme pour un compliment
personnel.

— En échange, reprit M. Roger en tirant de sa
poche une dizaine de billets de banque, je vous demanderai un carnet de chèques.

— Naturellement.

M. Berthomieu appela son caissier et le chargea
de passer sur-le-champ les écritures. Quand il fal-
lut donner son parafe, M. Roger prit la plume de
la main gauche.

— Vous n'allez pas reconnaître ma signature,
mon cher banquier. Quand je vous ai écrit de là
bas, je tenais ma plume comme tout le monde. C'est
cette maudite collision...

— Comment?

— Vous ne savez pas? Au fait, j'oublie que le
Péreire est arrivé d'hier. Ces traversées font perdre la notion du temps. Eh bien! mais, nous avons
eu notre petit abordage... Pas bien grave, heureu-

sement, puisque je suis le plus maltraité des
voyageurs. Les journaux du Havre vous raconte-
ront cela.

— C'est déjà fait, dit le caissier en saluant. Si
Monsieur veut voir les dépêches de ce matin ?..

— Oh! moi, je suis renseigné! Et j'ai mes raisons
pour me souvenir.

M. Roger montra du doigt sa balafre. Le banquier
éclata en condoléances.

— Ce n'est pas ma cicatrice qui m'ennuie; c'est
ma foulure. Ce n'est pas qu'elle me gêne beaucoup.
Je tiens ma canne, je manie ma fourchette comme
tout le monde. Mais quand il s'agit de conduire la
plume, va te promener! C'est bien gênant. Je suis
forcé d'apprendre à écrire de la main gauche.

— Vous y arriverez, dit le caissier. Je connais
même des gens qui se sont fait une jolie écriture.

— A propos de fourchette, reprit le banquier, voulez-vous me faire le plaisir de déjeuner avec moi?

— Une autre fois, j'en serais ravi; mais vous allez m'excuser: je n'ai pas encore embrassé ma
fille!

M. Berthomieu junior n'insista pas. Il comprenait.
Il reconduisit M. Roger avec force protestations, se
mettant à son service, lui, son frère, ses bureaux et
sa caisse. En revenant s'asseoir, il dit à son caissier qui rassemblait ses papiers:

— Voilà un agréable client!

M. Roger, comme s'il eût été sensible à ce compliment qu'il ne pouvait entendre, descendit l'escalier le sourire aux lèvres, héla une voiture qui passait à vide, et donna au cocher l'adresse du pensionnat des D^{lles} Duchesne, rue de Vaugirard.
Une fois installé sur les coussins, et le fiacre en

route, il consulta sa montre, un beau remontoir en
or avec les initiales L. R. sur la cuvette guillochée,
la remit dans son gousset et tira de sa poche le
carnet de chèques timbré au nom de MM. Berthomieu et frère. La vue de ce carnet faisait évidemment naître dans son esprit une foule de pensées
agréables, car il le retourna dans tous les sens,
l'ouvrit, le feuilleta lentement, de l'air satisfait d'un
singe épluchant une noix. Cette distraction lui suffit jusqu'au Pont-Royal, et l'absorba tellement qu'il
donna à peine un coup d'œil à l'avenue de l'Opéra,
récemment ouverte. Mais en abordant la rive gauche, il remit le carnet de chèques dans sa poche et
tira de cette même poche une photographie représentant une fillette d'une dizaine d'années, ni laide
ni jolie, qu'il se mit à contempler avec une attention singulière. Au bas du portrait, on lisait cette
dédicace tracée avec soin, en belle anglaise : A mon
cher père, sa fille respectueuse et affectionnée, Gabrielle Roger.

Le regard de M. Roger fixé sur cette photographie
n'éveillait pas précisément l'idée d'une vive tendresse paternelle. On eût dit plutôt d'un gendarme
étudiant un signalement.

La voiture s'arrêta devant une large porte percée
d'un étroit guichet. M. Roger descendit, sonna, demanda Mlles Duchesne, traversa une cour, gravit
un perron, franchit une antichambre, et fut introduit dans le cabinet de ces demoiselles. L'institution, bourgeoise et bien tenue, ressemblait à tous
les pensionnats. Les fenêtres du cabinet donnaient
sur un beau et grand jardin planté de vieux arbres.

Mlle Duchesne l'aînée, qui reçut le visiteur, ressemblait elle-même à toutes les maîtresses de pen-

sion. Elle avait cinquante ans, l'air d'autorité, la parole onctueuse, le geste grave, la distinction d'une personne très instruite et parfaitement bien élevée, la satisfaction discrète d'une commerçante au-dessus de ses affaires. Elle attendait M. Roger d'un jour à l'autre, était au courant de sa situation. Il n'y avait que son visage rasé qui la surprenait un peu, car la petite lui avait montré la photographie de son père. Cette surprise s'était manifestée au début de la conversation par un geste imperceptible, à peine quelque chose de plus qu'un clignement de paupières. M. Roger saisit ce mouvement et n'en laissa rien paraître.

— Je vais la faire appeler, dit Mlle Duchesne en étendant la main vers une sonnette.

Au même instant un murmure joyeux montait sous les fenêtres. La récréation commençait ; les pensionnaires se répandaient dans le jardin. M. Roger s'approcha de la vitre, regarda, et soudain, le doigt tendu :

— C'est elle, n'est-ce pas ?

Sa voix tremblait, ses yeux se mouillaient.

Mlle Duchesne se sentit émue.

M. Roger murmura :

— J'étais bien sûr de la reconnaître. Elle ressemble tant à sa mère !..

Une domestique entr'ouvrait la porte au coup de sonnette de la directrice. M. Roger avança la main.

— Ne lui dites pas qui la demande. Je veux l'avertir peu à peu. Pauvre mignonne, elle est nerveuse comme sa mère !

— Mais, fit observer Mlle Duchesne, elle va vous reconnaître, au contraire.

M. Roger secoua la tête.

— Je veux dire : d'après votre portrait...

— Je ne le pense pas. Cette cicatrice et l'absence de barbe et de moustache me changent beaucoup.

— En effet ! laissa échapper la directrice.

M. Roger ne parut pas avoir entendu, mais il leva les yeux vers le ciel.

— Ah, Mademoiselle !.. Je ne suis pas ce qu'on appelle dévot ! J'ai suivi la vie. Depuis le baptême de ma petite Gabrielle, je ne suis peut-être pas entré dix fois dans une église. Mais quand je pense à ce qui pouvait arriver, à ce dont Dieu nous a préservés, mes compagnons de route et moi !.. Pauvre petite ! la Providence n'a pas voulu qu'elle fût deux fois orpheline.

M. Roger tira son mouchoir et s'essuya sincèrement les yeux. Les prunelles de Mlle Duchesne laissèrent filtrer une lueur de curiosité.

— Mais en effet, cette cicatrice... Vous avez éprouvé un accident ?

M. Roger était déjà remis de son émotion. Il réintégra son mouchoir dans sa poche et dit très simplement :

— Un accident qui aurait pu être grave. Dieu merci, le *Péreire* en a été quitte pour des avaries. Le *City of Birmingham* avait des cloisons étanches. Vous trouverez les détails dans les journaux. Ne dites rien à Gabrielle.

— Une collision ! fit Mlle Duchesne en joignant les mains.

— Que voulez-vous ! Ces choses-là arrivent.

La porte s'ouvrait. La petite Gabrielle entra vivement, jeta un coup d'œil sur le visiteur et s'arrêta d'un air déçu. Évidemment elle ne le reconnaissait pas.

— Vous m'avez fait appeler, Mademoiselle? balbutia-t-elle en se tournant vers la directrice. Celleci la pressa contre son cœur et leva les yeux au ciel.

— Remerciez Dieu, mon enfant, qui vous a conservé votre père !

La fillette pâlit. Ce père qu'elle n'avait jamais vu n'était pas un inconnu pour elle. De si loin, il avait su se rendre présent par ses lettres, ses cadeaux, les soins dont il la voulait entourée. Depuis huit jours qu'elle avait reçu ses dernières lignes écrites de San-Francisco, elle vivait dans une attente émue. Elle joignit les mains avec un doux geste d'enfant effrayée, et se tournant vers le visiteur :

— Oh, Monsieur, vous avez de ses nouvelles! Estce qu'il est malade ? Est-ce qu'il a fait naufrage ?

Elle s'arrêta, suffoquée par les larmes. M. Roger l'attira sur sa poitrine et l'enveloppa d'une étreinte attendrie.

— Non, non, je n'ai pas fait naufrage. J'ai été malade un peu, et j'ai attrapé cette vilaine cicatrice qui me change beaucoup, à ce qu'il paraît, puisque tu ne me reconnais pas. Tu étais pourtant bien sûre de me reconnaître, dans ta dernière lettre.

L'enfant s'était reculée, très surprise.

— Comment, c'est toi ?

Il y avait du désappointement dans son regard. M. Roger la ramena contre lui d'un geste caressant, et baisa ses cheveux dans un sourire.

— Et toi qui avais juré que tu me reconnaîtrais tout de suite ! Nous avions même fait un pari, la dernière fois que tu m'as écrit. Est-ce que tu l'as déjà oublié ?

— Non, dit la fillette; mais ce n'est pas la dernière fois, c'est l'avant-dernière.

Les paupières de M. Roger eurent un battement bref. Le fait est que la dernière lettre de Gabrielle était restée dans le sillage du *Péreire*. Mais un si petit accident n'était pas pour le démonter.

— Alors, fit-il, en penchant un peu la tête, tu ne veux pas gagner ton pari ?

— Oh ! si, si ! s'écria l'enfant, ramenée à l'impression des choses présentes. Oh, mon petit papa, mon bon petit papa, mon cher petit papa, je te reconnais bien, va !

Elle lui sauta au cou, brusquement. M. Roger tendit une joue, puis l'autre, se laissant embrasser de l'air voluptueux d'un chat dont on gratte l'occiput. Gabrielle se laissa enfin retomber à terre et, le regardant avec un reste d'inquiétude :

— Alors, j'ai gagné ?

— Et deux fois pour une, car il y avait de la difficulté.

L'enfant soupira de satisfaction.

— Mais tu me diras ce que tu veux avoir gagné, car tu ne me l'as pas écrit.

— Comment, je ne te l'ai pas écrit ? Mais tu n'as donc pas lu ma dernière lettre ?

— Pour la seconde fois M. Roger éprouva une sensation imperceptible d'embarras. Mlle Duchesne vint à son secours.

— Mais, ma chère enfant, cette dernière lettre n'est peut-être pas arrivée entre les mains de votre père.

M. Roger saisit vivement l'indication.

— Le fait est qu'entre deux personnes dont l'une écrit de Paris et dont l'autre quitte San-Francisco... —Mais, reprit-il avec non moins de vivacité en voyant la petite baisser la tête et laisser pendre ses bras d'un air consterné, tu n'as sans doute pas oublié ce qu'il y avait dans ta lettre. Qui t'empêche de me le répéter ?

L'enfant regarda la maîtresse de pension et poussa une énorme soupir.

— J'aimerais mieux que tu l'eusses su d'avance, dit-elle enfin avec un grand effort, parce que... parce que... Enfin, je voudrais aller au théâtre !

Ceci fut dit de tout près et presque à voix basse. Mais Mlle Duchesne avait l'oreille fine. Son institution était une institution sérieuse. Le théâtre y était mal vu. Passe encore pour le cirque ! La directrice eut un petit accès de toux sans perdre de vue M. Roger.

— Eh bien, dit celui-ci avec un accent bien paternel, nous irons au théâtre ! Seulement...

Il s'arrêta, souriant, entre l'enfant tremblante et la vieille fille effarouchée. Sa main ouverte traça dans l'air une courbe gracieuse, un de ces gestes moelleux et nets, péremptoires et conciliants, qui annoncent la clôture d'une discussion.

— Seulement, comme je suis à l'hôtel et que je n'ai pas encore de chez moi, il faudra que quelqu'un t'attende ici, un peu tard dans la soirée. J'aurai soin que cette personne ne regrette pas sa peine.

Mlle Duchesne fit entendre un murmure qui pouvait être un acquiescement ou une protestation, au choix. M. Roger n'en parut pas ému.

— Malheureusement, continua-t-il d'un air mélancolique, je suis seul, ma pauvre enfant, et je serais bien embarrassé de toi, malgré toute mon affection, si je n'étais pas sûr que tu trouveras ici les soins que ta pauvre mère ne peut te donner. — Il faudra me pardonner, Mademoiselle, si je viens

quelquefois vous la gâter un peu ! Cela ne vous em-
pêchera pas, j'en suis certain, d'en faire, avec le
temps, une jeune personne bien sage et bien instruite. Je sais que plusieurs de vos élèves ont passé
de brillants examens.

Mlle Duchesne salua, complètement rassérénée.

— Avec l'intelligence de Gabrielle, dit-elle, ce serait vraiment dommage de ne pas la pousser jusqu'au brevet supérieur. Nous avons, Dieu merci !
tout ce qu'il faut pour cela.

— Je le sais.

— Sans négliger les arts d'agréments... Gabrielle
a des dispositions pour la musique, et je serais disposée à croire qu'elle aura de la voix.

— Tant mieux !

— Nos cours comprennent le piano et le chant ;
mais pour tirer d'une nature aussi bien douée tout
ce qu'on peut en attendre, quelques leçons particu-
lières seraient loin d'être inutiles...

— Je vous serai reconnaissant d'y veiller. Une
fois pour toutes, Mademoiselle, mon intention est
que rien, — vous m'entendez, n'est-ce pas ? — rien
ne soit négligé de ce qui peut faire de ma Gabrielle
une enfant heureuse et une jeune personne accomplie.

Mlle Duchesne s'inclina. M. Roger caressa les cheveux de la fillette et la poussa doucement vers la
porte.

— Va t'habiller, Mademoiselle te le permet. Nous
partirons quand tu seras prête.

L'enfant s'envola. Mlle Duchesne profita de l'intervalle pour promener cet excellent M. Roger des
classes aux dortoirs et de l'infirmerie à la cuisine.
Dix minutes plus tard, Gabrielle, parée et ravie,

sautait dans le fiacre avec son père et commençait
une journée de rêve : déjeuner au restaurant, visites aux plus beaux magasins, promenade au jardin
d'acclimatation avec accompagnement d'éléphant,
d'autruche et de dromadaire ; diner dans un second
restaurant encore plus beau que le premier ; et,
pour couronner le tout, cette glorieuse soirée au
théâtre, son rêve depuis des mois. Dans cette journée si bien remplie, M. Roger trouva encore une
demi-heure pour passer chez le notaire, Me Mabilleau, et le remercier de ses soins. Me Mabilleau
avait déjà lu l'accident du *Péreire*, ce qui abrégea
les explications. Du reste, il se rappelait parfaitement avoir vu M. Roger au moins une fois, à l'époque de son mariage.

— J'étais second clerc de mon prédécesseur,
Me Bonzom. Vous êtes venu pour votre contrat. Je
ne vous trouve même pas beaucoup changé. Même
sans voir votre charmante fillette, je suis sûr que je
me serais dit : Je connais ce Monsieur !..

— Vous avez la mémoire des physionomies.

— Oh, à un degré étonnant !.. Tenez, il y a quatre ans, à l'enterrement de Me Bonzom..

— Ah, Me Bonzom ?..

— Oui, le pauvre homme est mort, presque à la
fleur de l'âge, à cinquante-neuf ans. Vous le con-
naissiez beaucoup?

— Fort peu. A propos, si vous entendiez parler
d'un immeuble en bon état, d'un rapport certain,
dans les trois cent, trois cent cinquante mille...

— Mais, certainement ! fit Me Mabilleau qui ou-
blia son histoire. Cela peut se trouver. Voulez-vous
que je consulte?..

—Oh, pas aujourd'hui! Aujourd'hui, j'appartiens à ma fille.

— C'est trop juste !

Le notaire reconduisit son client jusqu'à la porte de l'étude.

A minuit et demi, Gabrielle, un peu endormie, était remise entre les mains d'une sous-maîtresse de l'institution Duchesne restée levée à son intention. La directrice n'avait pas voulu qu'une simple servante attendît une élève si distinguée. Une douzaine de colis empilés dans la voiture témoignaient que les stations dans les magasins n'avaient pas été sans avantages pour le commerce. M. Roger embrassa sa fille, regarda retomber la lourde porte, et remonta dans son fiacre, avec un soupir de satisfaction. Il était las, mais il n'avait pas perdu sa journée.

— Récapitulons, songeait-il en roulant vers le Grand-Hôtel : Mon banquier me reconnaît; mon notaire me reconnaît; la maîtresse de pension de ma fille me reconnaît; ma fille non seulement me reconnaît, mais m'adore. Du reste, elle est charmante, cette petite. Par exemple, j'ai peur qu'elle ne soit pas jolie...

Il bâilla et, s'accotant au fond de la voiture :

— Si elle n'est pas jolie, elle aura une belle dot. J'y veillerai !

Gabrielle dormait déjà dans son lit de pensionnaire.

DEUXIÈME PARTIE

VII

L'hôtel du baron Roger s'élevait rue Pierre-Charron, entre l'avenue de l'Alma et la rue François-
Premier, du côté des numéros pairs. C'était une
construction carrée et solide, d'un luxe cossu, sans
aucune prétention artistique, mais qui, peut-être à
cause de cela, ne manquait pas d'une certaine élégance robuste. Les bâtiments avaient deux étages
au-dessus du rez-de-chaussée, élevé lui-même sur
des sous-sols. On arrivait à ce rez-de-chaussée par
un large perron de cinq marches séparé de la rue
par une cour sablée où les voitures tournaient à
l'aise. A droite et à gauche, des communs, des
serres bordaient la cour. Derrière l'hôtel et sur le
côté, avec un retour prolongé jusqu'à la rue, un
vaste jardin s'étendait, magnifiquement planté de
grands arbres.

Il y avait dix ans que le baron Roger était revenu d'Amérique, riche de douze cent mille francs

et sans la moindre prétention nobiliaire. Ses affaires avaient prospéré. Son capital s'était au moins
décuplé. Un prince régnant, pour quelque service
rendu, lui avait conféré ce titre de baron qu'il avait
eu le bon sens de joindre simplement à son nom
roturier. Cela formait une combinaison de syllabes
d'une belle sonorité, nullement ridicule. C'était
maintenant un homme de cinquante-deux ans, qui
ne paraissait pas son âge, regardant droit, du haut de
sa grande taille. Ses cheveux grisonnaient un peù,
mais comme ils étaient presque blonds, cela se
voyait à peine. Du reste, il les portait courts. Avec
ses larges épaules, sa voix sonore, son geste assuré, sa moustache qu'il avait laissée repousser,
sa barbe en pointe et sa cicatrice, il avait assez la
mine d'un colonel de cavalerie. Il était décoré de
la Légion d'honneur.

Le baron Roger n'avait pas voulu se remarier.
Il vivait depuis trois ans avec sa fille sortie de pension. C'est à l'époque de cette sortie qu'il avait
acheté l'hôtel de la rue Pierre-Charron. Jusque-là
il avait vécu en garçon, voyageant beaucoup, tout
entier à un petit nombre d'entreprises soigneusement choisies, mûrement étudiées, et qui ne manquaient guère de se résoudre en gros bénéfices.
Comme spéculateur, il n'avait aucune spécialité,
risquait ses capitaux aussi bien sur des terrains à
Paris que sur une concession de défrichements dans
le Sahara ou l'Amérique du Sud. Mais, ici ou là,
ses capitaux fructifiaient. On citait son coup d'œil
et l'on enviait sa bonne étoile.

Sa fille Gabrielle approchait de ses vingt et un
ans. Depuis la veille, elle était mariée.

Ceci expliquait le silence profond et l'immobilité

régnant dans l'hôtel, quoiqu'on fût dans les grands jours de la fin de mai, et que huit heures du matin fussent près de sonner. Le mariage s'était célébré en grande pompe à Saint-Augustin. Les jeunes époux devaient partir immédiatement pour la Suisse. Malheureusement, au retour de l'église, Gabrielle s'était sentie un peu souffrante et le voyage avait été remis, non sans que ce retard soulevât quelques commentaires.

Gabrielle Roger avait épousé un beau nom. Elle s'appelait maintenant Mme la comtesse de Val-Saint-Pé. Tout le monde sait qu'il y avait un Val-Saint-Pé au siège d'Antioche.

VIII

Cependant, comme les horloges de l'hôtel s'apprêtaient avec plus ou moins d'ensemble à marquer huit heures, le tremblement d'une sonnerie électrique se fit entendre, et une jeune personne de vingt-deux ou vingt-trois ans, aux cheveux blonds, au visage chiffonné, et dont les traits irréguliers ne manquaient pas d'une certaine grâce, malgré quelques taches de rousseur, sortit d'une petite chambre située sous les combles et dégringola lestement les marches raides du petit escalier de service. Cette jeune personne, qui n'était autre que Mlle Rosalie, femme de chambre de la nouvelle comtesse de Val-Saint-Pé, gagna rapidement le premier étage et l'aile gauche de l'hôtel, traversa une petite pièce

formant antichambre, et vint heurter du bout des
doigts à une porte hermétiquement close. Une voix
douce, assourdie par les panneaux et les tentures,
lui répondit dans la chambre voisine.

— Est ce vous, Rosalie?

— Oui, Madame.

— Entrez!

Mlle Rosalie écarta discrètement le battant et se
glissa comme une couleuvre dans l'ouverture. C'était
une chambre à coucher assez vaste, tendue et meu-
blée de soie bleue, décorée avec un luxe exquis,
mais qui, même dans les maisons les plus riches,
n'eût pas semblé à sa place dans un appartement
de jeune fille. Ceci n'était point la faute de Gabrielle, mais de son père. En prenant possession de
l'hôtel, le baron Roger l'ayait naturellement disposé à sa guise. Le premier étage de l'aile gauche
formant un appartement complet de grande mondaine, il n'eût pas compris que sa fille se reléguât
dans quelque pièce du second, bonne tout au plus
pour l'institutrice. L'appartement nécessitait le mo-
bilier. Tout ce que Gabrielle put faire fut de supprimer les rideaux d'un immense lit où elle se sentit perdue et quelque peu effrayée, la première fois
qu'elle y dormit en quittant sa couchette de pensionnaire. Du reste, étant donné ce contre-sens
initial dont elle n'était point responsable, elle en
avait tiré tout le parti possible. Quelque chose de
chaste, d'adorablement virginal, flottait dans cette
chambre, en dépit de l'architecte et du tapissier.
Quelqu'un qui fût entré là, sans savoir, eût été
surpris. Qui habitait là? Une femme? Une jeune
fille? Une fée? La troisième supposition eût paru
moins invraisemblable que les deux autres.

Mlle Rosalie n'en rêvait pas si long. Sa maîtresse était pour elle une jeune fille fort ordinaire, élevée depuis la veille à la dignité de vraie comtesse. Voilà ce que c'est que d'avoir trois millions de dot !

Si Mlle Rosalie avait eu ces trois millions, soyez sûrs que beaucoup de comtesses ne lui fussent point arrivées à la cheville.

Elle s'arrêta une seconde tout près de la porte, comme hésitante. Ses yeux vifs, pétillants d'une curiosité malicieuse, parcoururent rapidement la chambre. Les persiennes étaient closes, mais les rideaux n'étaient point tirés, ce qui mettait un jour doux dans la pièce. C'était une habitude de Gabrielle de laisser entrer ainsi la lumière presque librement, même dans les grands jours de l'été. Elle avait gardé ses habitudes matinales de pensionnaire.

Ce matin, pourtant, elle s'éveillait au moins deux heures plus tard que de coutume. Il est vrai que c'était son lendemain de noces. Mais rien autour d'elle ne trahissait la présence de ce personnage, d'ordinaire assez encombrant, qu'on appelle un mari. Elle était seule. Le lit à peine foulé disait la tranquillité d'un sommeil de vierge. La camériste saisit d'un regard ce double indice, accompagné de quelques autres, et ses sourcils relevés donnèrent à son visage une expression d'étonnement.

— Madame la comtesse a sonné ? J'espère que je n'ai pas trop fait attendre Madame la comtesse ! Madame la comtesse a passé une bonne nuit ?

Madame la comtesse se souleva sur le coude. Ses cheveux blonds, d'une nuance chaude, inondèrent l'oreiller garni de dentelle. Ses paupières étaient un peu gonflées. Un peignoir de batiste, boutonné jusqu'au cou, voilait la rondeur des épaules ; mais le haut du bras gauche apparaissait, pur et blanc, à travers une large déchirure.

— Quelle heure est-il donc, Rosalie? Il me semble que j'ai dormi bien tard.

— Ce ne serait pas étonnant, dit la femme de chambre en essayant de combiner à doses égales la malice et le respect.

Les paupières de Gabrielle se relevèrent; ses prunelles lancèrent un regard dur, fiévreux, qui ne rappelait en rien les langueurs habituelles aux jeunes mariées. Ce ne fut d'ailleurs qu'un éclair. La jeune femme étouffa un petit bâillement et se laissa retomber sur l'oreiller.

— C'est le chloral du docteur! Je crains bien d'avoir la tête lourde toute la journée. Est-ce qu'Adrienne n'est pas levée?

Il y avait un verre vide sur un guéridon. Adrienne était une ancienne sous-maîtresse des D^{lles} Duchesne qui les avait quittées pour suivre son élève, restée son amie. Elle occupait chez le baron Roger une de ces positions neutres, fertiles en souffrances cachées, où l'affection doit se tourner en haine ou grandir jusqu'à l'absolu dévouement.

Rosalie n'avait pas vu Mlle Adrienne.

— Du reste, on n'entend pas un bruit dans l'hôtel. Tout le monde respecte le sommeil de Madame. On aime tant Madame!.. On est si heureux de la servir !

Tout en parlant, la camériste furetait discrètement, mais avec l'ardeur d'un chien de chasse qui sent la piste. Ce qu'elle sentait, ce qu'elle devinait, c'était un mystère. Mlle Rosalie avait une idée très nette de ce que doit être une jeune comtesse au réveil de sa nuit de noces, à huit heures du matin. Ce qu'elle voyait de Gabrielle ne répondait point à cette idée, ce qui était surprenant. Un instant elle s'était demandé si le comte, devant l'indisposition de sa femme, n'avait pas simplement pris le parti de rester chez lui, ou plutôt d'y rentrer, car il était certainement venu jusqu'à la porte de la comtesse. Le preuve de ceci, c'est qu'il y avait rencontré Rosalie en personne, et l'avait engagée, en lui mettant un louis dans la main, à regagner sa chambre sous les combles, l'état de sa maitresse n'exigeant nullement qu'elle restât debout toute la nuit.

Rosalie qui, pour sa chère maitresse, aurait passé les nuits et les jours, n'avait cédé qu'à un ordre formel, adouci par un second louis.

Il était donc hautement probable que le comte Adalbert de Val-Saint-Pé était entré vers minuit ou minuit et demi dans la chambre de sa jeune femme. Mais s'il y était entré, comment en était-il sitôt sorti ? Comment n'y avait-il pas laissé, pour l'œil perçant de la camériste, la moindre trace de son passage ? S'était-il contenté de s'informer de la comtesse et de lui souhaiter une bonne nuit ? Ce n'était pas beaucoup la peine de renvoyer la femme de chambre.

L'appartement de Gabrielle comprenait, outre la chambre à coucher et la petite pièce servant d'antichambre, un vaste cabinet de toilette, une salle de bain, et une sorte d'atelier éclairé sur le jardin par une large baie, meublé de divans bas, tendu de couleurs claires, plein de fleurs. C'était là que les deux jeunes filles se tenaient le plus souvent, lisant, travaillant ou faisant de la musique. Un petit escalier

4

mettait cette pièce en communication directe avec le jardin. Pour peu qu'il fît beau, c'était assez l'habitude de Gabrielle de descendre en se levant faire quelques pas dans les allées.

La jeune femme était déjà debout. Enveloppée d'un ample peignoir de cachemire blanc, les cheveux simplement tordus et relevés en une masse lourde, la joue encore fraîche des ablutions matinales, elle passa sans daigner y jeter un coup d'œil devant l'immense glace qui la reflétait tout entière avec la grâce souple et le charme de ses vingt ans. Elle entra dans l'atelier, le traversa et mit le pied sur la première marche de l'escalier. Elle allait devant elle avec la sûreté de l'habitude, mais évidemment sa pensée était ailleurs.

L'escalier aboutissait, au rez-de-chaussée, à un petit vestibule meublé d'une banquette, d'un portemanteau, et d'une énorme caisse où s'épanouissait une gerbe de plantes tropicales. Ce vestibule ouvrait sur l'extérieur par une porte vitrée munie d'un grillage en arabesques. Cette porte regardait la partie du jardin en retour vers la rue et resserrée entre les constructions des propriétés voisines et les bâtiments des communs. Des deux côtés les murailles étaient aveugles. On ne pouvait être aperçu là que des fenêtres mêmes de l'hôtel, et encore très obliquement, ou de la rue, si quelque regard indiscret avait pu percer le double rempart de tôle peinte et de lierre épais dressé derrière la grille aux barreaux aigus que supportait un soubassement de pierre grise. Grille et soubassement formaient ensemble une barrière de près de trois mètres, qui toutefois s'abaissait un peu vers le bout le plus éloigné de l'entrée, la rue Pierre-Charron étant en pente raide. Ce coin perdu, plein d'ombre et de verdure, était une des retraites préférées de Gabrielle.

Comme elle ouvrait la porte extérieure du vestibule, elle aperçut le soleil, ardent déjà, qui dorait cette face de l'hôtel exposée au midi. Elle étendit le bras presque machinalement pour prendre une des deux ou trois ombrelles rustiques accrochées au portemanteau. L'ombrelle lui glissa dans les doigts et tomba derrière la caisse. Gabrielle se baissa, et sa femme de chambre, de l'étage supérieur, l'entendit pousser un grand cri.

— Madame m'a appelée ? demanda-t-elle en se hâtant d'accourir.

Gabrielle n'appelait pas. Elle s'était laissée glisser sur les genoux, le buste soutenu par un angle de la caisse, immobile, avec un frémissement nerveux qui la secouait de la nuque aux jarrets, pendant que ses lèvres tremblantes semblaient incapables d'articuler un son. En même temps ses prunelles agrandies paraissaient invinciblement attirées vers un coin obscur, entre la muraille et la caisse. Mlle Rosalie, à qui la curiosité donnait des ailes, franchit en trois bonds l'escalier, regarda par-dessus l'épaule de sa maîtresse et, à son tour, poussa un cri, mais tellement aigu que l'hôtel en parût réveillé et qu'on entendit sur-le-champ des portes s'ouvrir et des pas résonner sur les parquets.

— Qu'y a-t-il ? demanda presque aussitôt, en mettant le pied sur le seuil du vestibule, une belle personne de vingt-trois ou vingt-quatre ans, grande et bien faite, aussi brune que Gabrielle était blonde, et dont le seul défaut, peut-être, était le rapprochement un peu dur de ses sourcils. Êtes-vous folle, Rosalie ?

— Ah, Mademoiselle Adrienne, s'écria la jeune fille en joignant les mains, si vous saviez !

Mlle Adrienne entra, courut à Gabrielle, l'enveloppa d'une étreinte vigoureuse et l'assit sur la banquette. La jeune femme poussa un profond soupir et se laissa aller, inerte, dans les bras de son amie.

— Évanouie ! murmura l'ancienne sous-maîtresse d'un accent où il entrait plus de dédain que de pitié. Cependant, elle se hâta de lui prodiguer les premiers soins, pendant que Mlle Rosalie joignait les mains, levait les bras au ciel, poussait des exclamations et semblait se donner beaucoup de mal pour se rendre parfaitement inutile.

— Voyons, fit Mlle Adrienne impatientée, voulez-vous demeurer une seconde tranquille, Rosalie, et me dire ce qui est arrivé ?

— Ce qui est arrivé ! s'écria la femme de chambre en laissant retomber ses bras le long de son corps. Mais Mademoiselle ne voit donc pas ?

— Je viens du grand soleil, et il fait presque sombre ici. Enfin, de quoi s'agit-il ?

Mais pendant qu'elle parlait, son regard, s'accoutumant par degrés à l'obscurité relative, suivait la direction du regard de Rosalie.

Brusquement, elle pâlit, et un frisson la prit à son tour, mais si rapidement maîtrisé qu'elle pût répondre d'une voix calme au baron Roger demandant, lui aussi, sur la première marche de l'escalier :

— Qu'y a-t-il, Mademoiselle ? Est-ce que Gabrielle se trouve mal ?

Adrienne fit signe à Rosalie de la remplacer près de sa maîtresse, et gravissant les degrés au-devant du baron qui les descendait :

— Gabrielle s'est trouvée mal en trouvant ici son mari.

M. Roger la regarda, surpris.

— Qu'a donc d'étonnant la présence de mon gendre à la porte de sa femme ?

— Monsieur, je ne veux rien vous dire ; je ne sais si Gabrielle ne nous entend point, et c'est assez de ce qu'elle a vu. Donnez-vous la peine de descendre, je vous prie.

M. Roger obéit. Son premier mouvement fut de courir à Gabrielle ; mais Adrienne le retint d'un signe et lui montra du doigt cet angle obscur, entre la muraille et la caisse d'où jaillissaient les plantes épanouies. Il y avait là comme un tas de vêtements jetés sur quelque chose ayant vaguement la forme d'un homme, mais d'un homme étrangement accroupi, le dos à la muraille, les mains à terre, les genoux au menton. Ces vêtements, froissés, fripés, qu'on eût dit avoir été traînés exprès sur le sol ou le long des marches, offraient sur quelques points épargnés la fraîcheur de nuance et l'aspect moelleux des étoffes neuves. Les pieds, chaussés en pointe, à la mode du jour, semblaient d'une longueur prodigieuse relativement à leur étroitesse. La tête nue, penchée en avant, montrait ses cheveux un peu clairs, mais peignés et lustrés à miracle. Les yeux, grands ouverts, ne regardaient rien. Le reste de la face, pâle et calme, semblait dormir.

— Le comte ! balbutia M. Roger, presque aussi pâle que le cadavre. Mon gendre... mort !

Gabrielle, comme si elle avait pu entendre, laissa échapper un gémissement.

— Avant tout, Monsieur, dit Adrienne, il fau-

4.

drait la remonter danssa chambre, ou tout au moins l'éloigner d'ici.

M. Roger fit signe que oui, écarta Rosalle d'une main, souleva sa fille dans ses bras, et se mit à gravir l'escalier sans paraître sentir le poids de la jeune femme. Au contraire, à mesure qu'il s'éloignait du vestibule, sa démarche s'affermissait. Rosalie, sous prétexte de soutenir les pieds de sa maîtresse, le suivait avec une allégresse contenue, mais évidente. Adrienne, restée la dernière, ferma la porte extérieure, fit tourner deux fois la clé dans la serrure, et l'en retira sans pousser les verrous. Elle poussa au contraire soigneusement la targette qui fermait la porte de l'atelier, et tendant la clé au baron :

— Je pense, Monsieur, que personne ne doit plus entrer dans ce vestibule avant le médecin et... la police ?

— Oui, oui, dit M. Roger en prenant la clé. Mais ma fille ?

— Faites le nécessaire et, de mon côté, j'aurai soin d'elle en attendant le docteur Guimbaud, qui d'ailleurs ne saurait tarder.

IX

Le docteur Guimbaud n'avait pas voulu déranger le corps. Un coup d'œil lui avait suffi pour voir que tous les soins étaient depuis longtemps inutiles, et il ne voulait pas risquer de contrarier les gens de police dans leurs premières constatations.

— M. le comte a été étranglé par la simple pression des doigts, disait-il au baron Roger, avec son beau sang-froid de professeur. Le meurtrier n'a eu besoin que d'une main, ce qui suppose une assez grande longueur des doigts, et une force peu commune. Il faut dire que la victime avait le cou un peu mince. M. le comte a dû être surpris ; la suffocation a été très rapide, ce qui explique le repos de la physionomie. En cas de lutte prolongée, nous aurions eu la face tuméfiée, violacée, la langue en état plus ou moins marqué de prolapsus, les yeux gonflés, les lèvres peut-être légèrement souillées d'écume. L'agonie, vraisemblablement, a été fort courte. J'ai observé la même apparence de calme chez un condamné à mort espagnol, exécuté par le garrot. Peut-être même faudrait-il invoquer ici cette action d'arrêt, signalée récemment par Brown-Séquard, et qui peut produire l'insensibilité ou une syncope foudroyante à la suite d'une légère blessure au cou, d'une simple pression brusque sur le larynx. Il y a là un phénomène encore bien mystérieux !.. Une chose certaine, c'est que le meurtrier a un poignet de fer.

— Oh ! docteur, ma fille ! ma pauvre fille !...

Le docteur hochait la tête. Gabrielle était revenue à elle avec une forte fièvre, de la confusion dans les idées... Par exemple, elle avait prononcé plusieurs fois le nom de Georges, tandis que le comte de Val-Saint-Pé avait été baptisé Adalbert. Malgré cela, le docteur n'était pas inquiet.

Il était certainement fâcheux que cette secousse se fût produite après l'indisposition de la veille.

Mais, avec de grands ménagements.... du repos....

— Je ne parle que du physique : évidemment Mᵐᵉ de Val-Saint-Pé ne se consolera pas de long-temps. Mais à son âge, avec toute la vie devant elle...

— Monsieur, vint dire Germain, le valet de chambre du baron Roger, M. le commissaire de police est là.

— Allons, fit le père de Gabrielle avec un sou-pir; il faut espérer qu'un pareil crime ne restera pas impuni !

M. de Santis, commissaire de police du quartier, avait amené avec lui un agent de la sûreté, M. Farot. L'enquête commença tout de suite. Le docteur Guimbaud répéta sa démonstration.

— A quelle heure peut remonter la mort? demanda le commissaire.

— A une heure ou deux du matin.

— Vous ne soupçonnez personne ?

Le baron secoua la tête.

— Le meurtrier est entré par-dessus la grille qui clôt le jardin sur la rue, dit l'agent de la sûreté. J'ai vu l'empreinte de ses deux pieds dans la plate-bande qui borde le mur. C'est un gaillard bien dé-couplé, car il a franchi la grille comme un oiseau. D'après l'empreinte, il porte des bottines fines à bouts presque ronds.

— Vous aurez soin de faire mouler l'empreinte, Farot.

— Naturellement, Monsieur le commissaire.

—Le cadavre n'a pas été volé, reprit l'agent qui, d'un tour de main, venait d'inventorier les poches. Voici la montre de M. le comte, son mouchoir, une demi-douzaine de louis, et un petit portefeuille qui doit contenir davantage, car je vois passer l'angle d'un billet de banque.

— Mais, dit M. de Santis, il s'était peut-être garni les mains avant de rencontrer M. de Val-Saint-Pé.

— Je ne crois pas, Monsieur le commissaire. Les domestiques n'auraient pas manqué de s'apercevoir de l'effraction d'un meuble ou de la disparition d'un objet de valeur. Et s'ils s'en étaient aperçus, ils se seraient hâtés de constater le vol, afin de mettre à couvert leur responsabilité. Nous pouvons être à peu près certain que le malfaiteur n'a rien emporté.

— Malheureusement ! opina le commissaire.

— Pourquoi ce regret, s'il vous plaît? interrogea le docteur Guimbaud, qui assistait curieusement à ces préliminaires d'instruction.

— Parce que, Monsieur, un criminel qui n'a rien laissé, ni rien emporté, est à peu près introuvable. Le misérable a dû pénétrer dans l'hôtel avec l'idée que tout le monde y serait endormi. Peut-être même, ayant combiné son plan d'avance, croyait-il M. le comte et Mᵐᵉ la comtesse partis, comme il avait été convenu. C'est un projet qu'on n'avait sans doute pas songé à tenir secret et qui devait aisément transpirer au dehors par l'intermédiaire des domestiques, des fournisseurs, etc...

— Parfaitement.

— Dans ces conditions, non seulement M. le baron devait se trouver seul dans son appartement, mais plusieurs domestiques pouvaient se trouver absents, ou profondément endormis, la fête de famille ayant eu probablement pour conséquences des congés accordés, des gratifications, un surcroît de travail la veille et le matin, des réjouissances dans la soirée. Notre homme choisissait donc

parfaitement son heure. Il a fallu l'indisposition
fortuite de la mariée. Plus tard, M. de Val-Saint-Pé
est descendu pour une cause quelconque. La nuit
était assez belle pour inviter à la promenade. Peut-
être a-t-il tout simplement entendu le bruit des pas,
de la porte qu'on essayait d'ouvrir. Il a voulu se
rendre compte. Il est descendu. Le misérable lui a
sauté à la gorge. Puis, le crime commis, il est re-
parti comme il était venu.

— En effet, dit le docteur; il est infiniment probable que les choses se sont passées ainsi.

— Est-ce votre avis, Farot?

— Monsieur le commissaire désire connaître
toute ma pensée?

— Assurément.

— Eh bien, pas du tout!

— Ce n'est pas votre avis?

— Non, Monsieur le commissaire.

— Je suppose, fit M. de Santis imperceptiblement
froissé, que vous avez vos raisons ?

L'agent salua.

— Auriez-vous la bonté de nous les faire connaître?

— Je suis aux ordres de Monsieur le commissaire.

— Parlez, Farot ; vous savez que j'aime à reconnaître mes erreurs.

— D'abord, — je ne dis pas cela pour vous, Monsieur le commissaire, mais pour ces Messieurs qui ne
sont pas, comme nous, de la partie, il est très rare
qu'une entreprise comme celle que vous supposez soit
conçue et exécutée par un seul homme. Cela sup-
poserait une audace, une énergie, heureusement
fort rares. Ce serait donc le fait d'un criminel d'habitude, exceptionnellement doué, comptant sur sa
force et son sang-froid.

— Eh ! mais, interrompit M. de Santis, l'homme qui a franchi comme un oiseau, selon vos propres paroles, une clôture de plus de deux mètres, et qui étrangle net, d'une seule main, la première personne qui vient le gêner...

— Cet homme ne s'arrête pas pour si peu. Personne ne l'a entendu. Sa retraite est libre. Il sait que cet hôtel renferme assez d'argent, de bijoux, d'objets précieux faciles à emporter, pour y réaliser presque une fortune. Cette fortune est là, à sa portée. J'admets cependant qu'il recule. Il ne sera pas assez fou, assez épouvanté, ou assez sentimental pour se priver de dévaliser le cadavre qu'il vient de faire, opération qui demande un quart de minute.

— C'est spécieux, murmura le commissaire. Mais alors, à votre avis, qui serait le coupable ?

L'agent salua le docteur et le baron.

— Je suis convaincu qu'à cet égard ces Messieurs en savent plus que nous.

Le docteur fit un bond sur son siège.

— Moi ?.. M. Roger et moi ? Qu'entendez-vous par là ?

— Vous oubliez à qui vous parlez, Farot, dit le commissaire sévèrement.

M. Roger ne souffla pas mot, mais il était devenu très pâle.

— Je prie ces Messieurs de ne point se fâcher, dit Farot paisiblement. Il arrive tous les jours aux gens les plus honorables de coudoyer un coquin. Du reste, c'est une pure hypothèse. Tout ce que je voulais donner à entendre, c'est que si M. de Val-Saint Pé avait un ennemi...

M. Guimbaud protesta.

— Un ennemi ? le pauvre garçon !.. Oh ! pourquoi ?

— Madame la comtesse est bien belle !.. et j'ai entendu parler de trois millions de dot.

Le docteur Guimbaud devint pensif.

Le baron Roger, lui, avait repris ses couleurs habituelles. Il exprima nettement, selon sa coutume, son dédain pour ce qu'il appelait un roman.

— A votre compte, Monsieur Farot, il faudrait attribuer le meurtre de mon gendre à quelque rival malheureux, à quelque prétendant évincé. Ce serait pour ma fille un triste privilège que de soulever de telles passions. Mais en admettant une pareille folie, il me semble qu'elle n'aurait pas attendu cette nuit pour se révéler. Gabrielle a toujours été fort réservée, nullement coquette. Je l'ai laissée complètement maîtresse de son choix. Avant d'assassiner un rival préféré, on essaye, ordinairement, de lui disputer son bonheur par d'autres moyens ; or ni moi ni ma fille n'avons jamais eu à repousser aucune demande.

— C'est une question jugée ! dit le commissaire. Monsieur Farot, il faudra vous défier de votre imagination.

L'agent se mordit les lèvres. Il se taisait, mais il ne se tenait pas pour battu. Le docteur Guimbaud s'agita dans son fauteuil et murmura, comme s'il eût à peine osé s'adresser cette observation à lui-même :

— C'est évident !... Il serait absurde de soupçonner ce malheureux Georges...

M. Farot tendit l'oreille.

— S'il vous plait, Monsieur le docteur ?

Le docteur Guimbaud se fit tout petit.

— Moi ? je n'ai rien dit ! C'est une réflexion qui m'est venue je ne sais pourquoi...

Le baron se dressa de toute sa taille.

— Et moi, Docteur, je suis heureux que vous me fournissiez l'occasion de mettre tout de suite le pied sur une calomnie. Bien entendu, il ne s'agit pas de défendre Georges Fergueil que personne ne peut songer à accuser ; mais c'est assez qu'il se trouve mêlé, si peu que ce soit, à cet épouvantable malheur, qu'il en soit peut-être la cause involontaire...

— Évidemment ! intervint le docteur Guimbaud ; c'est ce que je disais...

M. de Santis et son subordonné ébauchèrent un vague geste de protestation que M. Roger prit pour une invitation à continuer.

— En deux mots, Messieurs, voici l'affaire. Je n'ai pas besoin de vous recommander le secret ; nos secrets à nous peuvent se raconter sur les toits. Ce jeune homme a été pendant près de deux années le fiancé de ma fille ; fiancé, je ne dirai pr° choisi, mais accepté par moi. Garçon, d'ailleurs, des plus distingués ; sans fortune, mais sorti de l'École Polytechnique, capitaine d'artillerie et décoré à vingt-huit ans ; un homme d'avenir !.. Il plaisait à ma fille, et ne me déplaisait pas. Cependant les trois millions de dot de Gabrielle offusquaient sa fierté. Franchement, je n'y pouvais rien. J'aurais certainement fini par la lui donner, après un an d'attente peut-être. Remarquez, je vous prie, qu'elle avait à peine dix-neuf ans.

Au lieu d'attendre, il a mieux aimé demander sa mise en disponibilité, — il avait reçu au Tonkin une blessure très grave à laquelle il doit sa décoration, mais dont il était parfaitement guéri, — et repartir en simple civil pour les bords du Fleuve Rouge, où il prétend avoir découvert je ne sais quoi, quelque

5

chose comme une mine d'or. Il avait trouvé moyen
de réunir quelques fonds, d'organiser une espèce de
société, au capital d'un million. Je crois bien, sans
en avoir soufflé mot, que je suis entré dans l'affaire
pour deux ou trois cent mille francs. Cela devait
faire plaisir à ma fille.

L'affaire, bien entendu, a mal tourné. Dieu sait
que je ne songeais guère à lui adresser des reproches ! C'est lui-même qui s'est condamné. J'ai passé
dix ans de ma vie en Amérique ; j'ai un peu les idées
de là-bas sur l'éducation des jeunes personnes.
Bref, je sais à peine ce qui s'est passé entre eux ;
— elle ici, lui au Tonkin, il aurait fallu de la bonne
volonté pour y trouver matière à médisance ; — mais
il y a tout au plus trois mois, Gabrielle m'annonça
que tout était rompu, qu'il lui rendait sa parole.
Je ne suis même pas sûr qu'il ne fût pas question
d'un autre mariage pour lui. Vous comprenez que
je ne demandai pas de grands détails. Au fond, je
n'étais pas fâché de ce qui arrivait. Le comte de
Val-Saint-Pé m'avait laissé deviner son amour
pour ma fille, et c'était un autre parti que le petit
Fergueil.

Que s'est-il passé dans le cœur de Gabrielle ? je
l'ignore. Il y avait, comme je vous l'ai dit, dix-huit
mois que Georges s'était embarqué. Le comte avait
tout ce qu'il faut pour plaire ; — je le soupçonne
d'en avoir un peu abusé lorsqu'il était garçon, le
pauvre ami ! — en un mot, je suis convaincu que
la nouvelle comtesse de Val-Saint-Pé se trouvait
hier matin parfaitement heureuse, quand notre
chercheur d'or a eu la singulière idée de se mêler
au public de l'église et de nous suivre jusque dans
la sacristie. Naturellement, nous le croyions tou-

jours là bas. Il est certain que sa présence a jeté
un froid. Heureusement, il n'y avait pas là six personnes au courant de la situation. Du reste, il n'a
pas soufflé mot. Il est bien possible que sa vue ait
été pour quelque chose dans le malaise de ma fille.
C'est de sa part un acte de mauvais goût. Mais de
là à le soupçonner d'un meurtre !..

Le baron parlait vite et d'abondance, avec une
bonhomie un peu vulgaire, en honnête parvenu
qu'il était; comme un homme aussi dont une secousse terrible a tendu les nerfs outre mesure, et
qui saisit involontairement la première occasion
de se laisser aller, traitant alors le premier venu
comme un ami de vingt ans.

Ses derniers mots produisirent chez ses trois au-
diteurs un geste unanime de protestation.

— Personne ne peut songer à cela ! dit le commissaire.

— Ce serait insensé ! articula le docteur Guimbaud.

M. Farot ne dit rien. Il était retourné près du
cadavre, qu'il étudiait et palpait de tous les côtés.
M. Roger était trop bien lancé pour s'arrêter tout
à coup.

— Eh! Messieurs, il ne suffit pas qu'une calomnie soit insensée ! Certes, je ne saurais être suspect
de bienveillance pour M. Fergueil. Sans lui, très
probablement, ma fille n'aurait pas été souffrante ;
le départ des nouveaux mariés aurait eu lieu, et
mon gendre ne serait pas mort. Mais s'il a eu des
torts envers nous, je serais désolé que nous en
eussions envers lui, si involontaires fussent-ils. Il
a été mon hôte ; je lui ai serré la main. Aujourd'hui
qu'il ne saurait plus songer à franchir mon seuil, je

ne veux pas qu'on tire de notre éloignement des conséquences contre son honneur.

— Vous avez raison ! dit M. de Santis.

Le commissaire de police réfléchit un instant, se caressa le menton, et reprit avec un coup d'œil oblique au docteur Guimbaud :

— Si j'avais l'honneur de connaître particulièrement ce jeune homme, je me permettrais de lui donner un conseil : celui de faire savoir, sans affectation, mais très nettement, et au plus grand nombre de personnes possible, où et comment il a passé la nuit, avec preuves à l'appui, bien entendu ! En prenant tout de suite ses précautions...

— Sans doute !.. murmura le docteur Guimbaud d'un air moins affirmatif que ses paroles ; sans doute !

Le baron Roger frappa de la main le bras de son fauteuil.

— Et supposez qu'il ne puisse pas fournir ses preuves à l'appui ! Supposez qu'il soit rentré chez lui à deux ou trois heures du matin ; qu'il soit rentré sans être remarqué ; qu'il ne soit pas rentré du tout !.. Eh, Messieurs, un garçon de trente ans qui revient de Cochinchine peut disposer de sa première nuit à Paris de plus d'une manière qu'il ne veut pas, ou ne peut pas dire !.. Est-ce une raison pour le calomnier ? Tenez, il m'est arrivé, à son âge, de passer des nuits, moins belles que la nuit dernière, à me promener, tout simplement !.. Et s'il m'avait fallu prouver, le lendemain, que je n'avais pas employé mon temps à assassiner mes semblables, j'aurais été bien embarrassé.

— En effet, dit le docteur Guimbaud ; il y a quelquefois des coïncidences...

— Fâcheuses ! fit le commissaire de police.

Le docteur Guimbaud se leva.

— Espérons qu'on trouvera le coupable ; c'est ce qu'il y a de mieux pour tout le monde. Monsieur le commissaire, vous n'avez plus besoin de moi ? Très heureux d'avoir fait votre connaissance ! — Monsieur le baron, je répète ce que je vous ai dit pour Mᵐᵉ la comtesse : du repos, des calmants!... Je ne vois pour l'instant aucun sujet d'inquiétude. J'aurai, du reste, l'honneur de la revoir demain matin. — Que désirez-vous, Monsieur Farot?

L'agent de la sûreté s'était approché du médecin prêt à sortir, et lui touchait le bras respectueusement.

— Pardon, Monsieur le docteur, pourriez-vous m'indiquer le moyen d'ouvrir la main du mort? Sans violence, bien entendu !

Le docteur brossa sa manche sans affectation.

— La main du mort, Monsieur Farot? Diable ! avec ou sans violence, ça peut ne pas être facile. Si vous pouviez attendre ce soir ou demain, lorsque la rigidité cadavérique aura fait place à...

— Et pourquoi ouvrir cette main, Farot? dit le commissaire. Croyez-vous y trouver le nom et l'adresse du meurtrier, par hasard?

M. Roger ne disait rien, mais son visage et son attitude exprimaient une énergique répugnance.

— M. le comte, insinua l'agent de police, porte au doigt une bague qui parait fort belle.

— Si ce n'est que cela ! fit le baron.

— Mᵐᵉ la comtesse serait peut-être fâchée de ne pas la garder, comme souvenir.

— Demain ! fit le docteur, avant la mise en bière.

— Si ma fille tient à cette bague, déclara le baron,

on coupera l'anneau d'un coup de pince, mais je ne souffrirai certainement pas, en dehors des tristes nécessités de l'instruction...

— C'est que, justement, insista l'agent de police, je n'oserais affirmer que ce soit une lettre qu'on aperçoit entre les doigts ; mais il me semble...

— Bon ! dit le commissaire, M. de Val-Saint-Pé n'était sans doute pas descendu pour lire sa correspondance.

— C'est ce qu'il me semble, Monsieur le commissaire.

— Eh bien, alors?

— Eh bien, Monsieur le commissaire, supposez, — c'est une simple supposition, bien entendu, — supposez que cette lettre, ce papier, — quelle que soit sa nature, — ait d'abord appartenu à l'assassin... que sa possession ait été d'un grand intérêt, soit pour lui, soit pour M. le comte... Je sais bien que tout cela a une apparence bien romanesque...

M. de Santis haussa les épaules.

— Mon pauvre Farot, je vous engage à donner votre démission. Vous ferez fortune en composant des feuilletons pour le *Petit Journal*.

Le docteur Guimbaud examinait le poing fermé du cadavre.

— On dirait, positivement, qu'il serre quelque chose ; quelque chose qu'on aperçoit ! Après tout, Monsieur le commissaire, si vous croyez de votre devoir de vous assurer du fait, je pense qu'en exerçant une traction modérée...C'est cela, Monsieur Farot, un doigt après l'autre. — Ma foi, vous aviez raison, cela a l'air d'une lettre !

La main du cadavre, ouverte à demi, laissait voir une feuille de papier couverte d'une écriture fine,

froissée et presque roulée en boule, mais entière et
facile à déployer. Cette opération, que M. de Santis
s'empressa d'exécuter, amena une seconde découverte : la feuille de papier, primitivement pliée en
deux, renfermait entre ses deux moitiés une boucle
de cheveux blonds tressés à plat, large d'un demi-
centimètre, longue comme la main et liée d'un fil
d'or. Le commissaire étouffa une exclamation ; le
baron devint affreusement pâle.

— Mais, balbutia le docteur Guimbaud effaré
de surprise, on dirait... c'est tout à fait la nuance...

— Messieurs, déclara le commissaire, la lettre est
signée Gabrielle Roger. Reconnaissez-vous l'écriture, Monsieur le baron ?

— Oui, Monsieur. Mais je repousse d'avance toute
conclusion...

— Permettez ! je ne conclus rien ; je constate. La
lettre est datée d'avril 188... — il y a un peu plus d'un
an — et elle commence par ces mots : Cher Georges !

— Si ma fille pouvait être interrogée... commença le baron.

— Je m'y oppose absolument, déclara M. Guimbaud, qui retrouvait toute sa fermeté quand il
s'agissait de ses malades. D'ailleurs, je doute fort
qu'elle pût vous répondre ; et ses réponses, en tout
cas, ne sauraient être admises comme un témoignage conscient. Dès demain, peut être...

— Nous attendrons ! dit le commissaire.

— Sauf à prendre, insinua Farot, quelques mesures provisoires.

— Qu'entendez-vous par là ? demanda M. Roger,
avec sa voix de colonel de cavalerie.

L'agent de la sûreté plia les épaules ; M. de Santis
intervint.

— Il est certain, Monsieur le baron, que nous ne pouvons négliger une pareille indication. Il faut que M. Georges Fergueil soit interrogé. Dans son intérêt même, il serait déplorable qu'il eût, par exemple, quitté Paris.

M. le baron eut ce mouvement du cou, des bras et des épaules qui repousse les responsabilités ; puis il tourna la tête et battit le rappel du bout des doigts sur le velours de son fauteuil. Le docteur Guimbaud reprit tout doucement le chemin de la porte. Les deux hommes de police tenaient conseil à voix basse.

— Surtout, Farot, des égards, beaucoup d'égards !.. Et tant que nous n'avons pas d'ordres formels du parquet, n'agissez qu'à la dernière extrémité.

— Monsieur le commissaire peut être tranquille.

— Mais ne le perdez pas de vue !

L'agent sourit et se passa imperceptiblement la langue sur les lèvres.

— J'ai de bons yeux, Monsieur le commissaire.

Le docteur Guimbaud étendait la main vers la porte ; elle s'ouvrit, poussée par Germain dont la physionomie annonçait encore quelque chose d'extraordinaire.

— Qu'y a-t-il, Germain ?

— Monsieur le baron, c'est M. Fergueil !

Les quatre hommes levèrent la tête. Germain s'attendait à produire quelque effet, mais son attente était de beaucoup dépassée.

— Georges ? s'écria M. Roger ; Georges ici !

— Oui, Monsieur ; et il demande à entretenir M. le baron, ou...

— Ou ? mais parlez donc, Germain !

— Ou M. le comte ! acheva le valet de chambre en baissant la voix. Le concierge a été si étonné qu'il l'a laissé passer sans rien dire, et moi-même...

M. Roger respira fortement et se tourna vers le commissaire.

— Eh bien, Messieurs, que vous disais-je ? Georges Fergueil ne sait même pas ce qui s'est passé.

— Dites lui qu'il m'est impossible de le recevoir. Qu'il m'écrive, s'il s'agit d'affaires.

— Oui, Monsieur le baron.

Le valet de chambre se dirigea vers la porte. M. Farot eut une petite toux. M. de Santis fit signe à Germain de rester où il était.

— Monsieur le baron, je conviens qu'une pareille démarche dénote beaucoup de sécurité. Mais nous ne sommes pas ici pour nous en rapporter aux apparences. Je vous serais obligé de recevoir M. Fergueil.

— Moi ! Vous n'y pensez pas, Monsieur !

— Ou de nous laisser le recevoir à votre place, Farot et moi. Oh! rassurez-vous, Monsieur le baron, nous n'oublierons pas que nous sommes chez vous. Vous pouvez d'ailleurs assister à notre entretien. Il suffirait de laisser la porte entr'ouverte, si vous tenez à ne pas vous montrer.

— Je me permets, insinua Farot d'un ton doux, je me permets d'être absolument de l'avis de M. le commissaire.

M. Roger s'était levé. Il foudroya du regard le malencontreux agent, et s'adressant à M. de Santis d'une voix de tonnerre :

— Vous êtes magistrat, Monsieur. Vous avez le droit et le devoir d'éclaircir vos soupçons, quels qu'ils soient. Vous pouvez donner des ordres, et je m'y soumettrai, dans ma propre maison, comme c'est le rôle d'un bon citoyen devant la justice. Mais ne me demandez pas de jouer mon personnage dans je ne sais quelle comédie indigne de moi, indigne surtout de l'honnête homme que vous persistez à accuser, malgré tout ce que j'ai pu vous dire. Faites à votre gré ; je m'en lave les mains. Quant à écouter aux portes, je n'ai pas besoin de vous faire observer que je n'ai jamais eu cette habitude, et que je suis trop vieux pour la prendre !

Il était vraiment imposant, avec sa haute taille, son ruban rouge et sa balafre. M. de Santis ne pouvait s'empêcher de penser intérieurement que les honnêtes gens sont bien injustes pour la police qui les garde. A cette réflexion, qui n'était pas neuve, mais qui n'était pas agréable, se joignait la crainte que Georges Fergueil, introduit sans doute dans la pièce voisine, n'eût entendu l'apostrophe de M. Roger jusqu'à la dernière syllabe, ce qui risquait de le mettre sur ses gardes. C'était comme un fait exprès ! On eût dit que le baron tenait absolument à l'avertir.

Répondre n'eût servi à rien. Le commissaire fit signe à Farot de le suivre, à Germain de le précéder, et passa discrètement dans le salon où l'on avait introduit le nouveau venu. M. Roger parut ignorer cette manœuvre. Il reconduisit ostensiblement le docteur Guimbaud en lui parlant de sa fille et en lui faisant promettre de revenir le soir.

Le docteur parti, il ne voulut même pas rester à portée d'entendre quelque chose. Il referma bruyamment la porte laissée entrouverte par M. de Santis, et, faisant un détour, passa dans une autre

salle, au rez-de-chaussée, qui était une bibliothèque.
Il avait là, parmi beaucoup d'autres, quelques livres de médecine. Qui n'a éprouvé ce besoin, quand
un être cher souffre près de nous, de chercher son
cas dans quelqu'un de ces bouquins rébarbatifs
dont la seule lecture rend malades les bien por-
tants? M. Roger choisit un volume, le posa sur une
table et se plongea dans l'étude des troubles nerveux. Malheureusement la bibliothèque n'était
séparée que par une cloison de la pièce où se trouvaient maintenant le commissaire et son inférieur
aux prises avec Georges Forgueil. La cloison était
même percée d'une large baie fermée par une glace
sans tain, munie de son store. Le store était presque baissé, mais il restait assez d'espace pour que
le baron pût apercevoir ses hôtes sans se déranger
de son bouquin. La distribution de la lumière le
rendait au contraire presque impossible à apercevoir; mais, évidemment, c'était là quelque chose
dont il n'avait aucun souci. Les voix s'entendaient
aussi quelque peu, et s'il avait été moins absorbé
par sa lecture, M. Roger n'aurait pas perdu une
syllabe de l'entretien.

Il fallait qu'il fût très absorbé, car sa respiration
était comme suspendue, et que le passage sur lequel il était d'abord tombé se trouvât bien intéressant, car pas une fois, en un quart d'heure, il ne
lui arriva de tourner la page.

Peut-être aussi recommençait-il sans s'en apercevoir, comme il arrive quand on lit des yeux, l'attention fixée sur autre chose.

X

M. de Santis et son acolyte étaient entrés sans
bruit dans le petit salon. En apercevant Georges
Férgueil, le commissaire fit signe à Germain qu'il
pouvait se retirer.

Le nouveau venu était un homme d'environ trente
ans, de taille au-dessus de la moyenne, d'apparence
vigoureuse, sans embonpoint ni maigreur. Le front
était large, le nez droit, sans prétention classique,
l'œil gris, bien abrité sous le sourcil, les cheveux
châtain foncé, le regard net et franc, la bouche
tendre et le menton volontaire. La main, pour sa
haute taille, était ordinaire, et le pied presque petit. Il avait le teint bronzé d'un voyageur qui revient des tropiques. Son costume était celui d'un
homme qui s'informe d'un bon tailleur, va le trouver, et lui dit : Je veux être mis comme tout le
monde. Ses bottines, en avance ou en retard sur la
mode du jour, avaient ceci de particulier qu'elles
semblaient faites très exactement pour son pied.
Il en résultait que le bout était presque rond. Les
deux policiers saisirent ce détail et échangèrent
un coup d'œil.

Il avait attendu debout, en se promenant de long
en large. Au moment de l'entrée de M. de Santis,
il tournait le dos à la porte. Le commissaire s'a-
vança sans faire plus de bruit qu'un chat, et Farot
en faisant, s'il était possible, moins de bruit que
son supérieur. La porte s'était ouverte sans un

frémissement. Malgré tout, les deux hommes n'avaient pas ébauché leur second pas que Georges Fergueil avait pivoté sur ses talons et les regardait en face, très poliment du reste, et avec la plus parfaite indifférence. Les deux fonctionnaires étaient vêtus de noir, très corrects, avec une nuance imperceptible de fantaisie chez M. de Santis. Ce qui résultait de ce simple demi-tour, c'était l'extrême finesse d'ouïe et la prestesse de mouvements du jeune homme. Ce sont deux qualités physiques précieuses. Il y a malheureusement toute une école de criminalistes qui en fait, appuyée sur la statistique, l'apanage ordinaire des pires gredins.

M. de Santis salua le premier.

— C'est à M. Georges Fergueil que nous avons l'honneur de parler ?

— Oui, Monsieur, fit le voyageur d'un air légèrement surpris ; mais...

— Cela se trouve à merveille. Nous allions chez vous.

— Chez moi ?.. Je ne comprends pas.

— Je le désire de tout mon cœur. Mais nous devons, Monsieur et moi, remplir une pénible mission. J'espère que vous nous la faciliterez par votre franchise. Croyez que, de mon côté, tous les égards conciliables...

Ce n'est pas le premier venu qui peut intimider un commissaire de police. M. de Santis avait contemplé en face d'audacieux coquins ; mais il y avait dans le regard du jeune voyageur quelque chose qui le gênait, positivement. Cependant, Georges Fergueil l'écoutait avec une courtoisie parfaite. Au mot de franchise, seulement, il releva légèrement les sourcils. Mais quand il vit que son interlocuteur perdait plante, il l'interrompit sans façon.

— Pardon, Monsieur ; dans un autre moment, je serais heureux de me mettre à votre disposition ; mais je suis venu ici pour parler à M. Roger...

— M. Roger est auprès de sa fille, il ne pourra vous recevoir.

Le visage du visiteur exprima l'inquiétude.

— Est-ce que Gabrielle ?..

Mais il s'arrêta court, rougit légèrement et reprit :

— Est-ce que Mⁿᵉ de Val-Saint-Pé serait souffrante ?

— On le serait à moins, dit sèchement le commissaire.

Georges Fergueil le regarda une seconde, l'air hésitant ; puis, comme se décidant tout à coup, il avança d'un pas et, lui saisissant la main :

— Oh ! Monsieur, quoique je n'aie pas l'honneur de vous connaître, vous êtes sans doute un ami de la maison... Dites-moi la vérité ! Que se passe-t-il ?

M. de Santis n'avait pas eu le temps de retirer sa main. Il était d'ailleurs peu habitué à ce genre d'attaque.

— Monsieur, dit-il en s'efforçant de garder son sang-froid que les allures de son nouveau client dérangeaient un peu, nous commencerons, s'il vous plaît, par causer d'autre chose. M. de Val-Saint-Pé...

Georges Fergueil s'était déjà reculé, sentant que la main qu'il serrait restait inerte et froide dans la sienne. Au nom du comte, son regard s'assombrit d'abord, puis il eut le geste d'un déchiffreur de logogriphe découvrant le mot qu'il a longtemps cherché.

— M. de Val-Saint-Pé, Monsieur ?.. Est-ce pour me parler de lui que vous vous apprêtiez à venir chez moi?

Cette fois, M. de Santis ne fut pas maître d'un léger frisson. Si l'homme qu'il avait devant lui n'était pas victime de la plus extraordinaire des coïncidences, c'était à coup sûr le plus endurci, le plus audacieux et le plus redoutable malfaiteur auquel il pût lui être donné d'avoir affaire. Malgré lui, il embrassa d'un coup d'œil les portes fermées, les tentures sourdes, M. Farot, chétif dans sa redingote étriquée... et il se reprocha, dans le secret de son âme, d'avoir laissé chez lui son revolver.

On peut regretter une imprudence, et la racheter, s'il le faut, par l'héroïsme. M. de Santis adressa un signe imperceptible à son compagnon et se plaça, sans affectation, entre Georges Fergueil et celle des portes par laquelle il était possible de gagner le plus directement la cour et la rue. La cour était fermée et gardée; l'hôtel plein de domestiques, sans compter M. Roger, agile encore, selon toute apparence, et robuste comme un chêne. Mais cet homme calme et poli, qui franchissait des grilles de plus de deux mètres et étranglait comme un poulet un descendant des croisés, commençait à prendre dans l'imagination du commissaire de police des proportions fantastiques. Le sentiment qu'il était dans sa profession d'inspirer aux coupables n'était pas loin de s'emparer de M. de Santis. Il éprouvait toute la quantité de peur compatible avec la résolution très nette de se faire tuer, s'il le faut, et sans reculer d'une semelle. Mais ce qu'il redoutait surtout, c'était de voir son malfaiteur lui échapper, s'évanouir sous ses yeux, de quelque manière subite et incompréhensible. Par où? comment? Il ne pouvait le deviner. Parbleu, si on devinait, il n'y aurait jamais d'évasions!

Georges Ferguell ne semblait pas se douter de tout ce qu'il soulevait d'émotions inaccoutumées dans l'âme d'un commissaire de police. Il attendait, le sourcil légèrement froncé, mais en apparence fort tranquille, la réponse à sa question. Au moment où le nom du défunt comte avait été prononcé devant lui, son visage était devenu attentif, presque sévère. Quelqu'un qui n'eût entendu que les dernières paroles aurait été disposé à voir en lui un juge plutôt qu'un accusé.

Comme la réponse tardait, il ajouta :

— Cela se trouverait bien. Je venais, de mon côté, avec le désir de rencontrer M. le comte.

Si c'était un rôle qu'il jouait, ce dernier mot dépassait le but. L'excès d'impudence n'impose qu'aux niais. M. de Santis retrouva son sang-froid. Farot se frotta les mains tout doucement. Le regard qu'ils échangèrent aurait donné à l'un de leurs clients habituels un avant-goût du Dépôt de la Préfecture.

— Vraiment? fit M. de Santis avec une ironie contenue, vous veniez?..

Il se donna le plaisir de caresser du regard l'homme qui lui avait presque fait peur, et reprit après un temps :

—C'est-à-dire : Vous reveniez !

— Si tu reçois celle-là sans broncher, songeait-il en même temps, mon bonhomme, tu es décidément fort!

M. Farot ne disait rien, mais il pensait tout bas la même chose.

Tous deux eurent le plaisir de voir le coup porter. Georges tressaillit. Ce n'était rien et c'était tout. Le commissaire était sûr d'avoir trouvé le défaut de la cuirasse. Il se hâta de redoubler.

—Tenez, Monsieur Fergueil, croyez-moi, ne vous donnez pas la peine de mentir. Nous savons tout. Voilà Monsieur qui vous montrera dans le jardin l'endroit où vous avez sauté. C'était vers une heure du matin. Vous portiez des bottines à bouts ronds; les mêmes d'à présent, ou les pareilles. Vous êtes entré par la porte vitrée du petit vestibule. Pour vous en retourner, comme le terrain du jardin est un peu plus bas que la chaussée, vous avez eu besoin d'un vigoureux effort et vous avez pris votre point d'appui sur une grosse racine d'acacia. Si cela ne vous suffit pas, nous avons en réserve, je vous en préviens, des choses beaucoup plus étonnantes. Mais vous êtes trop raisonnable pour ne pas comprendre que toute dénégation serait inutile pour vous, — j'ajouterai, car je vous crois malgré tout un homme de cœur : pénible pour Mᵐᵉ la comtesse, dont le témoignage...

Le commissaire s'arrêta sans achever sa phrase. Il lui plaisait de laisser dans le vague tout ce qui pouvait avoir rapport à la future intervention de Gabrielle dans le procès. Quant à l'appel aux bons sentiments, c'était un de ces passe-partout dont on essaie toujours en pareil cas, attendu que s'ils ne font pas de bien, ils ne peuvent pas faire de mal.

Pour cette fois, M. de Santis n'eut qu'à s'applaudir de l'épreuve. Georges, qui avait accueilli assez froidement l'ensemble de son petit discours, sauf un ou deux froncements de sourcil quand il avait été question de mensonge et de dénégation, l'interrompit presque violemment quand il s'avisa de faire allusion à Gabrielle.

— Inutile d'insister, Monsieur ! Je n'ai pas plus l'intention de nier que l'habitude de mentir. Quant à Mᵐᵉ de Val-Saint-Pé, son caractère la met au-dessus de toute interprétation. Ce qui s'est passé ici cette nuit...

Il s'arrêta une seconde; ce n'était pas l'affaire de M. de Santis.

— Nous vous écoutons, glissa-t-il du ton le plus encourageant.

— A quoi bon? Vous le savez aussi bien que moi. Ce que vous ignorez sans doute, c'est la conduite de M. de Val-Saint-Pé pendant mon absence, conduite que je veux m'abstenir de qualifier. Aussi bien, c'est à moi d'écouter, puisque vous m'apportez ses propositions.

— Plaît il? fit M. de Santis.

Georges ne put retenir un mouvement d'impatience.

— Voyons, Monsieur, est-ce que nous jouons aux propos interrompus? Êtes-vous, oui ou non, les témoins de M. de Val-Saint-Pé?

Le commissaire demeura béant. L'idée d'une tentative de mystification de la part d'un homme qui joue sa tête n'est pas de celles qui se présentent d'abord à l'esprit.

Georges continua plus froidement :

— Si oui, je vous préviens qu'il se trompe s'il croit pouvoir restreindre le débat à notre situation depuis hier. Un duel immédiat lui donnerait trop beau jeu. On n'épouse pas la femme de l'homme qu'on a tué.

— Est-ce qu'il jouerait la folie? songeait M. de

Santis en l'écoutant. Les derniers mots lui parurent propres à lui fournir une réplique capable de montrer au meurtrier l'inutilité de cette tentative.

— Voilà une réflexion que vous auriez dû faire plus tôt! dit-il avec une ironie glacée. Mais Georges répondit tranquillement :

— Il n'y a pas de temps perdu. Que M. de Val-Saint-Pé rende à la comtesse sa liberté...

— C'est trop fort! s'écria le commissaire.

— Monsieur, dit Georges avec un peu de hauteur, je ne pense pas que vous ayez à juger mes intentions. Au surplus, elles sont immuables. Ou M. de Val-Saint-Pé consentira au divorce...

— Au divorce!

M. Farot lui-même leva les bras au ciel.

— Assez, Monsieur, reprit sévèrement M. de Santis. Je ne vous laisserai pas prolonger cette comédie à deux pas du cadavre de votre victime. Ne me regardez pas ainsi. Ne feignez pas de ne point me comprendre. Vous savez, vous venez de l'avouer vous-même, ce qui s'est passé cette nuit. Vous savez que Mᵐᵉ de Val-Saint-Pé est veuve !

— Veuve!

Le commissaire de police haussa les épaules.

— On dirait, en vérité, que vous espérez en imposer à quelqu'un!

— Veuve! répéta Georges, comme s'il n'avait rien entendu. Mais, Monsieur, c'est impossible! M. de Val-Saint-Pé...

— M. de Val Saint-Pé a été assassiné, dit le commissaire.

Et mettant la main sur l'épaule du jeune homme, il ajouta :

— Par vous!

XI

Décidément, M. de Santis avait eu trop bonne opinion de son criminel. Georges Fergueil ne lui sauta point à la gorge ; il ne tira pas de sa poche le moindre poignard ni le plus petit revolver ; il ne fit pas un mouvement pour se sauver ; il n'essaya pas même de cacher son épouvante ou tout au moins son émotion à ce dernier mot, auquel pourtant il devait être préparé. Il devint blanc comme un linge, essuya d'une main tremblante son front où perlaient des gouttes de sueur, et regarda le commissaire comme s'il eût espéré une rétractation. Mais le commissaire ne se sentit nullement attendri. Il lui fallait un aveu formel, et il regrettait de l'avoir attendu dix minutes.

—Voyons, reprit-il après une seconde de silence, finissons-en ! Vous voyez que nous savons tout. Si vous n'étiez pas venu, j'allais vous faire arrêter chez vous.

— M'arrêter?

— Au fait, j'oubliais... Mais vous êtes assez intelligent pour l'avoir deviné : je suis commissaire de police.

Georges sourit. Il aurait été fort embarrassé de dire pourquoi.

— Vous vous en doutiez un peu, n'est-ce pas? Allons, vous m'avez fait poser assez agréablement. Je ne vous en veux pas; mais, vous comprenez, cela ne peut pas durer toujours. Maintenant, je veux bien vous prévenir d'une chose, c'est que nous avons entre les mains la preuve, non seulement que vous êtes venu ici cette nuit, ce qui suffirait probablement, mais encore que c'est vous, vous-même, entendez-vous bien? qui avez étranglé M. de Val-Saint-Pé. Peut-être croyez-vous avoir simplement perdu la lettre et la boucle? Peut-être même veniez-vous ici, à tout hasard, dans l'espoir de les trouver dans quelque coin de plate-bande ou d'allée. Eh bien ! cette lettre et cette boucle sont entre nos mains. Venez, vous n'êtes pas forcé de me croire !

Il ouvrit la porte d'une main, et de l'autre poussa doucement Georges Fergueil dans la pièce où l'on avait transporté le corps du comte. La lettre et la boucle étaient encore sur une table, en attendant la mise sous scellés, interrompue par l'entrée de Germain.

— Reconnaissez-vous cette écriture ? Reconnaissez-vous ces cheveux ?

— Ce sont, répliqua Georges au premier coup d'œil et sans hésiter, les cheveux et l'écriture de M⁰ᵉ Roger. Mais que prétendez-vous conclure?

— Je vous le dirai dans un instant. Reconnaissez-vous que cette lettre et cette boucle de cheveux vous aient été adressées au Tonkin, il y a un peu plus d'un an? Vous connaissez le contenu de la lettre; vous savez par conséquent qu'il est inutile de nier.

Et le commissaire, prenant la feuille de papier, se mit à lire à haute voix, quittant des yeux l'écriture presque à chaque mot pour en suivre l'effet sur le visage de son auditeur:

« Cher Georges,

« M'en voudrez-vous? Moi, je m'en veux! Et
« comme les enfants qui se sentent en faute, je
« viens vous demander de me gronder bien vite,
« afin de n'avoir plus à y penser. Ma faute, la voici :
« Je suis allée à ce bal chez Mme A.. Cela n'est rien.
« Mon père le voulait. Mais figurez-vous que je m'y
« suis presque — faut-il dire presque? — amu-
« sée! Sans vous! Comprenez-vous cela?.. Moi, je
« trouve cela abominable. Il faut tout vous dire :
« j'ai eu un succès fou! On m'a dit quatre-vingt-sept
« fois que j'étais jolie, ou quelque chose d'équiva-
« lent! Quatre-vingt-sept fois — je les ai comptées
« — entre onze heures du soir et quatre heures du
« matin! Et il y a un M. de Val-Saint-Pé, ou Sempé,
« enfin quelque chose comme cela, qui m'a offert
« de se jeter à l'eau, ou dans les flammes, à mon
« choix, pour une boucle de mes cheveux ou une
« fleur de mon bouquet. Auriez-vous trouvé celle-là,
« Monsieur Georges Fergueil? »

Le commissaire interrompit sa lecture.

— Inutile de continuer, n'est-ce pas? Vous savez
la suite aussi bien que moi. Mlle Roger vous annonce l'envoi d'une boucle de ses cheveux, celle-là
même pour laquelle M. de Val-Saint-Pé voulait
donner sa vie. Il ne croyait pas si bien dire.

Maintenant, savez-vous où nous avons trouvé
cette lettre, Monsieur Fergueil? Cette lettre à vous
adressée au Tonkin et que vous seul, par conséquent, pouviez rapporter ici? — Vous ne nierez pas
cela, je suppose?

Georges Fergueil avait repris sa physionomie
ordinaire, sauf une nuance marquée d'étonnement.

On voyait qu'il réfléchissait, mais la réflexion,
étant chez lui chose habituelle, avait depuis longtemps creusé son pli. Cela ne le changeait pas de
lui-même. Il répondit avec douceur :

— Je vous demande pardon, Monsieur le commissaire ; je ne connaissais pas cette lettre.

— Allons donc, Monsieur! Vous faites tort à votre
mémoire.

— En aucune façon. Ma mémoire est excellente.
J'ai reçu de Mlle Roger vingt-six lettres en dix-huit
mois. Je pourrais vous les réciter de la première
à la dernière ligne. J'avais le temps de les relire,
là-bas, en pleine forêt, à seize journées de marche
d'Hanoï.

— Alors, vous niez simplement avoir reçu celle-
ci? Prenez garde : nous ne pourrons probablement pas vous prouver matériellement le contraire.
Une lettre perdue, en effet, cela se voit tous les jours.
Seulement, ce qui n'arrive guère, c'est qu'on
retrouve cette lettre dans la main d'un homme
assassiné. Tenez, dans cette main-là !

M. de Santis, appuyant sur l'épaule de Georges,
le fit avancer d'un pas, tourner d'un quart de tour,
et le mit en face du corps de M. de Val-Saint-Pé.
C'était encore une manœuvre indiquée, et qui manque rarement son effet. Le malheur est que cet effet
ne diffère pas sensiblement chez l'auteur d'un crime
de ce qu'il est chez le premier venu.

Le jeune homme jeta sur le cadavre le regard
d'un voyageur quelque peu blasé, qui en a vu d'autres, et qui trouve le dernier, comme les précédents,
quelque chose de fort laid. Ses yeux allèrent du
visage immobile à la gorge marquée d'un sillon
noirâtre. Il ouvrit sa main comme pour la compa-

rer à l'empreinte, trop peu nette, d'ailleurs, pour
rendre la comparaison décisive. Il essaya encore
de réfléchir, mais visiblement le problème lui apparaissait insoluble. Cependant, il n'était pas découragé, et son attitude, lorsqu'il se retourna vers le
commissaire de police, exprimait moins l'inquiétude qu'une froide et extraordinaire énergie.

— Ainsi, Monsieur le commissaire, M. de Val-
Saint-Pé a été trouvé là ce matin ?

— Non, dit le commissaire, pas là ; dans le vestibule.

— Et vous n'avez soupçonné personne que moi ?

— Avouez que ç'aurait été difficile.

— Cependant ma présence ici cette nuit ne prouve
rien. Mᵐᵉ de Val-Saint-Pé a dû vous dire comment, pourquoi, dans quelles intentions je venais.
Si j'avais voulu tuer son mari, je n'aurais pas cherché à la voir.

— Mais, dit M. de Santis, ce ne serait pas une
raison. Et puis, j'admets que vous vinssiez pour elle.
Au lieu d'elle, vous avez rencontré son mari. Ne
pouvant voir l'une, vous avez tué l'autre.

— Comment, ne pouvant! Elle ne vous a pas dit?..

— Quoi ?

— Le jeune homme se mordit les lèvres.

— Rien, Monsieur. J'oubliais que Mᵐᵉ la comtesse est souffrante, et que vous n'avez pu, par conséquent, recueillir son témoignage.

— Eh bien! quand cela serait? comptez-vous sur
ce témoignage pour vous disculper, par hasard?

— Non, Monsieur. Ce témoignage sera sans doute
insignifiant.

— Avouez donc, ce sera plus court.

— Oui, fit Georges presque gaiment, ce serait

plus court, puisque vous me tenez. Mais la vérité avant tout. Je suis innocent.

Le commissaire haussa les épaules.

— Je suis innocent ! répéta le jeune homme avec fermeté. Et je vous somme de m'aider à le prouver. Oui, Monsieur ! Et vous m'y aiderez, tout en me retenant prisonnier, puisque, malheureusement pour moi, votre opinion est faite. Vous m'y aiderez parce que, si invraisemblables que soient mes moyens de défense, il est de votre devoir de les accueillir, comme honnête homme et comme magistrat ; de les peser dans votre conscience et de ne les repousser qu'après examen. Je vois bien qu'une accusation terrible pèse sur moi, que les apparences m'accablent. Mais je suis innocent, je me défendrai !

—A la bonne heure ! murmura le commissaire avec plus de politesse que de conviction. Au surplus, vous ne l'ignorez sans doute pas, ceci n'est qu'une enquête préliminaire, et mon opinion à moi doit vous importer assez peu. Tâchez de convaincre le juge d'instruction. Mais à votre place...

— A ma place, vous feriez comme moi. Mais nous perdrions notre temps à discuter. Tout ce que je vous demande, au contraire, c'est de poursuivre votre enquête avec la dernière rigueur, de relever les moindres indices. Si je suis coupable, ils ne peuvent qu'être contre moi.

— Cela sera fait.

— Je vous remercie.

M. de Santis en revenait à sa première opinion : c'était un rude gaillard, que son criminel ! Tout à l'heure encore, en lui mettant sous les yeux la lettre et la boucle de cheveux de Gabrielle, il s'attendait à un effet de stupeur, à une minute d'anéantis-

6

sement où l'aveu, de lui-même, jaillirait. Au lieu
de cela, Georges avait paru très étonné, raison-
nablement inquiet; mais son attitude n'avait pas
cessé une seconde de protester contre l'accusation.

— Ou bien, se disait malgré lui le commissaire,
serait-il réellement victime de quelque coïncidence
inouïe? — Mais la lettre!

Cependant l'enquête préliminaire était terminée.
Il n'y avait plus qu'à rassembler les feuillets du rapport, et à faire monter Georges Fergueil dans le
fiacre qui attendait, tout prêt, dans la cour de l'hôtel,
avec un collègue de M. Farot pour aider celui-ci à
tenir compagnie au prisonnier.

Alors, pour la première fois, Georges Fergueil
eut la sensation nette qu'il ne s'appartenait plus.
Une horrible impression de tristesse, un atroce serrement de cœur, une lassitude désespérée l'étrei-
gnirent, semblèrent briser en une minute toutes les
énergies de son être. Ce seuil qu'il allait franchir
entre deux agents, courbé sous une accusation in-
famante, c'était le seuil du paradis rêvé, où l'attendait naguère, libre et vainqueur, l'adorée vision de sa jeunesse. Un instant, il eut l'idée de
mourir là, près d'elle, dans cette pièce où elle avait
passé, dont les étoffes avaient pressé son corps et
gardé, comme un insaisissable parfum, quelque
chose de sa présence. Il était sans armes, mais ses
mains étaient libres et ses gardiens armés, à coup
sûr. Se jeter sur l'un deux, lui arracher son revolver ou l'obliger à en faire usage, c'était l'affaire
d'une seconde, et dans les deux cas le même résultat.

Ce ne fut qu'un instant. Le suicide, c'était l'aveu,
l'acceptation de la flétrissure, l'infamie pour son

nom. C'était elle-même — qui sait? — finissant par le croire coupable. Il rejeta la tentation comme là-bas, parfois, il avait rejeté la gorgée d'eau perfide des mares empoisonnées, sous l'implacable soleil.

Quelque chose de ses pensées avait dû se refléter sur son visage, car M. Farot, qui ne le quittait pas des yeux, poussa un soupir de soulagement.

— Si Monsieur veut bien me faire l'honneur de m'accompagner? insinua-t-il de son air le plus gracieux.

— Je vous suis, dit Georges en jetant un dernier regard sur les objets familiers dont l'image s'était si souvent mêlée à sa rêverie. En ce moment une porte s'ouvrit du côté des appartements, et Mlle Adrienne apparut, pâle et calme, avec une lueur de pitié dans ses yeux noirs. Le jeune homme fit un pas vers elle, et joignant les mains :

— Oh, Mademoiselle!..

Il n'en put dire davantage. Les paroles expiraient sur ses lèvres. Mais elle l'avait compris. Sa voix, qui était un contralto très pur, s'éleva, pleine d'une douceur harmonieuse, détachant nettement chaque syllabe :

— Gabrielle dort, ne soyez pas inquiet d'elle. Et du courage, Monsieur Fergueil! Vous avez des amis qui ne vous abandonneront pas.

Elle salua légèrement le commissaire, sourit à Georges, et passa. Ce fut comme une bouffée d'air libre dans une atmosphère de prison. Le jeune homme respira; ses nerfs se détendirent; il retrouva, pour suivre M. Farot, cette démarche allègre qu'il avait montrée aux soldats de sa batterie, sous les balles des Pavillons-Noirs.

L'effet fut si visible que l'agent de la sûreté, après

une seconde d'hésitation, fit rentrer tout doucement dans sa poche une espèce de grosse ficelle
munie d'une sorte de nœud coulant qu'il en avait à
demi tirée. Il s'écarta, au contraire, pour laisser à
son client toute l'illusion possible de liberté.

Et comme c'était un homme de mœurs douces,
ami des tempéraments et ne dédaignant pas une
honnête plaisanterie, il se pencha respectueusement à l'oreille de son supérieur, et lui glissa dans
une laide grimace qui avait la prétention d'être un
sourire:

— Monsieur le commissaire, nous prenons u..
fiacre, mais je crois que nous n'aurons pas besoin
de « cabriolet ».

XII

C'est à Luchon, deux ans avant son mariage, que
la future comtesse de Val-Saint-Pé avait aperçu
Georges Fergueil pour la première fois.

La rencontre eut lieu sur ce charmant chemin en
lacets, ombragé de beaux arbres, qui part de l'é-
tablissement et va rejoindre le sentier de Superbagnères, en passant par la Fontaine d'Amour.

Georges montait lentement, appuyé sur une
canne. Il y avait trois mois qu'il était arrivé à Toulon venant d'Hanoï, maigre comme un clou, le teint
brûlé comme une brique trop cuite, avec un joli
coup de lance au côté gauche de la poitrine, qui
le faisait encore souffrir de temps en temps. A vrai

dire, on l'avait embarqué là-bas avec la pensée qu'il mourrait probablement en route, mais qu'il mourrait certainement s'il ne partait pas. Ces trois mois passés à Paris lui avaient un peu blanchi la peau, mais ne lui avaient pas rendu la santé, la gaîté non plus.

Le matin, en dépliant un journal, il avait lu la mort d'un de ses camarades de promotion resté là bas, foudroyé d'une balle dans la tête, dans une rencontre avec des pirates. Il avait commencé par dire : ce pauvre Tournié, quel dommage ! Un instant après il avait ajouté : Encore, quand on meurt tout de suite !

Georges portait son uniforme de petite tenue. Il allait le dos rond, parce qu'il montait, et la tête basse, parce qu'il était triste.

Gabrielle descendait. Elle avait dix-huit ans, une délicieuse toilette à mille plis, un chapeau de paille arrangé par les fées, d'adorables petites bottines qui laissaient sur le sable une empreinte invraisemblable. Elle avait l'aurore dans les cheveux, dans les yeux, dans son teint éblouissant de blonde qui n'aurait eu qu'une nuance à franchir pour être rousse. Elle n'était pas seule. Mᵐᵉ Berthomieu, la femme du banquier de la rue de la Chaussée-d'Antin, Berthomieu junior, et son amie Adrienne l'accompagnaient. Derrière elles venaient quatre ou cinq jeunes gens, adorateurs de Mᵐᵉ Berthomieu depuis plus ou moins longtemps, et amoureux de Gabrielle depuis qu'ils la connaissaient, ce qui faisait une moyenne de cinq quarts d'heure. Les deux jeunes filles étaient arrivées la veille avec le baron Roger, ce dernier en route pour Oran, où il allait acheter une forêt de chênes-lièges. Le baron avait confié sa fille à la

femme de son banquier, installée à Luchon pour
quelques semaines. Tout ce monde était fort gai,
malgré peut-être un peu de dépit chez Mme Berthomieu, belle personne de trente ans, habituée à briller au premier rang, et que la présence de Gabrielle
réduisait visiblement au rôle d'étoile secondaire.
Elle s'en consolait en se disant qu'il n'y a point de
charme capable de lutter contre la magie de ces
mots : Héritière à marier; trois millions de dot !

Georges se rangea pour les laisser passer et s'arrêta une minute, regardant dévaler par les lacets ce
tourbillon de gaîté, de santé, de jeunesse et de bonheur.

Tous riaient : les jeunes gens parce qu'ils croyaient
dire des choses prodigieusement spirituelles; la
femme du banquier pour donner l'exemple, en bonne
maîtresse de maison, peut-être un peu aussi pour
montrer ses dents, qu'elle avait charmantes, et dissimuler son dépit; Gabrielle parce qu'il faisait beau
et qu'elle se sentait heureuse. Adrienne elle-même,
toujours un peu grave, souriait.

Georges soupira. Quelqu'un lui frappa sur l'épaule.

— Eh! bonjour, capitaine! Comment ai-je le plaisir de vous trouver ici?

C'était le mari de la belle Alcée, M. Berthomieu
junior, laissé quelque peu en arrière comme il arrive
aux gens sérieux. Georges lui rendit sa poignée de
main, et lui expliqua sa présence à Luchon.

— Vous avez bien fait de venir. Les eaux vous
remettront sur pied, et l'air de la montagne achèvera
l'œuvre des eaux. Et puis le repos... la tranquillité
d'esprit... Vous vous êtes beaucoup fatigué avec
votre affaire?

— Oui, beaucoup.

— Peut-on vous demander où vous en êtes?

— Oh, parfaitement! C'est fini!

— Ah! vous y renoncez?

— J'y renonce.

Le banquier prit la main du jeune homme et la lui secoua chaleureusement.

— Laissez moi vous féliciter. Non, sérieusement! Vous savez que je vous veux du bien. J'ai connu votre père, un honnête homme qui n'a pas eu de chance. Vous auriez réussi à Paris que vous auriez échoué là-bas. Ces affaires de mines sont des gouffres, sans jeu de mots. Croyez-moi, vous valez mieux que cela. Un moment, j'ai eu peur pour vous. Je vous voyais emballé... Tenez, j'ai refusé de vous aider; je suis sûr que vous m'en avez voulu?

Georges ébaucha un geste de dénégation.

— Si, si! Mon Dieu, c'est tellement naturel! On a une idée; on la croit bonne. Alors, pourquoi vous refuse-t-on un coup de main?

Si vous saviez ce qu'il faut essuyer de choses désagréables de la part de gens qui viennent nous proposer leurs découvertes! Je ne dis pas ça pour vous; au contraire! Vous avez compris tout de suite. Aussi, parole de banquier, si jamais je peux faire quelque chose pour vous...

— Vous êtes trop bon!

— Savez-vous ce qu'il vous faudrait, tout simplement? Un bon mariage! Vous avez vingt-huit ans; vous êtes capitaine, décoré, sorti de l'École. Vous pouvez épouser qui vous voudrez. Que vous manque-t-il? Des capitaux et des relations. Avec cela, on va loin, et je vous crois taillé pour arriver à tout. Mais ne vous gaspillez pas. Voulez-vous que j'en parle à M⁰ᵉ Berthomieu ? Les femmes adorent brasser des combinaisons matrimoniales.

— Merci, dit Georges ; je suis un sauvage.

— Bast ! on vous apprivoisera. Pour commencer, je vais vous présenter. Vous dinerez avec nous ce soir.

— Mais...

— Pas de mais ! Diable, M⁰ᵉ Berthomieu ne me pardonnerait pas. Figurez-vous donc, mon cher, que vous n'êtes pas le premier venu !

Le banquier avait passé son bras sous celui du capitaine et l'entraînait, tout en parlant, avec cette autorité presque irrésistible qui naît d'une solide confiance en soi, fermement assise sur un gros coffre-fort plein de bons sacs d'écus et de valeurs de premier ordre. Le jeune homme, affaibli par sa convalescence, se laissait faire avec un peu d'ennui, mais sans révolte. M⁰ᵉ Berthomieu et les gens de sa suite s'étaient arrêtés, voyant le banquier en conversation avec un inconnu.

— Permettez-moi, ma chère, de vous présenter M. Georges Fergueil, une victime des Pavillons-Noirs, qui du reste avaient leurs raisons pour ne pas l'aimer. Je n'ai pas besoin de le recommander à vos bons soins, et je suis sûr que M⁰ᵉ Roger et M⁰ᵉ Adrienne se feront un plaisir de contribuer à sa cure.

— N'en doutez pas ! répondit gracieusement la jeune femme. Gabrielle sourit au nouveau-venu. Adrienne s'inclina. Georges remercia comme il faut, mais sans enthousiasme, et prétexta l'heure de son traitement qui le rappelait aux bains.

— Est-ce qu'il est gravement malade ? demanda M⁰ᵉ Berthomieu, quand il fut parti. Il a l'air bien triste.

— Mais non! fit le banquier avec cette belle insouciance que l'on garde pour les maux d'autrui.
Un méchant coup de lance dont-il a failli mourir,
mais il y a cinq mois de cela! Il est arrivé à Toulon presque guéri. Ce sont des ennuis qu'il va chercher. Je veux lui faire passer cela. Vous m'aiderez,
ma chère.

Le banquier jeta un coup d'œil du côté de Gabrielle,
se pinça les lèvres et ajouta en baissant un peu la
voix :

— Nous en causerons!

XIII

Si Georges Fergueil allait au devant de ses ennuis,
—travers qu'il aurait partagé avec bon nombre de ses
semblables, — ses ennuis lui épargnaient quelquefois
la moitié du chemin. M. Berthomieu lui-même, à sa
place, n'eût probablement pas mieux résisté au
découragement, fruit amer de la malechance.

Il avait eu du bonheur jusqu'à seize ans. Fils unique d'un riche négociant, robuste et bien fait, d'une
intelligence rare, il triomphait aux écoles et régnait
au logis sans abuser de son pouvoir ni s'enorgueil-
lir de ses succès. Beaucoup de grands hommes ont
montré moins de sagesse, malheureusement pour
eux-mêmes et surtout pour les autres. Mais brusquement le logis se fit sombre. La mère de Georges
était atteinte d'un mal sans remède, et l'on parlait

en ville de la situation difficile de son père, victime
de désastres financiers.

Ce fut de la bouche de sa mère que Georges ap-
prit la vérité. Son père s'efforçait de la leur cacher,
et elle lui laissait croire qu'il y avait réussi. Mais
elle jugeait son fils assez près d'être un homme
pour l'armer contre la ruine possible. Ce chagrin,
toutefois, devait lui être épargné. La crise fut fran-
chie ; les affaires se rétablirent. Elle vécut assez
pour voir la prospérité revenue. Mais Georges n'ou-
blia jamais cet entretien où elle lui avait fait entrevoir la vie laborieuse et pauvre. La mort avait
revêtu ses paroles d'une sorte de prestige sacré.
Le jeune homme, en apparence destiné à la richesse,
travailla courageusement, âprement, comme les
moins riches de ses camarades. On le croyait
ambitieux. Ce fut une surprise de le voir, sorti dans
les premiers de l'École Polytechnique, choisir tout
simplement l'artillerie. Son père lui en témoigna
quelque mécontentement. Il avait étendu le cercle
de ses affaires et se réjouissait d'avance d'avoir un
ingénieur sous la main. Mais, justement, Georges
éprouvait une sorte de répugnance à se mêler des
affaires de son père. Il l'écoutait avec inquiétude
développer des projets d'opérations colossales.
Il avait aventuré de grosses sommes sur diverses
exploitations minières, et il aurait voulu que son
fils étudiât ces exploitations, le renseignât, avec
la compétence technique qu'il lui était facile d'ac-
quérir. Georges résistait, lui faisait remarquer les
risques énormes de ces sortes de spéculations. Mais
alors le vieillard s'animait, lui montrait les bénéfices réalisés, lui en faisait entrevoir de plus grands,
avec une netteté, une vigueur d'expressions sin-

gulière. Georges était ébloui, il n'était pas convaincu. Timidement, il faisait remarquer la modestie de ses goûts, qui lui permettaient de vivre fort à l'aise avec la fortune de sa mère et sa solde de sous-lieutenant. Il ignorait la fortune de son père, mais elle devait être considérable, d'après ses propres constatations. A quoi bon la risquer dans des entreprises chanceuses, quand il était si facile de la conserver ou de l'accroître, moins rapidement sans doute, mais en toute sécurité ?

C'était un langage singulier, dans la bouche d'un tout jeune homme, à l'égard d'un spéculateur à cheveux blancs. Le père de Georges s'irritait, rompait l'entretien, avec quelques paroles dures. Georges se taisait, mais il n'en était pas plus tranquille, et l'événement devait lui donner tristement raison.

Il était lieutenant, en garnison dans le Midi, quand une dépêche l'appela brusquement près de son père. L'ancien négociant se mourait, foudroyé par la débâcle de ses opérations. Depuis des années, dans une sorte de folie lucide, il s'était engagé de plus en plus sur une quantité de valeurs minières, excellentes souvent, mais que la baisse de prix des métaux rendait momentanément médiocres et, pour quelques-unes, tout à fait mauvaises. Une secousse du marché avait enfin rompu l'équilibre. C'était la ruine absolue, où rien n'était sauvé, pas même l'honneur commercial.

— Ce n'est pas possible ! s'écria Georges consterné. Vous oubliez la fortune de ma mère !

Le mourant lui serra la main. Non, il ne l'avait pas oubliée. Mais cette fortune jetée au gouffre jusqu'au dernier sou, il restait un passif énorme, quelque chose comme cinq cent mille francs.

Le jeune homme se passa la main sur le front. Ce chiffre énoncé lui donnait la sueur froide. Et il n'y avait pas de doute à garder : le spéculateur, avec une lucidité terrible, le mettait au courant de tout, lui disséquait chaque opération, lui en faisant toucher du doigt le fort et le faible. L'esprit de Georges, habitué aux puissants calculs, fléchissait sous cette accumulation de chiffres précis, impitoyables. Comment donc son père s'y était-il pris, avec cette netteté de raisonnement, cette pénétration prodigieuse des résultats et des causes, pour se ruiner là où le premier imbécile venu, parfois, avec un peu d'audace et de chance, a récolté des millions ?

— Ah ! oui, pourquoi ? fit le vieillard, lisant cette question involontaire dans les yeux de son fils. Que veux-tu ? mon pauvre Georges, le calcul est une chose et le jeu une autre. Ce que je te dis là, je le savais depuis longtemps. Tu vas me demander pourquoi je n'ai pas vendu ? Mais on ne vend pas comme on veut. Il y a des moments où cent actions de telle valeur, jetées sur le marché, suffisent à provoquer une débâcle. Et puis, vendre à perte ! quand la hausse est certaine dans un temps donné, — car il est impossible que l'argent, par exemple, la pièce de cinq francs qui, aujourd'hui, vaut trois francs quatre-vingt-six centimes, au poids — tu suis bien mon raisonnement ?

— Oui, oui ! dit Georges, qui voyait sa respiration s'embarrasser. Ne vous fatiguez pas.

— Tu as raison. D'ailleurs, il ne s'agit pas de cela. Je suis en faillite, mais tu as la fortune de ta mère : deux cent et quelques mille francs, n'est-ce pas ?

— Oui, mon père ; de grâce, reposez-vous !

— Me reposer ! Oui, ce soir, cette nuit ! Mais demain nous serons au travail. Tu vas donner ta démission. Il y a en ce moment, dans l'Afrique australe, des compagnies qui triplent leur capital en six semaines. Rien que comme ingénieur, avec ton titre de Polytechnicien, tu gagnerais là ce que tu voudrais. Ah ! si tu m'avais écouté ! Si tu étais entré aux Mines, au lieu d'aller moisir dans l'artillerie ! Mais ne regrettons rien, tu m'as fait dans le temps deux ou trois rapports qui m'ont prouvé ce dont tu es capable. Avec tes deux cent mille francs, toi là-bas, moi ici, en un an nous aurons payé mes créanciers et réalisé un million, ou deux, ou... qui sait ? Qui peut calculer la valeur d'un coup de pioche dans ces pays où une seule pépite pèse quelquefois le poids d'un homme ? Après, je me reposerai ; car je suis fatigué. Tu continueras, si tu veux.

Le vieillard se laissa retomber sur l'oreiller, et pendant quelques minutes Georges, étouffant ses larmes, le regarda dormir, en apparence. Mais bientôt, rouvrant les yeux, il reprit son rêve éveillé, entassant les millions, fouillant la terre aux quatre points cardinaux pour en faire jaillir l'or, le cuivre, le nickel. C'était, devant son regard ébloui, un ruissellement intarissable de richesses métalliques. Georges écoutait, navré, le détail sans fin de cette chimérique opulence. Toute une nuit se passa ainsi, avec de courtes alternatives de silence, où l'on devinait encore l'effort fiévreux du cerveau surmené. A l'aube, après un repos un peu plus long que les autres, le mourant se souleva tout à coup.

— Georges !

— Mon père ?

— C'est fini, je m'en vais. Mais tu feras ce que je

7

t'ai dit ; tu gagneras des millions, beaucoup de millions !

— Oui, mon père ; soyez tranquille !

— Et tu paieras tout ! Je ne veux pas laisser la mémoire d'un failli ! Tu me jures que tu paieras tout ?

Georges jura. Son père lui serra la main et retomba dans ses rêveries. Peu à peu les silences devinrent plus longs, la voix plus rauque. Au lever du soleil, il ne parlait plus.

Il en avait dit assez. Il aurait pu ne rien dire. Ah ! certes non, Georges ne voulait pas que son père laissât la mémoire d'un failli ! Mais de la volonté à la réalisation il y avait loin.

Sans doute, une conduite était simple : garder la fortune de sa mère, en faire la base d'une fortune plus grande, et dans quelques années rendre tout, intérêts et capital ! Élevé dans le commerce, le jeune homme n'eût sans doute pas agi autrement. Mais Georges n'était pas commerçant. C'était pour lui, il le sentait, toute une éducation à faire. Et s'il échouait ? S'il perdait encore cette dernière ressource, ces deux cent mille francs qu'il ne considérait plus comme à lui ?

Nous ne voyons presque jamais tout à fait clair au fond de nous-mêmes. Le fait est que Georges n'avait jamais eu de goût pour la spéculation, et que maintenant il en avait horreur !

Ah ! que n'était-il, comme tant de ses camarades, pauvre et libre, avec sa solde de lieutenant ! Mais ce n'était pas l'heure de s'abandonner aux regrets. Il fallait prendre une décision, et la prendre vite. Le corps de son père n'était pas encore dans la tombe que déjà les créanciers accouraient.

Et ce n'étaient pas les dettes de jeu, véritable cause de la ruine, qui s'alignaient, en longues colonnes, sur les livres bien tenus du failli. Celles-là étaient réglées, éteintes au fur et à mesure. Les courtiers, les agents de change étaient couverts, en bonnes valeurs. Le spéculateur, jusqu'au dernier jour, avait fait honneur à sa signature ; le négociant s'était dérobé.

Ceux qui venaient, hargneux, quelquefois grossiers, réclamer un paiement impossible, ce n'étaient pas des spéculateurs plus heureux, mais d'autres négociants, des fournisseurs, des amis complaisants trompés par l'apparente solvabilité, l'honorabilité connue du vieux Forgueil. Comme tous les joueurs, le père de Georges avait trouvé de l'argent pour le jeu quand il n'en avait plus pour sa maison, pour ses ouvriers, pour ses domestiques. Une différence d'un demi-million doit être réglée dans les vingt-quatre heures. Son cordonnier n'aurait pas osé lui demander deux fois cent écus.

Les hargneux n'étaient pas les pires. Il y en avait qui pleuraient, se traînaient aux genoux de Georges. Ils connaissaient la situation. Ils savaient que le jeune homme avait deux cent mille francs à lui et ne voulait pas les garder. Qu'est-ce que cela lui faisait, alors, de désintéresser avant tout quelque pauvre diable totalement ruiné pour avoir eu confiance en son père ? Les autres avaient perdu le dixième, le quart, la moitié de ce qu'ils possédaient. Qu'est-ce que cela ? On se relève ! Le commerce n'est que hauts et bas. On savait bien que le vieux Forgueil n'avait voulu faire tort à personne !.

— Mais moi, Monsieur, moi, c'est la ruine ! J'ai une échéance après-demain, je ne le dis qu'à vous !

Ces dix mille francs peuvent me sauver. Qu'est-ce que cela peut faire aux autres ? Ils n'y perdront pas cinq pour cent !

Georges refusait. Il n'avait rien à lui. L'argent de sa mère irait aux créanciers, à tous, proportionnellement à leurs créances. Ce n'était pas lui qui voulait cela; c'était la justice. Une faveur accordée par lui lui eût fait l'effet d'un vol. Il était doux et inébranlable. Il souffrait horriblement.

Si son parti n'avait pas été pris dès la première heure de tout abandonner, il n'aurait pas été en son pouvoir de conserver un centime. Quoi, répondre à ces misérables : C'est vrai, je garde une fortune, mais c'est dans votre intérêt ! Dans cinq, dix ou vingt ans, si j'ai réussi, je vous rembourserai. Vous ne perdrez rien si je ne perds pas tout. Vous serez peut-être morts, mais vos héritiers seront payés ! Il aurait fallu là une espèce de courage qui lui manquait absolument.

Tout ce qu'il possédait remis à l'homme d'affaires chargé d'en opérer la répartition, il restait débiteur à ses propres yeux, selon le calcul de son père, de quelque chose comme cinq cent mille francs.

Ce n'était pas comme officier d'artillerie qu'il avait chance de les payer jamais. Cependant il voulait les payer. Il ne se reposerait pas, il ne respirerait pas tant qu'il n'aurait pas remboursé jusqu'au dernier sou cette dette énorme, dont le gage était l'honneur de son père. Réussirait-il ? C'était bien douteux. Cependant il n'est pas rare de voir des ingénieurs, partis de zéro comme capital, réaliser de grosses fortunes. Il avait l'horreur de la spéculation, mais nullement le dédain de l'industrie. Ce qui devait lui paraître un peu dur, c'était de briser son épée. Mais il n'avait pas le choix. On ne règle pas ses créances avec de la gloire.

Par malheur ou par bonheur, sa démission était à peine écrite et n'était pas envoyée qu'il reçut un ordre d'embarquement pour l'Indo-Chine. Ceci changeait la question. On ne démissionne pas devant l'ennemi. Le devoir militaire n'est pas une dette qui puisse attendre. Qu'il fût tué là-bas, il n'aurait rien à se reprocher. En attendant, c'était un repos, une halte dans la voie douloureuse, qu'il ne se serait pas accordée lui-même, mais qu'il acceptait du destin, volontiers, presque avec joie.

Il est peu de chagrins qui ne s'apaisent au cours d'une longue traversée. La mer est la grande berceuse. Elle a le secret des engourdissements. Georges débarqua au Tonkin, résigné. Puis il eut la chance, nullement extraordinaire en ce moment-là, d'être extraordinairement occupé. C'était le bon temps des Pavillons-Noirs, de la guerre non déclarée, mais très effective, avec la Chine. On se battait un peu partout ; on tuait énormément d'ennemis, qui n'étaient pas des ennemis, mais des rebelles. On laissait aussi çà et là, dans les rizières, bon nombre de camarades. On marchait dans la boue, sous un ciel de plomb, au milieu d'une population sournoisement hostile. On savait qu'il ne fallait pas se laisser faire prisonnier. Blessé, enveloppé, les jours de malechance où la colonne devait battre en retraite, on tâchait de garder pour soi un ou deux coups de revolver. Dans les intervalles des expéditions, à la saison chaude, on s'enfermait, épuisés, dans des paillotes étouffantes, on s'ennuyait à périr, et l'on mourait comme des mouches.

Georges fit comme les autres, ceux qui ne mouraient pas, bien entendu. Au bout de dix-huit mois,
il avait reçu deux égratignures, subi quelques accès
de fièvre, et détruit pour son compte une douzaine
de bandes, qui d'ailleurs se reformaient le lendemain. Il commençait à connaître le pays. Il avait
appris l'annamite.

Apprendre l'annamite avait été sa ressource
contre l'ennui, pendant les périodes d'immobilité.
Il s'était choisi deux professeurs, dont un du sexe
féminin, honni soit qui mal y pense! Les femmes
ont un génie particulier pour l'enseignement des
langues. Celle-ci avait seize ou dix-huit ans. Quoiqu'un peu brune, elle n'était pas laide. Elle s'appelait Mi Chi, et se fourrait de petites boulettes de suif
parfumé sous les aisselles. Du reste, à part l'instruction qu'elle lui donna, elle ne parut pas devoir
exercer sur la destinée de son élève une influence
quelconque.

Le professeur mâle s'appelait Lu. Il avait probablement d'autres noms. C'était le fils d'un Chinois
et d'une femme du pays, qui avait appris l'anglais
en Australie où il était allé chercher fortune. Comme
il baragouinait aussi le français, on l'avait engagé
en qualité d'interprète. C'était un homme d'une
quarantaine d'années, petit, mais trapu, robuste,
infatigable, intelligent et rusé, joueur à parier ses
doigts dont un lui manquait à la main gauche, abattu
d'un coup de couteau sur la table du banquier ;
d'ailleurs, adroit de ses mains comme un singe, et
de ses pieds presque autant que de ses mains, voleur
avec délices et capable d'exécuter un marché. On se
défiait de lui. Il le savait. Du reste, il y avait toujours un bourreau indigène à la suite des colonnes

un peu importantes, et faire couper la tête à un
espion paraissait la moindre des choses.

Georges, en tant qu'officier chargé de la sûreté
de sa troupe, ne se montrait ni moins sévère ni
moins défiant que qui que ce fût. Personnellement,
il se fiait à Lu, lui fournissait vingt occasions pour
une de le dévaliser du peu qu'il possédait, et ne s'a-
perçut jamais qu'il lui manquât une piastre. Quand
il commença à s'exprimer passablement en annamite, il se mit au courant des formules de politesse,
qui sont nombreuses, et dès lors, dans l'intimité,
traita son professeur en homme distingué, dispen-
sateur de la science. C'était surtout un exercice de
linguistique excellent, car dans aucun pays il n'est
nuisible de prononcer sergent : Capitaine! et concierge : M. le Surveillant!

Il n'était pas facile de savoir si M. Lu était sensible à ces attentions. Sa figure de bonhomme en
pain d'épice n'exprimait que ce qu'il voulait, c'est-
à-dire une politesse obséquieuse pour tout individu
capable de lui loger à l'occasion une baïonnette
dans le ventre ou un coup de pied au bas des reins.
Cette catégorie comprenait à peu près toute l'armée
française. Cependant, il semblait à Georges Fergueil
que son professeur éprouvait pour lui quelque chose
comme de la sympathie. C'était là une impression
très vague qu'il ne songeait point à creuser. Il était
bienveillant par nature et le métis chinois en pro-
fitait. Tant mieux pour lui s'il était reconnaissant!

Vers l'époque où Georges venait de passer capitaine, il arriva que Lu disparut dans des circonstances équivoques. Un détachement avait été surpris, gravement compromis, sauvé à force d'énergie au prix de pertes cruelle... Une trahison pa

raissait probable, et la disparition de l'interprète
confirmait singulièrement cette probabilité. Cependant, au bout de six semaines, M. Lu se montrait
de nouveau, sortant on ne savait d'où, mais les
poches pleines. Cette dernière preuve était presque
superflue. Georges eut quelque peine à empêcher
l'exécution immédiate et sans autre formalité de
l'interprète. Ayant obtenu, grâce à son élève, les
honneurs du conseil de guerre, M. Lu se défendit
avec beaucoup de sang-froid. Enveloppé par les
ennemis, à ce qu'il prétendait, il avait eu beaucoup
de mal à sauver sa vie. On l'avait emmené fort loin,
vers la frontière chinoise. Enfin, il s'était échappé
avec grand péril, et priait humblement MM. les
officiers français de ne pas le prendre pour un traître, accusation qui lui faisait horreur. Quant à l'argent, il n'avait pas cru mal faire de le recueillir dans
les poches des ennemis en même temps qu'il leur
dérobait sa personne. C'était de bonne guerre. Si
toutefois ces Messieurs blâmaient cette manière
d'agir, il était prêt à remettre la somme entière
entre leurs mains, tenant à leur estime par-dessus
tout. Cette défense baragouinée en français bizarre,
avec des métaphores orientales, n'aurait probablement pas convaincu ses juges. Fort heureusement
pour lui, Georges prit sa défense, fit observer que
cette histoire, dans son ensemble, n'avait rien d'invraisemblable, sauf pour l'argent que M. Lu avait
probablement volé à d'autres que les Pavillons-
Noirs. Mais ceci n'était qu'une bagatelle et ne valait
pas qu'on fît tomber une tête, fût-ce la tête d'un
métis chinois. Les membres du conseil ne furent
peut-être pas absolument convaincus, mais ils ne
demandaient qu'à faire plaisir au défenseur; et,

après tout, le doute devait suffire en théorie pour l'acquittement, quoique dans la pratique de la guerre ce fût plutôt le contraire qui prévalût. Ainsi, M. Lu se tira d'affaire avec une invitation à surveiller ses faits et gestes. Cette invitation n'était pas nécessaire ; l'interprète savait qu'il ne verrait la mort de plus près qu'une seule fois.

Sa reconnaissance ne fut pas bruyante. Il s'inclina profondément devant Georges, et lui déclara qu'ayant le malheur de n'avoir jamais connu son père, ce serait lui, Georges Fergueil, qu'il considérerait à l'avenir comme le véritable auteur de ses jours. Cette adoption à rebours, qui manquait audacieusement de respect à la chronologie, arracha un sourire au triste capitaine. Après quoi, chacun alla à ses affaires. M. Lu trouva moyen de se faufiler dans l'état-major du général Millot, pendant que Georges suivait la brigade de Négrier, en marche sur Hung-Hoa.

Plusieurs mois s'écoulèrent sans que le jeune homme revît son protégé. C'était après la retraite de Lang-Son. On se battait plus que jamais. Georges, après une journée de marche fatigante, allait essayer de prendre un peu de repos, quand on vint lui dire que M. Lu, blessé et mourant dans une paillote du même village, venait d'apprendre son arrivée et demandait à lui parler. Georges assez surpris, car si les coups pleuvaient assez dru, son professeur d'annamite avait toujours fait preuve d'une adresse rare à les éviter, suivit sans observation le messager de mauvaises nouvelles. Il trouva M. Lu râlant sur une natte, et parfaitement résigné, selon l'habitude de sa race. Il avait une balle dans le ventre et se préparait à rejoindre ses ancêtres quand l'arrivée

7.

du détachement de Georges lui avait donné l'idée
d'un acte de gratitude auquel d'ailleurs il s'était préparé depuis longtemps. Il ne s'agissait de rien moins
que du secret de son absence et de cette petite fortune qui avait failli lui coûter la vie. Très réellement fait prisonnier par une bande de rebelles, qui
toutefois l'avaient épargné, au prix de quelques
renseignements fournis de bonne grâce et trop tar-
difs pour nuire beaucoup aux Français, il n'avait
pu s'échapper qu'après une marche de plusieurs
jours, et dans la direction du Nord, vers la frontière de Chine. Là, il s'était trouvé perdu, en pleine
montagne, dans une région coupée de vallées sté-
riles et de forêts impénétrables. Il avait marché plusieurs jours au hasard, au risque imminent de mourir de faim. Enfin, il avait réussi à sortir de là.
Mais pour le dédommager de ses peines il avait
suffi d'une halte au bord d'un ruisseau, où quelques
grains arrondis d'une matière jaunâtre avaient at-
tiré son attention. Cette matière jaunâtre était de
l'or.

— De l'or! fit Georges en allongeant les lèvres
d'un air incrédule. M. Lu lui serra le poignet, et son
visage, d'un jaune plus foncé que les pépites dont il
parlait, s'éclaira d'une sorte de rayonnement.

— Oui, de l'or! Je ne pouvais pas m'y tromper.
Je suis allé à Melbourne. J'ai travaillé dans les mines.
Ah! si j'avais eu des vivres, un cheval, la certitude
de m'en tirer seulement! Mais j'étais épuisé de fatigue; je vivais de racines depuis deux jours; je ne
savais pas même où j'étais, ni comment j'en sorti-
rais. Cependant j'ai passé là une journée, la plus
belle de ma vie! N'avez-vous jamais fait ce rêve,
Monsieur Fergueil, de marcher sur des millions?

— Des millions !

— Oui, des millions ! Mais il ne suffit pas de savoir où les prendre. Il faut pouvoir les arracher aux veines du roc, les emporter, les défendre ! Le hasard m'avait fait tomber sur un nid de «nuggets», comme nous disions là-bas, à Bendigo. Mais la masse du métal est engagée dans la roche. Il faudrait des pics, de la poudre, des machines. Il faudrait une expédition régulièrement organisée... et la paix ! Ce sera bien assez difficile, sans les réguliers chinois et les Pavillons-Noirs, de faire arriver nos millions intacts à la banque d'Hanoï !

M. Lu s'était oublié. Une douleur plus vive le ramena au sentiment de la réalité. Il eut un sourire terreux, but une gorgée de thé tiède, et continua, plus calme :

— Je dis nos millions, mais je n'en profiterai pas. Je serai mort avant le jour. Monsieur Ferguell, vous m'avez empêché une fois d'être tué comme un chien, et je vous ai appelé mon père, quoique je sois plus vieux que vous, surtout maintenant. Promettez-moi de me faire enterrer décemment, et je vous dirai où se trouve l'or !

XIV

Six mois plus tard, Georges était employé sur le Haut-Fleuve, à la poursuite de ces fameuses bandes qu'on exterminait toujours et dont on ne se débarrassait jamais. Un grand gaillard, plus ou moins régulier, mais très certainement chinois, le voyant fort occupé avec une demi-douzaine de ses camarades, profita de l'occasion pour lui fourrer entre les côtes le plus qu'il put du fer d'une lance qu'il avait. Un bon procédé en vaut un autre; Georges eut le temps de lui brûler la cervelle d'un coup de revolver avant de tomber par terre, c'est-à-dire, naturellement, dans la boue.

Ces six mois n'avaient pas été tout à fait perdus pour le jeune homme. Si les compagnons du rebelle expédié par lui avaient eu le temps de le fouiller après lui avoir coupé la tête, comme c'était manifestement leur intention, ils auraient trouvé dans une poche intérieure de sa vareuse un morceau de papier crasseux, qui était le suprême cadeau de son ami Lu. Ce morceau de papier était une carte tracée de mémoire, avec une sûreté merveilleuse, grossière et précise, et qui lui avait permis de refaire en quelques jours, grâce à la retraite des forces chinoises, le voyage forcé du défunt interprète. Il avait vu de ses yeux et touché de ses mains, non des pépites, qui lui importaient peu car, seul et dépourvu de moyens de transport, il n'aurait pu en emporter que pour une somme insignifiante, mais la roche même qui leur servait de gangue, le quartz aux veines d'or, largement répandu sur un espace considérable. Vingt fois, sur vingt points différents, il avait, à coups de marteau d'acier, prélevé des échantillons, et partout le résultat s'était trouvé le même. C'était la fortune, une fortune énorme qui attendait là, depuis la formation des collines, le premier coup de pic du mineur.

Seulement, comme l'en avait prévenu le premier inventeur, le pic ne suffisait pas. La nature des filons, la structure de la roche exigeaient une exploi-

tation régulière, armée d'engins puissants, dirigée
par un chef habile. Quelques pionniers isolés y
auraient sans doute fait des trouvailles, mais au
prix d'un travail ingrat et, sous ce ciel de plomb,
mortel à l'Européen.

Avec un demi-million de capital, moins du quart
de ce qu'avait possédé son père, Georges calculait
qu'on aurait des abris, des machines, des explosifs,
une petite armée de coolies, les moyens de transport indispensables. Le terrain exploré par lui contenait de l'or pour vingt fois cette somme. Et il né-
gligeait les trouvailles possibles; il comptait largement les dépenses; il enrichissait l'ingénieur. Mais
l'ingénieur, ce serait lui, si merveilleusement apte
à cette tâche, préparé par ses premières études, les
rapports demandés par son père, connaissant le
pays, habitué à commander les indigènes, parlant
couramment leur idiome. Dans ces conditions, avec
une concession en règle, — qui devait être facile à
obtenir, le terrain n'étant revendiqué par personne,
— comment le capital engagé pouvait-il courir le
moindre risque? Comment ne trouverait-il pas dix
prêteurs pour un? En un an d'exploitation le capital serait décuplé, les créanciers de son père rem-
boursés; il serait libre, il serait riche. Il repren-
drait son épée, qu'il n'aurait fait que déposer. Il
aurait vingt-neuf ans; il était capitaine. Il travail-
lerait, non pour de l'argent, mais pour lui, poursa-
voir, pour mettre au jour quelque noble découverte,
utile au pays et à la science. Il n'aurait rien perdu,
rien sacrifié, rien à regretter; et il aurait fait son
devoir en toutes choses, tout entier, sans plier d'une
seule ligne! Cependant, la tâche aurait été lourde.
Il s'avouait que, plus d'une fois, dans le cours de ces

deux années, il avait considéré l'avenir avec découragement. Il s'avouait que s'il n'avait pas fait son possible pour être tué, à certains jours de lassitude, c'était plutôt par une sorte de réaction physique, un réveil de l'instinct de conservation, que par une véritable énergie morale. Quelle sottise, c'eût été, cependant ! et le bel exemple à fournir aux désespérés !

Dans cette disposition d'esprit, Georges avait très mal pris son coup de lance. L'auteur responsable avait pu s'en apercevoir.

Cependant, ce coup de lance avait son bon côté ; il hâtait le rapatriement du jeune homme, qui ne voulait pas donner sa démission. Pour commencer, il l'autorisait à se faire rapporter à Hanoï, où il pourrait s'occuper des premières démarches en vue de sa concession. Il en avait pris aussi exactement que possible la latitude et la longitude, dressé la carte avec un peu plus de précision que M. Lu, — quoique celui-ci, avec son instinct d'aventurier pour tout instrument, eût produit relativement un chef-d'œuvre, — et il ne prévoyait pas d'autre difficultés que les délais administratifs et légaux ; mais de son côté, pour guérir et trouver un demi-million, un certain temps devait lui être nécessaire.

Il avait des amis, quoique sa tristesse les eût tenus un peu à distance. On le savait ruiné, et on ne lui en voulait pas. Le premier auquel il s'adressa lui soumit une observation qui lui donna à réfléchir.

— Vous allez demander une concession, c'est fort bien. Mais êtes-vous prêt à l'exploiter ? Si vous ne l'êtes pas, vous obtiendrez difficilement votre décret. D'abord, c'est la loi, ce qui n'est pas une bien forte raison, mais un excellent prétexte. Cependant, comme vous aurez livré votre secret, de fins renards se mettront à vos trousses. Si votre trouvaille en vaut la peine, ils vous susciteront chicane sur chicane pour vous la voler, sauf à vous la revendre. Si elle est médiocre, ils vous causeront encore quelques ennuis, pour le principe. Moi, bien entendu, je suis à votre disposition. Faut-il marcher?

— Diable! fit Georges; cela vaut la peine d'y songer.

Mais la réflexion, quand on est malade et par trente degrés de chaleur, est très pénible. Le coup de lance se cicatrisait difficilement. Le climat d'Hanoï était encore plus mauvais que celui du Haut Fleuve. Encore un avantage pour sa chère concession, qu'il ne lui restait qu'à obtenir! Un beau matin, le chirurgien qui le soignait lui demanda si la mer lui étai. particulièrement désagréable.

— Mais... non. Pourquoi?

— Parce que le *Bien-Hoa* part après demain pour Toulon, et que j'aimerais encore mieux vous voir ballotté par le roulis qu'empoisonné par les miasmes.

C'est le goût de la plupart des médecins d'envoyer au loin ceux de leurs patients dont ils désespèrent. Rien de tel pour améliorer les statistiques. Telle colonie, notoirement fatale aux Européens, est devenue, grâce à ce procédé, d'une salubrité officielle bien supérieure à celle de Nice et de Trouville. Naturellement, ceux qui meurent en mer ne comptent pas. Toutefois le chirurgien de Georges parlait uniquement dans l'intérêt de son malade. Celui-ci risquait beaucoup à partir, mais il semblait perdu s'il restait.

Georges ne se croyait pas si atteint, mais il ne

demandait pas mieux que de revenir en France.
C'était encore à Paris qu'il avait le plus de chance
de trouver son demi-million. Il avait malheureusement plusieurs choses contre lui. D'abord, quoiqu'il
se fût relativement bien trouvé de la traversée, il
s'en fallait de beaucoup qu'il fût complètement
guéri, et sa mine n'était pas brillante. Or, une affaire
comme celle qu'il venait proposer aux spéculateurs
dépend beaucoup de celui qui la dirige, tout au
moins dans ses débuts. Georges Fergueil mort, sa
concession était bien malade. Les premiers qui vou-
lurent bien écouter ses offres l'engagèrent d'abord
à se soigner.

Ensuite, il y avait le souvenir de son père, ce spéculateur enragé, qui s'était ruiné dans les mines,
ou, plus exactement, à propos des mines. Et justement, c'était une mine que son fils croyait avoir
trouvée. Et quelle mine? Une mine d'or! Et où
située? Au Tonkin! Hélas, on les connaissait ces
mines-là! On les avait vues figurer sur les cartes
avec la mention célèbre : Grosses pépites! Elles
avaient coûté à la France, non pas un demi-million,
mais un demi-milliard ; sans compter les hommes,
par malheur !

Georges avait beau faire remarquer qu'on a tort
de conclure d'un cas particulier à un autre, que
là où son père s'était ruiné, un autre se serait peut-
être enrichi; qu'il existe certainement des mines
productives, et même des mines d'or, témoin l'existence universellement admise des pièces de vingt
francs; que s'il y a de l'or dans beaucoup de pays,
même en France, où d'ailleurs on a eu trois mille
ans pour l'exploiter, il n'y aurait rien d'étonnant à
ce qu'il s'en trouvât au Tonkin, peut-être pas autant

qu'on l'avait cru, peut-être pas à l'endroit des « Grosses pépites », mais quelque part, là où des témoins honorables déclaraient en avoir vu, et certainement là où Georges en avait non seulement vu, mais touché ; non seulement touché, mais emporté, à preuve les échantillons de quartz mis par lui sous les yeux de ses adversaires.

Les adversaires haussaient les épaules ; ou, mieux élevés, se taisaient. Le silence leur suffisait pour triompher. Ils n'avaient pas besoin, eux, de trouver cinq cent mille francs.

Georges était né patient ; il ne se rebuta pas tout de suite. Cependant les années de fatigue et sa blessure mal fermée avaient un peu tendu son système nerveux. Il se surprit une ou deux fois à se demander s'il aurait encore la force de jeter un financier par la fenêtre. Cette pensée coupable resta heureusement secrète. Après tout, il avait trop de bon sens pour ne pas comprendre que les capitalistes emploient leur argent comme ils veulent. Cependant un peu d'irritation perça dans ses manières. Cela ne pouvait guère lui nuire, — il était éconduit d'avance, — mais cela ne le servit point. Les semaines s'écoulaient ; il n'avait pas avancé d'un pas.

MM. Berthomieu eurent sa visite, et l'accueillirent mieux que la plupart de leurs confrères. Berthomieu junior avait connu le vieux Fergueil ; il semblait même qu'il en eût reçu, dans quelque moment difficile, un de ces services qu'on n'oublie pas. En général, ce souvenir forcé se traduit par des protestations de reconnaissance et un vague désir de voir le bienfaiteur tombé plus bas qu'on n'a vu le protégé, probablement afin de lui rendre à meilleur compte la monnaie de son bienfait. M. Berthomieu

junior devait être un homme supérieur, ou bien la
faillite du père lui paraissait un règlement de
comptes suffisant. Bien entendu, il n'accorda point
à Georges l'aide que celui-ci lui demandait pour la
formation d'une société, mais il l'invita à déjeuner
et lui prodigua les bons conseils.

D'abord, celui de renoncer à son idée; ensuite
celui de se méfier des escrocs qui l'accueilleraient
à merveille et feraient de son nom, de son titre
d'officier sorti de l'École Polytechnique, de son
coup de lance et de son ruban rouge un appât pour
les imbéciles. En fait d'entreprises financières, les
imbéciles, c'est presque tout le monde. A ce jeu, il
ne perdrait pas son argent, n'en ayant point, mais
son honneur; triste aventure, arrivée à plus d'un
honnête homme, mort peut-être sans y avoir rien
compris. Georges pensa que ce dernier conseil était
bon, et eut l'occasion de changer cette opinion en
certitude.

Au bout de trois mois de semblables tentatives, le
pauvre garçon se mourait d'épuisement, d'attentes
endurées, d'impatiences dévorées. Son nom était
connu dans toutes les antichambres de brasseurs
d'affaires. Ses camarades, ses chefs d'autrefois,
regardaient avec une vague défiance ce soldat
enragé de spéculation. Ses meilleurs amis insinuaient qu'il avait subi quelque coup de soleil au
Tonkin, et que la folie paternelle avait laissé dans
son cerveau quelques germes pressés d'éclore. Un
vieux général, qui l'avait connu tout enfant, prit le
parti de lui montrer nettement sa situation, telle
qu'elle apparaissait à tout le monde. Il ne s'agissait
pas des dettes de son père. Personne ne pouvait lui
demander, personne ne lui demandait plus qu'il n'a-

vait fait. Il aurait gardé la fortune de sa mère que
cela aurait paru tout naturel. Il s'agissait de son
honneur à lui, qu'il était en train de compromettre
avec des tripoteurs d'affaires. Qu'il donnât sa démission, alors! On ne se fait pas artilleur pour viser
l'argent des gogos! Pendant quinze minutes, montre en main, le brave général donna cours à son
éloquence vengeresse. Il avait quelque peu joué à la
Bourse, dans le temps, et s'en était mordu les doigts.
Rien de tel pour inspirer ces haines vigoureuses
d'où jaillit l'inspiration.

Georges l'écoutait sans rien dire.

— Mais répondez-moi donc, sacrebleu! fulminait
le vieux bravo. Qu'est-ce que vous me f...ichez-là,
avec votre mouchoir sur la bouche? Vous n'avez
donc plus de sang dans les veines?

— Si, Général, dit Georges en écartant de ses
lèvres son mouchoir où il y avait une tache rouge.
Le général écarquilla les yeux et resta béant, puis
au bout d'une minute, haussant les épaules.

— Voyons, ça n'est pas tout ça. Ces b...outiquiers-
là finiront par vous tuer. A quoi ça vous servira-
t-il? Vous êtes malade, mon pauvre garçon! Pourquoi n'allez-vous pas vous soigner? Qu'est-ce que
vous f...ichez à Paris, au mois de juillet? D'abord,
il n'y a plus personne, à Paris. Qui voulez-vous qui
vous prête cinq cent mille francs, par vingt-huit
degrés de chaleur?

Georges avoua que ce point de vue lui avait
échappé.

— Écoutez, reprit le général, voyez votre médecin, faites-vous envoyer quelque part, aux eaux, à
la mer, je ne sais pas, moi! Passez-moi trois mois
dehors; revenez-moi guéri, et si vous êtes encore

féru de votre concession, foi de soldat, je vous donne
un coup de main. Mais guérissez-vous, nom de D...!
Je souffre trop de voir un capitaine d'artillerie traîner sa carcasse chez les boursicotiers. Est-ce dit ?

— Ma foi, Général, dit Georges, je crois que
vous avez raison. Il y a six semaines que le docteur
veut m'envoyer à Luchon...

— Et vous n'êtes pas encore parti !

L'apostrophe du général sauva probablement la
vie à Georges. Le pauvre garçon en était arrivé à ce
degré d'épuisement et de surexcitation à la fois où
l'on va sans voir, jusqu'à ce qu'on tombe. Un bon
conseil n'aurait pas suffi. La voix tonitruante de
son supérieur agit sur lui comme le : garde à vous !
du sergent instructeur sur la recrue ahurie. Il obéit,
machinalement, boucla sa valise et prit l'express
comme il aurait présenté armes. En route, à la fraîcheur de la nuit, il put réfléchir un peu et comprit
que le général avait raison.

Quand on a lutté de toutes ses forces, et au delà
de ses forces, après l'angoisse du renoncement, il y
a une certaine douceur à se dire que tout est fini.
C'est la revanche de la matière. On est vaincu, mais
on est tranquille. Tomber est une manière de se
coucher. L'acceptation de la défaite mêle à son
amertume profonde un inexprimable apaisement.

Le lendemain de son arrivée, quand Georges rencontra M. Berthomieu, c'est de très bonne foi qu'il
lui répondit : C'est fini ! Il avait conscience d'avoir
fait le possible. Qu'il pût recommencer la lutte,
plus tard, guéri, instruit par l'expérience, avec des
forces nouvelles et des chances meilleures, il ne le
croyait pas et ne voulait pas y penser. D'abord, il
n'était pas du tout certain qu'il guérît. Il ne le dési-

rait même pas. La mort lui paraissait une admirable simplification aux difficultés de sa vie. Il songeait que ce pauvre Lu, le premier inventeur de la mine, était mort sans avoir joui de sa découverte. Le premier, était-ce bien sûr ? Combien d'autres, qui sait ? avaient cru posséder le trésor, à qui le trésor avait porté malheur ! La malédiction de l'or, cette légende qui se retrouve partout, a peut-être sa source dans des réalités mystérieuses.

Dans cette disposition d'esprit, il n'avait pas fait grande attention aux propositions matrimoniales de M. Berthomieu. Prises au sérieux, elles l'eussent révolté. Mais il avait assez à faire de vivre. L'indignation impliquait une dépense de forces tout à fait au-dessus de ses moyens. Pour la même raison, il s'était laissé présenter, inviter. Il avait d'abord songé à ne pas aller à ce dîner, mais il aurait fallu prévenir, inventer une excuse. Le plus simple était évidemment de se laisser faire. Il serait un triste convive, tout naturellement ; on ne l'inviterait plus ; une visite de politesse, et tout serait dit. D'ailleurs, M. Berthomieu l'avait moins mal accueilli que personne. Il lui avait rendu, en l'avertissant, un véritable service. Georges n'était pas ingrat. Mᵐᵉ Berthomieu lui avait paru ce qu'elle était en réalité : fort aimable. Quant à Gabrielle, il l'avait à peine regardée. Cependant son image s'était gravée dans son esprit, très exactement, et il aurait pu la peindre de souvenir telle qu'elle lui était apparue là, sans oublier un pli de sa robe. Mais cette image dormait dans son cerveau ; il n'en avait point conscience. Ce qui lui revenait plutôt, c'était le timbre de son rire, sonore et clair, qui l'avait désagréablement frappé. Il y a des états nerveux, où l'on hait l'odeur des roses et la vibration du cristal.

Adrienne avec sa voix grave, son geste sobre et sa toilette discrète, lui avait moins déplu; on n'aurait pu dire qu'elle lui avait plu davantage.

Les Berthomieu habitaient une villa de l'allée de la Pique, toute blanche, au milieu d'un grand jardin. La salle à manger donnait sur une pelouse semée de corbeilles, avec de grands bananiers qui passaient en pleine terre la belle saison. Le regard, par trois baies largement ouvertes, embrassait ce décor à demi tropical et, s'élevant par degrés, par-dessus les murs masqués de feuillages, allait retrouver les vertes prairies de la montagne, les noirs sapins, les cimes dénudées de Sauvegarde et du Sacroux. Un diminutif de torrent filait, rapide, entre les grandes herbes. Dans les vases de Chine des gerbes de fleurs embaumaient.

— Je vous préviens, disait M. Berthomieu à Georges, que j'ai rencontré sur l'allée votre médecin, le Dr Marius Peyragat, de Barbazan, un ancien médecin des Transatlantiques, et que je l'ai interrogé sur votre régime. Le champagne frappé vous est tout ce qu'il y a de meilleur, une vraie boisson d'hôpital. — Vous entendez, Mademoiselle Roger; je vous confie notre capitaine.

— Et il est en bonnes mains! intervenait la belle Alcée, avec un coup d'œil d'intelligence à son mari. D'abord, Gabrielle est de notre Union des femmes de France!

Les deux époux s'étaient entendus, au retour de la promenade. M. Berthomieu se sentait décidément pris de bienveillance pour Georges. C'était une bonne action qui pourrait un jour n'être pas une

mauvaise affaire. Le jeune homme, gendre de
M. Roger, lui devrait une éternelle reconnaissance.
Il avait évidemment des aptitudes. Il serait ce qu'il
voudrait. Mme Berthomieu ne demandait qu'à secon-
der les intentions de son mari. Les femmes adorent
le pouvoir, et quel pouvoir que de faire et de défaire
les mariages ! Prendre un pauvre garçon bien
pauvre, bien triste, seul et presque mourant, et lui
mettre dans les bras une héritière de trois millions,
dont il est digne, c'est un vrai rôle de fée bienfai-
sante, où il ne manque que la baguette et l'auréole
de lumière électrique. Cependant, par pur esprit
de contradiction, la jeune femme eut une apparence
de scrupule. M. Roger lui avait confié sa fille pour
un mois, il n'avait pas dit que ce fût pour la marier
à un capitaine d'artillerie.

La belle Alcée n'avait pas plutôt lancé cet argu-
ment qu'elle le regretta, car décidément ce pauvre
Georges lui était tout à fait sympathique. Mais
M. Berthomieu avait réponse à tout. Huit jours avant
de quitter Paris, au milieu d'une conversation d'affaires, M. Roger s'était laissé aller à parler de sa
fille, avait manifesté quelque inquiétude de sa
responsabilité paternelle, et montré le désir très
net de la voir promptement mariée.

— Oui, mais mariée à qui ?

— Et à qui voulez-vous qu'il la marie ? A un lingot
d'or ? Roger sait fort bien que le meilleur parti pour
sa fille est un garçon comme Fergueil, riche de
talent, d'énergie et de probité. Avec cela et la dot
de sa femme, il fera ce qu'il voudra. Un million et
un million ne font jamais que deux millions, mais
un million multiplié par le travail donne un produit
incalculable. Ne comparons pas la progression

arithmétique à la progression géométrique. Le
mariage n'est pas une addition, mais une multipli-
cation. Croissez et multipliez, dit l'Écriture ! —
Je crois que j'ai fait un mot !

— Vous êtes fou ! dit Mme Berthomieu en haussant les épaules.

Elle ne demandait qu'à être convaincue.

Son avis toutefois était de ménager les transitions.
Mais M. Berthomieu n'entendait rien aux finesses.
Il avait remarqué qu'en affaires celui qui va droit
au but sait ce qu'il veut, parle haut et ne cède jamais,
a presque toujours raison des habiletés les plus
ténues. Quelle toile d'araignée résiste à un coup de
poing ? Au fond, on peut ou on ne peut pas, on est
le plus fort ou le plus faible. C'était là, prétendait-
il, la véritable diplomatie. Sa femme aurait voulu
amener Georges Fergueil aux pieds de Gabrielle
Roger par toutes sortes de petits sentiers pleins de
fleurs, avec quelques imitations d'épines. Son avis, à
lui, était de tracer à son protégé une belle route
bien unie et bien droite, sans négliger les bornes
indicatrices. C'est ce qu'il faut à l'artillerie.

— Pour commencer, nous allons les faire dîner
à coté l'un de l'autre !

Gabrielle n'était pas assez naïve pour ignorer
longtemps le manège évident du banquier. Elle en
fut un peu froissée, les Berthomieu étant ses hôtes.
Elle se considérait comme placée sous la sauvegarde du droit des gens. Par bonheur Georges ne
paraissait pas homme à abuser de la situation. Ce
n'était pas qu'il fût gauche ou gêné. Il avait fré-
quenté le monde avant la ruine de son père, et ce
n'était pas la première fois qu'on le mettait à table
à côté d'une jeune personne à marier. Mais sa pensée

était si loin de ce qu'on attendait de lui que l'évidence même ne le frappait pas. Les allusions les plus transparentes passaient inaperçues, comme des projectiles inoffensifs, par-dessus la tête de cet artilleur.

— Qu'est-ce que cela veut dire? se demandait tout bas l'objet de toute cette stratégie. L'idée ne lui venait point que les Berthomieu pussent faire jouer à Georges le rôle du prétendant malgré lui. Cependant, il ne devait pas se figurer obtenir la bienveillance de sa voisine sans autre effort que de manger du bout des dents et de se laisser verser à boire. Elle n'avait aucune prévention contre lui. Il avait pour lui ses vingt-huit ans, ses trois galons, son ruban rouge et son coup de lance. Était-ce aussi l'idée de son père qu'elle s'appelât quelque jour Mme Fergueil? Toutes ces pensées allaient et venaient dans cette tête blonde, comme des oiseaux effarouchés dans une cage d'or. Cependant Georges causait en homme trop bien élevé pour laisser voir à ses hôtes la couleur de ses chagrins. Tout en causant, il ne pouvait pas ne point apercevoir le gracieux profil de sa voisine, sa joue veloutée, son œil limpide, le contour exquis de son corsage, et son bras nu qui sortait de sa manche courte, frais et blanc comme les pétales satinés du gardénia. Cette partie du paysage, qui en aurait troublé plus d'un, le ramena, par une association d'idées bizarre en apparence, mais au fond très naturelle, à sa première année de séjour au Tonkin. Mme Berthomieu le vit rêveur, et crut lui rendre service en l'interrogeant.

— A quoi songez-vous, Monsieur Fergueil?

— Madame, répondit Georges sans hésiter, dans

l'innocence de son cœur, je pense à une jeune fille.

— Blonde ? demanda la belle Alcée avec un sourire encourageant. Elle pensait voir venir un madrigal à l'adresse de Gabrielle.

Georges eut un petit soubresaut, car il s'était transporté pour une minute à plusieurs milliers de lieues de Luchon, et la première question de Mme Berthomieu ne l'avait ramené qu'à demi.

— Pas précisément, fit-il en souriant malgré lui de l'incongruité du rapprochement. Mlle Roger portait tantôt d'adorables petites bottines qui pourraient donner une idée de la couleur de sa peau, un peu plus claires cependant.

— Quelle horreur ! s'écria la belle Alcée en éclatant de rire. Savez-vous, Monsieur Fergueil, que voilà des souvenirs très inquiétants pour votre future femme !

— Ma future femme ? répéta Georges, comme il eût fait de mots prononcés dans une langue inconnue.

— Eh bien ! est-ce que vous ne vous marierez pas un jour ou l'autre ?

En prononçant ces mots, Mme Berthomieu lança à Georges un regard par lequel elle essayait de lui faire comprendre la nécessité de répondre avec à propos et, autant que possible, quelque chose de spirituel. Elle faisait ce qu'elle pouvait, mais il fallait bien qu'il l'aidât un peu.

— Madame, dit Georges pour qui ce regard et l'intention qui soulignait les paroles avaient été entièrement perdus, je ne crois pas.

Mme Berthomieu repoussa sa serviette de dépit, et l'on passa dans le salon.

Georges, d'un mot, s'était perdu dans l'estime de

la belle Alcée. Berthomieu lui-même était dégoûté
de lui rendre service. Quelle idée aussi de vouloir
jeter malgré lui à la tête de ce garçon une héritière
qui n'y songeait point! Il aurait voulu oublier que l'i-
dée était de son cru, et pour un peu l'aurait reprochée
à sa femme. Voilà pourtant où conduit l'excès de
bienveillance! Parce que le vieux Fergueil, dans
le temps, lui avait rendu un service quelconque, es-
compté quelques traites dans un moment difficile,
épargné la ruine, si l'on veut, — il n'en rougis-
sait pas, bien qu'il jugeât inutile d'en parler,
— ce n'était pas une raison pour vouloir à toute
force marier son fils à la fille du baron Roger
qui ne lui en avait point donné la commission, malgré quelques paroles échappées. Mme Berthomieu,
avec plus d'apparence de justice, rendait son mari
responsable de cette fausse manœuvre. Elle oubliait avec plaisir son empressement à y prendre
part, empressement dont le plus vif mobile était
peut-être encore le désir de donner une leçon à
ses adorateurs habituels visiblement entrainés
dans le cercle d'attraction de cette étoile blonde,
auréolée d'une dot de trois millions. En une seconde, le pauvre capitaine tomba du plus haut degré de la faveur au rang de convive toléré par politesse. La faveur ne lui avait point tourné la tête;
la disgrâce ne l'émut pas davantage. Gabrielle devinait en gros ce qui se passait dans l'esprit de ses
hôtes. Mais pourquoi Georges leur infligeait-il
cette déception? Il n'était pas assez sot pour ignorer son avantage, s'il eût été disposé à en profiter.
C'était donc qu'il la dédaignait. Etait ce qu'il la
trouvait laide? Était-ce qu'il en aimait une autre?
Mille questions de ce genre se croisant dans son

esprit donnaient à Georges une importance que ne lui aurait pas valu tout le bon vouloir de la belle Alcée. Elle savait bien que les prétendants ne lui manqueraient jamais ; l'indifférence déclarée était un fruit rare.

Ce germe de préoccupation n'aurait pas empêché Gabrielle d'oublier son voisin de table en moins de huit jours. Mais il est difficile de rester huit jours sans se voir dans une ville d'eaux. D'abord, Georges avait à rendre à Mme Berthomieu sa visite de digestion, et Mme Berthomieu ne pouvait guère ne pas l'engager à revenir, chaque fois qu'il en aurait envie, à la villa de l'allée de la Pique. Ensuite, le docteur Marius Peyragat, de Barbazan, ayant trouvé Gabrielle enrouée pour s'être mise à la fenêtre à la fraîcheur du soir, l'avait condamnée à boire tous les jours un ou deux demi-verres d'eau sulfureuse à la buvette du Pré. Georges subissait la même peine, et leurs verres reposaient même à côté l'un de l'autre, sur la même tablette. Une fois, la buvetière se trompa. Gabrielle, arrivant une minute plus tard, trouva son capitaine en train d'absorber gravement une gorgée d'eau blanchâtre dans la coupe où elle avait l'habitude de tremper ses lèvres. Quelqu'un accusa plaisamment le jeune homme d'avoir acheté à prix d'or une erreur qui ferait bien des jaloux. Le fou rire prit Gabrielle quand elle le vit embarrassé de son verre qu'il ne pouvait guère rendre ni garder. Il se tira de peine en le laissant choir et se briser en mille morceaux. Quoiqu'il fût lui-même l'objet de cette gaîté, le rire de la jeune fille ne lui parut plus désagréable comme le premier jour. Ses nerfs se détendaient, à la fraîcheur de la montagne. Quand elle eut ri, elle s'aperçut que trente personnes la regardaient. Son front, ses joues, ce qu'on voyait de son cou délicat, emprisonné par la mode dans un col d'officier, se couvrirent d'une teinte rose. Ce fut rapide et charmant comme la dernière lueur des beaux couchers de soleil sur la neige vierge des sommets. Georges rentra chez lui pensif.

Avec l'air pur et le repos, les forces lui revenaient très vite. Il pouvait maintenant faire de longues courses à cheval. Comme il n'y a que trois chemins pour sortir de Luchon, dont un qu'on ne prend guère que le jour du départ, Gabrielle et lui se rencontraient encore ainsi très souvent. On eût dit que le hasard se plaisait à les mener ensemble à la rue d'Enfer, à Sauvegarde et au lac d'Oo. Évidemment, ce n'était pas le désir de Georges de se rapprocher de la jeune fille. Il n'aurait eu pour cela qu'à profiter dès le premier jour de la bienveillance de Mme Berthomieu. D'ailleurs, il ne cherchait pas à lui parler. Quelquefois leurs chevaux marchaient côte à côte, de longues minutes, sans qu'il trouvât un mot à lui dire. La belle Alcée le déclarait ennuyeux. Gabrielle voyait bien qu'il était triste.

Elle ne savait son histoire qu'en partie. Le premier jour on ne lui avait parlé que de sa belle conduite et de son rapide avancement; les jours suivants on ne s'en était plus occupé. Elle ignorait la ruine de son père, cette dette énorme et sans cesse croissante qu'il ne pouvait payer ni ne voulait renier. Son silence et sa sauvagerie ne lui déplaisaient pas. Elle était saturée d'hommages, d'admirations et de triomphes. Elle devinait chez le jeune homme une souffrance profonde, et un vague désir lui venait de la connaître, de la guérir, si elle avait pu.

8.

Ce n'était pas encore de l'affection, c'était déjà de l'intérêt. D'ailleurs, près de lui elle se sentait tranquille. Elle pouvait penser, rêver, sans être brusquement rappelée à elle-même par un compliment ou une déclaration. En même temps, elle se sentait en sûreté vis-à-vis du monde extérieur. Elle devinait que Georges, à peu près guéri, se fût jeté entre elle et le danger sans hésiter une seconde. Quel danger? Il n'y en avait aucun. Cependant, à cheval, en course, dans la montagne, on ne sait jamais ce qui peut arriver. Cette sécurité qu'elle n'éprouvait complète que dans le voisinage du jeune homme avait quelque chose de très doux.

Quand il n'était pas là, s'il arrivait qu'on parlât de lui, elle prenait vaillamment sa défense. Quand il était là, personne ne se souciait de le railler. Quoique généralement silencieux, il avait la répartie prompte, et quelque chose avertissait les plaisants qu'il eût été dangereux d'aller trop loin.

Il lui arrivait de regretter de n'avoir pas un frère, un grand frère aîné, très brave et très bon, qui ferait toutes ses volontés en la rudoyant un peu quelquefois. Ce frère aîné aurait pu ressembler à Georges Fergueil. Seulement, si elle l'avait vu triste, elle aurait bien su lui faire avouer son secret et, qui sait? le guérir, peut-être.

Georges Fergueil ne pouvait guère faire autrement que d'être triste. Quinze jours après la première rencontre de Gabrielle il s'était avoué qu'il l'aimait, et il serait mort plutôt que de le laisser voir.

XV

Il l'aimait. Ce n'était pas une chose bien surprenante. Évidemment, cela devait arriver un jour ou l'autre qu'après ces années d'angoisse, d'exil, de lutte sans trêve, son cœur, brusquement, se trouvât pris. Pourquoi par celle-ci plutôt que par celle-là? par la blonde plutôt que par la brune? Rien que dans l'entourage de Gabrielle il y avait Adrienne, qui était belle, et Mᵐᵉ Berthomieu, coquette et dangereusement jolie avec l'expérience de ses trente ans. Non, son amour était allé droit à l'impossible, à la folie, à l'inévitable désespoir. Il le savait. Il savait aussi qu'il n'y avait pas à se défendre. Il réservait ses forces pour souffrir, le front haut et les lèvres closes, son fatal martyre ignoré.

Depuis quand l'aimait-il? Depuis le premier jour. Mais il en avait mis quinze à se l'avouer. Si, du moins, il l'avait compris tout de suite, aurait-il pu profiter de la bienveillance des Berthomieu? Devait-il regretter son silence, son indifférence apparente, quand il l'avait eue, toute une heure, avec l'attrait de l'inconnu, du nouveau, des lointaines aventures, attentive et souriante à son coté?

Alors comme maintenant il aurait gardé son secret. Aimé d'elle, n'ayant qu'un signe à faire, il l'eût gardé encore. Entre elle et lui il y avait un abime : le demi-million de dettes de son père. On ne signe pas, pensait-il, un contrat de fiançailles d'un nom de failli.

Il est vrai qu'en épousant Gabrielle il aurait

pu payer cette dette... avec la dot de sa femme.

Les meilleurs sentiments ont leurs exagérations.
Toute religion mène au fanatisme. Souffrir en silence, seul et longtemps, rend farouche. Peut-être
ce qui chez tout autre eût été juste délicatesse, à la
longue était-il devenu susceptibilité maladive chez
Georges Fergueil. Un autre aurait pu se dire qu'en
supposant Gabrielle capable de lui donner sa main,
ce n'était rien pour elle de lui avancer le prix de
sa liberté; qu'il saurait bien le lui rendre; que là
où est l'amour vrai, les différences de rang et de
fortune deviennent de plein droit négligeables...
Georges Fergueil était lui-même; il pensait, il jugeait comme il aimait, avec son âme et son cœur.
Sa fierté ignorait les transactions.

D'ailleurs, il avait ignoré les intentions des Berthomieu, et l'idée que Gabrielle pût faire un seul pas
au devant de son amour devait lui paraître insensée.
Se taire ou devenir méprisable sans cesser d'être
indifférent, il n'apercevait pas d'autre alternative.

Il gardait son secret, laissant s'écouler les jours
et faire le hasard qui le rapprochait de Gabrielle.
Combien cela durerait-il ? Deux, trois semaines
encore peut-être. Et puis ?

Elle s'en irait, il rentrerait dans la nuit.

Il ne se disait même pas cela: A chaque jour suffit
sa peine. Il allait, cherchant d'instinct les endroits
où il avait chance de la rencontrer. Était-il heureux
près d'elle ? Oui et non. Il souffrait davantage, mais
il se sentait vivre.

Gabrielle ne voyait point cela, ni personne. Il
tenait à son secret comme à son honneur, plus qu'à
sa vie. Cependant, Adrienne le suivait souvent des
yeux avec une attention singulière.

Un jour qu'il passait à côté d'elle, dans le parc du Casino, à l'heure de la musique, elle lui toucha le bras. Georges s'arrêta.

— Reconnaissez-vous ce Monsieur qui passe près du chalet des petits chevaux, avec des favoris blancs ?

— Je crois que oui.

— M. Bergeret, n'est-ce pas ?

— Il me semble.

— Un des créanciers de votre père ?

— Et des miens. Soyez tranquille, Mademoiselle, je ne les oublie pas.

— Je le sais; c'est pourquoi je vous montre celui-ci. Croyez-vous que je m'intéresserais à eux, si je ne vous voyais souffrir à cause d'eux ?

Georges la regarda, étonné.

— Pardonnez-moi d'intervenir en ceci, continua-t-elle. En deux mots, M. Bergeret est venu hier rendre visite à nos hôtes. J'étais dans le jardin ; M. Berthomieu et lui causaient dans le salon, les fenêtres ouvertes. L'entretien n'avait rien de confidentiel. Il s'agissait d'affaires en général. Cependant j'ai entendu votre nom. M. Bergeret était un des plus forts créanciers de votre père. Malgré cela, il ne lui en a pas voulu. Il a d'ailleurs une grosse fortune. Je l'ai entendu louer votre délicatesse. Il paraît bien disposé à votre égard. N'aviez-vous pas une entreprise en vue, qu'un homme dans sa position pourrait vous faciliter ?

Georges secoua la tête d'un air de doute.

— J'avais cru comprendre, insista Mlle Adrienne d'un ton froid, qu'avec une avance de cinq cent mille francs vous pensiez avoir le moyen de gagner plusieurs millions.

— Je ne le pense pas ; j'en suis sûr. Le malheur est que personne ne se soucie d'avancer ces cinq cent mille francs. M. Bergeret moins qu'un autre, j'imagine.

— Serait-il indiscret de vous demander pourquoi ? Mais d'abord, M. Bergeret n'aurait nul besoin d'avancer une pareille somme. Avec ses relations, si on le savait dans l'affaire, ne fût-ce que pour un dixième, la formation d'une société deviendrait peut-être, je ne dis pas facile, mais possible. Excusez-moi de me mêler de ce qui ne me regarde point, Monsieur Fergueil ; ce sont des idées qui me sont venues ; les idées d'une pauvre fille qui n'entend rien à ces graves questions. Après tout, M. Bergeret se trouve directement intéressé à votre fortune. N'est-ce pas cent trente ou cent quarante mille francs que vous lui rembourseriez, le jour où vous seriez riche ?

Georges ne songeait plus à s'étonner ; il réfléchissait.

Comment cette idée ne lui était-elle jamais venue ? Sans doute il éprouvait une répugnance instinctive à recourir aux créanciers de son père. Cependant, qui, plus qu'eux, se trouvait intéressé à sa fortune ? Qu'ils y regardassent à deux fois à lui confier leur argent, c'était au moins naturel ; mais leurs relations, leur influence devaient lui être acquises du moment où ils entreverraient une chance d'être payés.

Pourquoi douteraient-ils de lui, eux qui savaient à quel prix il avait diminué le chiffre de leurs pertes ? Mais sans doute eux aussi le traiteraient de visionnaire, lui riraient au nez ou le renverraient poliment, avec ses mines d'or, aux calendes grecques.

Certes, ce n'étaient pas des visites d'agrément qu'il avait en perspective. S'il réussissait, cependant ? S'il parvenait, à force de preuves, de patience, d'invincible ténacité, à convaincre quelques-uns de ces hommes qui tenaient entre leurs mains sa fortune, sa liberté, l'honneur de son père, son bonheur à lui, peut-être !

Son bonheur !.. Le succès, ce n'était pas seulement ses créanciers payés, son nom réhabilité, c'était l'opulence ; c'était le droit de dire à Gabrielle : Je vous aime ! sans qu'elle pût douter de son amour. Qu'elle l'aimât alors, qu'elle mît sa main dans la sienne, c'était une espérance bien hardie, ce n'était pas l'impossible. Qui sait, après tout, si elle n'avait pas deviné quelque chose ? Ce conseil donné par Adrienne, son amie, sa confidente de toutes les heures, avec des détails si précis, une si parfaite connaissance des hommes et des choses, était-ce bien le résultat d'un hasard, d'une idée traversant tout à coup une cervelle de jeune fille ? Adrienne n'était-elle pas plutôt la messagère discrète d'une inspiration supérieure ? N'était-ce pas Gabrielle elle-même qui lui envoyait secrètement, comme quelque princesse de légende, le talisman qui lui permettrait d'arriver jusqu'à elle et de la mériter ?

L'espérance grise, surtout quand on n'en a pas l'habitude. Un instant, Georges parut transfiguré. Mais la raison lui revint vite.

Une chose certaine, c'est que le conseil était bon. M. Bergeret s'était perdu dans la foule, mais son adresse devait être facile à se procurer. Adrienne toutefois lui épargna cette recherche.

— Vous le trouverez chez lui, entre cinq et six ; je le lui ai entendu dire.

Décidément « on » voulait qu'il tentât cette démarche. Malgré lui, le rêve le reprenait. Juste en
ce moment, Gabrielle se rapprochait d'eux. Georges
fit un pas au-devant d'elle.

— Bonjour, Monsieur Fergueil ! Est-ce qu'il vous
arrive quelque chose d'heureux ? Vous êtes rayon-
nant. Cette valse de Broustet est jolie, n'est-ce pas ?

Elle le caressait de son regard clair, visiblement
heureuse de sa joie. Alors, le cœur plus palpitant
qu'au sifflement de sa première balle, il s'inclina
vers la jeune fille.

— Votre amie me donne un conseil ; faut-il le
suivre, Mademoiselle ?

Elle prit le bras de l'ancienne sous-maîtresse et
lui donna une petite tape sur la main. Mlle Adrienne
était devenue très pâle ; mais Gabrielle regardait
Georges, et Georges ne voyait que Gabrielle.

— Les conseils que donne Adrienne sont toujours
excellents. Qui m'aime les suive ! Monsieur Fergueil,
je vous annonce que nous jouerons ce soir notre
grand morceau à quatre mains, villa des Tilleuls,
allée de la Pique. Il y aura du thé, des gâteaux et du
champagne frappé pour les enfants sages. Je ne
vous dis pas qu'on fera peut-être un tour de valse,
cela vous empêcherait de venir.

— Non, Mademoiselle ! dit Georges.

Elle le salua d'un signe de tête, fit tourner Adrienne
sur elle-même et l'emmena, balançant son ombrelle
dont la doublure rouge mettait sur ses cheveux do-
rés, débordants sous un étroit chapeau de paille,
un fantastique reflet d'incendie.

Georges restait immobile, cloué au sol, la bouche
sèche et le cœur battant si fort qu'il eut peur un instant pour sa blesssure, qu'il n'avait pas sentie de-

puis quinze jours. Une phrase se détachait sur ce caquetage insouciant de jeune fille heureuse. — Qui m'aime les suive !.. avait-elle dit des conseils d'Adrienne. Pouvait-elle s'exprimer plus clairement ?

Qui m'aime les suive !.. L'orchestre chantait, le soleil brillait ; une brise fraîche passait, agitant les feuilles. Au loin, très haut, par-dessus les prairies et les sapins, les cimes étincelaient en plein azur. Des femmes allaient et venaient, en toilettes claires, balançant leur marche au rythme langoureux d'une valse lente. Tout était lumière, parfums, joie, harmonie : il n'y avait au monde que des heureux. Le mal semblait disparu de la terre. Il n'y avait plus rien de laid, de bas, ni de souffrant ; pas même ce mendiant goitreux, aux mains estropiées et aux jambes torses, que Georges Fergueil trouva devant la grille et auquel il jeta un louis, n'ayant pas d'autre monnaie.

Il allait chez M. Bergeret comme il fût monté à l'assaut, sans une hésitation ni un doute. Il se sentait au-dessus de l'insuccès, invulnérable à la malechance. Sur le seuil, seulement, il se rappela qu'il ne s'agissait pas d'escalader un rempart, mais de persuader un vieux rentier, attaché à son argent comme la moule à son écaille. Cela modifiait la forme de l'attaque, sans diminuer la certitude de la victoire.

XVI

La soirée s'avançait. On avait joué le morceau à quatre mains et plusieurs autres. Le thé, les gâteaux et surtout le champagne avaient en un certain succès. Il s'agissait de déplorer le départ de Gabrielle et d'Adrienne, que M. Roger, de retour d'Oran par l'express de cinq heures, enlevait le surlendemain, en route pour Biarritz. La cérémonie funèbre se prolongeait assez gaiement; le cercle habituel était au grand complet. Georges Fergueil ne brillait encore que par son absence, mais en fait de gaîté on n'avait pas l'habitude de compter sur lui.

Adrienne venait de se remettre au piano. M. de Montcrabun, jeune propriétaire de haut lignage et plein d'avenir, entourait déjà de son bras droit la taille souple de la belle Alcée. Anatole Pugibet, brillant avocat, s'inclinait devant Mlle Roger, implorant une faveur pareille. Anatole Pugibet était mince et blond; son oncle, autrefois un des bons notaires de Toulouse, n'avait point d'héritier direct de ses soixante mille livres de rente. Sait-on ce qui peut arriver? Soixante mille livres de rente et les trois millions de Gabrielle eussent fait un joli total, sans compter l'avenir.

Anatole Pugibet manquait de reconnaissance. Il avait quitté, pour essayer de plaire à la fille du baron Roger, le doux servage où l'avait tenu Mme Berthomieu. Ce n'était pas qu'il eût obtenu de celle-ci des faveurs bien décisives; mais enfin il aurait pu mieux observer les nuances. La belle Alcée lui en voulait secrètement; son ingratitude ne devait pas lui porter bonheur.

Comme il formulait sa requête, il se passa un fait inouï : Georges Fergueil entra, salua en passant la maîtresse de la maison, déjà tourbillonnante aux bras de Montcrabun, envoya un sourire à Adrienne, traversa le salon, s'arrêta, lui aussi, devant Gabrielle.

Là, d'une voix très douce, où l'on sentait toutefois l'habitude du commandement, il pria M. Pugibet de vouloir bien lui céder la place, cette valse lui ayant été promise par Mlle Roger, à la face du ciel, devant le kiosque du Casino !

Anatole Pugibet eut vaguement envie de se rebiffer. Tout le monde sait qu'on est brave, à Toulouse. Un mot de la jeune fille apaisa l'orage naissant. Georges Ferguell n'avait même pas prévu cette possibilité de résistance. Il n'avait pas plus envie de chercher querelle à Pugibet que de se battre avec la Maladetta. Gabrielle, ayant reconnu le droit du nouveau venu et consolé d'une promesse le premier occupant, mit son poignet sur l'épaule de Georges. C'était la première fois qu'elle dansait avec lui. Elle avait grande envie de le gronder, ou pis encore, car elle n'avait aucun souvenir de lui avoir promis cette première valse, et elle avait consenti à sa prétention uniquement pour éviter un esclandre possible et ridicule. Heureusement pour lui, il valsait fort bien. Ce mérite adoucit un peu sa danseuse. Elle se contenta de serrer les lèvres, bien décidée à le punir par un silence prolongé, en attendant une semonce sévère, mais juste. Malgré sa hardiesse récente, elle n'imaginait pas qu'il fût capable de prendre le premier la parole ; mais cette soirée devait voir le bouleversement de toutes ses idées sur ce capitaine d'artillerie.

— Vous me pardonnerez mon retard, Mademoiselle ? commença-t-il audacieusement. M. Bergeret...

— Quel retard ? interrompit Gabrielle qui ne voulait pas lui laisser l'avantage d'une explication. Mais le ton de froideur dédaigneuse dont elle prononça

ces deux mots devait être perdu. Il est d'ailleurs
très difficile de nuancer exactement ses intonations
sur le rythme d'une valse à trois temps, à raison de
vingt-cinq ou trente tours par minute.

— En effet, reprit Georges, je suis arrivé à temps.
J'avais si peur de ne pas être là pour vous rappeler votre promesse !

— Mais je ne vous avais fait aucune promesse.
Je n'ai pas voulu vous le dire devant M. Pugibet,
pour l'honneur de l'armée. Au fond, je suis très mé-
contente. M. Pugibet m'avait invitée. Me voilà obligée de danser avec lui tout à l'heure, et je suis
extrêmement fatiguée.

Elle n'était pas fatiguée le moins du monde, et
c'était de sa part un véritable sacrifice que de s'arrêter comme elle le faisait, quand la valse n'était
pas à moitié. Mais on a plus souvent occasion de val-
ser que de faire souffrir un officier d'artillerie.
Georges accepta son martyre avec beaucoup de philosophie. Les portes du salon étaient ouvertes sur
le jardin. Il y avait là, entre le corps de logis et la
pelouse, un large espace convenablement éclairé,
sablé de gravier fin, où la douceur de la nuit était
un prétexte suffisant pour achever la danse en promenade. Il abandonna du bras droit la taille de sa
danseuse, ramena son poignet sur son bras gauche,
et franchit délibérément la baie du milieu. Gabrielle
se demanda une seconde si ce n'était pas un rêve
qu'elle faisait. Elle s'attendait à de plates excuses ;
elle subissait presque une prise de possession.

— Il m'a été impossible de venir une minute
plus tôt, reprit Georges, sans tenir autrement compte
de sa tentative de sévérité. M. Bergeret m'a retenu
jusqu'à dix heures. Il a fallu lui donner des expli-

cations, lui tracer des itinéraires. Nous avons perdu
beaucoup de temps à faire chercher une carte du
Tonkin; j'avais laissé la mienne à Paris, et les
libraires de Luchon n'en avaient pas.

— Il fallait envoyer ici; Adrienne en a une.

— Que vous êtes bonne!.. Nous avons fini par
trouver ce qu'il nous fallait. J'avais heureusement
mes échantillons. Je ne sais pas comment cela s'est
fait. Je les avais fourrés dans ma malle, sans y
penser. J'étais tellement découragé!.. M. Bergeret
est bien plus intelligent qu'il n'en a l'air. Il n'aime
pas risquer son argent, c'est bien naturel; mais il
aime encore moins garder ses capitaux inutiles. Et
il connait le prix du temps! Je lui proposais de
prendre une semaine pour réfléchir. Savez-vous ce
qu'il m'a répondu?

— Pas du tout!

— Il m'a répondu : Dans une affaire ordinaire, le
temps est de l'argent; ici, le temps est de l'or. Qui
vous dit que votre secret n'est pas déjà découvert
par d'autres? Bonne ou mauvaise, l'entreprise est
ce qu'elle est. Elle ne gagnera rien à attendre et
je n'en saurai pas plus dans huit jours qu'aujour-
d'hui, ni dans trois mois, à moins d'y aller voir, ce
qui n'est pas commode à mon âge. Non; vous me
plaisez; je veux faire quelque chose pour vous; mais
à une condition : vous repartirez pour Paris sitôt
que votre santé vous le permettra, car vous ne
pouvez pas vous remettre à la besogne tant que
vous n'êtes pas complètement rétabli.

— Je l'ai assuré que je me sentais solide comme un
charme et que je partirais pour Paris demain matin.
Aussi bien, vous partez après-demain, pourquoi
resterais-je ici?

— Plait-il? demanda Gabrielle avec une velléité d'éloignement. Mais Georges ne s'en aperçut même pas ou, s'il s'en aperçut, ramena instinctivement son bras gauche, de façon à retenir le bras de sa compagne. Évidemment, il ne se rendait pas compte de ce qu'il faisait. Gabrielle se demanda si elle devait rire ou se fâcher. Mais il partait le lendemain; à quoi bon?

— En ce cas, a repris M. Bergeret, je n'ai pas de temps à perdre de mon côté. Je vais vous donner deux lettres pour deux de mes amis. Vous les trouverez à Paris, tous les deux. Vous leur répéterez ce que vous venez de me dire. S'ils partagent mon avis, j'entre dans l'affaire pour cinquante mille francs, et nous tâcherons de réunir un million, car il faut compter sur l'imprévu. En même temps, l'un d'eux vous aidera à faire régulariser votre concession : il a l'habitude de ces sortes d'affaires. Rentrez chez vous et ménagez vos forces; vous en aurez besoin en temps et lieu. Mes deux lettres seront chez vous demain. Bonsoir!

— Voilà pourquoi, conclut Georges en se frottant tout doucement les mains sans lâcher le bras de Gabrielle, voilà pourquoi j'ai failli arriver en retard. Trouvez-vous que j'ai bien profité de votre conseil?

— Mon conseil?

— N'est-ce pas vous qui m'avez fait prévenir par M\ :sup Adrienne des bonnes dispositions de M. Bergeret?

— Moi?

— Ne me permettrez-vous pas au moins de le deviner, si vous ne daignez pas me le dire? Oh, Mademoiselle, ne craignez rien ! Pas un mot, pas un geste ne trahira ma reconnaissance. Je ne veux.

vous dire qu'une chose, qui ne peut vous offenser,
c'est que, dans deux ans, dans un an peut-être,
j'aurai réussi, j'aurai libéré la mémoire de mon
père, je serai riche... ou je serai mort !

— Ah, fit Gabrielle, vous tenez tant que cela à
être riche ? Je ne l'aurais pas cru. Après tout, c'est
un sentiment fort légitime. J'espère que vous réus-
sirez, et que vous ne mourrez pas. Maintenant, permettez-moi de vous faire observer que j'aurai le
poignet engourdi si vous continuez à me le serrer.

— Oh, Mademoiselle !..

— Oui, j'ai bien vu que vous ne le faisiez pas
exprès. Vous êtes très fort, vous ne vous apercevez
pas de la pression. Ne me regardez pas de cet air
désolé, je n'ai rien de cassé, ni de luxé, je vous
assure. J'aurais crié, d'abord. Je suis très douillette !
Ensuite, je vous préviens que je ne sais pas du tout
en quoi j'ai mérité votre reconnaissance. Je ne me
serais certainement pas permis de vous offrir des
conseils, et Adrienne, qui est la correction même,
ne s'en serait sûrement pas chargée. Enfin, je ne
comprends rien à ce que vous me débitez depuis
cinq minutes, sinon que vous êtes content et que
cela me fait beaucoup, mais beaucoup...

Elle n'acheva pas. La physionomie de Georges
exprimait une angoisse si profonde qu'elle se sentit
saisie de remords. Elle n'avait pourtant rien dit
pour le blesser. Elle avait eu beaucoup de patience,
au contraire.

Cependant, le jeune homme respirait fortement.
On eût dit qu'il avait reçu un choc violent, mais
dont l'étourdissement se dissipait vite. Vingt-quatre
heures plus tôt, il se serait effondré sous le coup.

Mais il avait goûté au succès ; pas d'élixir pareil à celui-là.

Il ramena Gabrielle vers l'entrée du salon, comme pour bien lui montrer qu'il n'essaierait pas de prolonger un entretien déjà trop long. Mais, à deux pas du seuil, il s'arrêta.

— Daignez m'excuser, Mademoiselle. J'étais fou de joie, j'ai parlé comme un fou. Dans trois mois, cependant, si mes démarches ont réussi, au moment de retourner là-bas, je vous demanderai de m'écouter encore.

— Mais certainement ; avec plaisir !

Elle s'arrêta, cette fois, non parce qu'il avait pâli, mais parce qu'elle se sentait devenir pourpre. Il lui semblait qu'un voile se déchirait, et qu'elle lisait tout à coup, à livre ouvert, dans l'âme de Georges Fergueil.

Il l'aimait ! C'était là le secret de ses tristesses, de ses longs silences, et de son désir passionné de faire fortune. Fallait-il en être contente ou fâchée ? Elle ne s'en rendait pas bien compte. Par exemple, ce qui était bien de lui, c'était d'avoir dédaigné le concours des Berthomieu. Un autre en eût profité sans perdre une heure. Pourquoi donc n'avait-il pas parlé plus tôt ? Était-ce qu'il ne l'aimait pas encore ? Était-ce sa pauvreté qui le retenait ? Y en avait-il beaucoup que ce double motif aurait arrêtés comme lui ?

Une chose dont elle lui en voulait, c'était de l'exposer à rentrer dans le salon les joues en feu, sous les regards braqués de dix personnes. La valse était finie depuis longtemps. Mⁿᵉ Berthomieu, elle en était sûre, ne la perdait pas des yeux depuis cinq minutes ; mais elle devait la distinguer un peu vaguement, dans l'obscurité relative du dehors. Au moment où elle franchirait le seuil, la lumière des lampes tomberait d'aplomb sur son visage. Tout le monde y lirait. Quoi ? Elle ne le savait pas elle même.

Cependant, elle ne pouvait rester ainsi. La promenade avait bien assez duré. Et pour en finir, retirant son bras et offrant sa main, comme s'il eût annoncé qu'il s'en allait :

— Alors, à Paris, cet hiver ?

Et tout de suite, s'apercevant de l'énormité qu'elle risquait de lui faire commettre, car il était dans un état d'esprit à s'en retourner comme il était venu, sans avoir dit un mot à la maîtresse de la maison, ni à personne qu'à Gabrielle :

— Et allez bien vite demander un tour de valse à Mᵐᵉ Berthomieu. Je vais remplacer Adrienne.

Il aurait bien voulu parler encore, mais déjà elle était au piano. Il obéit, traversa le salon pour inviter la maîtresse de la maison, et fut surpris de la trouver tout aimable. Non pas qu'elle l'eût rudoyé jusque-là ; il était tombé à ses yeux dans l'insignifiance. Mais sa conduite de ce soir le relevait d'un seul coup. Elle avait suivi son entrée, sa prise de possession de Gabrielle, au grand dépit du jeune Pugibet, sa promenade avec la jeune fille, et la rentrée de celle-ci. Il était clair que Georges avait conquis d'un seul effort tout le terrain qu'elle aurait voulu lui voir gagner cinq semaines plus tôt. Il est vrai qu'il l'avait conquis sans elle ; mais, après tout, elle lui avait fourni la première occasion, et c'était chez elle qu'il avait pu remporter son premier commencement de victoire. A quoi bon, dès lors, bouder contre le succès ? De plus, c'était le châtiment du volage Pugibet. La vengeance est le plaisir des dieux.

Gabrielle avait attaqué une valse de Strauss et les menait d'un train d'enfer. Mais la belle Alcée était inaccessible au vertige. Avant la douzième mesure, elle avait lancé le jeune homme dans la voie des révélations. Georges n'était pas bavard, mais en trois minutes elle eut tiré de lui le récit de sa visite à M. Bergeret et l'aveu de ses espérances nouvelles. Il ne s'agissait là que de fortune. Mᵐᵉ Berthomieu n'en demandait pas davantage.

— A la bonne heure! J'avais peur que vous ne fussiez pas ambitieux. Vous savez que nous rentrons à Paris dès la fin de septembre? Je suis toujours chez moi le mercredi, et très souvent les autres jours, à cinq heures. Vous y retrouverez la plupart de nos amis d'ici.

Ceci fut dit avec une grâce malicieuse; elle ajouta, comme si elle avait pu craindre que le trait n'eût pas porté :

— Nous vous ferons faire connaissance avec le baron Roger ; c'est un homme qui peut vous être utile. Je regrette qu'il se soit trouvé fatigué ce soir, je vous aurais présenté tout de suite. Mais il n'y a rien de perdu, n'est-ce pas ? — Bon voyage !

La valse était finie depuis un instant, et Georges s'inclinait de l'air d'un homme qui prend congé. Tout à coup, au moment où Mᵐᵉ Berthomieu le quittait, il aperçut Adrienne, isolée comme elle l'était souvent. Une seconde de plus, il partait sans même la remercier. Il eut honte de son ingratitude.

— Oh ! Mademoiselle, lui dit-il en l'abordant, je peux enfin vous parler !.. Vous auriez dû être la première à savoir... Que de reconnaissance je vous dois !

— Ne vous inquiétez pas pour si peu, Monsieur Fergueil. Quand vous êtes entré, j'ai vu que vous aviez réussi.

— Grâce à vous! Je ne l'oublierai pas !

— Vrai ? Alors, je me suis trompée tout à l'heure. J'ai cru que vous alliez partir sans me dire bonsoir.

— Oh, Mademoiselle !

— J'avais tort, puisque vous voilà. Voulez-vous une tasse de thé ?

XVII

Ce n'était pas Gabrielle qui avait envoyé Georges chez M. Bergeret. Il avait fait un beau rêve. Toutefois, il lui en restait quelque chose. M. Bergeret l'avait accueilli. Son entreprise avait un souscripteur.

Le but restait devant lui : Gabrielle était libre ; l'or l'attendait là-bas. De toute façon, c'était l'or qu'il s'agissait avant tout de conquérir ; et pour cela, sans perdre une heure, il fallait se conformer aux indications de M. Bergeret, vieux routier de la spéculation, qui en savait plus long qu'il n'en avait l'air.

A Paris, dès ses premières démarches, Georges s'aperçut qu'il avait en main une clé, laquelle ouvrait certaines portes. Derrière ces portes, il y avait des obstacles, des difficultés, des barrières; rien toutefois qu'on ne pût enlever, forcer ou surmonter avec beaucoup d'énergie, d'adresse et de patience. Pénétrer dans l'enceinte, tout est là. Au

dehors, c'était la lutte dans le vide. Il avait maintenant affaire à des hommes qui l'écoutaient, discu-
tant, contestant, faisant leurs réserves, mais non,
comme naguère, à des bornes. Se faire écouter est
plus nécessaire qu'avoir raison. L'un, malheureusement, va souvent sans l'autre. Au commencement
d'octobre, il avait obtenu des avantages décisifs. La
société en formation comptait des souscripteurs
pour près de quatre cent mille francs. M. Bergeret
voulait pousser jusqu'au million, pour parer à l'imprévu, mais ce n'était plus qu'une question de semaines. Avec un peu de publicité, on aurait obtenu le
chiffre rond plus vite encore. Mais la publicité avait
ses inconvénients. Le vieux spéculateur disait :
Faisons la chose entre nous !

En même temps, le décret de concession s'élaborait
sans bruit dans les bureaux. Georges avait obtenu
sa mise en disponibilité pour cause de blessure
grave. Toutes les formalités, si longues et si aga-
çantes, auxquelles on se heurte dans les ministères
s'aplanissaient devant lui comme par enchantement.
Était-il dans une heure de chance ? ou M. Bergeret
et ses amis avaient-ils des moyens d'action particuliers ? Malgré tout, la forme est la forme. Il y
avait des jours où le pauvre garçon, harassé de démarches, regrettait sincèrement ses bons amis de
là-bas, les Pavillons-Noirs.

Ces jours-là, pour se reposer, il calculait pour
combien de temps il en avait encore avant de pouvoir décemment se présenter chez Mᵐᵉ Berthomieu,
rentrée de ses villégiatures, et combien de chances
il aurait d'y rencontrer Gabrielle. Ce n'était pas
encore le moment de lui parler, mais il avait bien
mérité de la voir.

Il y avait bien un moyen de pénétrer chez le baron Roger : c'était d'aller lui offrir une part dans l'affaire. Mais, en cas de refus, c'était un germe d'hostilité fâcheux; en outre, il n'était nullement probable qu'il rencontrât Gabrielle dans le cabinet de son père. Enfin, Georges mettait un peu de sa fierté à ne rien demander au baron jusqu'au jour où il lui demanderait tout. Tout, c'est-à-dire Gabrielle.

En attendant, il allait la rencontrer chez Mme Berthomieu. Cette bonne chance lui était réservée. Il n'était pas arrivé chez la belle Alcée depuis cinq minutes, il avait à peine échangé les premières réponses banales aux inévitables questions, qu'elle faisait son entrée, suivie d'Adrienne, avec un petit salut au jeune homme et des amitiés sans fin pour la maîtresse de la maison. Et il s'écoulait bien encore cinq autres minutes, — un véritable martyre, — avant qu'elle s'aperçût que ce jeune homme, salué en passant, était son compagnon de courses et son valseur de Luchon, M. Georges Fergueil! Comment donc? Mais, certainement! Elle se souvenait de lui, très bien !

Georges se sentait abreuvé d'amertume. Ainsi, tout ce qu'il avait fait déjà, tout ce qu'il allait faire encore pour se rapprocher d'elle aboutissait à ceci: elle se souvenait de lui « très bien » !

Mais le moment n'était pas venu de parler. Elle avait raison, après tout. Qu'était-il pour prétendre même à un souvenir d'elle ? N'était-ce pas beaucoup qu'elle lui permit de la voir, de respirer un instant l'air qu'elle respirait, — avec un soupçon d'opoponax qui était le parfum préféré de Mme Berthomieu ? Et dans un de ces mouvements d'humilité profonde qu'inspire la contemplation de l'objet aimé, il aurait voulu se faire plus chétif et moins important encore, disparaître, invisible et ignoré, dans le rayonnement de cette beauté sidérale. Il aurait sa revanche plus tard, quand il aurait rançonné l'Indo-Chine ! En attendant, il se faisait tout petit. Il ne desserrait pas les lèvres. Il se serait caché volontiers, si la chose eût été possible et convenable, dans la jupe aux plis amples de Mme Berthomieu.

Qu'eût-il pensé, le pauvre capitaine, s'il avait su que Gabrielle, depuis huit jours, s'informait et prenait ses mesures pour arriver des premières au premier five o'clock de la belle Alcée ; et ce avec l'idée, absolument dépourvue de base rationnelle, mais bien nette dans son esprit, qu'elle l'y trouverait, lui Georges Fergueil, conduit sans doute par quelque influence mystérieuse. Que résulterait-il de cette rencontre ? Apparemment qu'il lui dirait bonjour et qu'elle lui serrerait la main. Elle se serait laissé hacher menu plutôt que d'avouer cette préméditation, et c'était de peur que quelqu'un la soupçonnât qu'elle venait de faire à son ancien compagnon de courses cet accueil indifférent qui le réduisait au silence, sinon au désespoir.

Seulement, elle était cruellement punie, car elle grillait de savoir ce que Georges était devenu depuis leur séparation, où en étaient ses affaires, s'il avait revu M. Bergeret et s'il songeait réellement à retourner sur les bords du Fleuve Rouge. Elle ignorait tout cela, car elle ne voulait interroger ni Adrienne, ni son père, ni personne. Elle allait comme une pauvre petite âme en peine, tendant l'oreille au moindre bruit, s'ingéniant à inventer des prétextes qu'elle n'avait jamais l'occasion de faire servir. Ainsi, elle rêvait une liaison entre son père et

M. Bergeret. Dans ce cas, il ne serait pas impossible que le vieux capitaliste vînt un jour déjeuner rue Pierre-Charron, et de quoi parlerait-il, sinon de l'entreprise de Georges, à laquelle il était doublement intéressé, comme créancier et comme souscripteur ? Malheureusement, M. Bergeret et le baron Roger se connaissaient depuis longtemps, se voyaient peu parce qu'ils n'étaient pas sympathiques l'un à l'autre, et, de plus, M. Bergeret, quand il ne traitait pas directement une affaire, était muet comme un cadenas sur tout ce qui touchait à l'emploi de ses capitaux. Tout compte fait, la seule chance qui lui restât d'apprendre quelque chose sur les affaires de Georges Fergueil était de le rencontrer chez Mme Berthomieu, ou de recueillir quelques bribes de renseignements de la bouche de la belle Alcée. Naturellement, elle préférait de beaucoup remonter à la source, c'est-à-dire entendre causer le jeune officier. Et voilà qu'il se taisait ! Elle en eût pleuré ! Elle l'aurait battu avec plaisir. Ce qui la rendait furieuse, c'est qu'elle comprenait très bien qu'elle était elle-même la cause de son silence.

Cependant, si elle l'avait accueilli plus froidement qu'elle n'aurait fait de tout autre, c'est qu'elle ne le traitait pas comme le premier venu. Elle le distinguait. Ne voyait-il pas cela ? Que faisait-il donc de ses yeux, ce chercheur d'or ?

Quelqu'un qui voyait cela parfaitement, c'était Adrienne. Ce secret que Gabrielle cachait précieusement, se l'avouant à peine à elle-même, était, pour l'ancienne sous-maîtresse, transparent comme le cristal. Elle eût pu, d'un mot, délier la langue de Georges. Mais on ne l'avait pas prise pour confidente; elle n'éprouvait nul besoin d'intervenir.

Il y a une Providence pour les amoureux. La belle Alcée s'aperçut tout à coup que la conversation languissait. Elle aurait cru son salon déshonoré si le silence y avait régné une minute. Alors, elle s'avisa que les affaires de Georges pouvaient offrir quelque intérêt; pour lui, d'abord! Et elle aborda si carrément la question qu'il fut forcé de répondre. Ce n'était pas pour l'embarrasser; depuis deux mois il avait eu à convaincre assez de gens pour être maître de son argumentation. Il la possédait sur le bout du doigt. Il aimait sa mine pour le mal qu'elle lui avait déjà donné autant que pour l'or qu'il y comptait récolter. Après tout, ce n'était pas tout à fait du temps perdu que de rallier Mᵐᵉ Berthomieu, qui ferait peut-être un actionnaire de son mari. Mais le fond des choses était que, le sujet une fois abordé devant Gabrielle, il ne voulait pas qu'elle le prît pour un aventurier chimérique, en quête de trésors fabuleux. Il établit d'abord solidement sa base d'opérations : le concours de M. Bergeret et de son groupe, les quatre cent mille francs déjà souscrits, le décret de concession prêt à voir le jour. Puis il franchit d'un bond les quarante jours de traversée, débarqua son auditoire en pleines rives du Fleuve Rouge, reprit avec lui l'itinéraire de M. Lu et le sien. Il leur fit traverser la région montagneuse, habitée de rares tribus laotiennes, les forêts impénétrables, endormies sous le ciel de plomb. Il les mena au seuil de la vallée stérile, au bord du ruisseau des pépites; il leur fit toucher du doigt la dure écorce des millions vierges, le quartz rebelle, aux veines d'or.

Il avait commencé sur le ton léger qui sied aux narrateurs de contes de fées. Il avait l'air de dire :

Je sais bien que vous ne me croirez pas. Ce sont des choses auxquelles je ne suis pas bien sûr de croire moi-même. Mais peu à peu il s'était animé ; sa voix vibrait, son regard étincelait malgré lui, et les trois jeunes femmes le suivaient, gagnées à leur tour par la fièvre qui le brûlait, suspendues à ses lèvres et secouées d'un frémissement délicieux. Quand il se tut, la belle Alcée se renversa dans son fauteuil avec un petit soupir de regret.

— Vous êtes bien heureux, Monsieur Fergueil ; si j'étais homme, voilà comment je voudrais conquérir une fortune, au lieu de l'attendre derrière un comptoir! Et vous partez ?..

— Hélas, Madame, pas avant deux ou trois mois! Il faut achever de réunir les souscripteurs, obtenir le décret de concession, acheter le matériel... Cependant, j'ai grande hâte, car si je n'arrive pas là-bas deux bons mois avant la saison chaude, nous risquons de perdre encore beaucoup de temps, sans compter les hommes.

— C'est vrai, c'est un terrible climat que vous allez affronter de nouveau! Oh, Dieu! moi qui crains tant la chaleur! Il y a deux ans, j'ai été forcée de passer huit jours à Paris, en plein mois de juillet; j'ai cru y mourir. Décidément, je ne vous suivrai pas ! — Et une fois l'or extrait de la roche, vous ne craignez pas d'être attaqué? Est-ce qu'il n'y a pas des bandes qui courent encore le pays?

— Le pays habité, oui, Madame. Mais ces régions désertes sont relativement sûres. Cependant, il est possible que nous ayons affaire à quelques pillards.

La belle Alcée soupira de nouveau.

— Voilà de l'or chèrement acheté. — Ma chère

Gabrielle, offrez donc à M. Fergueil ces petits gâteaux à votre droite; ils sont excellents. — De sorte qu'on ne vous verra guère, d'ici à votre départ? Vous devez être horriblement occupé! C'est égal, ne m'oubliez pas quand vous aurez un quart d'heure à perdre. Je ne suis pas exigeante; je ne demande à mes amis que ce qu'ils peuvent me donner.

— Oh! Madame, vous me comblez!

— Vous savez que nous allons encore presque tous les dimanches à Ville-d'Avray? Voulez-vous bien vous considérer une fois pour toute comme invité? Oh, c'est tout à fait sans façon : de vrais dimanches de petits bourgeois.. Et puis, liberté complète! De dix heures du matin à minuit, on vient, on s'en va, on déjeune ou on ne déjeune pas; on dîne si on veut; on se promène; on joue au lawn-tennis, ou au cochonnet; il y en a pour tous les goûts. Vous, ma chère, vous viendrez dimanche prochain, bien entendu?

— Mais... commença Gabrielle. Un regard suppliant du jeune homme arrêta l'objection sur ses lèvres.

— Parfaitement! J'irai vous prendre. — N'est-ce pas que ce n'est pas mauvais?

La dernière observation s'adressait à Georges, qui mordait dans son petit gâteau avec tous les signes d'une joie extatique.

XVIII

La maison de campagne des Berthomieu était une jolie villa pseudo-italienne, entourée d'une manière de parc. La belle Alcée se consolait là de l'obligation de rentrer à Paris quand les arbres avaient encore des feuilles. Ce parc fut pour Georges le Paradis : il y rencontrait Gabrielle.

Malheureusement, le paradis chômait six jours par semaine, et quelquefois le septième, quand il pleuvait. Puis les feuilles commençaient à tomber. Jamais Georges n'avait si bien apprécié la mélancolie de leur chute.

Ce n'était pas qu'il n'eût appris à la revoir à Paris, d'un dimanche à l'autre. Il y avait, Dieu merci ! les expositions qui se rouvraient, l'Opéra, les messes de mariage de ses amies, et les courses matinales au Bois, qui lui permettaient au moins de la saluer, d'échanger un mot de temps en temps. Mais où retrouver la promenade dans les allées du parc miniature, trop étroites pour qu'on y marchât plus de deux de front, touffues dans la juste mesure pour donner l'isolement sans la solitude ? Il ne lui parlait pas de son amour ; souvent même il ne lui parlait pas du tout, et elle n'éprouvait pas l'ordinaire besoin de rompre le silence. Ils allaient, regardant droit devant eux, entre les branches déjà dégarnies. Des feuilles mortes bruissaient doucement sous leurs pieds ; les hauts marronniers exhalaient une odeur âcre. Une rêverie très douce les prenait ; ils ne désiraient rien de plus que d'errer ainsi dans les mêmes allées, sous les feuillages rougis, sous le ciel pâle d'automne, à côté l'un de l'autre, éternellement.

Elle savait aussi bien que lui où ses affaires en étaient : la société définitivement constituée ; le million souscrit ; les actions libérées d'un quart ; la concession obtenue. C'était maintenant une affaire de semaines, jusqu'au départ. Cette pensée d'éloignement rendait Gabrielle sérieuse.

Il s'était promis d'attendre pour parler, le plus tard possible. Il aurait encore mieux aimé ne parler qu'au retour, sa fortune réalisée. Mais rester un an ou dix-huit mois sans nouvelles, au risque de la retrouver mariée à un autre, il savait bien qu'il n'en aurait pas le courage ; il en deviendrait fou, là-bas !

Elle n'avait pas besoin de paroles pour savoir. Elle l'avait compris, à Luchon ; et depuis, elle lisait dans sa pensée comme dans un livre. Elle savait de quelle tendresse passionnée et robuste, de quelle adoration son cœur était plein. Elle ne se demandait pas si elle lui rendait son amour ; mais elle était heureuse et fière d'être aimée ainsi ; et l'idée ne lui venait pas qu'elle pût lui refuser sa main ou ses lèvres, à l'heure des adieux.

Mais cette heure était encore loin, et Mme Berthomieu venait d'annoncer la clôture de la saison à Ville-d'Avray. Georges ne partirait pas encore au moins de six grandes semaines. Fallait-il donc que ces six semaines fussent toutes sombres, sans une éclaircie de bonheur ? N'étaient-ce pas assez des dix-huit mois d'absence qui se préparaient ?

Il acceptait les dix-huit mois ; mais les six semaines, c'était trop. Mieux valait parler, et tout de

suite connaître son sort ; car elle avait beau se
montrer bonne et familière, rien ne le rassurait au
moment décisif. Et il prenait la parole, d'une voix
étranglée, la bouche sèche et le cœur dans un étau.

—...Je ne vous demande qu'un an, Gabrielle. Dans
un an, je ne serai sans doute pas revenu, mais ma
position sera changée. J'aurai le droit de dire tout
haut ce que je rêve tout bas, depuis que je vous ai
vue ! Voulez-vous m'attendre jusque-là ?

Elle l'avait écouté sans l'interrompre, tourmen-
tant les feuilles sèches du bout de son ombrelle
fermée.

— Je vous attendrai, Georges !

C'était la première fois qu'ils s'appelaient ainsi
par leurs noms. Elle lui tendit les mains, et ils restèrent une instant silencieux. On eût dit qu'il se
mêlait à leur bonheur quelque chose de la mélancolie de l'automne.

— Seulement, je ne suis pas une Anglaise ou une
Américaine, moi. J'ai été élevée à Vaugirard, dans
le respect et l'obéissance. Allez trouver mon père,
Georges. Je ne sais pas garder un secret comme
vous. Je ne pourrais jamais rester un an sans lui
dire que je vous aime !

XIX

Le baron Roger reçut Georges sans enthousiasme
ni froideur. Sa fille lui avait parlé ; il entendait la
laisser libre. Personnellement, le jeune homme ne
semblait lui inspirer qu'une parfaite indifférence.

Il le reconnaissait honorable et distingué. Quant à la fortune, sa fille, ayant trois millions de dot en attendant l'héritage paternel, pouvait se passer la fantaisie d'épouser un pauvre diable. Il croyait peu au succès de l'entreprise. Les mines d'or du Tonkin ne lui disaient rien qui vaille.

— A votre place, Monsieur Fergueil, je vendrais ma concession, telle quelle. Après tout, la société existe ; on ne sait pas ce qui peut arriver. Vos chances de fortune trouveraient bien acheteur à deux ou trois cent mille francs. En un an, avec les opérations que je vous indiquerais, vous réussiriez probablement à doubler la somme. Vous seriez quitte envers les créanciers de votre père. Vous tenez à les payer, c'est un don Quichotisme de probité que je comprends. A cette date, si les sentiments de ma fille n'ont pas changé, je la donnerais aussi bien à un jeune officier d'avenir qu'à tous les propriétaires de mines de la terre. Vous n'auriez pas besoin de retourner au Tonkin ; vous ne risqueriez pas de mourir de la fièvre sur un tas de cailloux, aurifères ou non.

Le baron Roger paraissait convaincu, mais il avait l'éloquence malheureuse. Après une demi-heure de conseils de ce genre, Georges aurait voulu partir tout de suite, quoiqu'il vît maintenant Gabrielle rue Pierre-Charron, à son aise et tous les jours. Il aurait voulu se trouver déjà sur les bords du Fleuve Rouge, bravant le soleil, la fièvre et les pirates. Il n'aurait pas donné sa part d'entreprise pour toute la fortune de son conseiller, déposée en son nom à la Banque de France.

Le baron ne s'expliquait jamais ainsi devant sa fille. Il affectait d'ailleurs de laisser aux jeunes

gens toute liberté. Adrienne seule assistait d'ordinaire à leurs entretiens, ayant soin de se rendre
aussi peu gênante que possible. Du reste, qui eût
voulu les gêner aurait perdu ses peines. Ils n'eussent pas remarqué la solitude en plein Sahara ; dans
la foule, ils auraient su se créer une solitude.

Les six semaines passèrent comme un rêve.
Maintenant tout le matériel était prêt, expédié
d'avance sur Marseille. Encore deux jours, encore
un jour, encore quelques heures, et c'était la séparation, avec tout l'inconnu du péril !

Pour la première fois, il la tenait dans ses bras,
blottie contre son cœur, ses cheveux effleurant ses
lèvres. Maintenant, elle regrettait de l'avoir laissé
s'engager. Quel besoin avaient-ils de cet or, impuis-
sant à racheter une seule minute de bonheur perdue ? Pourquoi ne s'était-elle pas jointe à son
père ? Pourquoi ne lui avoir pas dit : « Je t'aime ; je
suis riche pour deux ; je ne veux pas d'ambition
rivale de notre amour ! » Mais non, il ne l'aurait
pas écoutée. Il ne voulait rien lui devoir. De quoi
se serait-elle plainte ? N'était-ce pas ainsi qu'elle
l'aimait ?

Il partait enfin ; il était parti. Les heures s'écoulaient, les longues heures de l'existence vide. Se
pouvait-il que cette entrevue quotidienne, dont la
fin arrivait sitôt, tînt une telle place dans sa vie ?
A présent, c'était une autre attente : les chères
lettres datées de Marseille, de Suez, d'Aden, de
Colombo... plus espacées à mesure qu'il s'éloignait,
accroissant chaque jour l'effroyable distance. Cependant sa vie extérieure continuait sans modification
appréciable. C'étaient toujours les mêmes occupa-
tions, les mêmes plaisirs, les mêmes visites rendues,

les mêmes spectacles dans les mêmes salles. Mais son âme était loin de Paris, s'envolait au devant des nouvelles; et elle lui répondait très exactement, courrier pour courrier, quoiqu'il ne dût recevoir toutes ces réponses qu'après un bien long intervalle : la première à Hanoï, huit jours après son arrivée, et les autres plus tard encore, là-bas, dans la région du Haut-Fleuve, hors du cercle des communications régulières.

Une fois pour toutes, il avait été convenu qu'elle écrirait tous les quinze jours. Ce serait tout ce qu'il pourrait faire d'expédier deux fois par mois un messager à Hanoï. M. Roger n'entrait en rien dans ces combinaisons épistolaires. Il laissait sa fille libre d'écrire et de recevoir sa correspondance. Il semblait, en somme, se soucier assez peu de son futur gendre. Deux ou trois faits, sur lesquels il gardait soigneusement le silence, donnaient pourtant à cette insouciance apparente un assez étrange démenti.

D'abord, sous d'autres noms que le sien, et par l'intermédiaire de courtiers différents, il avait fait acheter, à diverses reprises, toutes les actions de la société de Georges qui paraissaient sur le marché. Ces actions, libérées d'un seul quart, d'une entreprise très aléatoire, n'étaient point d'une négociation facile. La mort d'un des premiers souscripteurs, la ruine ou de pressants besoins d'argent d'un ou deux autres en rendaient, comme il arrive toujours, un certain nombre disponibles. M. Bergeret et les vrais lanceurs de l'affaire les auraient rachetées au-dessous d'un certain taux ; le baron les prenait au besoin au pair. C'était, comme il devait le dire plus tard, deux ou trois cent mille francs aventurés dans une affaire à laquelle il ne croyait pas. Mais il s'en trouvait ainsi souscripteur environ pour un quart, c'est-à-dire véritablement maître de son avenir, en supposant qu'elle en eût un. Peut-être se réservait-il simplement de la soutenir jusqu'à la limite du possible. Il était bien capable de jeter deux ou trois cent mille francs dans un trou pour donner huit jours de satisfaction à sa fille.

La seconde chose qu'il avait faite avait été d'appeler dans son cabinet la femme de chambre de Gabrielle. Ce n'était pas encore le temps de Mlle Rosalie. La camériste actuelle se nommait Élisabeth. C'était une personne de vingt-six à vingt-huit ans, fortement marquée de la petite vérole sans être absolument laide, très pieuse. Elle avait des économies et songeait à se faire épouser par le palefrenier, lequel était neveu du concierge.

Élisabeth venait justement de recevoir de ce dernier une lettre à l'adresse de Gabrielle ; cette lettre était la première de Georges, écrite à bord de l'*Annamite*, en partance de Marseille pour Saïgon. Le baron la prit et la tint un instant dans ses doigts d'un air indécis. Brusquement, il la lui rendit.

— C'est bien, remettez cela à votre maîtresse.

— Monsieur le baron n'a pas autre chose à me commander ?

— Non.

— Élisabeth exécuta une révérence et se dirigea vers la porte.

— Attendez !

La femme de chambre s'arrêta.

M. le baron la regardait fixement, les sourcils froncés, les lèvres blanches. Une fois encore il étendit la main vers l'enveloppe, mais sa main retomba.

Il n'est pas donné à tout le monde d'exécuter froidement et du premier coup une infamie.

— D'ailleurs, murmura-t-il entre ses dents, elle doit attendre celle-ci. Et que peut-il lui dire que je ne devine ? Après tout, quand je voudrai savoir, je suis le maître : je n'ai qu'à parler !

Il était allé deux fois, à pas lents, d'un bout à l'autre de son cabinet, qui était vaste. La cameriste restait immobile. On eût dit qu'il l'avait oubliée. Au troisième demi-tour, il revint vivement de son côté.

— Écoutez, je vous donnerai cinquante louis...

Mlle Élisabeth ouvrit la bouche démesurément et rougit jusqu'au blanc des yeux. M. Roger lui fit signe de se taire et de l'écouter.

— Je vous donnerai cinquante louis et vous m'apporterez toutes les lettres adressées à ma fille avec cette écriture. Vous la reconnaîtrez ?

— Oui, Monsieur le baron.

— Et toutes les lettres adressées par elle à M. Georges Fergueil. Toutes, vous m'entendez ?

— Oui, Monsieur le baron. Mais Monsieur le baron ne veut peut-être pas qu'on sache que j'agis d'après ses ordres ?

— Voilà une observation inutile ! déclara M. Roger d'un ton sec.

La femme de chambre baissa les yeux et soupira profondément.

— Monsieur le baron est bien le maître ; seulement, pour exécuter les ordres de Monsieur le baron, j'ai bien peur d'être obligée de mentir.

XX

M. Roger, c'est-à-dire Chalande, avait alors en
réalité quarante-quatre ou quarante-cinq ans. Il
jouissait de l'estime universelle, d'une santé de fer
et de cinq ou six cent mille livres de rente. Tout
lui avait réussi. Son action n'était pas de celles qui
laissent un remords à l'homme capable de les exécuter. Remords de quoi ? Il n'avait rien fait pour
que Roger pérît. Il avait pris son nom et sa fortune,
c'est vrai, mais aux dépens de qui ? de personne !
Gabrielle, riche à dix ans de douze cent mille francs,
avait, à dix-huit, une dot de trois millions. Elle était
heureuse. Elle allait épouser l'homme qu' lle aimait.
Quel tort avait-elle subi ?

Une conscience plus délicate se serait endormie
sur cette justification. Chalande vivait en paix de
ce côté. Cependant s'il avait été en son pouvoir de
retrancher huit années de sa vie, s'il avait pu se
retrouver, seul et désespéré, dans sa cabine du
Péreire, avec la misère en perspective et le suicide
pour ressource, il aurait au moins hésité. Après
tout, la fortune du vrai Roger n'avait été qu'un
levier entre ses mains. Se relever sans elle lui était
difficile, non impossible. Il aurait lutté, vaincu,
peut-être. A coup sûr, il n'aurait pas souffert ce qu'il
souffrait aujourd'hui.

Il aimait.

Il aimait comme peut aimer un homme arrivé au
milieu de la vie, mais plein de force et de jeunesse

encore, qui s'en est cru quitte avec la passion, qui pense connaître le prix du plaisir, à qui sa fortune, depuis des années, a permis de satisfaire ses moindres caprices; et qui s'aperçoit tout à coup qu'il n'en sait pas plus qu'un écolier, qu'il n'y a pas d'expérience qui tienne; que plaisirs, caprices ou passion, il n'a rien ressenti qui ressemble à ce qu'il éprouve. Avec son cœur, avec ses sens, avec son imagination renouvelée, avec tout son être vibrant d'angoisse, de jalousie et de désespoir, âprement, malgré lui, d'un sombre amour furieux et invincible, il aimait... qui? Gabrielle!

Il y avait un an de cela. Il ne s'en était pas aperçu tout de suite.

La dernière année que Gabrielle avait passée chez les demoiselles Duchesne, M. Roger avait été presque toujours absent de Paris. Même à Paris, il ne la voyait guère. Aux vacances, il la faisait inviter chez M⁰ᵉ Berthomieu ou ailleurs. Jusqu'à seize ans, elle lui avait paru plutôt laide; ce qui lui était parfaitement égal. Il n'éprouvait pour elle ni affection, ni antipathie. Il se considérait comme son tuteur. Il se serait méprisé de lui refuser une satisfaction dans l'ordre des choses possibles. Il n'avait pas voulu non plus qu'elle fût gâtée. Tout cela bien arrêté dans son esprit et ses dispositions prises une fois pour toutes, il n'y songeait plus. Le chèque qu'il signait tous les six mois à l'ordre des demoiselles Duchesne était une échéance comme les autres.

Il l'avait quittée en février, sur cette impression. En avril, quand il revint, Gabrielle était allée passer la semaine de Pâques dans une propriété que les Berthomieu avaient en Bourgogne. Il n'avait ni le temps d'aller la rejoindre, ni l'envie de la rap-

peler. Il repartit sans l'avoir vue. Le printemps et
l'été s'écoulèrent. A la fin de septembre seulement,
il était de retour à Paris, s'installait à l'hôtel de la
rue Pierre-Charron, qu'il venait d'acheter, et presque aussitôt Mme Berthomieu la lui ramenait. Il ne
la reconnaissait pas.

En huit mois, la petite pensionnaire était devenue
jeune fille, phénomène vieux comme le printemps.
La jeune fille était charmante. D'abord, elle était
sortie de pension, c'est à-dire de prison. A quoi bon
être jolie entre quatre murs? Sa liberté nouvelle
était un ravissement. Le luxe qui l'entourait en
était un autre. Mille curiosités satisfaites et renais-
santes lui mettaient à chaque instant le sang aux
joues, l'éclair aux yeux. Elle allait et venait, lançait un trille, montait l'escalier au pas de course,
s'arrêtait en extase devant une merveille encore
inaperçue du tapissier, redescendait l'étage en trois
bonds, glissait d'un bout à l'autre du hall, se pen-
chait, se relevait, éclatait de rire et tombait dans
les bras d'Adrienne.

— Avez-vous essayé le piano? Il est exquis! Mais
c'est le cabinet de toilette qu'il faut voir!.. et notre
atelier!.. et la serre!.. et les poneys!.. et... Oh,
Monsieur, que vous êtes bon!

Monsieur, c'était le baron Roger. Les demoiselles
Duchesne n'étaient pas d'avis que la fille d'un baron
tutoyât l'auteur de ses jours. Papa est vulgaire;
Mon père a quelque chose de lyrique; Monsieur est
digne, respectueux, sec, et le même mot, en somme, que le « sir » anglais qui serait, naturellement,
l'idéal. Le baron approuvait tout ce que décidaient
ces demoiselles.

Il résultait de là qu'un étranger aurait eu quelque peine à déterminer le lien qui les unissait. Il pouvait être son oncle, son parrain, ou tout simplement un ami. Rien n'imposait l'idée de paternité. Rien ne venait lui rappeler qu'elle était sa fille.

Plus de familiarité lui aurait peut-être été une sauvegarde. Mais il ne pensait guère en avoir besoin. Il disait volontiers : A notre âge, une maîtresse suffit : la Fortune! Il avait refusé, l'année d'avant, la main d'une princesse italienne, fort belle, qui, par un privilège spécial, lui aurait permis de faire souche d'altesses. Mais elle avait vingt-cinq ans, juste la moitié de ce que lui donnait son acte de naissance. Il est vrai que cet acte de naissance était celui de feu Roger, ce qui le vieillissait notablement. Il ne s'en croyait pas moins pleinement parvenu à l'âge de sagesse, susceptible tout au plus d'un de ces caprices de millionnaire, égratignures du cœur qui ne font guère saigner que le portefeuille.

Que ce caprice pût avoir pour objet Gabrielle, l'idée ne lui en serait jamais venue.

Cependant, il la faisait sortir, la menait au Bois, à l'Opéra, au bal. C'était une nécessité de son rôle, dont il comptait bien s'affranchir au bout de quelques semaines, quand la jeune fille, acclimatée, trouverait aisément d'autres chaperons. Mais les semaines s'écoulaient, les soirées se multipliaient, et M. Roger ne se décidait à confier sa fille à personne. Il se faisait mondain pour elle, à la grande admiration du public. Du reste, on ne s'étonnait pas trop. Gabrielle avait tant de succès!.. C'est une si douce joie pour un père d'assister aux triomphes de son enfant!..

Le fait est qu'il la perdait de vue le moins possible. Quand un jeune homme s'approchait, l'échine en cerceau, le sourire aux lèvres, on aurait vu le baron tressaillir. Ses lèvres se serraient, ses paupières s'injectaient. Personne ne remarquait cela. Le jeune homme formulait sa demande ; Gabrielle répondait à demi-voix ; et ils s'éloignaient enlacés, glissant sur le parquet, pendant que M. Roger les suivait des yeux et devenait tout pâle. Quelquefois, un ami s'approchait et le félicitait. Sa fille était charmante, et tout le monde enviait son danseur, — un garçon des plus distingués, du reste !

M. Roger répondait une politesse quelconque, et l'ami s'éloignait édifié. Après tout, veuf et n'ayant que Gabrielle, rien de surprenant à ce qu'il l'adorât !

La première fois qu'il avait éprouvé ce martyre, il n'y avait rien compris. Il est certain qu'une soirée mondaine n'est pas une chose amusante. Il n'était pas le seul à trouver notre jeunesse funèbre, et médiocre le spectacle de six ou huit couples pirouettant dans un salon. Heureusement, il n'était pas forcé d'y revenir ; Mme Berthomieu, ou quelque autre, se chargerait de Gabrielle. Mais le surlendemain, lorsque, l'ayant laissée partir ainsi, il se trouva seul dans son cabinet, sur les onze heures ; lorsqu'il se représenta, malgré lui, la jeune fille arrivant, dégrafant sa sortie de bal, donnant au passage un coup d'œil à la psyché, et tout de suite, à son entrée dans le salon, entourée, fêtée, saisie au vol, caressée du regard et du sourire, livrant au premier venu la souplesse de sa taille et l'odeur fine de ses cheveux, il sentit tout à coup l'impossibilité de rester, ni d'aller ailleurs qu'où

elle était. Il sonna son valet de chambre et demanda
son habit, sa voiture... Puis la raison lui revint.
Qu'allait-il faire ? Qu'était ce donc qu'il éprouvait ?

Ce n'était pas un homme d'une volonté ordinaire.
Il se sentait en face d'un inconnu redoutable. Il
avait l'orgueil de son libre arbitre. Il lutta, vigou-
reusement d'abord, puis furieusement, puis avec
désespoir. En huit jours, son orgueil était maté, sa
volonté vaincue et brisée. Tout ce qu'il avait d'em-
pire sur lui-même n'était pas de trop pour continuer tant bien que mal à jouer son rôle. Il étouffait
sous son masque. Il débitait la phraséologie mondaine, la poitrine pleine de rugissements.

Toute jalousie est un mal cruel. L'époux trompé,
l'amant qui se voit préférer un rival, subissent une
torture choisie. La sienne était pire, la plainte lui
étant interdite. L'époux, l'amant ont leurs doutes,
leurs illusions, leurs rêves de revanche ou de vengeance. Pour lui, c'était l'horreur uniforme et, pour
ainsi dire, compacte, le supplice sans trêve, l'enfer sans issue !

Et ce n'était que le commencement !

Un jour, Gabrielle cesserait de répandre au hasard
l'aumône de son regard et de son sourire. L'enfant
rieuse ferait place à la vierge pensive. Elle aurait
des rougeurs subites et d'inexplicables rêveries.
Elle aurait choisi, peut-être sans le savoir elle-même.
Lui ne s'y tromperait pas. Il aurait, longtemps avant
elle et minute par minute, surpris, suivi l'œuvre
mystérieuse, la divine floraison de l'amour !

Un homme viendrait, jeune, beau, la grâce au
front, une chanson aux lèvres, qui lui dirait : Nous
nous aimons, donnez-la moi !

Ce jour-là, que ferait-il ?

Quelquefois, il essayait de se figurer que cette crise lui serait salutaire, et que Gabrielle, mariée, lui deviendrait indifférente. En même temps, il essayait de l'éloignement. C'est ainsi qu'il était parti pour Oran, confiant la jeune fille aux Berthomieu, avec quelques vagues allusions d'où le banquier avait conclu qu'il ne serait pas fâché de se débarrasser d'elle. Le fait est qu'il n'avait pas eu le courage de préciser, et qu'une heure plus tard il regrettait ce qu'il avait dit. Mais comment revenir là-dessus ? Heureusement, pensait-il, M. Berthomieu junior avait autre chose en tête que de favoriser des mariages !

M. Berthomieu n'aurait pas tout fait pour rapprocher Georges de Gabrielle qu'ils se seraient probablement rapprochés tout seuls. L'instant où le jeune homme avait rencontré la jeune fille avait été la seconde décisive de sa vie. Il l'avait vue, tout est là. Cependant, l'attraction ne s'était pas révélée tout de suite. Au moment du retour du baron, Gabrielle n'avait pas encore deviné l'amour de Georges. M. Roger l'avait retrouvée semblable à elle-même. Quant à lui, ces cinq semaines d'absence volontaire lui donnaient l'impression d'une première victoire. Il avait beaucoup souffert, mais il n'était pas revenu. Il repartirait. Il resterait absent davantage. Il finirait par oublier. Pour commencer, il laisserait Gabrielle s'amuser sans lui tant qu'elle voudrait avec les invités de Mme Berthomieu. La fatigue du voyage était un bon prétexte. Et puis toutes ces relations de villes d'eaux se dénouent comme elles se sont formées. Le danseur de la veille est l'inconnu du lendemain. A quoi bon se mettre à haïr des gens qu'il ne reverrait pas ?

C'est ainsi qu'il n'avait pas assisté à cette entrée triomphante de Georges revenant de chez M. Berge-ret. Sa présence, d'ailleurs, n'eût rien empêché. Il dut à sa résolution de passer une nuit à peu près tranquille. Mais le lendemain, Gabrielle n'était plus la même. Tout le monde pouvait s'y tromper, ex-cepté lui. Qu'était-il donc arrivé? S'informer était inutile. L'auteur du changement saurait bien se montrer. Sa première démarche serait de se faire présenter, de briguer la bienveillance paternelle. Mais à cette heure Georges filait à toute vapeur sur Paris. Le baron avait beau interroger l'horizon, l'homme qui avait fait tressaillir le cœur de Ga-brielle n'était plus là.

Cependant, ce cœur avait parlé. Elle-même n'en n'avait peut-être pas conscience; pour lui, c'était la certitude, quoiqu'il ignorât jusqu'au nom de Geor-ges Fergueil. Les Berthomieu, restés à Luchon, n'a-vaient eu le temps de rien lui apprendre. Adrienne était impénétrable. Ce ne fut qu'à Paris, deux mois plus tard, au retour de Gabrielle, après une tournée de visites, qu'il devina qu'elle l'avait revu. Il ne savait rien de lui, mais il le haïssait déjà furieuse-ment.

Il se garda bien d'interroger, s'informa sous main, épia lui-même les moindres indices.

Il eut bientôt fait de découvrir Georges, qui ne se cachait point. En quarante-huit heures, il sut de sa vie ce qu'en pouvait savoir son meilleur camarade, plus son amour. Voilà donc l'ennemi que le sort lui donnait! De ce moment, les soupirants habituels de Gabrielle tombaient au-dessous de son dédain. Mais contre Georges lui-même que pouvait-il? Car l'heure était passée où il espérait que Gabrielle, mariée,

pourrait lui devenir indifférente. Avant de la lui
donner, il se sentait capable de la tuer.

Un instant il eut l'idée de s'opposer à l'entreprise
du jeune homme. Mais déjà l'affaire était lancée.
M. Bergeret n'était pas facile à mettre en déroute.
Puis, Georges ruiné n'en serait pas moins cher à Gabrielle; au contraire. Tandis que l'entreprise suivant son cours séparait les deux amoureux pour
dix-huit mois, par un intervalle de quatre mille
lieues. Un tel répit n'était pas à dédaigner.

Mais Georges parti n'était absent qu'en apparence. Il y avait du moins deux êtres pour lesquels
il était toujours là, par la vertu de l'amour et par la
magie de la haine. A chaque soupir de Gabrielle
pensive, le baron, en secret, répondait par un
blasphème ou un grincement de dents. Son enfer
était fait de cette attente du Paradis.

Adrienne entre eux ne semblait rien voir.

XXI

Les lettres de Georges se succédaient assez régulièrement. Les débuts de l'entreprise, sur place,
avaient été bons. Le jeune homme avait organisé sa
troupe, retrouvé sa concession intacte, construit
des abris, installé ses machines. Cela ne s'était
pourtant pas fait vite, ni sans peine; il y avait eu
des tâtonnements. Puis la saison chaude avait presque interrompu les travaux; les indigènes eux-mêmes
refusaient tout service pénible, ou mouraient de
leur bonne volonté. Les mois s'écoulaient; les dé-

penses couraient; les actionnaires avaient dû opérer
leur second versement, et rien ne permettait encore
de prévoir avec certitude un résultat rémunérateur.
Une mine d'or, même quand il y a de l'or, peut ne
pas faire ses frais, comme on dit. Jusqu'à présent,
la mine de Georges était dans ce cas. Mais il ne perdait pas courage. Le malheur était que les actionnaires commençaient à sentir le leur un peu diminué.
On leur avait promis que le troisième quart ne serait
pas appelé. En effet, c'était l'opinion de Georges, au
début, que cinq cent mille francs suffiraient, et au delà.
S'ils allaient montrer de la mauvaise volonté? Justement, deux ou trois journaux financiers semblaient
se plaire à donner les pires nouvelles. On discutait
les chances de Georges; on réfutait ses calculs; on
lui prouvait clairement qu'il avait pris l'argent de
ses commanditaires pour le mettre, non dans sa
poche, mais dans un trou, ce qui, pour eux, revenait
exactement au même. D'où sortaient ces articles?
on l'ignorait; mais l'auteur, bonne foi à part, se
montrait bien informé. On pouvait prévoir que l'as-
semblée générale serait houleuse, malgré le petit
nombre des souscripteurs.

Dans un tout autre ordre d'idées, la presse s'occupait encore de Georges Fergueil. On ne le nommait pas, mais ses initiales et quelques particulari-
tés de son histoire le désignaient clairement. On
lisait, par exemple, des entrefilets comme celui-ci:

« Il serait question, dans le monde européen d'Extrême Orient, du très prochain mariage d'un de nos
plus brillants officiers, M. G. F., avec la fille d'un
ancien haut fonctionnaire de l'administration des
douanes chinoises. Pour ne pas désigner trop clai-
remet la charmante fiancée, nous ne dirons pas si

elle est Anglaise, Américaine, ou... Ce qu'il y a de certain, c'est qu'à la grâce d'une véritable Parisienne elle joint, paraît-il, une dot de plusieurs millions. M. G. F., parti, à ce qu'on assure, à la recherche d'une mine d'or, pourrait donc bien ne pas être tout à fait déçu dans ses espérances. »

La première fois que Gabrielle lut ces lignes, car le hasard les lui mit sous les yeux, elle se prit à rire. Mais le baron en parla à déjeuner. Il fallait hausser les épaules de cette absurdité, publiée dans un but qu'il ne voyait pas clairement, mais qui, à coup sûr, n'avait rien de commun avec la réussite de Georges. Il déclara même qu'il passerait au journal. L'article portait sa marque de fabrique. Ce grossier mensonge avait assurément payé sa place dans les honnêtes colonnes qu'il salissait. Gabrielle calma son père. Il n'était pas nécessaire de protester devant elle de l'innocence de son fiancé.

Huit jours plus tard, la nouvelle reparut dans un autre journal et sous une autre forme. Gabrielle se sentit un peu nerveuse. Ce fut elle, cette fois, qui y fit allusion la première. Le baron n'avait pas reparlé de sa visite à la rédaction. Il l'avait probablement oubliée; elle n'aurait pas été fâchée qu'il y songeât de nouveau. M. Roger parut mécontent et détourna l'entretien. Gabrielle coupa l'article et le mit dans sa première lettre. Bien entendu, elle ne demandait pas à Georges une justification. Elle l'avertissait, simplement, de cette mauvaise plaisanterie qu'on lui faisait. Du reste, à cinquante jours de distance, un échange de lettres cesse pour ainsi dire d'être un dialogue. La réponse qui suit la demande à trois mois et demi d'intervalle perd généralement de son intérêt. Il risquait d'autant plus, cette fois,

d'en être ainsi, que les dernières nouvelles reçues
devenaient tout à fait mauvaises. La maladie s'était
abattue sur le campement. Le travail était de nouveau interrompu. Le découragement de Georges,
malgré lui, perçait à chaque ligne. Et n'était-il même que découragé? Son écriture tremblée révélait
la fièvre. Enfin, une dernière lettre n'était qu'un cri
de désespoir et d'adieu.

« ... Je suis vaincu. Tout est contre moi. J'ai
assez gaspillé l'argent de mes associés, la vie de
mes travailleurs. Il est temps que je renonce à
faire supporter par d'autres que moi les résultats de
ma folie. Oubliez-moi, Gabrielle! »

Cette lettre avait eu du retard, le paquebot qui la
portait ayant subi un cyclone à la hauteur du cap
Gardafui. Gabrielle pleura, mais elle pouvait espérer d'autres nouvelles à la fin de la semaine.
Georges n'était pas homme à se décourager pour
longtemps. Près de deux mois s'étaient déjà écoulés
depuis qu'il avait écrit ces lignes. Sans doute, à cette
heure, le mal était réparé. Après tout, ce qui pouvait arriver de pis, c'était l'abandon de l'entreprise.
Il faudrait bien qu'il revînt, alors, et ce serait à elle
de lui faire oublier son échec. Ces pensées l'occu-
pèrent jusqu'à l'arrivée du prochain courrier. Mais
pour la première fois depuis son départ, Georges
n'avait pas écrit, ou sa lettre s'était perdue en route.

C'étaient quinze longs jours d'attente. Gabrielle
s'enferma chez elle, malgré les efforts de M. Roger,
qui lui recommandait les distractions. Elle pâlit et
ses yeux se creusèrent un peu. Sa tristesse ne l'empêcha pas d'écrire à Georges presque gaiment. Elle
lui envoyait, avec ses encouragements et sa tendresse, un petit code télégraphique de sa compo-

sition, qui lui permettrait à l'avenir de lui donner plus rapidement de ses nouvelles en les adressant à M. Roger. Ses dépêches gagneraient sur les lettres le temps de la traversée d'Hanoï à Marseille. Comment n'y avaient-ils pas pensé plus tôt? Il est vrai que les choses qu'ils croyaient alors avoir à se dire ne se confient guère au télégraphe.

Enfin, cette quinzaine passa comme les autres. Gabrielle allait donc avoir des nouvelles plus fraîches d'un mois que les dernières. En un mois, Georges avait sûrement repris le dessus. Vingt-quatre heures avant la date probable, elle avait donné des ordres pour que la bienheureuse enveloppe lui fût apportée sans une minute de retard. Elle ne bougea pas de l'hôtel, elle mit sa femme de chambre en sentinelle, guettant l'arrivée du facteur.

Les distributions se succédèrent; Élisabeth revenait toujours les mains vides. Gabrielle alla trouver M. Roger et s'informa de l'adresse de M. Bergeret.

M. Roger la lui donna sans commentaires; mais comme elle regagnait la porte de son cabinet, il l'arrêta d'un mot sur le seuil.

— Ne vaudrait-il pas mieux que cette demande vînt de moi?

Gabrielle n'avait parlé d'aucune demande, mais ils se comprenaient à demi mot. Certes, la pauvre enfant ne désirait pas autre chose; mais il y avait dans les manières de son père, depuis que Georges ne donnait plus de ses nouvelles, quelque chose de triste et de contraint qui la glaçait.

M. Roger se remit à son bureau, écrivit quelques lignes et les fit voir à Gabrielle. Sous prétexte d'un placement de fonds, il priait simplement M. Bergeret de lui transmettre les derniers renseignements relatifs à l'affaire G. Fergueil. M. Bergeret, comme tous les hommes occupés, répondait tout de suite ou pas du tout. Il répondit donc dès le lendemain au baron Roger que l'affaire, après avoir traversé une très mauvaise passe, semblait de nouveau en bonne voie. Les premiers filons explorés n'étaient riches qu'à la surface, ce qui expliquait l'insuccès, les conditions locales de l'extraction rendant les frais relativement énormes. Un moment même, M. Fergueil, malade et presque abandonné, avait paru perdre courage. Mais le temps s'était amélioré et la découverte de nouveaux filons, d'une richesse plus uniforme, permettait d'espérer une réussite définitive. Ces renseignements, expédiés d'Hanoï par le télégraphe, étaient donc postérieurs de plus de deux mois aux lignes désespérées reçues par Gabrielle.

Les yeux de la jeune fille brillèrent en lisant cette réponse de M. Bergeret. Georges se portait bien ; son entreprise prospérait ; le reste n'était rien. Ses deux dernières lettres s'étaient perdues, voilà tout. Il s'en perd bien d'autres. Cependant, il aurait été bien singulier que la troisième n'arrivât point. Mais cela n'était pas à craindre. Elle arriverait à son heure, par le paquebot *Cambodge*, qui portait le courrier d'Indo-Chine, et que le télégraphe venait de signaler à Colombo.

Le *Cambodge* fit route sans incident et les dépêches dont il était chargé arrivèrent sans doute à leurs destinations, mais il n'y en avait aucune pour Gabrielle.

M. Roger, de lui-même, écrivit de nouveau à M. Bergeret. Mais M. Bergeret n'en savait pas plus long. Il avait bien reçu, comme président du conseil de la société, une lettre de Georges Fergueil, mais uniquement relative à l'état des travaux et, naturellement, très antérieure en date aux dernières dépêches. Tout restait en l'état, sauf l'inexplicable silence du jeune homme à l'égard de sa fiancée. Toutefois, il y avait maintenant six semaines qu'elle lui avait envoyé son code télégraphique. Celui-ci était sûrement arrivé à Hanoï, et Georges ne tarderait sans doute pas à le recevoir. En admettant qu'il lui fallût quinze jours pour réexpédier sa réponse, celle-ci arriverait à Paris le seizième, en même temps qu'un nouveau courrier qui, peut-être, cette fois, ne tromperait pas l'attente de Gabrielle. Cette double chance, où elle s'efforçait de découvrir une certitude, lui donna la force d'attendre encore. Seulement, la fièvre ne la quittait plus.

La fièvre lui mettait un peu de sang aux joues et comme une flamme au fond des yeux. Jamais elle n'avait été plus belle. M. Roger ne la regardait que rarement en face, mais quand elle se retournait brusquement, parfois, elle voyait ses prunelles se détourner avec une expression singulière, qu'elle ne comprenait pas et qui lui faisait presque peur.

La quinzaine écoulée n'amena ni lettre ni dépêche. Mais trois jours après, le même journal, dont Gabrielle avait envoyé à Georges un entrefilet annonçant son prochain mariage, répétait son information; seulement, cette fois, les noms étaient en toutes lettres, et le passé remplaçait le futur.

« Le 10 courant a été célébré à Hong-Kong le mariage de notre compatriote, M. Fergueil, et de miss Mansell. »

M. Roger commença par faire disparaître le journal. Il se rendit immédiatement au bureau de la

rédaction, où il lui fut répondu très vaguement. La
dépêche avait été insérée avec beaucoup d'autres,
et naturellement sans contrôle. L'original avait disparu. Personne ne se souvenait même de l'avoir
envoyée à l'imprimerie. M. Roger désirait-il une
rectification? Il n'y avait rien de plus facile. Mais
une mauvaise nouvelle démentie, c'est une flèche
qu'on arrache de la blessure. Le trou reste, et l'opération n'est pas toujours heureuse. Ce qui valait
mieux, c'était d'aller encore une fois chez M. Bergeret. M. Bergeret avait lu la nouvelle donnée par
le journal, et s'en était étonné, Georges Fergueil ne
lui ayant rien annoncé de semblable. Mais leurs
rapports n'avaient rien de familier. Georges devait
compte à ses actionnaires de son travail d'ingénieur,
et non de ses démarches matrimoniales. Toutefois,
dans une dépêche datant de trois semaines, il avait
annoncé une absence du lieu de la concession, où
les travaux marchaient convenablement. Cette
absence pouvait aussi bien s'entendre d'un voyage
à Hong-Kong que de toute autre excursion. Les
conversations télégraphiques entre Paris et l'Ex-
trême-Orient coûtent cher et sont en général peu
prolixes.

Somme toute, M. Bergeret montrait plutôt une
tendance à admettre l'authenticité de la dépêche.

Ce qu'il pouvait faire pour M. Roger, c'était de
lui donner l'adresse du correspondant de la compagnie à Hanoï. Il savait peut-être où était Georges
Fergueil, et en tout cas se trouvait à même de lui
faire parvenir la dépêche et d'en obtenir la réponse
dans le plus bref délai possible. Peut-être en ce
moment même le jeune homme, marié ou non, se
trouvait-il dans la capitale du Tonkin, ou sur le

point d'y revenir. En ce cas, si M. Roger prenait sur lui de lui adresser quelques questions, il pouvait en obtenir la réponse en quarante-huit heures.

M. Roger et M. Bergeret n'étaient liés que par des relations assez vagues, et même pas très sympathiques. Il en résultait une certaine gêne dans leur entretien. M. Bergeret, en particulier, ne se permettait aucune interrogation. Sa discrétion, par malheur, ne devait pas être imitée de tout le monde. Le baron n'avait pas quitté la rue Pierre-Charron depuis dix minutes que Mme Berthomieu tombait chez lui comme une bombe, brandissant d'une main le malencontreux journal, et pressant de l'autre Gabrielle contre son cœur.

— C'est une infamie, n'est-ce pas, ma petite belle ? Moi, d'abord, je n'en ai pas cru un mot. Est-ce qu'un homme peut oublier une chère adorable mignonne comme vous ? Et puis, pourquoi ? Elle n'est pas plus riche que vous. Elle ne peut pas être plus jolie que vous. Il faudrait qu'il fût idiot, ce garçon !

Gabrielle avait lu les deux lignes d'un coup d'œil et il lui avait semblé que les murs se mettaient à tournoyer. Mais elle n'aimait pas à être plainte. Elle se redressa et fit bonne contenance, sans pouvoir toutefois dissimuler à la perspicace banquière l'inexplicable silence de Georges depuis deux mois. Mme Berthomieu, à cette révélation, eut un haut-le-corps et se laissa aller sur un fauteuil.

— C'est fini, je ne crois plus à rien ! Un garçon que j'aurais cru fidèle comme un caniche !

— Qui vous dit qu'il n'ignore pas tout ceci ? répliqua courageusement Gabrielle. Mais il lui tardait que le baron rentrât pour l'envoyer chez M. Bergeret. Un regard, à son arrivée, lui suffit pour comprendre qu'il en venait.

— Allons, dit Mᵐᵉ Berthomieu, quand il se fut laissé arracher le résultat de ses démarches, j'espère que vous n'allez pas vous rougir les yeux pour un drôle pareil. Cette miss Mansell a sans doute un million de dot de plus que vous. Et puis il l'avait sous la main, que voulez-vous ? Enfin, il n'y a pas que M. Fergueil au monde, je suppose !

— Pardon, Madame, insista Gabrielle ; mais nous l'accusons, et nous ne lui laissons pas le moyen de se justifier. Pour moi, j'ai donné ma parole à Georges, et tant qu'il ne me l'aura pas rendue lui-même je ne le soupçonnerai jamais d'une action aussi basse, d'une trahison que rien n'expliquerait.

— Et comment voulez-vous qu'il se justifie ? Attendrez-vous qu'il lui plaise de venir vous présenter lui-même miss Mansell, ou qu'il vous envoie son billet de faire part ?

Gabrielle ne daigna pas répondre ; elle se tourna vers le baron Roger :

— Vous avez l'adresse du correspondant de M. Bergeret. Vous êtes bien d'avis, n'est-ce pas, que cet homme sait où se trouve en ce moment Georges Fergueil?

— Il est du moins extrêmement probable qu'il a le moyen de lui faire parvenir une dépêche; seulement, faites attention, Gabrielle, que si ce misérable journal est bien informé, vous allez au-devant d'une cruelle humiliation.

— Je ne le pense pas, Monsieur. Si Georges est capable de m'avoir oubliée, il n'a aucune raison de se vanter de cet oubli. Il a vingt lettres de moi, c'est vrai; mais ces lettres, je n'ai pas à en rougir, pas

plus que de la dépêche que je vous prierai de faire
parvenir à son correspondant. Cette dépêche, d'ailleurs, ne sera compréhensible que pour Georges.

— Soit, fit le baron en soupirant. Après tout,
mieux vaut en finir.

— Oh! Monsieur, s'écria Gabrielle en lui prenant
la main pour la porter à ses lèvres, vous êtes bon,
merci !

M. Roger tressaillit sous ce baiser. Mais la jeune
fille n'était pas en état d'y faire attention ; elle était
déjà devant son bureau et composait sans hésiter
la dépêche toute prête dans sa pensée. Depuis
qu'elle avait envoyé à Georges un système de signes
conventionnels, elle s'était amusée à l'étudier elle-
même ; il lui semblait alors qu'elle causait avec lui.
En un instant le télégramme chiffré fut écrit. Restait à savoir si Georges en avait reçu la clé. Mais
même si, par un hasard vraiment bien extraordinaire, cette lettre de Gabrielle s'était aussi perdue,
cette dépêche incompréhensible, signée du baron,
devait attirer son attention et provoquer quelque
signe de vie.

— C'est bien, dit M. Roger, en prenant la feuille
encore humide ; je vais expédier moi-même ce télégramme au correspondant, avec recommandation
expresse de le faire parvenir coûte que coûte à
M. Fergueil. Je ne vous demande pas ce qu'il contient,
Gabrielle. Vous n'avez rien pu écrire que de digne
de vous. Mais, à mon tour, j'exigerai de vous une
chose : c'est que vous soyez forte, s'il le faut.
L'homme qui vous a trahie, si la trahison se con-
firme, ne mérite plus même, je ne veux pas dire un
regret, mais une pensée.

Là-dessus il salua Mme Berthomieu et sortit sans

attendre de réponse. Mme Berthomieu se fit un devoir
de commenter ces nobles paroles, et Georges Fergueil n'y gagna rien. Gabrielle écouta tout ce qu'elle
voulut dire. Elle ne pouvait faire autrement.

Trois jours plus tard, Élisabeth lui remettait une
dépêche datée d'Hanoï et signée Georges Fergueil.
Cette dépêche chiffrée avait dû être composée à la
hâte, car elle contenait deux ou trois erreurs de
transposition ; mais il n'y avait pas de quoi arrêter
Gabrielle. En revanche, l'emploi du chiffre équivalait
à un certificat d'origine : le télégramme était bien de
Georges Fergueil. Il ne contenait que ces mots :

« Je pars. Réponse à la hâte. Tout est fini. Pardonnez-moi ! »

Gabrielle relut deux fois cette ligne unique, et
tomba raide sur le tapis. Adrienne, par extraordinaire, ne se trouvait pas à l'hôtel ; Élisabeth s'était
retirée.

Au bruit de la chute, la porte de l'atelier, où se
trouvait alors la jeune fille, s'ouvrit soudain comme
s'il y avait eu quelqu'un aux aguets. M. Roger parut, le visage bouleversé par l'inquiétude, s'age-
nouilla près d'elle, lui souleva la tête et, la voyant
inerte et les paupières closes, fit le geste de chercher un cordon de sonnette. Mais un soupir le
rassura quelque peu. Il la prit dans ses bras et la
porta sur une chaise longue, rassembla ses cheveux,
dont la secousse avait rompu les liens, trempa ses
doigts dans un verre d'eau et lui en jeta quelques
gouttes à la figure. Voyant qu'elle se ranimait, sans
toutefois reprendre connaissance, il parut avoir
oublié sa première intention qui avait été d'appeler.
Peut-être pensait-il qu'elle reviendrait toujours
assez vite au sentiment de son abandon.

Peu à peu, comme malgré lui, sa tête s'inclinait, un souffle court sifflait dans sa gorge. Brusquement, il se pencha tout à fait et ses lèvres touchèrent les lèvres de Gabrielle. Gabrielle tressaillit comme sous une brûlure, rouvrit les yeux et rougit du front au cou. Le baron bégaya quelques paroles inintelligibles. Elle se souleva sur le coude, et ses pieds cherchèrent le parquet. M. Roger lui pesa doucement sur l'épaule.

— Non, non, pas encore ! Restez ainsi ; vous avez besoin de repos. Vous...

Il lui prit les pieds et les reposa sur le canapé, lentement. Gabrielle n'osa résister. Cependant, quelque chose se révoltait en elle. D'ailleurs, toutes ses sensations étaient confuses. N'avait-elle pas rêvé ce baiser de flamme qui lui brûlait encore les lèvres ?

— Je vous en prie, Monsieur... murmura-t-elle en essayant encore de se soulever. Puis, se rappelant le cordon de sonnette à sa portée, elle allongea le bras, mais il lui saisit le poignet à mi-chemin.

— Pas encore !.. Pas encore, je vous en supplie ! Oh, si vous saviez !.. Vous êtes si belle !

Elle était déjà debout. Les doigts nerveux de M. Roger avaient laissé leur empreinte sur son poignet délicat. Ses joues brûlaient. Une honte, une épouvante inexplicables la paralysaient, après une seconde de vigueur. D'un seul geste, en se redressant, elle s'était dégagée de l'étreinte du baron, l'avait repoussé à trois pas, quoiqu'il fût exceptionnellement robuste. Maintenant, elle pouvait à peine se soutenir, et les paroles expiraient sur ses lèvres. Heureusement qu'il ne cherchait pas à se rapprocher. Il la contemplait à distance, le sourcil froncé, une grosse veine faisant saillie sur sa tempe. Que s'était-il donc passé? Elle ne savait plus. Il lui semblait qu'ils étaient là tous les deux depuis très longtemps. La seule chose qui lui apparût clairement, au bout d'une minute, c'est qu'elle avait violemment repoussé, presque frappé son père!

Comment cela avait-il pu arriver? Que s'était-il passé en elle? Qu'avait-il fait, non pour justifier, certes, mais pour expliquer cette incompréhensible révolte? Quelles pensées lui avaient traversé l'esprit, qu'elle entrevoyait à peine maintenant, dans la confusion d'un rêve qui s'évanouit, et dont le vague souvenir lui donnait honte? Quoi, elle avait levé la main sur lui! Elle avait à ce point perdu le respect, oublié la reconnaissance! Cet homme dont elle était la fille et qui, depuis vingt ans, travaillait, veillait, vivait pour elle, qui ne lui avait jamais dit une parole dure, ni refusé la satisfaction d'un caprice, qui avait le droit d'ordonner et qui la laissait libre, à qui elle devait le luxe qui l'entourait, le pain qu'elle mangeait, et l'existence même, elle venait de l'outrager!.. Pourquoi? Pour un baiser et pour un mot! Depuis quand un père n'a-t-il plus le droit d'embrasser sa fille?

Et tout en ayant horreur de son action, elle sentait, et c'était une angoisse de plus, qu'il n'était pas en son pouvoir de la regretter, qu'elle agirait encore de même. Elle aurait supporté ses reproches; elle aurait admis qu'il la frappât à son tour; elle aurait subi le pire châtiment, sans révolte et sans plainte, comme une chose juste. Mais une pression caressante de sa main, sa lèvre effleurant son front ou ses cheveux, sa voix lui disant encore : Vous êtes belle! non, elle ne pouvait supporter cela! Plutôt le couvent! Plutôt la mort!

Elle s'était laissée glisser à genoux, balbutiant le mot : Pardon ! au milieu des sanglots, mais elle ne se rapprochait pas de lui. Elle n'aurait pas voulu qu'il la relevât. Et comme il restait immobile, appuyé à l'angle d'une bibliothèque, pâle d'une pâleur terreuse, sans un mot de reproche ni de pardon, elle finit par pleurer en silence, agenouillée, ou plutôt accroupie, ses cheveux dénoués traînant sur le parquet, avec une sorte de frisson qui, de temps en temps, lui secouait les épaules. Elle aurait voulu ne jamais se relever, mourir ainsi, sans comprendre davantage ; car, dans l'engourdissement de sa pensée, quelque chose lui disait qu'elle n'était encore qu'au début de la voie douloureuse, et qu'elle se réveillerait pour mieux souffrir.

Un intervalle impossible à mesurer s'écoula ainsi. Elle ne regardait rien. Son seul désir aurait été de perdre de nouveau complètement connaissance. Le bruit d'une porte qui se ferme lui fit pourtant redresser la tête. C'était Adrienne qui rentrait. M. Roger n'était plus là.

XXII

Gabrielle aurait pu croire qu'elle avait rêvé ; mais la brûlure de son baiser lui restait aux lèvres, et quelque chose lui disait qu'elle et lui ne devaient plus habiter sous le même toit. Pourquoi ? elle ne voulait pas se le demander. C'était une impression mêlée d'effroi, de remords et de honte, vague comme un pressentiment, irrésistible comme un instinct.

Adrienne avait lu la dépêche de Georges Fergueil, et le nom du jeune homme n'avait plus été prononcé. Mais Mᵐᵉ Berthomieu, instruite de sa trahison, déclara à Gabrielle qu'elle se devait à elle-même de lui choisir un remplaçant dans le plus bref délai ; que ce remplaçant ne serait pas difficile à trouver ; qu'elle n'en disait pas davantage pour le moment, ne voulant pas troubler le repos d'esprit si nécessaire à sa chère mignonne ; mais qu'elle savait ce qu'elle avait à faire, et que sa chère mignonne n'avait qu'à rester tranquille et à obéir à sa vieille amie. En parlant à M. Roger, la vieille amie s'était montrée plus explicite, M. Roger n'avait rien répondu, ce qui est la moitié d'un consentement.

Ses manières avec Gabrielle n'avaient pas changé. Peut-être y avait-il entre eux une nuances de familiarité de moins, mais cette familiarité n'avait jamais été bien grande. Ce qu'on aurait pu remarquer, c'est que, si par hasard Adrienne les laissait seuls un instant, le baron trouvait immédiatement une raison quelconque de sortir lui-même ou d'appeler un domestique. Gabrielle lui savait gré de cette attention qu'il lui fallait deviner, car il la dissimulait sous les apparences les plus naturelles. Pour rien au monde elle n'eût voulu lui manquer de respect en le quittant sans prendre congé de lui, et chercher des prétextes de sortie lui répugnait presque autant que de lui tenir compagnie en tête à tête, chose qu'elle sentait pourtant au-dessus de ses forces.

Même à ce prix, elle sentait leur situation réciproque devenir chaque jour plus intolérable. Mais comment en sortir ? M. Roger se déciderait-il au premier moment à entreprendre quelque long voyage ? Était-ce à lui de céder la place, à lui, le père et le maître ? Cependant, elle n'apercevait que ce moyen, ou bien... Mais Mme Berthomieu avait d'avance résolu pour elle l'alternative.

Quarante-huit heures ne s'étaient pas écoulées qu'Élisabeth remettait à sa maîtresse une large enveloppe scellée de cire bleue avec armoiries surmontées d'une couronne de comte. L'enveloppe contenait naturellement une lettre, et la lettre sentait imperceptiblement l'opoponax, parfum favori de Mme Berthomieu. Mais elle n'était pas de sa main. Gabrielle lut :

« Mademoiselle,

« Lors de la dernière vente au profit de l'Union des Dames Françaises, à laquelle vous avez bien voulu prêter votre gracieux concours, je n'ai pu, à mon grand regret, me trouvant absent de Paris, déposer ma modeste offrande. On me dit qu'il est encore temps de la faire parvenir au comité, mais j'ignore le lieu de ses réunions. Serai-je assez heureux pour que vous daigniez me servir d'intermédiaire ?

« Celui qui se dit, avec le plus profond respect, le plus dévoué de vos serviteurs.

« Cte Adalbert de VAL-SAINT-PÉ. »

La modeste offrande était un billet de cinq cents francs.

Le comte Adalbert de Val-Saint-Pé n'était pas un inconnu pour Gabrielle. Il y avait plus d'un an qu'à la suite de quelques soirées où ils s'étaient rencontrés, il lui avait donné à entendre, d'une manière aussi claire que respectueuse, qu'il ne tenait

qu'à elle de devenir comtesse, avec le consentement
de M. Roger. Repoussé avec perte, il n'avait eu
garde d'étaler une insistance de mauvais goût. Mais
la personne et la fortune de la jeune fille n'avaient
nullement cessé de lui plaire, et Mme Berthomieu
n'eut pas besoin de beaucoup de diplomatie ni de
beaucoup d'explications pour conclure avec lui
une alliance offensive où l'esprit de conquête ne
cherchait même pas à se dissimuler. M. de Val-
Saint-Pé était un homme de trente-deux ans, qui
avait été très riche, et qui avait encore de beaux
restes, financièrement parlant, malgré quelques
hypothèques désastreuses. C'était un assez joli
garçon, un peu mince pour sa longue taille,
beau joueur, montant bien à cheval, et capable de
discuter supérieurement la coupe d'un habit à la
mode de demain. Il passait dans le monde pour
avoir beaucoup d'esprit, et il eût été injuste de le
considérer comme un imbécile. En somme, il était
difficile que Gabrielle tombât mieux, étant donné
qu'elle devait tomber : du haut de quel rêve, hélas !..
ceux-là le savent qui ont aimé.

Il se garda bien de renouveler ses déclarations
d'autrefois. Il eut le talent de se rapprocher de
Gabrielle sans être gênant, et sans fournir de prétexte à quelqu'une de ces paroles décisives qu'on
peut regretter, mais sur lesquelles on ne revient
pas. Il savait s'effacer sur son passage, de telle sorte
qu'elle fût libre de ne pas le voir; cependant elle
l'avait vu, et l'impression qui lui en restait chaque
fois ne pouvait être que celle d'un gentleman irréprochable, sérieux, un peu froid, dévoué sans bruit
et à toute épreuve. Mme Berthomieu se chargeait
d'entretenir ces impressions et, au besoin, de les

« développer », comme disent les photographes.
D'un autre côté, M. Roger avait reçu le comte avec
une bienveillance évidente et que la situation expliquait. Quoique l'engagement de Georges et de
Gabrielle fût resté presque secret, quel père de famille, à la place du baron, n'eût souhaité d'en effacer jusqu'au souvenir par le prompt mariage de
son enfant? Ainsi, tout s'unissait pour favoriser
M. de Val-Saint-Pé. Gabrielle éprouvait un immense désir de mériter le pardon de son père. Cette
révolte instinctive que sa présence soulevait en
elle, dont elle ne pouvait entrevoir les motifs sans
devenir pourpre de honte et se faire horreur à elle-
même, elle aurait voulu la racheter par les plus
durs sacrifices; et, après tout, devenir comtesse de
Val-Saint-Pé n'en était un que par comparaison.
Que pouvait-elle espérer de mieux? Celui qu'elle
avait choisi ne l'avait-il pas dédaignée? Devait-elle
pleurer à jamais son amour, quand il riait de sa
trahison?

Enfin, elle n'avait qu'à se laisser faire, et, dans
l'engourdissement de la volonté qui suit les catastrophes, la résistance devient presque aussi difficile
que la décision. Elle ne vit que deux choses : qu'elle
sortirait de la maison de son père, et qu'elle ne lui
déplairait pas. Peut-être y avait-il encore un vague
désir de rendre à Georges mépris pour mépris. Le
mérite propre de M. de Val-Saint-Pé fit le reste.
Quinze jours après sa rentrée en scène, il était le
fiancé de Gabrielle, et leur mariage devait être
célébré dans les délais légaux.

Un tel événement ne pouvait manquer d'apporter mainte aubaine aux gens de service. Malheureusement pour elle, Mᵐᵉ Élisabeth, la femme de

chambre de Gabrielle, tomba malade et dut quitter
sa maîtresse. Elle retourna dans son pays, un village de l'Ariège, ou du Gers, on ne savait pas au
juste. Le palefrenier lui-même, qui avait paru devoir
l'épouser, l'ignorait. Mlle Rosalie la remplaça avec
avantage, et il n'en fut plus question.

Depuis que la date de son mariage était fixée, Gabrielle se trouvait un peu moins gênée en présence
de son père. M. Roger, d'ailleurs, continuait à fuir
les tête-à-tête, et la présence, habituelle maintenant,
de M. de Val-Saint-Pé qui venait régulièrement faire
sa cour, l'y aidait.

C'était encore un détail en faveur du comte. Il y
en avait d'autres. Il avait le talent incontesta-
ble d'arriver, de parler et de s'en aller à propos.
Gabrielle commençait à s'accoutumer à lui. Il ressemblait à ces meubles de ton neutre et dépourvus
de saillies, qui ne séduisent pas l'œil, mais se casent
aisément, supportent tous les voisinages et s'har-
monisent avec toutes les tentures. Il n'était pas impossible qu'elle finît par l'aimer, si le fiancé pouvait
faire prévoir le mari. Elle l'estimait déjà. Elle savait qu'à la rédaction du contrat, il avait montré
beaucoup de délicatesse et de franchise. Il est vrai
que la dissimulation ne lui eût pas rapporté grand'-
chose, sa situation étant parfaitement connue. Il en
était à ce point des fortunes déclinantes où l'on peut
à la rigueur exhiber un million, mais où la poursuite trop vive d'un créancier vous ruinerait. Il reconnaissait ingénuement que la dot de Mlle Roger
le remettait à flot. Mais il l'aimait, et il la faisait
comtesse de Val-Saint-Pé. Cela rétablissait l'équilibre.

Enfin, il y avait dix-huit mois que Georges Fergueil était parti. Quoiqu'il n'eût pas cessé d'être présent à sa pensée, son image, maintenant qu'elle la repoussait, en avait quelque peu perdu son pouvoir d'obsession. Pendant dix-huit mois, elle n'avait pas douté de sa fidélité, mais elle n'avait jamais eu tout à fait la certitude de son retour. Tant de choses pouvaient arriver! C'était le bonheur en loterie. Apprendre qu'on n'a pas le gros lot est pénible; moins cependant que de le perdre après l'avoir touché. Supposé que Georges eût péri dès le début de son entreprise, Gabrielle, certes, aurait eu cent raisons de plus de le regretter. Ce sont de longs regrets pourtant, ceux qui n'ont rien perdu de leur force au bout d'un an et demi.

Les raisonnements justes que nous ne faisons pas, la nature les fait pour nous. Gabrielle n'était qu'une jeune fille. Elle avait cruellement souffert; son cœur saignait toujours en dedans ; mais, à la surface, il y avait déjà une apparence de guérison. Ces apparences-là, le temps aidant, deviennent assez souvent des réalités.

Mme Berthomieu tournait autour d'elle, lui faisait choisir des étoffes et des bijoux, parlait sans trêve, et ne lui laissait pas un instant de répit. On atteignit ainsi la veille du mariage.

Ce jour-là, si Gabrielle s'était encore intéressée aux arrivées et aux départs des courriers d'Indo-Chine, elle aurait pu lire aux dépêches l'entrée dans le port de Marseille du *Natal*, avec son chargement ordinaire de marchandises et de passagers. Cette nouvelle n'avait plus naturellement aucun intérêt; cependant, M. Roger la relut deux fois, et quelque chose comme un sourire se dessina sous sa forte moustache. Il se leva pour aller au-devant de

M. de Val-Saint-Pé qui, précisément, entrait, et lui tendit la main avec plus de cordialité que d'habitude.

— Savez-vous de quoi je viens de m'apercevoir, mon cher Adalbert ?

— Non, Monsieur ; mais c'est une chose qui paraît vous plaire, et vous m'en voyez ravi.

— Je viens de m'apercevoir que c'est après-demain le 26, le double de treize, une date qui m'a toujours porté malheur. De sorte que si vous n'épousiez pas ma fille demain, pour rien au monde je ne pourrais vous la donner jeudi, ni vendredi, naturellement ; et comme le samedi est un jour de presse, cela nous remettrait... Ma foi, Dieu sait où cela nous remettrait. Êtes-vous sûr que nous n'aurons pas de retard, mon cher Adalbert ? Toutes les formalités sont-elles bien remplies ?

— Vous plaisantez, Monsieur !

— Non, je le jure ! Vous n'imaginez pas ce qu'un quart d'heure de retard peut amener de conséquences. Vous savez ce que dit le proverbe : Il y a loin de la coupe aux lèvres !

M. de Val-Saint-Pé pâlit légèrement. Ce n'était pas un esprit fort. Le baron prit le temps de replier méthodiquement son journal, le jeta sur une table, et conclut en souriant tout à fait.

— Ce n'est pas pour vous que je dis cela.

XXIII

Georges Fergueil avait failli mourir de la fièvre. C'est alors qu'il avait envoyé à Gabrielle ces lignes désespérées, les dernières qu'elle eût ou de sa main. A cette date, son entreprise semblait condamnée; l'argent des actionnaires perdu. Les travailleurs fuyaient la concession maudite, où la terre refusait l'or et suait le poison. Ceux qui restaient étaient des désespérés comme lui, aimant mieux mourir là que de s'en retourner les mains vides. Encore voyait-il approcher le moment où il serait obligé de les congédier, ne pouvant pourvoir à leur nourriture. Il ne demandait qu'à ne pas voir le dernier d'entre eux s'éloigner, maudissant l'or et l'Européen qui les avait attirés de leurs villages, avec des promesses menteuses, pour les faire périr avec lui.

Mais une semaine plus tard, il n'était pas mort ; une saute de vent avait balayé les miasmes; les travailleurs ranimés se remettaient gaiement à la besogne, et de nouveaux filons de quartz, attaqués par la mine, donnaient un magnifique rendement. Toutefois sa santé avait reçu un choc trop rude pour qu'il pût sans imprudence attendre au Tonkin une nouvelle saison chaude. Tout ce qu'il pouvait faire était d'organiser définitivement l'exploitation, d'en remettre la surveillance en mains sûres, et d'aller rendre compte à ses actionnaires qui, dès à présent, n'avaient plus à se plaindre. En trois mois, du train dont on allait, les dépenses de la première année seraient couvertes, et l'on pouvait entrevoir un dividende fantastique à la fin de la seconde. Bien entendu, Georges s'était hâté d'écrire à Gabrielle et d'envoyer une dépêche à M. Bergeret; mais avec ce dernier, la correspondance, réduite à son squelette télégraphique, ne comportait pas d'effusions. Il l'informait donc simplement du chiffre obtenu à l'extraction et de l'amélioration de l'état sanitaire.

Les bonnes nouvelles se suivaient naturellement et seraient toujours les bienvenues. Un peu plus tard, il l'avait avisé d'une absence de quatre ou cinq semaines, absence destinée à lui permettre de trouver et de ramener à la mine un lieutenant sûr, un autre lui-même, que ses relations dans le corps d'occupation devaient lui permettre de trouver. En effet, il avait rencontré à Hanoï un vieil officier d'artillerie, sorti des rangs, sans avenir, mais doué d'une santé de fer et de probité à toute épreuve. Ce brave homme s'apprêtait à rentrer en France, avec la perspective d'y finir ses jours dans la peau d'un petit retraité. Georges lui proposa de demander un an de congé qu'il avait certes bien gagné, et d'employer cette année à faire sa fortune. Il ne s'agissait que de se mettre au courant d'une besogne très peu compliquée, d'être honnête et de ne pas se laisser mourir de la fièvre. Le lieutenant Gasc était l'homme de la situation. Georges l'installa, lui traça sa besogne, et lui laissa pleins pouvoirs. La saison chaude approchait. Il y aurait bientôt dix-huit mois qu'il avait quitté Gabrielle. Il ne regrettait certes pas son temps, mais il se sentait à bout de forces. Aussi bien, laissait-il son œuvre en bonne voie. L'exploitation donnait régulièrement les résultats attendus. Dans un an, les actions auraient vingtuplé de valeur et il serait dix fois millionnaire. Il n'y avait pas tout à fait cent jours qu'il avait écrit à Gabrielle : Je suis vaincu ! Mais l'histoire en a vu bien d'autres. Les lettres de la jeune fille n'avaient pas cessé d'arriver, mais elles étaient toutes parties avant qu'elle eût pu recevoir celle-là. Il calculait qu'il en aurait la réponse tout juste au moment de s'embarquer.

Il la reçut un peu plus tôt, avec le petit code télégraphique, chef-d'œuvre naïf, dont un employé de
chancellerie eût trouvé la clé en cinq minutes, et
que Georges aurait volontiers couvert d'or; chef-
d'œuvre inutile, car il n'avait plus rien à lui dire
qu'un mot qui résumait tout : Je pars !

Mais partir n'est pas arriver; il en avait encore
pour près de deux mois avant de se présenter rue
Pierre-Charron. Et comment, d'ici là, ne pas se servir de cette clé qu'elle lui envoyait, délicieux enfan-
tillage? A coup sûr, elle savait depuis longtemps
qu'il était guéri, et plein d'espoir. Elle avait reçu
trois ou quatre lettres. Mais une dépêche qu'elle
aurait presque tout de suite, un murmure d'amour
qui volerait vers elle, compris d'elle seule, suppri-
mant l'effroyable distance, comment se refuser ce
bonheur?

La dépêche partit. C'était encore le temps où
Mlle Élisabeth se laissait courtiser par le neveu du
concierge de M. Roger. Gabrielle ne la reçut jamais,
et cependant, trente-six heures plus tard, Georges
en avait la réponse à Hanoï, où il arrivait pour
s'embarquer. Cette réponse, déchiffrée, disait :

« Je vous en veux encore de votre découragement. Mais le danger est-il bien passé? Quand reviendrez-vous? »

Georges n'avait pas le temps de s'étonner. Le
paquebot chauffait en rivière. Daur'ille, qu'importent les mots dans une querelle d'amoureux? Il se
hâta de traduire en chiffres convenus ces quelques
syllabes que Gabrielle devait recevoir le lendemain: « Je pars. Réponse à la hâte. Tout est fini.
pardonnez-moi. »

Deux heures plus tard, il était en route, et dans

l'après-midi du 24 mai, le *Natal* le débarquait à
Marseille. Le lendemain matin, par le rapide, il arrivait à Paris.

La traversée lui avait été favorable. Il se sentait
plein de vie. D'ailleurs, les jours de lutte étaient
passés. Il n'avait plus qu'à laisser faire la fortune.
Là-bas, on travaillait pour lui, et dans une heure il
serait auprès de Gabrielle.

Le temps était magnifique. Une brise légère souf-
flait, délicieuse surtout pour lui. Les arbres se donnaient l'air de verdoyer pour son retour. Les pas-
sants avaient des figures d'amis. Il se fit conduire
au Grand-Hôtel, se baigna, s'habilla avec soin. Cela
le mena jusqu'à onze heures. Il ne se ressentait pas
plus de sa nuit de wagon que de ses trente-cinq jours
de traversée. Il se faisait une fête d'arriver un peu
avant midi, comme un voisin qui s'invite à déjeuner. Il défendrait aux domestiques de l'annoncer.
Il irait droit à l'atelier, où elle serait probablement.
Il savait le chemin ; il n'avait besoin de personne.
Il frapperait. Une voix répondrait... Il lui semblait
déjà l'entendre, et son cœur bondissait dans sa
poitrine.

Il avait fermé les yeux, perdu dans son rêve. L'arrêt de sa voiture les lui fit rouvrir. Il était rue
Pierre-Charron, mais il ne reconnaissait pas la
porte de l'hôtel.

— Plus loin, cocher. Numéro 22.

— Monsieur, je ne peux pas : il y a une file d'é-
quipages; on dirait une noce.

— Une noce!

Il éclata de rire. Il se voyait disant à Gabrielle,
après les premières tendresses: — Vous savez que
j'ai eu peur? On m'annonçait une noce à la porte

de l'hôtel. Je ne savais plus que penser ! — Cependant, il avança la tête. C'était bien devant l'hôtel du baron, et cela avait bien l'air d'une noce ! Noce de qui ? Ce ne pouvait être que celle d'Adrienne ! Au fait, pourquoi ne se marierait-elle pas, cette bonne Adrienne ? Elle était jeune, et charmante. Elle lui avait rendu un fier service, à Luchon ! Cependant, il avait bien de la peine à ne pas la donner au diable, à cette heure. Entre Gabrielle et lui, seule, elle était presque de trop ; c'était bien le moment de s'adjoindre une noce !

Malgré tout, il se sentait de si bonne humeur qu'il lui pardonnait. D'ailleurs, ce n'était qu'un jour de perdu, et le lendemain il aurait son dédommagement : l'isolement de Gabrielle. Son plus grand regret était de n'avoir rien su. Il aurait apporté son cadeau pour la corbeille. Enfin, tout cela n'était pas une raison pour rester où il était. Il fallait se montrer, et le plus court était de descendre de son fiacre. Mais comme il ouvrait la portière, un mouvement se fit dans la file des équipages ; les voitures qui avaient pu entrer dans la cour de l'hôtel ressortaient, et le profil de Gabrielle lui apparut un instant dans le cadre de la glace baissée. Elle avait le voile blanc et la couronne de mariée. Georges éprouva comme un éblouissement.

—Ce n'est pas possible ! se dit-il en se retenant à la poignée du fiacre, car il lui semblait que le pavé se dérobait. Cependant, la voiture de la mariée avait tourné ; il ne voyait plus rien. Il abandonna son point d'appui et, faisant quelques pas, se trouva à la hauteur d'une autre voiture.

— Mon ami, demanda-t-il au cocher, qui est-ce donc qui se marie là ?

12

Le cocher, correct et digne, répondit sans le
regarder :

—C'est la fille de M. le baron Roger, qui épouse
M. le comte de Val-Saint-Pé.

Georges étouffa un gémissement. La voiture
avança ; son fiacre suivit ; il y remonta machinalement. Le cocher se pencha en arrière, la tête de
trois quarts, attendant un ordre. Puis, voyant que
son client ne disait rien, il se retourna tout à fait.

— Faut-il suivre la file, Monsieur?

— Comme vous voudrez.

— Plaît-il?

— Suivez.

— Tout de même, grommela l'homme en ras-
semblant ses guides, on en voit de drôles, avec les
bourgeois !

XXIV

A Saint-Augustin, Georges descendit. Il n'avait
aucune idée de ce qu'il allait faire. Rien de ce qui
se passait autour de lui ne lui semblait réel. C'était
un cauchemar qui se dissiperait. Dans ces moments
où l'homme perd presque conscience, la machine
animale fonctionnant seule, l'instinct d'imitation
persiste. Des gens gravissaient les marches et fran-
chissaient les portes ; il fit comme eux, entra dans
l'église et, longeant un des bas-côtés, ne tarda pas à
se trouver à la hauteur de Gabrielle. Elle s'avançait
au bras de son père, très pâle, sans baisser la tête
ni les yeux. Sa démarche était bien celle d'un per-

sonnage de rêve. L'orgue jouait une marche, et les voisins de Georges chuchotaient. Quelques-unes de leurs paroles arrivaient jusqu'à lui, mais il n'en saisissait pas le sens. Jusque-là, personne ne l'avait remarqué. La pensée lui vint de s'en aller comme il était venu. Quelqu'un l'entendit dire à demi-voix :

— Qu'est-ce que je fais ici?

Mais il ne s'en alla pas. Gabrielle venait de pren- dre place, et M. de Val-Saint-Pé s'agenouillait à côté d'elle. Qu'était-ce que cet homme? De quel droit se mettait-il là? Brusquement, il se rappela les paroles du cocher de la dernière voiture : — C'est la fille de M. le baron Roger qui épouse M. le comte de Val-Saint-Pé. — Voilà donc l'homme qui prétendait lui enlever Gabrielle! M. de Val- Saint-Pé? il ne connaissait pas ce nom. Mais il était fou! Est-ce que c'était possible? Est-ce que Gabrielle ne l'aimait pas, lui, Georges? Est-ce qu'on pouvait la marier malgré elle? Est-ce qu'elle n'al- lait pas répondre non? Il oubliait que, pour se trou- ver là, il fallait qu'elle eût déjà répondu oui, au- tre part. D'ailleurs, qu'est-ce que tout cela signifiait? Il était clair que quelque cataclysme allait se pro- duire. Tout pouvait arriver, excepté cette chose inouïe, absurde et monstrueuse : Gabrielle choisis- sant le jour de son retour pour donner sa main à un autre.

La cérémonie suivait son cours. M. de Val-Saint- Pé passait la bague au doigt de Gabrielle. L'officiant allait et venait, étendait les mains, fléchissait le ge- nou. Un autre prêtre parlait. L'orgue éclatait par moments ; des voix chantaient à la tribune. Georges demeurait immobile, à demi-caché derrière un pi- lier. A un instant donné, tout le monde se leva. C'était fini; on allait à la sacristie. Georges suivit le courant.

Dans la sacristie, il ne vit d'abord qu'une cohue. Gabrielle entourée, félicitée, embrassée, disparaissait. Des gens signaient à un registre, sur une table. Quelqu'un, se retournant, offrit à Georges une plume toute prête, ce qui le fit éclater de rire.

A ce rire inconvenant, toutes les têtes se redressèrent. Le cercle qui entourait Gabrielle s'entrouvrit; elle et Georges se regardèrent. M. de Val-Saint-Pé la vit chanceler et la soutint, ne comprenant d'ailleurs rien à ce qui se passait, car il ne connaissait pas Georges Fergueil, et surtout ne s'attendait pas à le voir là. Quelqu'un toucha du doigt l'épaule du jeune homme.

— Au nom du ciel, Monsieur Fergueil, retirez-vous. Que peut-il résulter de ceci?

Georges reconnut Adrienne.

Autour de Gabrielle, le cercle s'était déjà refermé. Mme Berthomieu lui faisait respirer un flacon; M. Roger repoussait deux ou trois invités, dont l'excès d'empressement expliquait à la rigueur la syncope de la mariée. Il ne semblait pas avoir reconnu Georges. Du reste, tout le monde parlait à la fois, donnant les meilleures raisons du monde : la chaleur, l'émotion, la fatigue et le retard du déjeuner. Cinq ou six personnes seulement se rendaient compte de l'événement.

— Je vous en prie! insista Adrienne. Cette voix qui, pour lui, n'avait eu que de bons conseils et des paroles amies, agit comme un calmant sur les nerfs irrités de l'amant trahi.

— M'expliquerez-vous ce qui se passe? lui demanda-t-il en baissant la voix de manière à n'être entendu que d'elle seule, au milieu du brouhaha général. La jeune fille prit son bras et l'entraîna hors de la sacristie. L'église restait à peu près vide. Ils s'arrêtèrent près d'un pilier, et Georges renouvela sa question.

— Mais, vous-même, pourquoi êtes-vous venu ?

— En effet, dit le jeune homme, j'ai tort ; c'est de mauvais goût. Mais qui pouvait deviner cela, lorsqu'il n'y a pas six semaines, Gabrielle, — pardon ! Mᵐᵉ de Val-Saint-Pé, — m'envoyait son amour par le télégraphe ? J'avoue que mon premier mouvement a été de sauter à la gorge de ce gentilhomme honoré de ses bonnes grâces. Voilà ce que c'est que de vivre avec les sauvages !

— Qu'espériez-vous donc ? riposta la jeune fille avec quelque rudesse. N'aviez-vous pas le premier repris votre parole ?

— Repris ma parole ?

— N'êtes-vous pas marié ?

— Moi ?

Tous deux restèrent une seconde immobiles de surprise.

— Que prétendez-vous dire, Monsieur Fergueil ? reprit, la première, Adrienne. N'avons-nous pas lu la nouvelle, et votre dépêche la confirmant ?

— Quelle nouvelle ? Quant aux dépêches, j'en ai envoyé deux, chiffrées selon les indications de... votre amie.

— La nouvelle de votre mariage avec miss Mansell.

— Qu'est-ce que miss Mansell ? Je vous donne ma parole d'honneur que j'entends ce nom pour la première fois.

Les bras d'Adrienne retombèrent le long de son corps.

12.

— Mais, s'écria-t-elle après un instant de stupeur,
que signifiait donc votre réponse à la dépêche de
Gabrielle ? « Je pars. Réponse à la hâte. Tout est
fini. Pardonnez-moi. » Vous ne pouvez pas la nier !

— Je ne la nie pas non plus. Mais quel rapport
y a-t-il entre mon départ de là-bas et mon mariage
avec une miss quelconque ?

— Et ces mots : Tout est fini. Pardonnez-moi !
répondant à une question directe sur la réalité de
votre mariage ?

— De qui, la question ?

— De Gabrielle.

Le jeune homme tira de sa poche un petit portefeuille.

— Voici la seule dépêche que j'aie reçue d'elle ; en
voici la traduction ; voici la clé du chiffre... Vous
pouvez vérifier. Je gardais cela sur moi comme la
dernière chose qui me vint de sa main. Que pou-
vais-je répondre à une telle communication ?

— Quand reviendrez-vous ? — Je pars ! — Le
danger est-il bien passé ? — Tout est fini ! — Je
vous en veux encore de votre découragement. —
Pardonnez-moi ! On eût voulu me dicter ma réponse qu'on ne m'aurait pas envoyé autre chose.

— C'est vrai... dit Adrienne dont les sourcils se
rapprochaient. On aurait voulu... et on a voulu !

— Qu'entendez-vous par là ?

— Rien.

Georges lui saisit le poignet.

Vous savez quelque chose que j'ignore ! Entre elle
et moi, il y a eu malentendu. Il le faut, car ce brusque mariage ne s'expliquerait pas. Oh, Mademoiselle, vous avez été bonne pour moi ! Je vous devrai
la fortune. J'aurais pu vous devoir le bonheur !

Dites-moi tout, je vous en supplie ! Voyez, votre présence m'a suffi. Je suis calme. J'attendrai... Je ferai ce que vous voudrez. Mais ne me laissez pas dans cette incertitude qui me rendrait fou ! On a voulu !.. Mais qui donc ? Cette dépêche n'est-elle pas de Gabrielle ?

— Je ne sais rien. Ne me regardez pas ainsi; je vous dis la vérité. Depuis longtemps, notre intimité a cessé d'être ce qu'elle était. Beaucoup de choses m'échappent dans sa conduite et dans sa manière d'être. Tout ce que je peux vous dire, c'est qu'à la date où cette dépêche vous a été envoyée, elle avait lu, comme nous tous, l'annonce publique de votre mariage. Elle était restée deux mois sans rien apprendre de vous. Avez-vous manqué d'écrire régulièrement ?

— Jamais !

— Eh bien, trois ou quatre de vos lettres se sont perdues. Elle en est restée aux mauvaises nouvelles. Les bonnes lui sont parvenues indirectement. Elle a souffert de votre silence, cruellement, je vous le jure ! Enfin, c'est au moment où l'annonce de votre mariage courait dans les journaux qu'elle s'est décidée à vous envoyer une dépêche.

— Mais, moi-même, je venais de lui en envoyer une, où je lui annonçais mon retour, où je lui disais que je l'aimais !

Adrienne tressaillit.

— Ne l'a-t-elle donc pas reçue ?

— Pas que je sache ; mais, je vous le répète, beaucoup de choses m'échappent. Je ne suis plus pour elle la confidente d'autrefois.

— Vous aurez pris ma défense, dit Georges amèrement ; elle ne vous l'a pas pardonné.

Adrienne regarda la dalle à ses pieds sans répondre.

— A quoi bon ces ménagements ? reprit le jeune homme avec l'âpreté du dépit renaissant. Vous êtes son amie, vous voudriez l'excuser. Vous êtes bonne, vous tâchez de m'adoucir le coup. Dites-moi donc tout de suite qu'elle était libre, qu'elle a trouvé l'attente longue, et M. le comte de Val-Saint-Pé plus séduisant que Georges Forgueil. De quoi me plaindrais-je ?

— Tant mieux pour vous, si vous pensez ainsi. Maintenant, il faut que je rentre à l'hôtel. Si peu que je compte, désormais, mon absence aujourd'hui pourrait être remarquée.

En effet, ils sont partis. Retournez près de votre amie, Mademoiselle ; dites-lui que je ne lui en veux pas ; que je lui souhaite tout le bonheur qu'elle mérite. Dites-lui surtout, puisque ma présence paraît lui être désagréable, que j'aurai soin de la lui éviter. Sans doute les nouveaux époux quittent Paris pour quelque temps ?

— Ils partent ce soir pour Genève.

— Admirable ! Il m'aurait été difficile de m'absenter de Paris avant quelques semaines. Il faut bien que je me montre à mes actionnaires ! Mais qu'elle soit tranquille ! quand elle reviendra, je n'y serai plus.

Il lui serra la main d'une étreinte fiévreuse, et la reconduisit en silence jusqu'à la sortie. Adrienne monta dans un fiacre qui passait à vide et donna l'adresse du baron Roger. Georges s'en alla droit chez M. Bergeret et lui parla d'affaires durant deux heures, avec une verve et une lucidité extraordinaires. Le capitaliste lui jetait de temps à autre un coup d'œil aigu, car il savait que c'était le jour de la noce de Gabrielle, il avait même reçu une invitation, et il pensait bien qu'il se passait quelque chose dans le cœur de son associé. Quant à son mariage, il n'y avait jamais beaucoup cru, et le silence du jeune homme achevait de le convaincre de sa propre perspicacité.

— A propos, reprit celui-ci au moment où il le quittait, singulièrement satisfait de ce qu'il venait d'entendre, est-ce qu'un journal ne s'est pas avisé d'annoncer mon mariage?

— Oui, dit M. Bergeret. Je ne voulais pas vous en parler le premier.

— Quelle plaisanterie! Vous y avez cru?

— J'ai pensé que vous m'auriez fait l'honneur de m'en instruire avant le public.

— Mais comment une telle sottise a-t-elle trouvé place dans un journal qui passe pour sérieux? Croyez-vous qu'en me renseignant auprès du directeur je pourrais remonter à la source de cette in... formation? Il avait failli dire: infamie, mais il se retint.

— Difficilement, dit M. Bergeret. Une nouvelle d'une importance aussi personnelle n'a guère plus d'origine reconnaissable, surtout au bout de six semaines, qu'une goutte d'eau dans l'océan.

— Ou dans une mare.

— Si vous voulez.

XXV

A onze heures, Georges était assis à l'orchestre d'un petit théâtre. Il était entré là après son dîner,

comme il serait allé ailleurs. On jouait une pièce
fort gaie. De temps en temps, il éclatait de rire.
D'autres fois, comme le matin à l'église, il se demandait tout à coup :

— Qu'est-ce que je fais ici ?

La conscience d'un effroyable labeur accompli
pour rien l'écrasait. Pour rien ! son existence était
vide ! Non, cependant : les créanciers de son père
seraient payés. C'était une satisfaction, cela ! Il
tâchait d'arrêter sa pensée là-dessus ; de se figurer
la joie qu'il aurait à libérer la mémoire du vieux
l'orgueil. Mais, au fond de lui-même, il sentait que
même cela lui était devenu indifférent. Quant à
Gabrielle, il se croyait sincèrement en train de
l'oublier.

Au dernier entracte, son voisin lui adressa la
parole.

— A la bonne heure ! voilà ce qui s'appelle une
pièce drôle ! On dit que le dernier acte est encore
le meilleur ! Je ne sais pas si vous êtes comme moi,
mais des pièces pareilles, ça me ferait oublier mes
chagrins. Il est vrai que je n'en ai pas !

— Oui, dit Georges ; c'est excessivement drôle !

Il se promena un instant devant la porte du théâtre, fut sur le point de rentrer avec le reste du public. Tout à coup il se rappela une phrase d'Adrienne,
à Saint-Augustin :

— Ils partent ce soir pour Genève.

Ils étaient partis ! Le comte l'emmenait. Elle était
à lui ! Et il l'avait laissé faire ! Il ne s'était pas
dressé devant cet homme. Il n'avait pas même essayé
de lui dire un mot, à elle ! Alors, c'était entendu ?
Il se résignait ? Il trouvait tout très bien ? Le dernier misérable aurait brûlé la cervelle à M. de Val-

Saint-Pé; lui, Georges, avait plus de savoir-vivre!
Oh! comment n'avait-il pas souffleté cet homme en
pleine sacristie? Comment ne lui avait-il pas jeté
son infamie à la face? Car maintenant, il comprenait tout : Fausses nouvelles, lettres interceptées.
Pardieu! Gabrielle valait bien qu'on fît quelque
chose pour la posséder. Il avait réussi! Et Georges
n'avait rien essayé; quand elle l'attendait, peut-
être! Et maintenant c'était fini; ils étaient hors
d'atteinte! Il ne pouvait rien, rien! Pas même se
jeter sous les roues du train qui l'emportait!

Sur le moment, Georges n'avait ressenti que la
violence du choc : il était resté étourdi. Rien ne
ressemble à la résignation comme l'engourdissement. Le malheur est qu'on revient à soi pour
souffrir.

Perdue! Emmenée par l'autre! Sa femme! Il
avait supporté cela. C'était sa faute! Qui sait si
elle n'avait pas compris, en le renvoyant, de quel
misérable elle venait d'accepter le nom? si elle
n'avait pas espéré, attendu, jusqu'à la dernière minute, un mot, un signe qui lui donnât le courage de
se défendre? Et lui s'était dérobé; il avait consenti
par le silence. Elle pouvait se donner à l'autre sans
remords et sans regret!

Il avait pris le chemin du Grand-Hôtel, machina-
nalement; mais il ne s'y arrêta pas. Il sentait que
le sommeil lui serait impossible. Aller devant lui
était une espèce d'occupation, la seule dont il fût
capable. Il gagna ainsi la Madeleine, suivit la rue
Royale, et se mit à remonter les Champs-Élysées.
A l'angle de la rue Pierre-Charron, il s'arrêta
comme s'il avait reçu un choc.

— Pourquoi suis-je venu ici? songea-t-il.

Il restait hésitant. Devait-il continuer sa promenade jusqu'à l'Étoile ou revenir sur ses pas ? Cette
alternative le tint irrésolu plusieurs minutes. Il
se rendait parfaitement compte de l'insignifiance de
la question et de l'absurdité de sa conduite. Deux
ou trois fois il fit quelques pas dans l'une ou l'autre
direction, mais il revenait avec l'obstination méca-
nique d'un pendule écarté de son équilibre. — Cependant, le libre arbitre existe ! murmura-t-il. En un
instant la masse de raisonnements et d'absurdités
métaphysiques entassés sur ce sujet par trois mille
ans de philosophie lui apparut. Quant à lui, son
opinion était faite ; il croyait à sa faculté de vouloir
comme à son pouvoir de marcher. Oui, il se sentait
parfaitement libre de monter jusqu'à l'Étoile ou de
redescendre vers le Grand-Hôtel. Par exemple, il
fallait se décider.

Brusquement, il se décida ; il enfila la rue Pierre-
Charron.

Il passerait devant « sa » porte ; il apercevrait
« sa » fenêtre. Elle n'était plus là, elle n'y serait plus
jamais. Qu'y avait-il de commun entre la comtesse
de Val-Saint-Pé et Gabrielle, la fiancée de Georges
Fergueil ? C'est pour cela qu'il pouvait bien se donner la joie amère de revoir ces choses qui lui parleraient d'elle, comme d'une morte !

La rue Pierre-Charron était déserte ; l'hôtel du
baron Roger, silencieux et sombre, aurait pu, sans
trop de métaphore, se comparer à un tombeau.
Sans doute, la journée avait été fatigante pour tout
le monde, et les gens de service dormaient, comme
le maître lui-même, pendant que les nouveaux
mariés s'envolaient. Cependant, deux fenêtres de la
façade donnant de côté sur le jardin, et que l'on aper-

cevait obliquement de la rue, laissaient filtrer une lueur, comme si une lampe eût veillé derrière les persiennes closes. Cette lueur fit tressaillir Georges. Ces fenêtres, il les connaissait bien : c'étaient celles de la chambre de Gabrielle.

De la lumière chez elle, qu'est-ce que cela voulait dire ? Un tourbillon de pensées l'assaillit. Si elle n'était pas partie ? Que s'était-il passé au retour de Saint-Augustin ? Évidemment elle était là. Personne qu'elle, à cette heure, ne pouvait se trouver dans cette chambre qui était sa chambre de jeune fille. Mais y était-elle seule ? Son mari ?.. Oui, c'était cela : un incident quelconque s'était produit, le départ s'était trouvé ajourné ; la demeure des nouveaux époux, à Paris, ne devait pas être prête. Qu'importait, d'ailleurs ? L'hôtel du baron n'était-il pas à leur disposition ? Gabrielle n'avait-elle pas son appartement ? Georges n'avait jamais pénétré plus loin que l'atelier ; du reste, il ne connaissait que la place des fenêtres. Que de fois il s'était retourné pour lui jeter un dernier regard, quand il venait de lui parler ! Mais un mari a d'autres droits. C'était pour lui que la lampe veillait derrière les persiennes closes. C'était l'heure, on l'attendait !

Georges grinça des dents. Il eût mieux aimé Gabrielle morte.

La nuit était parfaitement calme, le silence profond, et la fièvre donnait à Georges cette acuité des sens qui devient douloureuse en s'exagérant. Au moment où il s'adossait au mur d'en face, incapable de détacher ses yeux de cette lueur, il lui sembla qu'un cri s'élevait à l'intérieur de l'hôtel, dans la chambre même de Gabrielle. Il eût juré reconnaître sa voix. Cependant, il n'était pas bien sûr d'avoir

entendu. Ce pouvait-être une hallucination. A qui
d'ailleurs ce cri se serait-il adressé ? N'avait-
elle pas son mari, son père, ses domestiques,
qu'un coup de sonnette ferait accourir ? Non, l'hôtel
restait muet et sombre. Personne que lui n'avait
rien entendu; ou bien, pour ceux qui pouvaient
entendre, ce cri n'avait point la signification d'un
appel.

— Va-t'en, se dit Georges à lui-même, tu deviendrais fou !

Résolûment, il tourna le dos à l'hôtel et fit, dans
la direction des Champs-Élysées, une dizaine de pas.
Comme il arrivait à la hauteur de la maison voisine,
il s'arrêta net, cloué au sol par un second cri, cette
fois parfaitement distinct, quoique trop faible peut-
être pour réveiller, à l'intérieur même de l'hôtel,
des gens profondément endormis. Pour lui, il ne
pouvait plus y avoir aucun doute. C'était un appel,
un appel désespéré ; et c'était la voix de Gabrielle.

Georges resta une minute immobile. L'appel ne
se renouvela point. Aucun bruit intérieur n'y avait
répondu. La lueur filtrait toujours, mystérieuse et
calme. Que se passait-il donc derrière ces persiennes closes ? Georges traversa la rue, se rapprocha
du mur de clôture de l'hôtel. Décidément, personne
ne bougeait ! Quel intervalle s'était écoulé entre
les deux cris ? il n'en avait aucune idée. La notion
du temps échappe à l'attention profonde. Les secondes et les minutes se valent. Ce qui était évident,
c'est que Gabrielle, n'ayant pas été secourue, ne le
serait pas, à moins qu'elle ne le fût par lui.

Par lui ! et contre quel danger ? Et comment pénétrer jusqu'à elle ? Allait-il carillonner à la porte,
réveiller les domestiques et parlementer avec eux ?

Ce pouvait être assez long pour que son intervention devînt inutile autant qu'elle paraîtrait ridicule.

Tout en réfléchissant, il examinait le terrain. Sa
fièvre ressemblait beaucoup à celle de l'officier sous
le feu, laquelle revêt l'apparence du sang-froid,
tout en décuplant la rapidité des sensations et du
raisonnement. Les fenêtres de la chambre éclairée
donnaient sur le jardin. Ce jardin était séparé de
la rue par une clôture d'un peu plus de deux mètres,
formée d'une grille et d'un soubassement. Mais la
rue Pierre-Charron étant en pente raide, le soubassement, pour garder son arête supérieure horizon-
tale, diminuait forcément de hauteur à mesure que
le terrain remontait. Il y avait deux bons pieds de
différence d'une extrémité à l'autre. La base de la
grille était d'ailleurs uniformément garnie d'ar-
tichauts de fer à pointes aiguës. Ce genre de défense
présente une double utilité : il rassure les gens
paisibles, et fournit aux amateurs d'escalades un
point d'appui commode et résistant; il ne s'agit que
de savoir s'en servir.

Georges prit son élan, posa la pointe de son pied
sur un des piquants horizontalement dirigé, atteignit aisément le sommet des barreaux, et s'enleva à
la force des poignets. Cinq secondes plus tard il
retombait sur ses pieds dans la plate-bande qui faisait le tour du jardin et dont la terre ameublie
amortissait sa chute en même temps qu'elle en étouffait le bruit. Le jardin, bien entendu, était désert.
L'hôtel restait silencieux comme la tombe. La lueur
calme continuait à filtrer à travers les persiennes
closes. Un instant, l'idée lui vint qu'il allait trouver
Gabrielle morte, et que cette lumière immobile était
celle des flambeaux de deuil. Mais il était sûr d'a-

voir reconnu sa voix. Il chassa la vision funèbre et
s'avança vers l'habitation.

Atteindre les fenêtres d'un premier élevé ne devait pas être aussi facile que de franchir la grille
de clôture. D'ailleurs, il aurait fallu forcer les persiennes et briser les vitres. Cependant, comme il
n'était pas venu là pour reculer, il s'approcha du
mur, cherchant quelque saillie propice à l'escalade.
Il se souvenait de la porte du petit vestibule, avec
son grillage de fer en arabesques. C'était de quoi
poser le pied, et le tiers de la hauteur gagné s'il
trouvait au-dessus le moindre point d'appui pour
ses mains. Mais, à sa grande surprise, la porte céda
sous la pression. Elle n'était pas même fermée au
pêne.

Il connaissait les êtres. Vingt fois, dans les semaines qui précédaient son départ, Gabrielle l'avait
conduit par là dans le jardin ou dans les serres. Il
lui semblait encore reconnaître dans l'air tiède la
senteur des fleurs tropicales et l'odeur fine de ses
cheveux. La nuit, d'ailleurs, n'était pas tout à fait
sombre, et ses prunelles dilatées saisissaient les
moindres rayons lumineux. Il n'eut pas de peine à
trouver la première marche de l'escalier. La porte
de l'atelier n'était pas plus fermée que celle d'en
bas. Là encore, il savait de quel côté se trouvait la
chambre de Gabrielle. Il traversa la pièce en obli-
quant un peu, tâtonna un instant, et trouva le bou-
ton de la serrure. Il l'essaya doucement : cette porte
n'était pas plus fermée que les deux autres. Il
écouta ; rien ne bougeait. D'ailleurs, les battements
de son cœur l'auraient empêché d'entendre. Alors,
d'un geste résolu, il tira le battant qui s'ouvrait
de son côté. La lumière, brusquement démasquée,

l'éblouit pendant quelques secondes. Quand il commença à distinguer les objets, le premier qui attira
son regard fut une forme blanche étendue sur le
tapis. Il étouffa un cri et tomba sur ses genoux. Il
venait de reconnaître Gabrielle, évanouie ou morte.

Elle avait un long peignoir de batiste boutonné
au cou, les cheveux dénoués, les paupières closes,
les pieds nus dans des mules de soie dont une avait
glissé à deux pas. Le peignoir laissait voir ses chevilles minces, et, par une large déchirure, son
épaule blanche, presque jusqu'à la naissance du
sein. Elle ne bougeait pas; elle ne respirait pas.
Georges, se penchant, sentit ses pieds glacés sous ses
lèvres.

XXVI

Gabrielle, dans la sacristie de Saint-Augustin,
n'avait pas tardé à reprendre connaissance. Un instant, elle se demanda si elle n'avait pas été le jouet
d'une hallucination. Georges avait disparu; son
nom n'avait pas été prononcé. Les cinq ou six ini-
tiés pour qui l'évanouissement de la mariée avait
eu sa véritable signification étaient les premiers à
l'expliquer par la chaleur et le manque d'air, sauf
à se dédommager dix minutes plus tard. Mais une
chose aurait suffi à convaincre la jeune fille de la
réalité de sa vision : l'absence d'Adrienne.

Il était donc revenu ! Mais comment avait-il osé
entrer à Saint-Augustin? Quel sentiment l'avait
amené? Pourquoi l'insulte de sa présence, après

l'injure de son abandon? Ne l'avait-elle pas entendu
rire, une seconde avant de l'apercevoir? Que se
passait-il donc en lui? Était-il possible qu'elle l'eût
méconnu à ce point? Était-il devenu fou? Ou bien
n'y avait-il pas dans tout cela quelque chose qui
lui échappait, un inconnu étrange et terrible, qui
avait bouleversé sa vie? Plus elle y réfléchissait,
plus la conduite de Georges lui apparaissait inexplicable. Qu'il en eût aimé une autre, là-bas, subi-
tement, elle le comprenait à la rigueur. Mais pourquoi revenir, alors? Pourquoi se montrer, assumer
à plaisir un rôle odieux? En était-il déjà aux regrets? Eh bien, tant mieux! Il n'avait que ce qu'il
méritait. Quant à Gabrielle, sa volonté bien arrêtée
était d'aimer son mari, un honnête homme, un
homme d'honneur! Elle avait chassé Georges de
sa pensée; elle ne reviendrait certes pas là-dessus.
Il avait essayé de s'imposer; il n'y réussirait pas.
D'ailleurs, le comte allait l'emmener; elle en était
heureuse. La présence de son père ne l'oppresserait
plus. C'était une autre vie qui commençait; une
existence nouvelle que Georges Fergueil ne réussirait pas à troubler, elle lui en répondait! Son seul
regret était de n'avoir pu donner ses instructions à
Adrienne; car c'est avec lui qu'elle était restée,
elle en était sûre. Elle trouvait même qu'Adrienne
s'attardait bien longtemps. Le déjeuner touchait à sa
fin quand elle vint prendre sa place à table, sans
embarras et sans bruit. Gabrielle lui lança un regard
interrogateur qu'elle ne parut pas comprendre.

— Qu'a-t-elle donc à me dire? pensa-t-elle avec
un battement de cœur.

Elle s'était promis d'attendre froidement les révélations de son amie. Mais Adrienne ne manifestait

aucun désir de tête-à-tête. Gabrielle dut prendre
l'initiative en prétextant une fatigue qu'elle n'é-
prouvait pas. Quand elles se trouvèrent seules dans
sa chambre, l'ancienne sous-maîtresse ne parut pas
plus disposée aux confidences. Gabrielle savait
qu'elle ne la ferait pas parler la première, si sa résolution était prise d'attendre une interrogation.
Vingt fois, dans ces petites querelles que produit
l'intimité la plus tendre, elle avait eu l'occasion de
mesurer sa volonté à la sienne, elle n'avait jamais
eu le dessus.

— Au fait, pensa-t-elle, cela ne vaut-il pas mieux?
Qu'importe ce qu'il a pu lui dire?

Mais cinq minutes ne s'étaient pas écoulées qu'elle
abordait brusquement la question. Il fallait en finir,
savoir une bonne fois le secret de la conduite de
Georges. C'était probablement le meilleur moyen
de n'y plus penser. Adrienne n'avait rien fait pour
provoquer les demandes; elle fournit les réponses
sans hésiter, avec une sorte d'indifférence. Non,
Georges n'était pas marié; il n'avait pas reçu la
dépêche de Gabrielle, mais une autre, à laquelle
il avait répondu, naturellement. Évidemment, il y
avait eu complot et trahison. Quelqu'un avait intercepté lettres et dépêches. Du reste, Georges,
après un mouvement de violence assez excusable,
avait tout de suite compris le mauvais goût de toute
récrimination. Gabrielle pouvait être tranquille. Il
lui pardonnait volontiers. Il lui souhaitait beaucoup
de bonheur.

Gabrielle écoutait, stupéfaite. Il lui semblait
qu'un voile se déchirait. Comment n'avait-elle pas
compris qu'il y avait erreur, malentendu, quelque
chose d'inexplicable qu'un mot de sa bouche expli-

querait! Non, il lui avait fallu tout de suite sa revanche! Elle n'avait perdu ni un jour ni une heure
pour se condamner elle-même, et pour jamais!

Ah! qu'il avait raison de la mépriser!

Elle oubliait la raison de cette hâte, la principale,
sinon la seule : l'impossibilité sentie de continuer à
vivre sous le même toit que son père, cette angoisse qui l'avait saisie, le jour où les lèvres de
M. Roger avaient brûlé les siennes en les touchant.
C'était loin; c'était fini; ce n'était pas son père qui
maintenant lui faisait horreur.

Elle se faisait horreur à elle-même. Elle se jugeait
vile et lâche. Comment n'avait-elle pas compris
que son cœur, donné à Georges, ne lui appartenait
plus; que rien ne pouvait la faire libre à ses propres
yeux, pas même l'abandon ou la mort? Et elle avait
cru l'oublier! Elle s'était cru un avenir! Elle avait
promis amour et fidélité à un autre! Georges était
là. Il avait entendu cela! Comment ne l'avait-il pas
tuée? Avait-il deviné que la vie le vengerait mieux?

Il ne s'était pas trompé; l'expiation commençait.

Deux petits coups résonnèrent à la porte. M. de
Val-Saint-Pé envoyait son valet de chambres'informer de Mᵐᵉ la comtesse. Il serait monté lui-même
s'il n'avait craint de l'importuner. Mᵐᵉ la comtesse
avait-elle quelques ordres à donner pour le départ?

Adrienne était allée ouvrir et répondait du seuil
de la porte entre-bâillée. Gabrielle n'entendait qu'un
chuchotement indistinct d'où les mots : M. le
comte... départ... se détachaient seuls. Mais elle
sentait la présence du valet; elle devinait l'implacable surveillance succédant à sa liberté de la
veille. M. le comte envoyait prendre ses ordres,
mais il était le maître de lui en donner. Ce départ,

c'était le départ avec lui, la prise de possession
abhorrée et subie, le collier d'esclave rivé à son
cou. De quoi se plaignait-elle? Ne l'avait-elle pas
ainsi voulu?

Eh bien, non! elle ne partirait pas! D'ailleurs,
elle ne s'en sentait pas la force. Son énergie était à
bout; cette dernière secousse la brisait. Elle retomba
dans les bras d'Adrienne, étouffée par les sanglots,
heureuse, au fond, de cette souffrance qui était un
répit. En effet le départ se trouvait forcément ajourné.
M. de Val-Saint-Pé, prévenu, montra une bonne
grâce et une discrétion parfaites. Le docteur Guimbaud, appelé, diagnostiqua un malaise de vingt-
quatre heures, prescrivit le repos, et un peu de
chloral si le sommeil tardait trop à venir. M. de
Val-Saint-Pé le reconduisit lui-même, et Germain,
le valet de chambre du baron Roger, remarqua
qu'il répondait avec un sourire à quelque question
de son client. L'ordre fut pourtant donné de préparer l'appartement du comte, au second, assez
loin de la chambre de Gabrielle. M. Roger et son
gendre passèrent ensemble cette fin de journée,
dans la meilleure intelligence possible, à en juger
d'après les apparences. D'heure en heure, le comte
envoyait prendre des nouvelles de sa jeune femme.
Gabrielle n'allait pas plus mal et ne réclamait que
du repos.

Le comte n'avait pas insisté pour être admis
près d'elle. Elle lui en savait gré, tout en le haïs-
sant.

A onze heures, M. de Val-Saint-Pé souhaitait le
bonsoir à son beau-père, et se retirait dans sa chambre. M. Roger renvoyait Germain, et passait seul
dans son cabinet. Il n'avait pas revu Gabrielle de-

puis le déjeuner. Peut-être voulait-il donner à son gendre l'exemple de la discrétion.

Les jours de fête sont des jours de fatigue. Les autres domestiques dormaient déjà, à l'exception de Rosalie, de garde au chevet de sa maîtresse. Adrienne s'était retirée. Un profond silence régnait.

XXVII

M. Roger referma soigneusement la porte de son cabinet, poussa la targette, et se laissa tomber dans un fauteuil devant son bureau. Il avait sa part de lassitude. Il avait commencé par prendre le chemin de sa chambre à coucher, mais il n'était même pas arrivé au seuil.

— A quoi bon ? Est-ce que je peux dormir ?

Il n'était pas assis depuis une minute qu'il se relevait et se mettait à marcher de long en large, les mains derrière le dos, la tête basse, pensif. Par moments, il s'arrêtait net, avec le geste d'un homme qui écoute. Aucun bruit ne se faisait entendre, et il reprenait sa marche lente, la tête un peu plus basse et les sourcils un peu plus froncés. Quelques paroles, prononcées à mi-voix, lui échappaient.

— C'est toujours un jour gagné... Et puis, elle ne l'aime pas !... — Quand elle saura que l'autre n'est pas marié !... — Il faudra bien qu'elle l'apprenne !

Il secoua la tête, haussa les épaules et jura entre ses dents.

— Avec tout cela, elle est mariée ! Qu'importe

qu'elle ne l'aime pas! Il l'aime, lui ; et il est le maître!

La lassitude reprenait le dessus. Il revint s'asseoir devant son bureau, ouvrit un tiroir et en tira une petite boîte de malachite au fond de laquelle gisaient trois ou quatre lettres, celles que Georges Fergueil n'avait pas reçues. Pourquoi avait-il gardé celles-là plutôt que les autres ? Étaient-elles plus tendres, où s'était-il trouvé plus jaloux ? Peut-être avait-il déchiré les enveloppes en les ouvrant, ce qui l'avait empêché de les recacheter comme leurs pareilles. Pour une, du moins, son caprice avait eu une raison. La tresse de cheveux blonds, liée d'un fil d'or, l'avait tenté, ébloui comme un amoureux de vingt ans. Maintenant encore, il ne la maniait pas sans un frémissement ; son contact soyeux lui brûlait les lèvres. Il lui semblait, en fermant les yeux, qu'il tenait là Gabrielle elle-même ; non plus sa fille, non plus l'enfant stupéfaite qui le repoussait avec épouvante ou l'accablait de sa soumission, mais la fiancée songeuse, vaguement émue, à ce retour de bal, au souvenir du lointain voyageur. Il n'aurait eu qu'un mot à dire pour lui remettre aux doigts les ciseaux, mais la boucle coupée pour lui n'aurait pas eu ce frisson de tendresse, ce parfum mystérieux et troublant. Cette tresse d'or caressée par ses doigts, c'était la défaite de son ennemi, la présence de l'adorée, le ciel et l'enfer en même temps. Il y tenait comme on tient au bien volé, comme à sa vie. Quand Élisabeth la lui avait apportée, il l'avait devinée à travers l'enveloppe, et il n'avait pas eu la patience d'attendre, il avait déchiré l'enveloppe devant elle. Du reste, cette fille paraissait aveugle et muette ; il la payait pour cela.

Cette boucle de cheveux, ces trois ou quatre lettres aux dates largement espacées résumaient sa vie
depuis dix-huit mois. Depuis le départ de Georges,
il n'avait vécu que pour épier l'amour de Gabrielle,
le miner sourdement, l'abuser par de fausses nouvelles, le briser enfin, au risque de la tuer elle-
même. Ce n'était pas un plan prémédité. Une
action en avait entrainé une autre. Au début, il ne
voulait que savoir. Il se disait : s'il réussit, s'il
revient, s'il échappe à la fièvre et si elle ne l'a
pas oublié, c'est que la destinée est pour lui. Toute
résistance serait inutile. Je me soumettrai ou je
mourrai. En attendant, j'ai deux ans devant moi ;
le seul homme dont je sois jaloux creuse la terre à
quatre mille lieues d'ici. Vivons !

Tant que les nouvelles du placer avaient été médiocres, il s'était senti presque gai. Il avait deviné le
caractère de Georges. Georges reviendrait vainqueur,
ou ne reviendrait pas. La lutte pouvait se prolonger
des années. M. Roger, d'ailleurs, s'était mis en
mesure de la lui rendre particulièrement difficile.
Maître d'un nombre considérable d'actions, il pouvait à un moment donné peser sur les cours, épou-
vanter les souscripteurs, faire refuser les verse-
ments. Les articles de mauvais augure publiés dans
un journal à sa dévotion n'avaient pas d'autre but.
En même temps, à tout hasard, il lançait les premières insinuations d'un mariage en vue. Gabrielle,
tôt ou tard, y ferait allusion dans une de ses lettres;
la justification de Georges n'arrivant pas, pour cause, un germe de discorde serait semé, pour croître
et prospérer s'il plaisait à Dieu. Pour le moment, le
semeur n'en attendait pas davantage.

Mais lorsque Georges, mourant de fièvre, écrivit

sa lettre désespérée, M. Roger eut une heure de joie.
Malheureusement, les dépêches reçues par M. Bergeret contredisaient déjà les mauvaises nouvelles.
Bientôt, il n'y eut plus de doute possible : l'affaire
marchait admirablement. Georges allait revenir, sa
fortune faite. M. Roger gagnerait trois ou quatre
millions, et serait forcé de lui donner Gabrielle.

Il se sentait plutôt capable de la tuer.

L'espèce d'espérance hideuse qu'il avait eue un
instant lui rendait la résignation impossible. A tout
prix il fallait séparer Gabrielle de Georges ; et il
fallait agir vite, chaque lettre interceptée laissait
entrevoir un retour plus proche. C'étaient ces
lettres-là que Gabrielle avait vainement atten-
dues.

L'annonce du mariage parut. Nul n'aurait pu en
retrouver la source. M. Roger l'avait fait insérer à
l'imprimerie même, au dernier moment, par un
ouvrier qui ne le connaissait pas, et qui sans doute
n'avait pas cru commettre un grand crime. Il en
avait calculé l'effet; il pensait bien que Gabrielle
enverrait sur-le-champ au télégraphe; il tenait toute
prête sa fausse dépêche chiffrée qui devait tromper
Georges et obtenir de lui la réponse prévue, aux
expressions près. D'ailleurs, il n'aurait eu qu'à la
supprimer et à s'en faire envoyer une autre, rédi-
gée par lui-même. Le coup était assez fort pour
briser le cœur de l'abandonnée. Mais ce cœur brisé
n'aurait plus de ressource qu'en lui. Il l'emmènerait,
l'emporterait dans quelque lointain voyage, dégoûtée
pour longtemps des jeunes hommes et de leur incon-
stant amour.

Il avait presque réussi; mais Gabrielle évanouie
dans ses bras l'avait jeté hors de lui-même. Il avait

oublié son rôle, permis à ses lèvres de père des paroles et un baiser d'amant.

Gabrielle avait tressailli ; l'instinct de la virginité farouche s'était révolté sous son étreinte. Dès lors, leur situation réciproque devenait impossible. Chalande se faisait peur à lui-même ; il sentait que pareille occasion ne se retrouverait pas sans qu'un crime en sortît. D'ailleurs, Georges était en route. Il ne fallait pas espérer le tenir longtemps éloigné de sa fiancée. Il voudrait, il exigerait une explication, et saurait bien l'obtenir. Chalande, sa ruse découverte ou seulement soupçonnée, perdait toute autorité morale. Il restait le père aux yeux de la loi. Mais Gabrielle était entrée dans sa vingt et unième année. Sa majorité était l'affaire de quelques mois.

L'emmener loin de Paris n'était plus possible. On ne voyage pas avec une compagne dont le tête-à-tête vous est et lui est un supplice en même temps qu'un péril. Une seule ressource lui restait contre Georges et contre lui-même : un mariage qui la séparerait à jamais de l'un et de l'autre, un mariage dont il ne serait pas jaloux, car elle n'aimerait pas son mari.

M. de Val-Saint-Pé s'était offert. Autant celui-là qu'un autre, pensa-t-il.

Mais il s'était trompé en se disant que de celui-là il ne serait point jaloux. Gabrielle avait beau ne pas l'aimer, elle allait lui appartenir. Et rien ne prouvait qu'elle ne l'aimerait pas. Le mariage produit assez volontiers ces bizarreries. L'indifférence de la veille devient la passion du lendemain ; quoique la réciproque soit incontestablement plus fréquente. Aimante ou non, elle serait à lui, et Chalande, jaloux de son regard, jaloux de son sourire, jaloux d'un frôlement de sa robe et d'un mot dit en passant, grinçait des dents et s'enfonçait les ongles dans la chair à l'approche du moment qui devait la lui livrer. Sa haine avait fait volte-face. Georges était oublié. S'il eût pensé à lui, c'eût été pour le plaindre. Leur souffrance commune devenait presque une sympathie.

Haïr en vain est une bonne raison de haïr davantage. Pas de capital dont les intérêts s'accumulent avec plus de rapidité. Malheureusement, M. Roger se trouvait désarmé contre son gendre. Aucun moyen d'empêcher le comte de partir le soir avec sa femme ; à moins de tuer l'un ou l'autre, ou tous les deux... Il avait peur d'y penser.

Le malaise de Gabrielle semblait lui accorder un répit ; en réalité, c'était une aggravation de torture. D'abord, le départ aurait lieu le lendemain, ou le surlendemain ; ensuite, rien au monde ne pouvait empêcher M. de Val-Saint-Pé d'aller prendre lui-même des nouvelles de sa femme ; et une fois entré chez elle, rien ne prouvait qu'il n'y resterait pas. Le docteur Guimbaud, interrogé sur la gravité du mal et la nécessité d'un repos absolu, n'avait répondu que par un sourire. En ce moment même, malgré lui, M. Roger se surprenait à écouter. N'était-ce pas le bruit d'un pas qu'il venait d'entendre au-dessus de sa tête, dans la chambre de son gendre ? N'était-ce pas une porte ouverte avec précaution ? Ses oreilles bourdonnaient. Le silence s'emplissait de sonorités vagues. Brusquement, il prit son parti. Qui donc pouvait l'empêcher d'aller, lui aussi, avant de se livrer au repos, prendre des nouvelles de sa fille ?

Il passa dans sa chambre, alluma une bougie et se dirigea vers la porte du palier sur lequel donnaient

les deux appartements. Mais il se ravisa. Un couloir
étroit les faisait également communiquer. Ce couloir
donnait accès dans le cabinet de toilette de Gabrielle.
La porte en était fermée à demeure ; mais la clé,
comme toutes celles de l'hôtel qui ne se trouvaient
point dans leurs serrures, reposait dans un tiroir de
son bureau. M. Roger était un propriétaire soigneux.
Un instant de recherche lui suffit.

Si le verrou intérieur n'avait pas été poussé, ou
s'il n'y avait pas de verrou du tout, ce qui était bien
possible, — il ne s'était jamais rendu compte de ce
détail, — il arriverait chez elle sans bruit et sans
réveiller personne. Dans le cas contraire, il serait
toujours temps d'aller frapper à la porte principale.
Seulement, dans le cabinet de toilette, il pouvait
rester inaperçu, veiller sur elle, au besoin, toute la
nuit.

Avant de repousser le tiroir de son bureau, il y
avait replacé la boîte de malachite avec les lettres de
Gabrielle. Mais il en avait oublié une, celle, précisément, qui contenait la tresse. Il l'aperçut et s'apprêtait à la remettre à sa place quand il lui sembla entendre un cri. Il s'arrêta, immobile, écoutant de toutes
ses forces. Plus rien ! mais il était sûr d'avoir entendu.
Alors, sans perdre de temps à rouvrir le tiroir, il
prit l'enveloppe et la glissa dans la poche de son
veston placée extérieurement sur sa poitrine. Le
papier dépassait un peu. Il n'y prit pas garde. Toute
son attention était tournée vers la chambre de
Gabrielle, concentrée dans l'attente d'un nouveau
bruit. Son geste, en serrant la lettre, avait été presque
machinal ; à peine en avait-il eu conscience. Déjà
il était dans le corridor, à la porte du cabinet de
toilette. Il n'y avait pas de verrou poussé. Entre le

cabinet et la chambre, la porte n'était jamais fermée
qu'au pène. Il écouta. On parlait à deux chez
Gabrielle, et il venait de reconnaître la voix de
M. de Val-Saint-Pé.

XXVIII

M. de Val-Saint-Pé aimait positivement Gabrielle.

Ce n'était pas un amour bien profond. Les sentiments violents n'étaient pas dans ses cordes. Sa
poitrine un peu étroite n'était pas faite pour abriter
des passions. Leur souffle orageux l'eût brisée. Sa
nature était toute de juste-milieu, et l'éducation
qu'il avait reçue avait secondé la nature. Il n'était
pas timide dans le monde parce qu'il avait été habitué tout jeune à parler aux femmes et à se mouvoir
à l'aise dans un salon. La certitude de n'ignorer
aucun usage, la bienveillance universelle assurée à
son nom et à sa fortune lui donnaient là tout
l'aplomb nécessaire, de même que ses longues
études de manège l'avaient fait hardi cavalier. Quelques succès dans les boudoirs aristocratiques et beaucoup d'argent dépensé dans les autres lui avaient
donné la conviction qu'il connaissait les femmes
après les avoir beaucoup aimées. Le fait est qu'il
leur avait sacrifié ce qu'il avait pu de sa fortune, de
sa jeunesse et de sa santé; mais il n'avait jamais
été bien vigoureux ni bien jeune. Dans une situation nouvelle pour lui, il était sujet à perdre son
sang-froid qui était surtout le résultat de l'habitude.
Aussi Gabrielle l'inquiétait vaguement, sans qu'il

s'en rendit bien compte, et surtout sans qu'il voulût se l'avouer. Mais cette inquiétude avait son attrait. Une jeune fille, une honnête fille, une fille de sang plébéien, élevée, d'ailleurs, dans une maison sérieuse mais nullement aristocratique, cela sortait tout à fait du champ de son expérience. Il se sentait troublé et ne lui en voulait pas. Dix ans de vie de plaisirs lui laissaient la sensation d'un prodigieux bâillement, démesuré et vide. Il n'était pas fâché d'essayer autre chose. Enfin il n'ignorait pas l'histoire des premières amours de Gabrielle. Il se savait accepté plutôt que désiré. Il mettait quelque amour-propre à montrer à la jeune fille, au monde et à lui-même, — bien que son opinion, à lui, n'eût pas besoin de confirmation, — la supériorité d'un Val-Saint-Pé, descendant du siège d'Antioche, sur un Georges Fergueil quelconque, fils d'un négociant ruiné.

L'indisposition de Gabrielle l'avait fort ennuyé, non pour elle, — il n'avait pas le cœur assez tendre pour s'émouvoir d'un malaise de vingt-quatre heures dont le docteur Guimbaud répondait, — mais pour lui-même. Les premiers moments d'intimité conjugale offrent toujours par eux-mêmes assez d'imprévu sans les compliquer par l'inattendu du décor. Le départ pour la Suisse, à cet égard, lui convenait complètement. C'était la mise en scène classique : le coupé d'express, l'arrêt à Dijon, la chambre d'hôtel, confortable et banale. Il aurait pu d'avance repasser toutes ses répliques, comme un acteur qui reprend un rôle connu. Telle marche à monter amènerait le serrement de main ; tel changement brusque de vitesse indiquerait le bras protecteur jeté autour de la taille. L'intimité viendrait toute seule et très vite, soixante kilomètres à l'heure !

Rien à imaginer ; pas de risque à courir ; le voyage de noces de tout le monde, à part l'élégance et le style qui sont de tradition chez les Val-Saint-Pé ! Gabrielle aurait bien mauvais goût, si elle ne l'adorait pas.

Le malaise subit de la jeune fille bouleversait toutes ces combinaisons. Plus de précédents ! Il était à lui même son propre guide. A ses risques et périls, il lui fallait improviser sa nuit de noces. Un instant il avait espéré que le docteur Guimbaud lui interdirait la chambre de sa femme. Il n'aurait qu'à s'incliner. La situation était de celles qui frisent le ridicule sans y tomber et font briller la courtoisie d'un galant homme se sacrifiant sans un murmure. Mais le docteur Guimbaud n'avait rien interdit du tout. Ces petits orages nerveux naissent et se calment de plus d'une manière. Question de tact ! Ni froideur, ni brutalité ! Et sur ce point, à coup sûr, M. 'e comte de Val-Saint-Pé n'avait de conseils à recevoir de personne.

M. le comte de Val-Saint-Pé ne manquait pas précisément de tact ; mais c'est un sens qui s'exerce mal à distance. Dix fois, dans l'après-midi et la soirée, il avait été sur le point de faire demander à Gabrielle la faveur de s'assurer par lui-même du peu de gravité de son mal. Mais l'attitude glacée d'Adrienne et l'exemple de M. Roger lui avaient donné à réfléchir. Il ne paraissait pas que Gabrielle désirât beaucoup sa présence. L'imposer était périlleux. Depuis l'enfance, M. de Val-Saint-Pé avait pris l'habitude d'obéir aux convenances, c'est-à-dire aux conventions adoptées par le milieu qui l'entourait. Jamais il ne s'était avisé d'agir ou de penser par lui-même. Il suivait l'élan, la mode, l'inspiration générale aussi fidèlement que les herbes plongées dans un courant s'inclinent au fil de l'eau. Cette obéissance instinctive est la loi même de toute existence mondaine; c'est le résultat fatal d'un excès de sociabilité. Ainsi, dans cette situation inattendue, les moindres indications fournies par la conduite de M. Roger et d'Adrienne devaient influencer la sienne, presque à son insu, d'une façon à peu près irrésistible. Évidemment, on n'attendait pas de lui plus d'empressement; c'était assez pour qu'il n'en montrât pas davantage.

Cependant, lorsqu'il eut dit bonsoir au baron et qu'il se trouva seul dans sa chambre, ses idées prirent insensiblement une autre tournure. D'abord, il ne pourrait évidemment se livrer au sommeil sans être pleinement rassuré sur la santé de la chère malade. Il avait bien fait demander de ses nouvelles, il n'y avait pas une demi-heure, et son amie Adrienne en avait donné des plus satisfaisantes, puisqu'elle venait de la quitter endormie, ou à peu près. C'était même cette communication qui avait décidé le nouveau marié à se retirer, abandonnant le projet d'une apparition tardive au chevet de sa femme. Mais cette décision qui, sur le moment, lui avait paru toute raisonnable, changeait pour lui d'aspect à mesure que les aiguilles de la pendule se rapprochaient l'une de l'autre, s'apprêtant à marquer minuit. Il commençait à se demander si c'était bien là la conduite convenable, digne d'un Val-Saint-Pé, et si ses bons amis du cercle pourraient écouter sans raillerie, en admettant qu'il arrivât jamais à leurs oreilles, le récit de cette étonnante nuit de noces.

— Il n'y a pas à dire, songeait-il avec peine en caressant ses favoris, j'ai l'air d'un serin ! Ce n'est pas une bonne entrée en ménage. Pourquoi n'irais-je pas lui dire bonsoir, à cette bonne petite Gabrielle ? Elle ne m'a pas fait demander, mais elle ne le pouvait guère. Si elle dort, je le verrai bien. Si elle ne dort qu'à moitié, nous ferons un petit bout de causette. Je ne veux certes pas m'imposer ! Je suis prêt à me laisser mettre à la porte comme un agneau. Mais encore faut-il me donner le mérite de ma résignation, si c'en est un. C'en est peut-être un pour cet ange d'innocence, — car j'en ai connu plus d'une qui ne m'aurait pardonné de sa vie ce mérite-là ! Il leva les yeux, un peu hésitant, vers un miroir qui lui renvoya l'image correcte de ses favoris bien peignés et de sa cravate irréprochable. A coup sûr, il ne risquait rien à se montrer. Il s'étonnait d'avoir pu mettre en doute l'opportunité de sa démarche. Mais voilà ce que produisent les situations inattendues : ce simple contretemps du départ remis avait bouleversé toutes ses idées.

Dieu merci ! il se retrouvait lui-même ; et, au contraire, c'était charmant, cette situation de mari en visite ! — Deux minutes seulement, ma chère petite femme ! Vous avez besoin de repos. Vous dormiez comme un ange et je vous ai réveillée comme un brutal ! Je ne me le pardonnerai de ma vie ! Un baiser sur ces jolis doigts, et je me sauve !

Elle le retiendrait bien un peu, si peu que ce fût ! Des doigts au poignet, du poignet à l'épaule, c'est le doux engrenage de l'amour.

Il jeta un dernier coup d'œil au miroir, regarda ses ongles, sourit, et empoigna résolûment un flambeau. Comme il arrivait au palier du premier étage, M¹¹ᵉ Rosalie sortait précisément de la chambre de sa maîtresse. Elle le salua d'une belle révérence.

— Bonsoir, mon enfant ! Comment se trouve votre maîtresse ?

— Madame la comtesse se trouve aussi bien que possible. Elle a dormi un peu...

— Elle est réveillée ?

— Mais, je crois que oui. Monsieur le comte veut-il que je m'en assure ?

M. le comte l'engagea du geste à rester où elle était. Quoiqu'il eût passé sa vie à se faire servir, Mᵘᵉ Rosalie l'intimidait un peu en ce moment, et il cherchait ses mots.

— Non, mon enfant ; vous devez être lasse...

— Oh ! Monsieur le comte, cela n'est rien ! J'ai laissé Madame seule pour cinq minutes ; mais je vais revenir tout de suite. Madame pourrait avoir besoin de quelque chose..

M. le comte eut une petite toux.

— Est-ce qu'elle vous a commandé de passer la nuit près d'elle ?

— Non, Monsieur le comte ; Madame savait bien que ce n'était pas nécessaire. Je ne pourrais pas dormir, sachant Madame souffrante.

— M. le comte commençait à se reconnaître. Il porta la main à son gousset.

— Je vois avec plaisir que vous êtes dévouée. Mais puisque votre maîtresse va mieux... Elle sonnerait si elle avait besoin de vous.

— Monsieur le comte est bien bon ! Je ferai ce qu'il m'ordonnera... Je peux dormir sur une chaise !

— Mais, non ! mais, non ! fit le visiteur légèrement agacé. Couchez-vous... Je le veux !

Et pour adoucir la sévérité de cet ordre, il mit un second louis dans la main de la cameriste qui, cette

fois, voulut bien comprendre, car elle le débarrassa
de son flambeau.

M de Val-Saint-Pé pesa sur la poignée de la serrure, poussa doucement le battant, et se glissa dans
la chambre de sa femme. La pièce était éclairée par une lampe coiffée d'un vaste abat-jour, dont
la transparence laissait filtrer une teinte rose.
L'immense lit à baldaquin se dressait au fond, la
tête au mur, sans rideaux des trois autres côtés,
selon la volonté de Gabrielle. La jeune fille reposait là, les yeux mi-clos, une main repliée sous sa
joue. Le bruit léger de la porte entr'ouverte et les
pas du comte, assourdis par l'épaisseur du tapis,
lui firent à peine soulever la paupière. Elle songeait, après avoir beaucoup pleuré. Elle éprouvait
cet accablement qui est presque de la résignation.
D'ailleurs, elle ne pensait pas être troublée dans
sa solitude. Le comte ne s'était pas présenté de la
journée. C'était vingt-quatre heures de répit.

M. de Val-Saint-Pé s'était arrêté à deux pas de
la porte. Le cœur lui battait fortement. Il aurait
donné beaucoup pour un mot de Gabrielle qui en-
gageât l'entretien. Ce mot ne venant pas, il reprit
sa marche silencieuse, et gagna le pied du lit sans
qu'elle se fût rendu compte de sa présence. Elle dit
simplement :

— Vous pouvez allez vous reposer, Rosalie. Fer-
mez bien, seulement, et emportez la clé. Je sonne-
rai si j'ai besoin de vous.

Cet ordre adressé à la camériste absente n'indiquait pas précisément une attente fiévreuse de l'é-
poux. M. de Val-Saint-Pé se sentit secrètement
froissé. Mais il n'aurait pas été de bon goût de le
laisser voir.

— Ce n'est pas Rosalie ! fit-il de sa voix la plus caressante. Malheureusement, les caresses ne réussissent pas toujours. Gabrielle se redressa comme si une guêpe l'eût piquée.

— Vous, Monsieur ! s'écria-t-elle. Vous ici !

— Mais, balbutia le comte en essayant de sourire, n'est-ce pas la place d'un mari ? Je serais venu plus tôt, je vous assure, si le docteur Guimbaud ne vous avait pas ordonné le repos. Je n'ai pas voulu vous déranger. Maintenant même, — il hésita une seconde, parce que la vue de la jeune fille, irritée et rougissante à la fois, mais délicieusement jolie, mettait un grand trouble dans ses idées, — maintenant même, je vais vous laisser dormir, puisque vous avez sommeil. Dites-moi seulement que vous êtes bien, tout à fait bien, n'est-ce pas, ma chère Gabrielle ?

Dieu sait qu'il faisait de son mieux ! Sa voix, d'un timbre un peu suraigu, et naturellement fausse, se voilait de tendresse et roucoulait la soumission. Son geste implorait, son regard suppliait. Toute sa personne alanguie et suave respirait le dévouement sans bornes et les chastes ardeurs éthérées. Au fond, tout au fond de sa pensée, on eût saisi comme un murmure imperceptible disant :

— Toi, tu peux faire ta bégueule ce soir. Tu me tiens. Mais je te tiendrai à mon tour, et tu me le paieras !

Ce murmure de vanité blessée ne l'empêchait pas de trouver réellement Gabrielle charmante. Au contraire !

Gabrielle tomba dans le piège.

— Je vous remercie, Monsieur. Je suis bien, en effet.

— Vous ne souffrez plus du tout?

La jeune fille poussa un soupir.

— Là, voyez-vous ? insinua le comte en se rapprochant d'un air alarmé. Vous souffrez encore !

— Je vous jure que non !

— Vous n'avez pas un peu de fièvre ?

Il tourna l'angle du lit et s'avança d'un pas vers le chevet, la main étendue, souriant, avec une pointe d'inquiétude attendrie. Gabrielle aurait mieux aimé qu'il s'en allât tout de suite, mais elle n'osa pas lui refuser son poignet qu'il interrogea gravement durant un quart de minute. Il eût été beaucoup plus capable de tâter utilement le pouls d'un cheval. Mais il se sentait solidement étayé par l'opinion du docteur Guimbaud.

— Mais, non! vous n'avez pas de fièvre ! J'en ai plus que vous, je vous assure ! Quelle adorable petite main ! — Vous ne voulez pas ?

« Vous ne voulez pas ? » répondait à l'effort instinctif de Gabrielle pour retirer sa main au moment où il l'approchait de ses lèvres. Du reste, le comte ne croyait pas dire si vrai : la fièvre lui venait rapidement.

— Pourquoi ne voulez-vous pas ? répéta-t-il en couvrant de baisers cette main que la jeune fille se résignait à lui abandonner. Elle sentait d'instinct le danger de la résistance. C'était déjà trop d'avoir lutté une seconde. Le comte avait rougi et pâli coup sur coup ; ses yeux brillaient d'un éclat inaccoutumé ; sa voix de fausset avait des vibrations rauques ; ses lèvres sèches brûlaient la main qu'il tenait entre les siennes. Brusquement, il se rapprocha encore, et Gabrielle sentit une espèce de morsure sur son cou. Elle poussa un cri et s'élança hors du lit,

plaçant l'énorme meuble entre elle et le comte. Ses
cheveux dénoués avaient roulé sur ses épaules ; ses
joues étaient pourpres ; des larmes de colère et de
honte brillaient entre ses cils et semblaient se
sécher à la flamme de ses yeux. Le comte répondit
à son cri par un rugissement ; il n'avait jamais rien
vu de si beau. Il franchit le lit d'un seul bond,
exploit qui aurait fait honneur à un clown et dont
il ne se serait jamais cru capable, et retomba agenouillé aux pieds de la jeune fille, dont il saisit de
nouveau les deux mains. Elle restait stupéfaite,
haletante comme un animal forcé par les chiens.
Sa propre conduite ne la surprenait pas moins que
celle de l'homme qu'elle était bien forcée d'appeler
son mari. Qu'avait-elle fait ? Qu'espérait-elle ? Jusqu'à quel point avait-elle le droit de le fuir ou de
lui résister ? — Obéissez ! lui avait dit le magistrat ;
Obéissez ! lui avait dit le prêtre. Et le monde, ses
amis, ses livres, tout ce qui, depuis son enfance
jusqu'à cette heure, avait eu pour elle une allusion
à la destinée de la femme, lui répétait le même
mot : Obéis !

Ce n'était pas une fille forte, une de ces âmes
vigoureuses trempées aux sources amères de la
science, initiées à tous les problèmes, sapant la
métaphysique par la physiologie, ne confondant pas
le droit naturel avec le droit idéal, et capables de les
invoquer l'un et l'autre contre un code civil odieux !
Son double brevet ne l'empêchait pas d'ignorer beaucoup de choses. Elle avait entendu dire que la loi
ou les mœurs, dans certains cas, autorisent un
homme à tuer sa femme. On avait parlé devant
elle, à la campagne, de paysannes battues par leurs
maris, et la chose n'avait pas soulevé grand étonne-

ment. Elle avait vu Mme Berthomieu gouverner le
sien comme un pantin dans une foule de circonstances ; mais il semblait bien que l'honnête banquier
y mît de la complaisance, ou même y trouvât plaisir.
Une ou deux fois, au contraire, M. Berthomieu s'était
raidi, presque imperceptiblement, et Mme Berthomieu
avait plié tout de suite, avec un petit soupir qui
n'était pas un indice de satisfaction. De tous ces
faits, et de bien d'autres, une impression unique se
dégageait : la femme mariée ne s'appartient pas !

Et lui, qui savait, ne doutait pas de son droit, elle
le voyait bien ! Sous ce toit qui ne lui appartenait
point, dans cette chambre qui n'était point la sienne,
il n'éprouvait ni hésitation ni scrupule. Le cri
qu'elle avait poussé tout à l'heure ne l'avait pas
effrayé. Il avait derrière lui le monde complice.
Elle pouvait appeler encore ; il n'aurait qu'un mot
à dire. Nul ne la défendrait, nul ne la protégerait.
Combien de fois encore n'avait-elle pas entendu
célébrer la prudence qui refuse d'aventurer son
doigt entre l'arbre et l'écorce des querelles conju-
gales !

Son père pourtant la défendrait peut-être... Mais
cette protection-là, quelque chose d'irrésistible, au
fond de sa conscience, lui interdisait de l'invoquer.

Il avait le droit et la force ; elle se sentait abandonnée ; elle était mortellement lasse. Pourquoi
lutter ?... et pour qui ?... Georges n'acceptait-il pas
son sort ? Combien de temps lui faudrait-il pour
trouver, libre et riche, une autre fiancée ? Où la
mènerait cette révolte ? Ne faudrait-il pas se sou-
mettre tôt ou tard ! A quoi bon irriter le maître
qu'elle s'était donné ?

Mais la révolte éclatait malgré elle. Son sang,

ses nerfs, tout son être frémissant repoussaient le
joug. M. de Val-Saint-Pé, cependant, à l'exemple
des conquérants les plus illustres, faisait de son
mieux pour lui adoucir l'amertume de sa défaite. Il
était toujours à genoux, et l'ardeur de son désir
mettait dans l'accent de ses paroles quelque chose
qui était presque de la passion.

— Qu'avez-vous? Pourquoi me fuir ainsi ? Qu'est-
ce que je vous ai fait? Est-ce que vous avez peur
de moi ? J'en serais bien malheureux! C'est vous
qui m'avez effrayé! Vous risquiez de vous blesser.
Voilà une chose que je ne me pardonnerais de ma
vie! Voyons, pourquoi m'en voulez-vous? Ne me
regardez pas avec ces grands beaux méchants yeux.
Mon baiser vous a surprise, n'est-ce pas? C'est vrai,
j'ai eu tort. Mais c'est que je deviens fou, en vous
regardant! Vous êtes si belle! Si vous saviez comme
je vous aime! Vous avez les plus adorables petites
mains !.. Et vos pieds!.. deux bijoux! Seulement,
vous allez prendre froid! Voyons, recouchez-vous!
Qu'est-ce que vous voulez ? Que je m'en aille?

— Oui! dit elle si bas qu'il devina sa réponse au
mouvement de ses lèvres. En même temps elle comprenait que c'était inutile, qu'il ne s'en irait pas.
Elle l'avait encore blessé, voilà tout. Raison de
plus pour qu'il voulût sa revanche.

— Eh bien, c'est convenu! fit-il cependant. Mais
je ne veux pas vous laisser ainsi. Je tiens à vous
expliquer... Vous ne voulez donc pas m'écouter
deux minutes ?

— Je vous écoute.

— Pas ainsi : vous auriez froid. Pourquoi ne voulez-vous pas vous recoucher?

Elle ne s'en rendait pas bien compte elle-même.

Elle se sentait plus tranquille, debout, dans son peignoir qui, heureusement, l'enveloppait du col aux
chevilles. Lui, cependant, riait d'un mauvais rire.
Cela devenait amusant. Il n'avait jamais envisagé
le mariage sous cet aspect.

— Vous mériteriez que je vous misse au lit comme
une enfant! Je suis sûr que vos pieds sont glacés!
Tenez! qu'est-ce que je disais? Mettez vos mules,
au moins! Où sont-elles? Ah! je les ai! Ne bougez
pas!

Elle le laissait faire, appuyée au bord du lit.
Elle voyait bien qu'il jouait avec elle. Quand il lui
eut passé ses pantoufles, avec un baiser sur chaque
pied nu, il se redressa, les yeux injectés, la face rou-
gie.

— Ce n'est cependant pas bien méchant, tout ce
que je vous fais! Pourquoi voulez-vous me rendre
ridicule?

Ridicule! c'était là le fond des choses. Il aurait
eu pitié, peut être. Il n'était pas plus dur qu'un
autre. Mais l'idée d'une raillerie possible le rendait
inexorable. Pour ne pas être ridicule, on tue et on
se fait tuer; on peut bien passer outre à la résistance d'une petite sotte qui, très probablement, vous
en saura très bon gré le lendemain; récompense
qu'un excès de discrétion n'obtient pas toujours.

— Vous ne voulez donc plus être comtesse de
Val-Saint-Pé? continua-t-il, avec une bonhomie
moqueuse. Je vous suis donc devenu odieux depuis
ce matin Comment ai-je pu faire? Vous ne m'avez
pas vu. Enfin, ma chère enfant, on n'épouse pas les
gens pour les mettre à la porte après la cérémonie.
Une adorable petite femme comme vous ne se marie
pas pour être religieuse. Est ce que vous aviez promis

14.

la même réception à M. Fergueil ? Savez-vous que cela le rendrait presque excusable d'avoir pu vous en préférer une autre ?

Le nom de Georges Fergueil avait sifflé entre ses lèvres comme un coup de fouet. Il l'avait prononcé avec intention, quoiqu'il jugeât la chose du plus mauvais goût. Un peu d'humiliation ne nuit pas à l'assouplissement des natures rebelles. Du reste, il ignorait l'arrivée de Georges, et la raison du malaise de Gabrielle lui avait complètement échappé. Personne ne s'était avisé de l'en instruire. Il croyait son rival bien loin, marié, hors de cause. Le souvenir de son abandon devait ramener Gabrielle au juste sentiment de ses devoirs vis-à-vis de son successeur. Malheureusement pour M. de Val-Saint-Pô, son petit calcul se trouvait faussé par les circonstances. Gabrielle à demi vaincue se reredressa.

— Georges !... Comment osez-vous prononcer son nom ? A qui la faute, si je l'ai cru coupable ?... Qui a supprimé ses lettres, intercepté ses dépêches, payé les nouvelles menteuses auxquelles j'ai eu la folie de croire, moi, qui devais connaître son cœur ? Oh ! j'ai été faible et lâche !... Je mérite qu'il me méprise et qu'il m'oublie !... Mais que vous veniez me parler de lui, vous !...

Son rire dédaigneux tomba comme un soufflet sur l'ahurissement du comte. De tout ce qu'elle venait de dire il ne comprenait pas un traître mot, sinon que, contrairement à sa première opinion, il lui restait beaucoup à faire pour chasser du cœur de Gabrielle le dernier souvenir de son prédécesseur.

— Quelles dépêches ?... Quelles nouvelles ?... fit-il du ton maussade d'un homme qui regrette une sottise. Est-ce ma faute si M. Fergueil a jugé à propos de se marier là-bas?... Je suppose qu'il y restera. C'est ce qu'il a de mieux à faire.

— Vous savez bien qu'il est libre, et qu'il est arrivé à Paris ce matin!

— Lui!

Gabrielle haussa les épaules. M. de Val-Saint-Pé la saisit par le bras.

— Comment le savez-vous? Qu'est-ce que cela signifie? Il y a dans les paroles que vous avez prononcées tout à l'heure une accusation dont le sens m'échappe, mais contre laquelle je proteste de toutes mes forces! Quand vous m'avez repoussé, il y a un an, je n'ai pas insisté. J'ai accepté ma défaite. Je n'ai pas trouvé mauvais que vous eussiez pour un autre l'amour que j'avais pour vous. Depuis, on m'a dit que cet autre vous avait trahie. Vous le pensiez. Je n'avais pas à en demander davantage. Tant pis pour lui si vous êtes trompée. Vous portez mon nom; vous êtes ma femme et je vous aime. Je n'ai rien à me reprocher. Je vous jure que je vous ai recherchée loyalement.

Elle sentit qu'il disait vrai. Qu'importait d'ailleurs, maintenant?

Il continua :

— Alors il est revenu? Au fait, j'aurais dû m'en douter. Voilà donc la cause de votre malaise! Eh bien, qu'est-ce que cela prouve? Qu'est-ce que cela fait? En êtes-vous moins comtesse de Val-Saint-Pé, ma femme devant Dieu et les hommes? En avez-vous moins promis de m'aimer comme je vous aime? de me suivre et de m'obéir? Quel rôle pensez-vous me faire jouer?

— Vous vous trompez, Monsieur, dit Gabrielle tris-

tement. Je ne conteste pas vos droits. Il est possible
que je vous accuse à tort, et que le hasard ait tout
fait. Je suis votre femme. Je vous suivrai et je vous
obéirai fidèlement. Mais je suis souffrante et mortellement lasse. Vous dites m'aimer : prouvez-le moi !

— Me ferez-vous meilleur accueil demain?

— J'essaierai.

— Voilà une parole encourageante. Ne pourriez-
vous essayer tout de suite ?

— Monsieur !

— Tu ne vois donc pas que je t'adore ! murmura
le comte en l'attirant contre sa poitrine. Je ferai ce
que tu voudras ; mais laisse-moi toucher de mes
lèvres ces cheveux si fins, ces yeux si purs, ces lèvres si douces ! Laisse-moi...

Elle le repoussa de toutes ses forces; mais il était
allé trop loin pour reculer. Il la ressaisit, et si bru-
talement que son peignoir se déchira. Pour la seconde
fois elle sentit sur sa chair frémissante la brûlure
de son baiser. Une impression d'horreur, d'épouvante insurmontable l'envahit, paralysant sa résistance. Ses yeux se voilèrent, le parquet se déroba
sous ses pieds; il lui sembla qu'elle tombait d'une
chute profonde, interminable, pendant laquelle
l'étreinte du comte se resserrait, rapprochant ses
lèvres des siennes. Elle eut un effort suprême, un
cri désespéré et demeura inerte dans ses bras.
M. de Val-Saint-Pé faillit tomber avec elle.

— Allons, bon! pensa-t-il en la soutenant de son
mieux, la voilà évanouie. Elle passe donc sa vie à
se trouver mal ! J'ai bien envie de sonner sa femme
de chambre et d'aller tranquillement me coucher.
Mais que diraient mes bon amis du club? Et puis,

demain ce serait à recommencer. Quelle petite lionne! Et est-elle jolie! Bah!

Il eut un sourire de faune en soulevant dans ses bras ce corps souple qui ne résistait plus. En ce moment, il lui sembla qu'un poids énorme lui tombait sur l'épaule; sa gorge râla, prise dans un étau. Il lâcha Gabrielle, battit de ses mains éperdues l'air que cherchait en vain sa poitrine. Ses doigts rencontrèrent un obstacle et s'y incrustèrent avec l'étreinte désespérée de l'agonie. Une lutte suivit, effroyable et courte. Il rêva qu'un spectre colossal s'allongeait sur lui, l'écrasant de sa masse, comme dans un cauchemar hideux. Puis ce fut une sensation de tranquillité profonde, où l'anéantissement touchait à la béatitude. Une longue série de scènes de sa propre vie se déroula devant ses yeux avec une intensité singulière. Elles se succédaient, s'accumulaient, lui donnant l'impression d'une durée presque éternelle.

— Que l'existence est longue! pensa-t-il. En même temps tout s'éteignit.

XXIX

M. Roger se releva sur un genou.

Le comte gisait tout de son long sur le tapis. Il paraissait bien plus grand que debout! Comment restait-il là? Que s'était-il donc passé? M. Roger le savait à peine. A partir du moment où il avait vu, par la porte entrouverte, Gabrielle s'abandonner, il avait agi comme dans un rêve. Il ne voulait probable-

ment pas tuer le comte. Il l'avait pris à la gorge surtout pour lui faire lâcher prise. Cependant, il le
haïssait. Mais était-il possible qu'il fût mort? En tout
cas cela en avait terriblement l'air. Heureusement
que Gabrielle, évanouie, n'avait rien vu. Maintenant, il s'agissait de se débarrasser du cadavre. Il
n'avait aucun remords, à peine quelque inquiétude.
Pourvu que la jeune fille ne reprît pas trop vite connaissance, il était évident que personne ne s'avise-
rait de le soupçonner. Il allait emporter le corps
dans une autre pièce; mieux encore, dans le jardin.
Un malfaiteur quelconque serait supposé avoir fait
le coup. Qui viendrait prétendre le contraire? Il
était heureux encore qu'il fût venu sans armes, car
on aurait pu accuser Gabrielle, à la rigueur. Mais
il n'y avait pas de danger qu'on prît l'empreinte
laissée par ses doigts au cou de M. de Val-Saint-Pé
pour la marque d'une main de femme. C'était vrai
qu'il avait une poigne terrible ! Il en avait ressenti
parfois quelque fierté, dans sa jeunesse. M. le comte
ne s'attendait pas à celle là, quand il s'était figuré
prendre sa femme de force ! En somme, il était parfaitement mort. Flasque, inerte ; pas le moindre
battement de cœur... Il n'y avait plus qu'à l'emporter,
et vite !

M. Roger se baissa, empoigna le cadavre à plein
corps et le jeta d'un seul élan sur son épaule. Un
garçon meunier, habitué à charger les sacs de fari-
ne, lui aurait envié ce geste. Le baron avait déjà
choisi son chemin. Il se dirigea vers l'atelier ; c'était
le plus court pour descendre dans le jardin. Par
exemple, la porte refermée, il allait se trouver dans
le noir, son flambeau étant resté dans le cabinet de
toilette. Mais il connaissait la disposition des lieux,

et le temps pressait. Gabrielle pouvait revenir à elle d'une minute à l'autre.

L'atelier fut traversé sans encombre. L'escalier, éclairé par un vitrage grillé, sans volets, recevait une espèce de lueur. D'ailleurs, M. Roger avait pris la rampe et descendait d'un pas ferme, complètement rassuré maintenant, car dans cette partie de l'hôtel il ne pouvait rencontrer personne. Seulement, ce diable de corps avait une tendance à lui glisser de l'épaule, et ce n'était pas sur un escalier tournant, assez étroit, qu'il pouvait le remettre en bonne position. Il fallait arriver en bas, n'importe comment. M. le comte traînait un peu le long des marches ; mais cela ne faisait plus de mal à personne.

Dans le vestibule, M. Roger le laissa glisser tout à fait. D'abord, il était las. Ensuite, si peu vraisemblable que fût la présence d'un être humain dans les allées, à cette heure, il était prudent d'éclairer sa marche. Le vestibule n'était pas grand, il dut, pour que la porte pût tourner librement, ranger le corps dans un angle, derrière la vaste caisse d'orangerie. Cette précaution prise, il fit jouer les verrous, entr'ouvrit le battant et prêta l'oreille ; mais presque aussitôt il se rejeta en arrière, et pour la première fois un frisson lui passa le long des épaules. Jusque-là, il avait agi comme sous une impulsion étrangère, plein d'une sérénité terrible.

Quelqu'un marchait dans le jardin. Des pas légers faisaient crier faiblement le gravier des allées. Il fallait être tout près, il fallait l'attention surexcitée de l'homme qui vient d'en tuer un autre pour distinguer ce bruit presque imperceptible ; mais le baron n'hésita pas une seconde. Le bruit, d'ailleurs, se rapprochait ; celui qui le produisait devait longer prudemment le mur latéral de l'hôtel.

Le baron repoussa doucement le panneau grillé jusqu'à ce que le pène de la serrure effleurât la gâche. Les gonds bien huilés ne rendaient aucun son, mais la fermeture complète ne pouvait être obtenue sans un cliquetis très net, perceptible au loin dans le silence de la nuit ; M. Roger y renonça. Quel pouvait être cet étrange promeneur ? Un domestique de l'hôtel n'avait rien à faire de ce côté, s'agit-il d'amourette ou de maraude. Un malfaiteur étranger ?.. Le hasard le servirait-il à ce point ?

Son incertitude ne dura pas longtemps. Les pas se rapprochaient. Ils finirent par s'arrêter au seuil même de la porte, et il sembla à M. Roger qu'une main tâtonnante s'appuyait aux arabesques de fer forgé qui garnissaient la partie supérieure du battant. La vitre dépolie que protégeait ce grillage découpait un carré vaguement blanchâtre dans l'obscurité du vestibule, mais ne lui permettait pas de distinguer une silhouette à l'extérieur. Brusquement, le panneau s'ouvrit ; une clarté relative se produisit quelques secondes, et son regard, habitué aux ténèbres, saisit nettement le profil de Georges Fergueil. Le jeune homme, lui, venait du dehors et ne voyait rien.

M. Roger s'effaça contre la muraille et retint son souffle. Georges referma la porte et gagna celle de l'escalier. Le baron lui laissa prendre l'avance. Quand il jugea qu'il avait eu le temps de gagner l'étage supérieur et de traverser l'atelier, il reprit à son tour le même chemin, mais il n'alla pas plus loin que cette dernière pièce. De nouveau il était

condamné à entendre des paroles d'amour adressées
à Gabrielle, et cette fois par l'homme qu'elle aimait.
Il était tenté de regretter l'autre. Mais l'autre, tout
mort qu'il était, pouvait encore le servir. Un spectre
est un gardien de trésor peu gênant et tout à fait
incorruptible.

XXX

Georges s'était agenouillé près de Gabrielle évanouie. Il ne songeait qu'à elle, à ses yeux clos, à
ses lèvres pâlies, à ses pieds glacés que ses mains
brûlantes ne réchauffaient pas. L'idée d'appeler du
secours ne lui venait point, non par suite d'un sentiment de crainte ou d'égoïsme, mais parce que le
monde, en cette minute, était effacé de sa pensée.
Rien n'existait qu'elle. Elle était devant lui comme
une lueur dans les ténèbres. Il ne pouvait en détacher son esprit ni ses yeux. Si elle allait mourir
ainsi? Il ne savait que faire. Il était évident qu'elle
avait froid. La déchirure du peignoir, qui mettait à
nu son épaule charmante, lui faisait pitié comme
une plaie. Il aurait voulu la serrer contre lui, la
tenir tout entière contre sa poitrine, sentir sa chaleur passer en elle. Il osait à peine la toucher.

Cependant il lui avait posé la main sur le cœur,
un seul instant, pour s'assurer qu'il battait. Il se
demandait si elle n'était point blessée. Il souffrait
de voir sa tête porter sur le tapis ; mais ses pieds
glacés le préoccupaient par-dessus tout. Il lui semblait être là depuis très longtemps.

Tout à coup il eut presque un cri de joie. Gabrielle avait fait un mouvement. Ses lèvres s'entr'ouvraient, ses paupières frémissaient, sa poitrine se soulevait lentement et retombait avec un bref sanglot. Un frisson courait le long de son corps, de la nuque aux pieds, et ses bras, ramenés sur sa gorge d'un geste frileux, annonçaient le retour de la souffrance en même temps que de la vie.

— Elle est morte de froid ! pensa Georges. Et moi qui la laisse là, au lieu de la porter dans son lit ! Je suis stupide !

Il se baissa, serra son peignoir autour de ses chevilles, et l'enleva comme il eût fait d'un enfant. Les profondes passions sincères ont de ces étreintes chastes qui feraient sourire les anges. Mais déjà Gabrielle reprenait connaissance, et son premier geste repoussait énergiquement celui qu'elle ne reconnaissait pas encore. En même temps elle le suppliait.

— Laissez-moi, Monsieur, je vous en conjure ! Vous êtes un gentilhomme. Vous ne pouvez pas vouloir abuser de votre force contre une femme ! Je ne demande qu'à vous respecter, à vous obéir. Je porte votre nom, je ne l'oublierai pas.

Georges écoutait, tellement éperdu qu'il ne songeait ni à la détromper, ni même simplement à la laisser glisser à terre. A peine sentait-il sa résistance, d'ailleurs, et elle ne lui laissait guère le temps de lui répondre. Après avoir supplié, elle s'indignait.

— C'est infâme, enfin, ce que vous faites là ! Vous savez bien que je ne vous aime pas, que je ne vous aimerai jamais !

— Jamais ! répéta Georges tout bas. Chaque

parole lui entrait dans le cœur comme une musique du Paradis.

Elle ne l'avait pas encore regardé. D'ailleurs, il tournait le dos à la lampe, et son visage restait dans l'ombre. Mais à ce mot, murmuré plutôt que prononcé, il la sentit frémir tout entière. Sa voix changea, elle lui posa ses deux mains sur les épaules, et, sans le repousser ni l'attirer, d'un accent voilé et rauque d'enfant épouvanté, elle demanda :

— Qui êtes-vous ?

Il répondit :

— Celui qui vous aime, et qui n'a jamais aimé que vous, Gabrielle !

— Georges !

Elle poussa ce cri et s'abattit sur sa poitrine, les bras noués à son cou, ses lèvres cherchant ses lèvres, éperdûment. La seconde d'après, le front sur son épaule, elle pleurait en silence. C'était comme une pluie d'orage, dont les gouttes tièdes roulaient une à une, versant à sa fièvre un apaisement délicieux. Puis, aussi brusquement qu'elle s'était jetée sur son cœur, elle s'éloigna de lui, rougissante et la tête basse ; elle se rappelait ses cheveux dénoués, son peignoir déchiré, l'anneau du comte à son doigt, la brûlure de son baiser sur sa chair, toute l'horrible lutte inexplicablement arrêtée au moment où la force lui manquait.

— Allez-vous-en ! dit-elle à Georges.

Il la regarda d'un air de surprise et de reproche. A quoi bon l'enivrer de son premier accueil pour le chasser une minute après ? D'ailleurs, certaines choses devaient être dites. Elle le comprit. Elle reprit doucement.

— Allez-vous-en ! Je ne dois pas vous recevoir ici.

Le comte peut revenir d'une minute à l'autre. Je
ne sais pas comment vous ne l'avez pas rencontré.
Je ne comprends rien à ce qui se passe. Comment
êtes-vous venu ?

— Par-dessus la grille.

— Au risque de vous tuer !

— Il n'y a pas de danger. D'ailleurs, qu'importe ?

— Taisez-vous ! Je vous défends de vous exposer.
Je réveillerais plutôt tout l'hôtel. Pouvez-vous sans
péril repasser par le même chemin ? Jurez-le-moi !

— Je vous le jure ! Mais...

— Pas de mais ! Obéissez. Le comte est peut-être
dans le jardin. Je ne vois que lui qui ait pu laisser
les portes ouvertes. Promettez-moi de l'éviter de
votre mieux. En tout cas, il est sans armes et vous
êtes deux fois plus fort que lui... Mais hâtez-vous !

— Que je vous laisse ainsi, seule !

— Ami, j'ai douté de vous ; j'en suis punie. Je ne
m'appartiens plus.

— Regrettez-vous vraiment de vous être donnée ?

— Vous le demandez ? Mais vous ne pouvez pas
comprendre !.. Vous ne savez pas, vous ne saurez
jamais ce que j'ai souffert !

Elle cacha son visage dans ses mains et une larme
glissa entre ses doigts. Georges la sécha au passage.

— Eh bien ! enfermez-vous jusqu'au jour ; je vous
jure que demain vous serez libre !

— C'est-à-dire que vous le tuerez ? Songez-y, Georges, un duel avec le comte nous sépare à jamais.

A son tour Georges baissa la tête, mais ce fut pour
la relever presque aussitô , avec un rayon d'espérance dans les yeux.

— Si vous m'aimiez... commença-t-il ; mais au même instant il eut conscience de ce qu'était en réalité cette preuve d'amour qu'il s'apprêtait à demander, et il s'arrêta, pris de découragement.

— Non, murmura-t-il, vous ne voudrez pas !

— Si c'est une pensée dont je doive rougir, Georges, ne me la dites pas.

— Et pourquoi rougiriez-vous de repousser l'homme qui vous a trompée ? Seriez-vous devenue sa femme, sans l'odieuse manœuvre de mon mariage annoncé, de mes lettres interceptées, de votre dépêche falsifiée? Croyez-vous qu'un tribunal se refuse, sur de tels motifs, à vous rendre votre liberté ?

— Ma liberté?

— Sans doute ; la loi n'est plus impitoyable ; un mariage se dissout par le divorce.

— Oh !

— J'avais raison d'hésiter. Ce ne serait pas en effet une marque d'amour ordinaire. L'épreuve est longue, souvent cruelle... Pardonnez-moi d'y avoir songé pour vous.

— Georges, j'ai donné ma main à cet homme, librement.

— Aussi librement que vous me l'aviez promise, il y a dix-huit mois. Que dis-je? Il n'y a pas six semaines que vous m'envoyiez cette dépêche! Vous m'aimiez encore, apparemment. Six semaines de patience, Monsieur le comte, et il n'y aura plus rien entre vous et votre femme, pas même le souvenir de Georges Fergueil !

Il salua ironiquement la jeune fille et fit un mouvement vers la porte. Mais elle le retint d'un geste. Elle ne ressentait pas l'amertune de ses dernières

paroles, elle ne demandait qu'à s'oublier elle-même ;
elle lui eût fait volontiers le sacrifice de sa vie.
Elle voulait seulement se rendre compte de l'engagement qu'elle allait prendre, car elle avait la religion de sa parole. On n'est pas impunément la
fille et la petite-fille d'honnêtes négociants, pleins
des préjugés d'autrefois touchant l'irrévocabilité du
marché conclu et le respect des échéances.

— Georges, vous accusez M. de Val-Saint-Pé d'un
acte odieux, mais vous ne m'apportez pas la preuve
de cet acte. Il s'en est défendu devant moi, et ses
paroles paraissaient sincères. Donnez-moi cette
preuve, Georges, et je ferai ce que vous voudrez.

Georges poussa un cri de joie.

— Vous l'aurez ! Quel autre aurait pu agir, et
dans quel but ? — Mais presque aussitôt cette allégresse s'évanouit. De telles recherches demandent
du temps.

Gabrielle lut dans sa pensée.

— Prenez huit jours ; prenez un mois, s'il est nécessaire. M. de Val-Saint-Pé, fût-il le plus honnête
homme du monde, m'a traitée ce soir d'une façon
que je n'oublierai pas de sitôt. Je ne quitterai pas
Paris, je ne quitterai pas l'hôtel, je ne quitterai
pas cette chambre, s'il le faut, et dans cette chambre personne n'entrera que Rosalie et Adrienne !

— Personne ?.. Oh, Gabrielle !

— Maintenant, je n'ai qu'un mot à vous répéter :
Allez-vous-en !

— Déjà !

— Mon pauvre ami, je ne suis pas de fer, comme
vous. Je suis malade, mortellement lassé... Vous-
même vous avez besoin de repos. Vous serez obligé
d'être debout de bonne heure, si vous voulez gagner

la partie. Songez, enfin, qu'un jour peut venir où nos
moindres actes seront recherchés, étudiés, jugés,
et pas seulement par les juges. Ne me condamnez
pas à rougir, Georges, car si grande que soit mon
affection pour vous, je ne vous le pardonnerais pas !

— Votre main, et je pars !

— La voilà !

Elle l'avait si bien réduit au respect qu'elle fut
obligée de la hausser elle-même jusqu'à ses lèvres.
Puis elle alla prendre la lampe et, sans qu'il pût deviner à quelle opération magique elle s'était livrée,
quand elle revint de cette expédition à l'autre bout
de la chambre, elle avait sur les épaules une sorte
de long burnous de cachemire blanc, qui la dra-
pait tout entière, et le talon bas de ses mules de
soie s'enfonçait orgueilleusement dans l'épaisseur
moelleuse du tapis. Malgré ces armes reconquises,
son audace n'alla pas jusqu'à reconduire Georges
au delà de l'atelier. D'ailleurs, la lampe, en
éclairant l'escalier, aurait projeté sa lueur dans le
jardin, et ce n'était pas le moment d'attirer l'attention du comte s'il se promenait de ce côté.

— Prenez la rampe, descendez doucement... Ne
répondez pas, s'il vous interpelle... Gardons notre
secret si nous pouvons, comme si nous avions quelque chose à cacher.

— Au revoir ?

— Au revoir !

Elle retint la porte entre-bâillée, prêtant l'oreille
au bruit de ses pas sur les marches. Elle l'entendit
traverser le vestibule, ouvrir la porte et la retirer
à lui, laissant les choses dans l'état où il les avait
trouvées. Un instant encore, tant la fièvre et l'attention surexcitée accroissaient la portée de ses

sens, elle entendit le bruissement presque imperceptible du gravier sous le talon de ses bottines, puis...
plus rien! Il devait être dans la plate-bande; il s'é-
levait le long de la grille; il la franchissait et retombait dans la rue. Elle attendit encore plusieurs
minutes. Enfin, certaine qu'il était loin, elle ferma
et verrouilla soigneusement la porte de l'atelier,
celle de sa chambre, et se laissa tomber sur son lit,
après avoir vidé d'un trait le verre d'eau préparé
selon la formule du docteur.

M. Roger, qui avait profité de l'instant où Georges et Gabrielle se disaient au revoir, à la porte de
l'atelier, pour repasser celle de la chambre et regagner le cabinet de toilette, rentrait en ce moment
dans son cabinet à lui, remettait à sa place la clé
du corridor, et s'assurait avec un soin minutieux
que sa lutte avec M. de Val-Saint-Pé n'avait point
laissé de traces sur sa personne. Il était un peu pâle,
mais en pleine possession de son sang-froid. Ses
mains ni son visage n'avaient une égratignure
compromettante. Seule, la poche extérieure de son
veston pendait sur sa poitrine, déchirée. M. Roger
fronça les sourcils; un atome de l'étoffe ou de la
doublure resté aux ongles du mort pouvait constituer
une pièce à conviction singulièrement redoutable.
Mais le lambeau pendant, ramené à sa place, s'y
rapportait exactement. Il avait complètement oublié la lettre et la tresse.

XXXI

Georges avait franchi la grille sans encombre, jeté un dernier regard aux fenêtres de Gabrielle, et repris d'un bon pas la direction du Grand-Hôtel. Il n'était guère plus d'une heure du matin. Il lui restait amplement le temps de dormir.

Dormir était le plus pressé, car il allait avoir besoin de toutes ses forces, de tout son sang-froid, de toute sa puissance sur lui-même. D'abord, l'idée de la victoire possible l'avait enivré. Retrouver Gabrielle, la reconquérir, quel rêve ! Mais ce rêve n'était pas facile à réaliser. Il était clair que, tout en l'aimant toujours et tout en n'aimant pas M. de Val-Saint-Pé, elle n'accepterait l'extrémité du divorce que devant l'indignité prouvée de son mari. Mais celui-ci avait dû prendre ses précautions. Déjà M. Bergeret, la veille, avait laissé entrevoir à Georges la difficulté de ses recherches en ce qui concernait la fausse nouvelle de son mariage. Serait-il plus heureux pour les lettres et les dépêches ? D'un autre côté, s'il réussissait, ce premier succès devait simplifier singulièrement l'obtention d'un jugement de divorce. M. de Val-Saint-Pé, convaincu d'actes que la conscience publique, sinon peut-être la loi, ne pouvait qualifier que de vol et de faux, se prêterait probablement de bonne grâce à tout ce qui pourrait étouffer l'affaire. S'il refusait, par impossible, le tribunal serait édifié. Le problème était donc de retrouver la trace de celles de ses lettres que Gabrielle n'avait point reçues, en même temps que l'origine de la fausse nouvelle. Quant à celle-ci, il comptait demander conseil à l'un de ses camarades de lycée devenu avocat et fort lancé dans la politique, et par conséquent le journalisme. Charles Mériel, quoiqu'ils ne se fussent revus que de loin en loin, lui avait donné tous les témoignages d'une solide amitié. En même temps qu'il l'aiderait dans ses recherches, il l'éclairerait au point de vue légal. Il pourrait se mettre à la disposition de Gabrielle. Il serait entre elle et Georges un intermédiaire d'autant plus précieux qu'elle allait sans nul doute s'imposer la plus extrême réserve en attendant le résultat de ses démarches et, plus tard, l'issue du procès.

Mais si Charles Mériel pouvait probablement l'aider beaucoup sous certains rapports, son secours ne pouvait suffire à tout. Il était probable que ses lettres, en particulier, avaient été soustraites, à l'hôtel même du baron Roger, par quelqu'un de ses domestiques. Retrouver ce domestique et le faire parler aurait été une superbe entrée de jeu. Seulement il y avait bien des difficultés. Georges ne pouvait guère agir par lui-même. S'adresser à la police lui répugnait horriblement, et d'ailleurs là police ne se serait certainement pas permis d'intervenir au domicile du baron sans sa propre et formelle demande. Restait, il est vrai, la ressource des agences, des détectives sans attache à la Préfecture, qui mettent, moyennant finances, leur adresse à la disposition des particuliers. Peut-être faudrait-il recourir à ce moyen, et Charles Mériel le conseillerait encore à cet égard. Mais une idée lui vint tout à coup, séduisante par son audace même. Te t indi-

quait que M. Roger lui-même avait été dupe de
M. de Val-Saint-Pé. Pourquoi ne pas le prendre pour
juge, sauf à n'accepter de son jugement que ce qui
pourrait favoriser ses projets? Sans doute, M. Roger
serait d'abord porté à soutenir son gendre. La perspective du divorce pour sa fille lui sourirait peu.
Mais c'était là un obstacle auquel il faudrait se
heurter tôt ou tard; une mauvaise volonté qui ne
pouvait que se confirmer à la suite de secrètes démarches. Au contraire, en s'adressant directement
au père de Gabrielle, en faisant appel à sa loyauté,
on lui rendait l'hostilité difficile; on lui imposait
presque une sorte de neutralité que l'attitude de
Gabrielle réussirait peut-être à changer en bienveillance. En tout cas, pour l'honneur même de son
gendre, il ne pouvait refuser le débat, l'enquête
domestique, plus facile pour lui que pour tout autre.
Convaincu, il pouvait devenir un allié, et le plus
précieux de tous. Même désireux du silence au
prix du bonheur de sa fille, il n'agirait plus vis-à-
vis d'elle avec la même énergie ni la même autorité.

Rien de plus simple, d'ailleurs, que la visite de
Georges. Bien entendu, il ne parlerait pas des événements de la nuit. C'était là un secret entre Gabrielle et lui, ou plutôt c'était le secret de Gabrielle,
dont elle seule pouvait disposer. Mais quoi de plus
naturel que de venir demander compte à M. Roger
du mariage si prompt de sa fille? L'abstention, peut-
être, aurait été de meilleur goût; mais un homme
de l'âge et du caractère de Georges ne renonce pas
sans protestation au bonheur, au rêve de sa vie!
M. Roger serait peut-être tenté de ne pas le recevoir, mais la crainte d'une visite directe à M. de

Val-Saint-Pé le rendrait sans doute enclin aux ménagements. Assurément, tout cela était bien long,
bien incertain, bien compliqué pour l'ardeur de
Georges. Cinq minutes de conversation particulière
avec le comte, à longueur d'épée ou à portée de
pistolet, lui auraient convenu bien davantage.
Mais la satisfaction de tuer son rival serait trop
chèrement payée par la perte définitive de Gabrielle.
Le divorce seul, et un divorce où son intervention
resterait invisible, pouvait la lui rendre un jour.

Ces réflexions l'avaient occupé dans le trajet de
la rue Pierre-Charron au Grand-Hôtel. Il était
brisé de fatigue, ce qui n'est pas toujours une raison
de trouver le repos. Mais ce repos, il le voulait, et
sa volonté vainquit la fièvre. Entre deux et trois
heures du matin il dormait profondément. Seulement, comme la nature finit toujours par prendre
sa revanche, il en était près de dix quand il s'é-
veilla.

Son premier soin fut d'envoyer un télégramme à
Charles Mériel. L'avocat lui répondit presque immédiatement par le téléphone en l'invitant à venir
déjeuner chez lui, à midi. Ils seraient seuls et pourraient causer tout à leur aise. Georges consulta sa
montre; il allait être l'heure où le baron Roger se
trouvait presque invariablement chez lui. Les en-
trevues les plus importantes ne sont pas toujours
les plus longues. En tout cas, il prévint son ami
qu'il serait peut-être un peu en retard pour le déjeuner, sauta dans une voiture et se fit conduire
rue Pierre-Charron.

Ce n'était pas pour aller chez Charles Mériel qu'il
en ressortait moins d'une heure après; c'était pour
être conduit au Dépôt de la Préfecture.

TROISIÈME PARTIE

XXXII

L'instruction avait marché très vite. La gravité
du crime et la position sociale tant de la victime
que du meurtrier présumé donnaient à « l'Affaire
Fergueil », comme on disait déjà, une importance
et un retentissement énormes. En même temps, les
faits semblaient si simples, l'accusation tellement
précise et la défense tellement accablée, que l'arrêt
de la Chambre des mises en accusation ne pouvait
faire de doute pour personne. Dès le premier interrogatoire, M. Dardenne, le juge d'instruction, laissa
voir à Georges sa conviction solidement établie.

— Vous vous êtes introduit dans l'hôtel de
M. Roger, rue Pierre-Charron?

— Je ne le nie pas.

— Dans quel but cette violation de la propriété?

— Il m'avait semblé entendre un cri d'appel.
J'étais d'ailleurs extrêmement surexcité. Le voyage
et les événements de la journée, que vous connaissez déjà, expliquent assez que j'aie manqué de
sang-froid.

— Voulez-vous insinuer que vous n'aviez pas
l'entière responsabilité de vos actes?

— En aucune façon. Si c'est un crime de franchir un mur de jardin et d'entrer, la nuit, dans une maison où l'on n'a nul droit d'être reçu, j'ai commis ce crime et j'en accepte toutes les conséquences.

— L'action ainsi décrite n'est pas un crime; c'est un simple délit, assurément très punissable, mais que le propriétaire de l'hôtel envahi par vous n'aurait probablement pas songé à poursuivre devant les tribunaux. Ce qui lui donne de la gravité, c'est le meurtre qui en a été la suite, et dont, à son tour, elle tend à aggraver le caractère.

— Je suis innocent de ce meurtre.

— Nous examinerons ce point tout à l'heure. En attendant, vous reconnaissez vous être introduit, en pleine possession de vos facultés mentales, dans le jardin et, subséquemment, dans l'habitation de M. le baron Roger?

— Parfaitement.

— Je vous répète ma question : Dans quel but?

— Je n'avais aucun but déterminé.

M. Dardenne étendit la main.

— Je n'ai pas l'intention de vous induire en confidences par des moyens plus ou moins détournés, que la nécessité peut justifier quelquefois, mais qui répugnent toujours aux sentiments, sinon à la conscience, du magistrat instructeur. Pour moi, je vous l'ai dit, et je peux bien ajouter : pour tous ceux qui ont quelque connaissance de cette triste affaire, votre culpabilité ne fait pas l'ombre d'un doute, et vous avez tout intérêt à mériter l'indulgence par la sincérité de vos aveux. Cela dit pour ne pas y revenir, j'ajouterai, afin de lever chez vous tout scrupule de délicatesse, que Mᵐᵉ Gabrielle Roger, comtesse de Val-Saint-Pé, entendue par nous comme témoin, le lendemain même de votre arrestation, a reconnu vous avoir vu dans sa chambre, où elle se trouvait après une courte visite de son mari. Voici sa déposition, dont la franchise ne peut qu'honorer son caractère. Vous n'avez donc pas à vous retrancher derrière un scrupule plus ou moins légitime. Il est dès à présent acquis à l'instruction que vous vous êtes introduit chez Mme de Val-Saint-Pé, à l'improviste, et sans aucune autorisation de sa part.

— Aucune, monsieur; je l'atteste!

— Bien! Je ne vois pas alors ce qui peut vous empêcher de répondre nettement à ma question. A qui ferez-vous croire qu'un homme raisonnable et dans votre position s'introduise la nuit, par-dessus une grille de trois mètres, dans une maison habitée, sans avoir de but?

— Je vous le répète, Monsieur; j'avais cru entendre un cri de Gabrielle.

— Croyez-vous que Mme de Val-Saint-Pé ait réellement poussé ce cri?

— Je ne saurais le dire. J'ai pu me tromper.

— Soit. Vous avez aimé Mme de Val-Saint-Pé. Vous l'aimez encore. Son mariage, auquel vous ne vous attendiez pas, vous cause une cruelle déception. Un sentiment, plus facile à comprendre qu'à décrire, vous ramène la nuit sous ses fenêtres. Vous croyez entendre, peut-être entendez-vous réellement un cri; votre imagination vous emporte; vous franchissez la grille sans trop vous rendre compte de ce que vous faites...

— C'est cela, Monsieur. C'est cela même!

— Eh bien! continuez votre récit. Vous voilà dans le jardin. Qui y rencontrez-vous?

— Personne!

— Cependant, le comte devait s'y trouver. L'enquête le suit jusqu'à sa visite chez sa femme. Celleci déclare n'avoir pas eu conscience de la façon dont il la quittait, mais il n'est certainement pas rentré chez lui... Il ne pouvait donc être que dans le jardin ou dans le vestibule qui y conduit. Avezvous quelque chose à objecter à ces déductions ?

— Non.

— Vous reconnaissez que le comte était dans le jardin ?

— Il pouvait y être. Le jardin est relativement vaste.

— En un mot, vous niez l'avoir vu et avoir été aperçu de lui.

— Je nie ce qui n'est pas.

— Et vous expliquez le meurtre ?

— Je ne l'explique pas. Ce n'est pas à moi de l'expliquer.

— En effet, c'est plus commode. Et la lettre à vous adressée, et retrouvée dans la main du comte ?

— Cette lettre ne m'est jamais parvenue. J'ai d'ailleurs la conviction que M. de Val-Saint-Pé s'était ménagé des intelligences dans l'entourage de Mlle Roger.

— Précisez.

Mes quatres dernières lettres ne lui sont pas parvenues ; sa dernière dépêche ne m'est pas arrivée, et j'en ai reçu une fausse à la place. En outre, mon mariage a été annoncé dans un journal, et il n'est pas probable que cette annonce se soit imprimée toute seule.

— C'est possible. J'ajouterais même : Je suis disposé à le croire. M. de Val-Saint-Pé a pu commettre à votre égard et à l'égard de votre

fiancée des actes que je ne veux pas qualifier. Sa
conduite peut atténuer votre culpabilité dans une
certaine mesure ; elle ne la rend pas moins supposa-
ble. Maintenant, veuillez remarquez deux choses :
d'abord, la date de cette première lettre remonte à
plus d'un an, et son texte même montre qu'à cette
époque, le comte venait à peine de rencontrer
Mlle Roger. Selon toute probabilité, il la croyait libre
d'engagement ; il ignorait jusqu'à votre existence.
Il ne pouvait songer à des manœuvres déloyales
contre un rival inconnu. Ensuite, eût-il dérobé cette
lettre, il n'est pas facile d'imaginer pourquoi il l'aurait conservée, et surtout comment elle se serait
trouvée dans sa main au moment précis de sa mort.

— Je conviens que c'est invraisemblable.

— A ce point que si je ne considérais que l'intérêt de l'accusation, je ne chercherais pas à obtenir
de vous d'autres aveux. Votre condamnation ne
ferait pas l'ombre d'un doute. Et prenez garde,
Monsieur! votre crime, avoué, peut invoquer quelques circonstances atténuantes. Vous êtes jeune,
amoureux, jaloux ; on vous a pris votre fiancée ;
vous ne vous attendiez peut-être pas à trouver là
votre rival ; lui-même a pu vous provoquer par ses
paroles ou son attitude. L'accusation peut contes-
ter ces détails, il lui serait peut-être difficile d'en
établir l'inexactitude. Tout ce qui est doute profite
à la défense. Je n'ai pas à m'occuper de la vôtre,
mais le moindre de nos stagiaires ferait de la rencontre ainsi présentée un tableau qui ne serait pas
sans impressionner vos juges. A nier tout, vous perdez tout le bénéfice de cette émotion. C'est le ministère public qui, seul, retracera la scène ; et il ne vous
donnera pas le beau rôle. Vous retombez au rang

des criminels vulgaires. Votre haine contre M. de Val-Saint-Pé n'a plus seulement pour motif une rivalité d'amour. Vous êtes sans fortune, et Mlle Roger avait trois millions de dot...

— Oh, Monsieur!

— Je ne dis pas ce que je pense; je dis ce qu'on dira. Votre fortune prochaine peut être une certitude pour vous, pour vos actionnaires; elle n'est pas un fait palpable pour le public. L'homme qui ment pour sauver sa tête a pu mentir pour épouser trois millions.

— C'est en m'avouant coupable que je mentirais.

— A votre guise. Pour moi, l'instruction est terminée. Mais je ne veux pas vous prendre à votre désavantage. J'attendrai quelques jours pour envoyer mon rapport à la Chambre des mises en accusation. Réfléchissez. Voulez-vous, dès à présent, prendre le conseil d'un avocat, d'un ami?

— Je vous serais très reconnaissant de me laisser communiquer avec M. Charles Mériel.

— Je donnerai des ordres en conséquence. Avez-vous autre chose à me dire?

— Non, Monsieur; si ce n'est « Merci! »

Deux heures plus tard, Georges, réintégré dans sa cellule, recevait la visite de Charles Mériel. C'était un garçon de trente-deux ans, de taille moyenne, aux traits réguliers et froids, mais qui s'animaient soudain au feu de la conversation. Blond aux yeux bleus, rien en lui ne dénonçait le méridional qu'il était pourtant. Mais dans sa poitrine un peu forte d'orateur déjà populaire, battait un cœur chaud et fidèle à ses amis. Georges allait en avoir la preuve.

Son premier mouvement, lorsqu'on l'eut laissé seul avec Georges, fut de lui sauter au cou.

— Oh! mon pauvre cher, quelle aventure!

Georges était dans une situation d'esprit à sentir la valeur d'une telle sympathie.

Les larmes lui vinrent aux yeux.

— Quel malheur que tu ne sois pas venu chez moi, au lieu de te présenter à l'hôtel du baron! continua l'avocat; je t'aurais épargné bien des ennuis. Heureusement encore que je suis dans les meilleurs termes avec ton juge d'instruction! Un autre t'aurait tenu des jours et des semaines, sous un prétexte ou sans prétexte. Ah! il est bien temps qu'on en finisse avec le secret de l'instruction!

— Tu ne me crois donc pas coupable, toi!

— Allons donc! Est-ce que je ne te connais pas?

Georges respira fortement. Depuis qu'il était arrêté, c'était la seconde personne qui lui témoignât mieux que de la pitié; la première avait été Mᶫᶫᵉ Adrienne.

— Je suis sauvé! fit-il presque gaîment. Avec Charles Mériel comme défenseur, je ne peux pas succomber.

— Tu me flattes. Il y a au Palais cinquante confrères capables d'en faire autant, et une dizaine capables de faire mieux, modestie à part. Cependant, si tu as confiance en moi, j'accepte, car la partie est si belle que je ne vois pas trop comment je pourrais la perdre.

— Tu crois? Ce n'est pourtant pas l'avis du juge d'instruction.

— Parbleu! il ne pouvait pas te prédire un acquittement! Sois sûr qu'au fond il sait parfaitement à quoi s'en tenir. Mais nous n'avons pas de temps à perdre. Commençons par le commencement. Comment les choses, au juste, se sont-elles passées?

— C'est ma vie depuis deux ans que tu me demandes.

— Va toujours; je ne risque pas de m'ennuyer.

Georges avait besoin de décharger son cœur, et l'attitude de Charles Mériel le pénétrait de reconnaissance. Il lui dit tout, à partir de la mort de son père; sa ruine, ses angoisses, son départ pour le Tonkin, ses rapports avec M. Lu, son retour et ses premières démarches. Il avait bien pensé à son ancien camarade, à cette époque; mais celui-ci faisait alors une tournée de conférences politiques en province, et ne devait pas d'ailleurs être en situation de l'aider beaucoup. Puis ce fut la rencontre de Gabrielle, leurs brèves amours et son second départ; ses luttes, ses angoisses, son désespoir, son retour à la vie en même temps que la fortune lui revenait; son embarquement à Hanoï, son arrivée à Paris; la scène de Saint-Augustin et les révélations d'Adrienne.

— Mais c'était un misérable, ce M. de Val-Saint-Pé ! Il n'est pas intéressant pour un sou !

Georges continuait le récit de sa journée, de sa soirée, jusqu'à l'instant où il avait franchi la grille de l'hôtel Roger. Charles Mériel l'écoutait avec une attention profonde, prenant une note de temps en temps. Là encore, il glissa un mot.

— Ici surtout, sois précis; donne-moi la scène bien exacte et fie-t'en à moi pour broder le canevas. Te voilà donc dans le jardin ! Alors ?..

— Alors, mon ami, je suis arrivé chez Gabrielle; je l'ai trouvée évanouie; je l'ai ranimée, ou plutôt elle s'est ranimée dans mes bras.

— Pauvre garçon ! C'est alors que le comte s'est présenté ?

— Non. Gabrielle et moi nous nous sommes

quittés. D'ailleurs, je ne suis resté près d'elle que quelques instants.

— Hum!.. Ne te fâche pas : c'est un ange et tu es un paladin, c'est convenu! Tu comprends que je ne demande pas mieux, moi! De sorte que le comte n'avait aucune raison sérieuse de t'en vouloir? Ce soir-là, bien entendu !

Aucune, que le mal qu'il m'a fait et les comptes qu'il avait à me rendre.

— Il les a rendus. On l'a enterré hier. Alors, c'est à ta sortie de la chambre de sa femme qu'il t'a provoqué ?

— Mais non !

— Il ne t'a même pas provoqué ? Il t'a attaqué à l'improviste? Diable! un gaillard comme toi... c'est difficile à croire. Note que je ne doute pas! Ce n'est pas moi qu'il s'agit de convaincre, malheureusement!

— Mais il ne m'a pas plus attaqué que provoqué, puisque je ne l'ai pas vu.

— Comment, pas vu? Qu'entends-tu par là?

— J'entends que j'ai regagné le jardin, la grille et la rue sans avoir rencontré le comte, ni personne.

— Pardon, cher ami, je ne comprends pas... A quel moment l'as-tu... serré? Car enfin, tu l'as serré, puisqu'il en est mort !

Georges recula d'un pas.

— Mais tu me crois donc coupable, toi aussi ?

— De quoi? Cet animal est fort méchant; quand on l'attaque, il se défend ! Tu t'es défendu ; voilà tout. Ce n'est pas ta faute, si ton adversaire t'a imposé cette espèce de duel sans témoins.

— Charles, je te jure !..

— Quoi? Tu ne t'es pas avisé de nier le fait matériel, peut-être?

— J'ai nié, et je nierai de toutes mes forces avoir porté la main sur M. de Val-Saint-Pé, que je n'ai pas revu après être sorti de Saint-Augustin.

Charles Mériel secoua la tête.

— Mon pauvre Georges, voilà ce que c'est que l'instruction livrée au parti pris du juge et au trouble inévitable de l'accusé ! Si tu étais venu chez moi au lieu de retourner là-bas, Dieu sait pourquoi faire ! je t'aurais épargné cette dénégation plus qu'inutile, car l'effet en serait déplorable si nous ne trouvions pas moyen de l'atténuer. M. Dardenne ne t'a donc pas mis sur la voie ? J'avais des raisons de croire qu'il te traiterait avec toute la bienveillance possible.

— C'est ce qu'il a fait. Je n'ai pas à me plaindre de lui.

— Je m'entends. Comment ne t'a-t-il pas donné à comprendre que la franchise était ton salut ? Cela ne lui coûtait pourtant pas beaucoup. C'était son rôle de te faire avouer.

— Il ne s'y est pas épargné. Il m'a fort bien expliqué qu'en avouant j'obtenais presque à coup sûr l'indulgence de mes juges.

— A la bonne heure. Tu t'es méfié ?

— Pourquoi me serais-je méfié ? Cela saute aux yeux.

— Eh bien, alors ?

— Alors, je lui ai répondu ce que je te réponds, ce que je répondrai au besoin devant l'échafaud : Je n'ai pas vu M. de Val-Saint-Pé. Je ne suis pas coupable !

— Voyons, à moi ?

— A toi comme aux autres, je ne peux répéter que ce qui est.

Charles Mériel eut un geste d'impatience.

— Ce qui est, crois-tu que je ne le devine pas? Tu aimes Gabrielle, et tu te dis que le meurtre de son mari, fût-il acquitté par tous les jurys de la terre, rend votre mariage impossible.

— Je n'ai pas commis ce meurtre.

— Mais, entêté que tu es, le comte a été étranglé. Par qui?

— Je l'ignore.

— C'est un système absurde.

— C'est la vérité.

— La vérité est que tu risques ta tête. Prends garde! L'intérêt que tu détournes de toi se reporte sur le comte; et si la victime est intéressante, le meurtrier est perdu.

XXXIII

Charles Mériel devait épuiser inutilement toutes les ressources de son éloquence. Georges ne pouvait pas plus s'avouer coupable que se faire reconnaitre innocent. L'avocat, persuadé de sa bonne foi, finit par admettre qu'il avait tué le comte dans une minute d'inconscience. Un disciple de M. Charcot lui rédigea à ce sujet une consultation qui démontrait nettement la possibilité du fait, y compris, bien entendu, l'absence absolue de mémoire. Il était seulement fâcheux qu'on n'eût pas constaté chez le sujet quelques attaques antérieures ou postérieures d'épilepsie. Georges se refusant obstinément à donner cette satisfaction à ses amis, et persistant à plaider non coupable, l'avocat dut se résigner, en soupirant, car la cause perdait en éclat ce qu'elle gagnait en difficulté.

Des recherches minutieuses furent dirigées sur trois points : la fausse nouvelle du mariage de Georges, la perte de ses lettres, et la substitution des dépêches. On n'obtint aucun résultat. L'ouvrier complice de M. Roger n'eut garde de se faire connaître. Il n'aurait d'ailleurs pu qu'avouer le fait sans en nommer l'instigateur dont il ignorait le nom et la position sociale. La dépêche de Gabrielle avait été portée au télégraphe par M. Roger lui-même. Sa disparition et la substitution d'une autre paraissaient incompréhensibles. Mais on eût accusé le personnel en bloc avant de 's'en prendre à M. Roger. Quant aux lettres, les soupçons tombèrent immédiatement sur Élisabeth; mais cette fille ne fut pas retrouvée.

Du reste, l'opinion générale admettait parfaitement la déloyauté du comte. Si Georges avait pu s'avouer l'auteur du meurtre, en invoquant la nécessité de se défendre, son acquittement n'aurait pas fait un doute. C'était si clair, que ses dénégations persistantes, peu à peu, lui aliénaient les mieux disposés. Pourquoi donc n'avouait-il pas, enfin ? Y avait-il dans cette affaire, en apparence limpide, des dessous ignorés? Quelque chose de louche se dégageait pour la foule de cet inexplicable entêtement. La sympathie qu'il repoussait, selon la prédiction de Charles Mériel, tendait à se reporter sur la victime. Car un procès criminel est un drame où le public veut à toute force qu'il y ait un rôle intéressant.

Charles Mériel s'inquiétait, mais il n'en laissait rien voir. Il n'était pas homme à reculer devant un plaidoyer difficile. Après tout, la preuve absolue manquait. Georges Fergueil s'était trouvé là à peu près à l'heure du meurtre; c'était une coïncidence évidemment déplorable, mais rien de plus; et la lettre trouvée dans la main du mort n'en prouvait pas davantage. Pourquoi Georges Fergueil aurait-il assassiné son rival? On ne pouvait pas dire que le courage lui avait manqué pour le provoquer et tâcher de le tuer loyalement. Dieu merci! ses preuves étaient faites. Et quel singulier assassin qui s'en va, sans armes, dans une maison pleine de domestiques, attaquer un homme que les circonstances ne permettent guère de croire endormi, entre minuit et une heure du matin! L'accusation elle-même, il est vrai, ne soutenait que mollement la préméditation. Mais alors, ce n'était plus un assassinat, c'était une rencontre, fortuite et, malheureusement, mortelle, mais par la faute de qui? Pourquoi Georges Fergueil n'en aurait-il pas rejeté la responsabilité sur la victime? Certes, il était dans son tort de se trouver là un pareil jour et à pareille heure; mais ce tort, qui ne le comprenait? Qui ne l'excusait? Combien plus grands ceux du comte! et qui donc aurait eu le courage de le condamner, s'il lui avait plu de dire : J'étais attaqué, je me suis défendu !

Il ne l'avait pas dit parce que cela n'était pas. Et Charles Mériel reprenait une à une les dépositions, d'ailleurs peu nombreuses, des témoins. D'abord, la victime, selon le rapport des médecins, portait au cou l'empreinte d'une main, impossible à mesurer exactement, mais grande, plus grande, certainement, que celle de Georges Fergueil. Ensuite, toute l'attitude de celui-ci, lors de son arrivée à l'hôtel, le matin de la découverte, ne trahissait guère l'homme dont la conscience est chargée d'un assassinat. Enfin, le seul témoignage un peu important dans cette mystérieuse affaire, le témoignage de la jeune comtesse elle-même, était plutôt favorable à l'accusé.

C'avait été la grande « attraction » du procès que cette comparution de Gabrielle. Quand on l'avait vu s'avancer, blanche comme une cire, sous ses vêtements de deuil, un long mouvement de sympathie s'était produit dans la salle. Le président l'avait épargnée de son mieux, également secondé par le ministère public et par la défense. Même, une partie de l'auditoire n'avait pas été loin de murmurer, trouvant qu'on l'épargnait trop, regrettant les détails scabreux qui auraient été un régal, tombant d'une telle bouche. En somme, les paris restaient ouverts sur la question de savoir si M. de Val-Saint-Pé, avant de mourir, avait eu quelqu'avant-goût des délices du Paradis. Quelques-uns soutenaient que l'élu n'avait pas été le comte, mais bien l'accusé en personne. Les plus mauvais insinuaient sous forme dubitative : Tous les deux?..

Elle avait dû répondre à propos des lettres et des dépêches. Elle ne savait qu'une chose : c'est qu'elle n'avait point reçu les quatre dernières lettres que Georges affirmait lui avoir écrites; c'est qu'elle avait remis à son père, pour l'envoyer au télégraphe, une dépêche chiffrée, toute différente de celle dont Georges avait conservé le texte. Le comte était-il l'auteur de cette soustraction, de cette substitution? elle l'ignorait. Elle ne voulait pas le savoir.

En ce qui concernait la nuit du meurtre, elle ignorait l'instant précis où le comte l'avait quittée, la laissant évanouie, après une scène violente. Quelques-uns avaient espéré qu'on lui ferait raconter la scène. Mais le président s'était borné à lui demander :

— Avait-il été question de l'accusé, entre votre mari et vous?

— Oui, Monsieur.

— Ne lui aviez-vous pas reproché d'avoir agi déloyalement pour vous faire croire à l'abandon de l'accusé?

— Oui, Monsieur.

— Et qu'avait-il répondu?

— Il avait protesté.

— Aviez-vous ajouté foi à ses protestations?

— J'y étais disposée.

— Selon votre opinion, le comte, en vous quittant, était-il dans un état d'esprit qui pût le rendre l'agresseur, dans le cas où il aurait rencontré l'accusé?

— Je ne sais. Je l'ai vu furieux. C'est de frayeur, je crois, que je me suis évanouie.

— En revenant à vous, vous avez vu l'accusé?

— Je l'ai vu. Je ne l'ai pas reconnu tout de suite. J'étais entièrement troublée. Il m'a dit que M. de Val-Saint-Pé m'avait trompée, qu'il m'en fournirait les preuves.

— Dans quel but? Vous étiez mariée.

— Il aurait voulu me décider à demander le divorce.

— Que lui avez-vous répondu?

— Qu'il m'apportât ces preuves, et que j'aviserais. J'avais peur qu'il ne provoquât mon mari.

— Le croyiez-vous capable de l'assassiner?

— Lui !..

— Alors, selon vous, M. de Val-Saint-Pé aurait été l'agresseur?

Gabrielle se tut. Le président n'insista pas. Ce silence, dont le sens n'était pas douteux, donnait lieu cependant à une double conclusion. Il excusait Georges, et par conséquent l'accusait. Mais Charles Mériel reprenait cette déposition de Gabrielle, et la discutait, montrant une fois de plus combien il eût été facile à l'accusé de plaider le cas de légitime défense. Mais si les apparences semblaient, au premier abord, lui attribuer au moins le fait matériel du meurtre, au point de tromper le témoin comme elles en avaient trompé bien d'autres, ces apparences ne soutenaient pas un examen sérieux. A quel moment le meurtre aurait-il pris place? Avant l'arrivée de Georges chez Gabrielle? Mais pourquoi se rendre auprès d'elle, s'il ne voulait pas s'avouer coupable? Qui l'empêchait de se retirer tranquillement? Sans doute, il ignorait alors que sa lettre fût restée dans la main du mort. Il devait se croire à l'abri de tout soupçon. En sortant de chez elle? Mais elle l'avait accompagné jusqu'à la porte de l'atelier; elle l'avait entendu s'éloigner. Elle avait attendu, prêtant l'oreille, plusieurs minutes. Comment n'aurait-elle pas entendu le bruit d'une lutte, si courte fût-elle? Ainsi la déposition de la jeune femme déchargeait l'accusé d'autant plus sûrement qu'elle n'en avait pas elle-même compris toutes les conséquences.

Tout en parlant, il souffrait le martyre, car il sentait son auditoire lui échapper.

Chaque fois qu'il revenait à cette idée, que Georges aurait eu beau jeu à plaider la légitime défense, développant l'argumentation qu'il aurait pu faire valoir, il sentait tout le monde avec lui. Chaque mot portait. Les yeux brillaient d'attention, les bouches entr'ouvertes semblaient lui crier: C'est cela!... Allons donc !.. Voilà ce qu'il faut nous dire !.. Les mains frémissantes laissaient deviner la démangeaison de l'applaudissement. Mais dès qu'il rentrait dans la discussion du fait matériel, l'attention faiblissait, les regards se détournaient, les visages maussades lui prédisaient l'inutilité de ses efforts. Jamais cependant il ne s'était montré dialecticien plus serré, plus souple et plus nerveux à la fois. Quelques confrères arrivés rapprochaient leurs lèvres, plissaient les paupières et hochaient la tête en murmurant: Ça, c'est très fort!.. Mais presque aussitôt, ils ajoutaient: Malheureusement, ça ne porte pas!

Ah! s'il avait été le maître ! s'il avait pu laisser de côté le raisonnement, et même la raison ! L'émotion. voilà le but de l'art! .. Les nerfs d'un jury, quel admirable instrument !... Mais il n'avait pas été libre de choisir son thème. Il avait beau faire, Georges, plaidant non coupable contre l'évidence, n'était pas intéressant !

Il se rassit, désespéré.

Cependant, trois quarts d'heures plus tard, le chef du jury rapportait un verdict d'acquittement. Mais s'il y a des acquittements qui sont des triomphes, il en est qui sont presque des condamnations. D'abord le verdict avait été rendu *à la majorité*, et bientôt, malgré le vœu de la loi, on saurait ce qu'avait été cette majorité : la majorité de faveur, simplement. Une voix déplacée, c'était le bagne ou tout au moins la prison ; c'était quelque chose de pire : la conscience publique souffletant l'accusé qui nie, lui disant : Tu as menti !

16.

Au fond, c'était à peu près la même chose. Georges avait dans la salle plus d'un ancien camarade ; pas une main ne se tendit vers lui. Sans Charles Mériel, c'eût été l'abandon absolu, la solitude en pleine foule. Quand ils se retrouvèrent seuls, après les formalités de la levée d'écrou, l'avocat fit un effort pour paraître joyeux.

— Ouf !... Nous en sommes venus à bout tout de même.

Georges secoua la tête.

— Eh bien, quoi ? tu n'es pas content ?

— Je te remercie.

Charles Mériel comprenait trop bien la tristesse de son ami pour insister. Il reprit d'un air indifférent.

— Que vas-tu faire ? Retourner là-bas ?

— Non.

— Au fait, tu n'en as pas besoin. M. Bergeret m'a dit encore hier que l'exploitation marchait à merveille. Mais je te connais, tu ne vas pas rester les bras croisés !

— L'occupation ne me manquera pas.

— Tu as déjà une idée ? bravo ! Je demande à en être.

— Tu en seras. J'aurai besoin de tes conseils, de ton secours, peut-être... Oh ! je n'ai pas voulu que mon père laissât le nom d'un failli ; Dieu ne voudra pas que je laisse celui d'un assassin !

Charles Mériel demeura béant.

— A qui en as-tu ? N'es-tu pas acquitté ?

— Acquitté, grâce à toi ; mais coupable aux yeux de tous, à ses yeux, à elle ! aux tiens même ! Acquitté ? je ne le serai vraiment que le jour où j'aurai trouvé, livré, fait condamner le vrai coupable !

— Tu veux ?..

— Oui !

XXXIV

Georges Forgueil reprit le chemin du Grand-Hôtel, où ses bagages étaient restés. Il allait vite et la tête basse, craignant presque de rencontrer un visage connu, d'être obligé de saluer des gens qui peut-être feraient semblant de ne pas le voir. Il se sentait condamné par le monde, et d'autant plus sévèrement qu'il échappait à toute autre punition. Prisonnier, menacé de toutes les rigueurs de la loi, on devait le juger avec bienveillance ; son crime n'était pas inexcusable, peut-être, et il risquait de l'expier terriblement. Mais le verdict rendu, libre, riche, justiciable seulement de l'opinion, il devait la trouver implacable. On n'apprécie pas de la même façon la conduite d'un homme, des deux côtés d'une grille de prison.

Le monde, l'opinion, ce n'était rien encore. Mais Elle ! Elle, qui évidemment le croyait coupable ! Elle, perdue pour lui ! Car il ne se faisait pas illusion : si peu de place que le comte eût occupé dans son cœur, elle avait accepté son nom ; elle respecterait son souvenir. Jamais elle ne pardonnerait à Georges le meurtre de celui qu'elle avait appelé son mari.

Cependant le meurtrier existait. Il y avait quelque part un homme, — Georges venait de le coudoyer, peut-être ! — un misérable dont la découverte rendrait à l'innocent l'honneur et le bonheur. Qu'il

trouvât cet homme, et il n'y aurait plus rien entre
lui et Gabrielle. Elle l'aimerait encore ; elle l'aimerait toujours. Il l'avait bien vu, lorsqu'elle s'était
jetée à son cou, la nuit terrible ! à l'instant peut-
être où le comte, à quelques pas d'eux, râlait.

Mais retrouver cet homme, cet inconnu, évanoui
sans laisser une trace, quel problème ! Que de fois,
dans la solitude de sa prison, il avait songé au
moyen de le résoudre ! De quelle donnée partir ?
Dans quelle direction chercher ? Sa vie s'y userait !
Mais que valait sa vie, sans l'honneur et sans Gabrielle ?

Il était arrivé au Grand-Hôtel. Une angoisse le
cloua sur le seuil. Il fallait entrer au bureau, se
nommer, essuyer les regards curieux. On savait là
son histoire. Il fut au moment de chercher un commissionnaire et de l'envoyer retirer ses bagages. Il
prendrait une voiture, descendrait, sous un faux nom,
dans un hôtel où on ne le connaîtrait pas. Mais
quoi ? n'était-ce pas s'avouer indigne ? Ne se devait-
il pas de faire bonne contenance et de relever la
tête ? La réponse ne pouvait être douteuse. L'honnête homme qu'un soupçon attaque n'a pas le droit
de s'abandonner.

Il entra. Mais comme il traversait la cour, un
domestique placé là comme en vedette vint au-devant de lui.

— Monsieur désire-t-il que je le conduise à son
appartement ?

— Vous vous trompez, mon ami !

— Je ne pense pas, Monsieur. C'est bien à M. Georges Fergueil ?.. La personne qui est venue de la part
de Monsieur a choisi le n° 214. On y a monté tout
de suite les bagages de Monsieur, qui étaient restés

consignés. Si Monsieur veut se donner la peine de
me suivre?..

— Vous dites qu'une personne est venue de ma
part?

— Sans doute, Monsieur.

— Quelle personne?

— Une dame.

— Vous l'avez vue ?

— Oui, Monsieur. Grande, brune, très jolie !..

Le nom d'Adrienne lui vint aux lèvres. Mais quelle
apparence? Cependant, il avait suivi son guide. Le
n° 214 était une belle pièce donnant sur le boulevard.
Les colis de Georges l'attendaient dans le vestibule.
et une énorme gerbe de fleurs, épanouie sur la
table du milieu, embaumait l'air ?

— Qui a apporté ces fleurs?

— Un commissionnaire. Il est venu un quart
d'heure après que la dame a été partie.

— Et ni l'un ni l'autre n'ont laissé de lettre, de
carte? Rien ?

— Rien, Monsieur.

— C'est bien. Je garderai cette chambre.

XXXV

Grande, brune, très jolie! Cette description s'ap-
pliquait admirablement à Adrienne. D'ailleurs, Georges, revenant à Paris après dix-huit mois d'absence,
cherchait en vain à quelle autre sympathie féminine il aurait pu devoir ces attentions dont les circonstances centuplaient le prix. A moins que, par

son procès même, il n'eût acquis les bonnes grâces
de quelque détraquée du demi-monde, ou même du
vrai monde, curieuse, comme on en a vu plus d'une,
de l'intimité d'un assassin. Mais celle-ci n'y eût
pas mis tant de discrétion. Elle ne se serait pas
contentée de lui retenir sa chambre et de l'embau-
mer d'un bouquet ; service d'amie, prévenance de
sœur qui semblait lui dire : Courage !

Courage ! ce n'était pas la première fois qu'elle lui
venait d'elle, cette invitation à l'espérance. Elle lui
avait fait relever la tête, respirer comme une
bouffée d'air libre, au moment de son arrestation ;
elle lui avait donné la force, deux ans plus tôt, d'aller trouver M. Bergeret, de recommencer la lutte
contre la fortune. Chaque fois qu'Adrienne lui avait
parlé, ç'avait été pour lui rendre un service, petit
ou grand ; et qu'il l'en avait peu remerciée !

Elle tenait de trop près à Gabrielle ; elle se perdait
modeste satellite, dans les rayons de l'astre éblouissant. Maintenant encore, il se surprenait à se demander si elle avait agi d'elle-même, si Gabrielle...
Ce n'était pourtant pas Gabrielle qui la lui avait
envoyée, au commencement !

En tout cas, il allait le savoir, car il allait écrire
à la jeune femme, lui demander une entrevue, indis-
pensable à ses projets. Pour lui, en effet, l'assassinat de M. de Val-Saint-Pé n'était pas un événement
fortuit. Le meurtrier connaissait les êtres ; il avait
avec sa victime des relations mystérieuses ; ce n'était
pas la cupidité, du moins la cupidité seule, qui
l'avait conduit. Le drame avait eu un prologue ;
l'énigme avait une clé. Trouver cette clé, c'était la
seule chance laissée à Georges d'obtenir un jour sa
réhabilitation.

Pour cela, il fallait étudier jour par jour l'existence du comte. Mais quelque chose disait à Georges que son mariage même avec Gabrielle avait été la cause de sa mort. Comment?.. il l'ignorait sans doute; mais la coïncidence éclatait aux yeux. C'était pendant sa nuit de noces, au seuil presque de la chambre nuptiale, qu'il avait été frappé.

Quelques surprises que pût ménager l'enquête à reprendre, c'était de là qu'elle devait partir. C'était là qu'un indice, imperceptible peut-être, mettrait le chercheur sur la voie. Il fallait que Gabrielle revînt sur ses souvenirs, les interrogeât minutieusement... C'était un effort cruel, à coup sûr, mais qu'elle ne pouvait lui refuser.

Elle ne pouvait pas !... Il se le disait du moins, ce qui ne l'empêcha pas de recommencer cinq ou six fois sa lettre. Certes, ce n'était pas le moment de parler d'amour, ni de laisser entrevoir une autre espérance que celle d'atteindre le meurtrier ! Et pourtant, ne fallait-il pas qu'elle lût un peu dans son âme? Pouvait-il, d'ailleurs, lui parler ou lui écrire sans que les mots, dans sa bouche ou sous sa plume, comme d'eux-mêmes, prissent l'accent de l'adoration?

La lettre écrite, ce fut une hésitation nouvelle. Fallait-il l'envoyer par la poste, ou par un messager spécial? Le messager avait l'inconvénient d'attirer l'attention sur la missive. Mais la poste ne lui aurait apporté de réponse, au plus tôt, que le lendemain; et les heures, précieuses pour l'action, se traînaient dans l'attente avec des ailes de plomb. Il se décida pour le messager, lui recommanda de tâcher de voir Gabrielle elle-même. L'homme ne fut pas longtemps. Il n'avait pas vu la jeune femme ; mais c'était elle-même qui, d'un coup de crayon, avait inscrit sur l'enveloppe intacte ce mot impitoyable : Refusée !

Georges poussa un gémissement. C'était la seconde fois qu'elle le désespérait.

Cependant, il ne se rebuta pas. Il écrivit de nouveau, mais à Adrienne. Il savait que cette lettre-là serait lue, et il suppliait la jeune fille de la faire lire à son amie. Il n'y était pas question d'amour. C'était un exposé clair et précis de ses raisons de désirer une audience, uniquement au point de vue de l'enquête à poursuivre. Cependant, certaines choses ne se confient pas volontiers au papier. Lui-même sentait que certaines questions, vagues encore dans son esprit, se formuleraient d'elles-mêmes au cours de l'entretien. Peut-être Gabrielle ne saisit-elle pas bien toute sa pensée, mais la réponse adressée à Georges par Adrienne, sous son inspiration, était faite pour décourager le solliciteur le plus tenace. Elle ne savait rien, ne pouvait rien, et déclinait, en conséquence, une entrevue qu'elle ne se sentait pas la force de supporter. Cette fois, Georges perdit patience. Il se faisait l'effet d'un captif assailli de coups dont chacun pénètre dans sa chair, mais tranche aussi quelques fils des liens qui le garrottent. Encore quelques traits de ce genre, et il se trouverait libre, fût-ce pour mourir.

Il écrivit encore à l'adresse d'Adrienne :

« Prière à Mlle Adrienne de mettre les liges ci-
« contre sous les yeux de Mme de Val-Saint-Pé.

    « Madame,

    « Il se peut que vous vous teniez pour satisfaite de
« ce qui a été tenté en vue de découvrir l'assassin de

« votre mari. Pour moi, que l'on a accusé du crime,
« rien ne peut me suffire que la condamnation du
« coupable. J'y arriverai, ou je mourrai à la
« peine. Mais comme je ne peux rien sans certains
« renseignements que vous seule pouvez me four-
« nir, je vous déclare que si vous ne m'avez pas
« accordé, sous vingt-quatre heures, dix minutes
« d'entretien, où vous voudrez, en présence de qui
« vous voudrez, on trouvera mon cadavre à la porte
« de votre hôtel, avec une copie de cette lettre. Je
« vous en donne ma parole d'honneur.

« Georges FERGUEIL. »

Cette fois, la réponse ne se fit pas attendre. C'é-
tait une simple carte de visite, timbrée d'une couronne de comte et largement bordée de noir. Au-
dessous du nom gravé de Mᵐᵉ de Val-Saint-Pé,
Adrienne avait ajouté : « Recevra M. G. Fergueil
demain, à cinq heures. » Pas un mot de plus ; pas
même de signature. C'était le laissez passer qu'on
accorde à un inconnu, pour s'en débarrasser. Le
cœur de Georges se serra.

A l'heure dite, il se présentait à l'hôtel. On l'introduisit immédiatement, non dans l'atelier, mais
au rez-de-chaussée, dans le salon où son arrestation s'était opérée. Une minute après, Gabrielle
était devant lui, seule.

Elle lui montra un siège de la main, s'assit elle-
même à trois pas de lui, sans trouble apparent,
avec la dignité froide d'une femme pour qui le
monde n'existe plus. Elle ne s'était pas fait accompagner. Elle n'accordait pas à Georges l'honneur
de le fuir ou de le craindre. La distance qu'elle
laissait entre elle et lui était la même que pour le

premier venu. Elle parla; sa voix n'avait point de vibration.

—Vous avez insisté pour me voir, Monsieur. Je crains que vous ne tiriez pas de cet entretien l'utilité que vous en paraissez attendre... Enfin, vous croyez que je peux vous fournir quelques renseignements... quelques indices... Veuillez vous expliquer clairement. Je ferai de mon mieux pour vous répondre.

Georges la regardait, mettant son âme dans ses yeux. Aux derniers mots qu'elle prononça, ses mains, malgré lui, se joignirent en un geste suppliant. Elle ne parut pas le voir. L'idée lui vint qu'il finirait par la haïr.

Il commença d'une voix très basse, mais qui tremblait à peine :

— Je vois que, comme tout le monde, vous me croyez coupable. Soit. Quand j'aurai vengé votre mari, vous serez à vous-même votre juge; vous déciderez dans votre conscience si même les apparences qui ont trompé tout le monde vous donnaient le droit, à vous, de me condamner. Pour le moment, ce n'est plus de mon bonheur, c'est de mon honneur qu'il s'agit. Ma vie a un autre but que vous, et ce but vous fait mon alliée, que cela vous plaise ou non. Puisque vous vous enfermez dans votre dignité de veuve, sachez en accepter les devoirs. Qu'importent des vêtements de deuil ? Ce ne sont pas des larmes que le mort réclame ; c'est le châtiment de son assassin !

Elle l'écoutait avec stupeur. Tant d'audace était-elle possible ? Cependant elle n'avait jamais eu un doute. Georges était coupable ; Georges avait rencontré M. de Val-Saint-Pé, avant ou après leur entrevue, elle ne parvenait pas à s'en rendre compte, mais qu'importait, après tout ? — Georges provoqué, attaqué peut-être, n'avait pas été maître de lui. Certes, ce n'était pas là le crime infâme, l'assassinat hideux qui appelle le bagne ou l'échafaud. Ce meurtre, elle l'aurait excusé trop aisément, commis par un autre sur un autre. Ce qu'elle ne pardonnait pas à Georges, c'était d'avoir oublié qu'en se laissant aller à sa colère, en portant la main sur le comte, il creusait un abîme entre elle et lui.

Que Georges, pris à l'improviste, se fût trouvé dans la rigoureuse nécessité de tuer pour se défendre, elle ne l'admettait pas un instant. Entre les deux hommes la lutte était trop inégale. C'était à Georges d'être patient, dans la certitude de sa force.

Elle lui en voulait de tout ce que cette horrible affaire lui avait causé d'angoisses, depuis son épouvante à la découverte du cadavre jusqu'à l'abominable épreuve de l'interrogatoire en cour d'assises. Mais surtout elle craignait de ne pas lui en vouloir assez. Elle cultivait sa rancune comme une plante mal enracinée, que la moindre secousse arracherait de son cœur, fleur funèbre et chétive, qu'il fallait pourtant bien forcer à vivre, car ce cœur meurtri ne resterait pas vide, et l'amour vivace dormait au fond.

Elle restait comtesse de Val-Saint-Pé. Noblesse oblige. Si le comte avait eu des torts, il était trop tard pour les lui reprocher. Et n'avait-elle pas eu les siens ? Que serait-il arrivé si elle s'était montrée épouse soumise, comme elle l'avait promis, après tout ? Il vivrait encore, sans doute. Et Georges lui-même, cause première de ses résistances, irait par le monde le front haut !

Elle n'était pas bien sûre d'être tout à fait sans blâme, dans cette déplorable aventure où la vie d'un homme et l'honneur d'un autre sombraient ensemble lugubrement. Elle sentait qu'une part d'expiation lui revenait et, par une pente d'esprit bien féminine, stoïquement, elle immolait Georges sur le tombeau de son mari.

— N'était-ce pas son droit ? N'était-il pas à elle ? Est-ce qu'il allait s'aviser de se révolter, par hasard ?

Non seulement il se révoltait, mais il le prenait de haut avec elle. Il protestait de son innocence. Il lui parlait de son devoir.

Elle fut sur le point de se lever, de se retirer sans un mot. C'était certes la meilleure réponse à tant d'impudence. Mais il la tenait sous son regard. La fascination existe. Et il avait parlé de se tuer. Il était bien capable de tenir parole, uniquement pour la contrarier. Encore un beau tapage, et qui serait d'un bon effet !

Elle resta, mais en prenant bien soin de lui laisser comprendre, par ses paroles et par son attitude, quelle contrainte pénible il lui imposait. Il la comprenait parfaitement. Il pensait : — Elle n'a pas de cœur ! — Il aurait donné tout au monde pour être son maître une minute, le temps de lui dire : — Dédain pour dédain ; adieu ! — Il était persuadé qu'elle le haïssait, et convaincu qu'il ne l'aimait plus guère. Ah ! s'il pouvait seulement racheter son honneur, que son amour serait vite guéri !...

Alors, il s'expliqua, traitant la question comme un problème. De deux choses l'une : ou l'assassin était un malfaiteur quelconque, venu du dehors et presque impossible à retrouver, — mais plusieurs indices militaient contre cette supposition, — ou le crime

avait eu un autre mobile que le vol : vengeance ou
jalousie, que savait-on ? Ce n'était peut-être pas par
hasard que le comte avait été frappé le soir de ses
noces.

Gabrielle ne put réprimer un mouvement de surprise. Ce rival, ce jaloux, auquel Georges faisait
allusion, n'était-ce pas lui-même ? Mais il ne lui
laissa pas le temps de s'étonner.

— Ce rival, tout le monde l'a désigné. C'est moi !
Cette explication dispense d'une autre. La justice en
est tellement convaincue qu'elle a suspendu toutes
recherches. Mon acquittement est une faiblesse du
jury, voilà tout. Voulez-vous mieux ? Mon avocat
me croit coupable ! Je ne parle pas de vous, qui
m'avez condamné dès le premier jour. Cependant,
si tout le monde se trompe, il faut bien que l'erreur
générale ait une raison d'être ; il faut qu'entre le
meurtrier et moi, il y ait quelque chose de commun.
Ce qu'on trouve naturel que j'aie fait parce que je
devais être jaloux du comte, un autre a pu le faire,
poussé par la même jalousie. Ne froncez pas les
sourcils, il n'y a là nul reproche pour vous. Le dernier misérable éclaboussé par votre voiture peut
vous voir et vous aimer. Il y a des hommes qui, pour
un regard, donnent leur sang ; il y en a qui préfèrent
verser le sang des autres. Et je ne veux accabler
personne ! J'aurais provoqué le comte sans une
hésitation, sans un remords, si je n'avais été retenu
par la crainte de vous perdre ; et, à tort ou à raison,
je me serais cru certain de le tuer !

Maintenant, raisonnons dans cette hypothèse. Un
homme vous a aimée ; il a été jaloux ; il a tué votre
mari au seuil de la chambre nuptiale. Il ne vous
avait peut-être vue qu'une fois ; il est cependant

beaucoup plus probable qu'il vivait, dans une certaine mesure, de votre vie. En tout cas, il est impossible que vous n'ayez pas, à un moment donné,
senti sur vous le regard de cet homme. Les femmes
ne s'y trompent pas. Rappelez vos souvenirs. Cher-
chez autour de vous ; ne craignez de porter vos
soupçons ni trop haut ni trop bas. Tous les hommes
sont égaux devant l'amour, devant la jalousie et la
haine. Un valet d'écurie a pu vous désirer ; un
gentilhomme a pu se faire assassin par désespoir
de vous plaire. On m'a bien accusé, moi ! En haut
ou en bas, il est impossible que vous ne vous rap-
peliez pas un homme dont le regard vous a troublée,
dont un mot, peut-être, vous a fait rougir, dont vous
avez eu peur vaguement, tout en vous reprochant
cette impression comme une folie. Ne me dites
pas que je suis fou moi-même. Quand on a longtemps cherché la solution d'un problème difficile,
parfois, avant de la distinguer clairement, quelque
chose vous avertit qu'elle est proche. C'est un pressentiment qui ne trompe pas. Voilà des nuits et des
jours que ce problème-là est devant ma pensée. Je
l'ai étudié, creusé, retourné de toutes les manières ;
et je sens que la solution est proche, et qu'un mot
de vous va me la donner !

Il s'était levé, la flamme aux yeux, la main tendue, la voix vibrante, dans une sorte d'enthousiasme
prophétique, car le phénomène qu'il venait de décrire se passait en lui, en ce moment même. Sa
pensée confuse était devenue lucide, la vérité lui
apparaissait ; et s'il avait pu conserver le moindre
doute, l'attitude de Gabrielle, debout, elle aussi,
frissonnante et mortellement pâle, aurait suffi pour
le dissiper.

— Ah ! s'écria-t-il avec l'accent du triomphe en lui saisissant une main qu'elle ne retira pas, vous le connaissez ! Votre regard me le dit !

— Moi ?

Il recula, plus pâle qu'elle. Une syllabe suffit pour un aveu. Il croisa ses bras sur sa poitrine et son visage devint terrible.

— Dieu juste ! Il existe un homme, un misérable, un assassin, qui a tué votre mari, et qui a failli m'envoyer au bagne ; le nom de cet homme, c'est pour moi la réhabilitation, l'honneur retrouvé, la vie possible ; vous savez ce nom ; — et vous hésitez !

— Moi ?

Elle niait éperdûment, moins pour lui que pour elle-même. C'était vrai que les paroles de Georges avaient brusquement évoqué devant elle l'image d'un homme dont les regard l'avaient troublée, dont un mot l'avait fait rougir, dont les lèvres avaient touché les siennes comme une flamme, dont les doigts s'étaient crispés sur sa chair, dans une étreinte inexplicable alors, et dont elle entrevoyait le sens, maintenant ; un homme qui l'aimait à la façon du comte, et bien capable d'être jaloux de lui ; elle le comprenait ; elle le sentait ; et si ce n'était pas Georges Fergueil, c'était cet homme-là, le meurtrier ! Elle avait beau nier, elle en était sûre.

Cet homme-là, c'était son père.

C'était son père, dont il lui demandait le nom ; et il s'étonnait qu'elle hésitât ! Il aurait trouvé tout simple qu'elle le lui livrât, sans doute ! Elle n'aurait pas eu besoin de le prononcer deux fois. Il l'aurait saisi au vol, et bien vite serait allé le porter à la police, à la justice. Le procès recommencerait, plus

hideux. Que lui importait à lui ? C'était de son honneur qu'il s'agissait !

Allons donc ! est-ce que c'était possible ?

Georges Fergueil était coupable. Il fallait qu'il
le fût. De quoi se plaignait-il ? N'était-il pas libre ?
L'arrêt d'acquittement ne le mettait-il pas hors de
cause à tout jamais ? En supposant, par miracle,
qu'il fût innocent, quel tort si grave avait-il subi ?
Quelques semaines d'emprisonnement ! L'abandon
d'amis qui ne l'aimaient guère ! Et il accusait la
destinée ? Il se figurait avoir souffert !

Mais il n'était pas innocent ! La police et la justice, le magistrat instructeur, les membres de
la Chambre des mises en accusation, ceux de la
Cour, tous ces hommes, habitués aux poursuites
criminelles, n'avaient pas eu un doute. Pas un doute
dans le public ; pas un doute chez l'avocat qui l'avait
défendu, chez les jurés qui l'avaient acquitté ! Plus
ou moins responsable, plus ou moins intéressant,
pour tous, Georges Fergueil avait été le meurtrier.

Quelle raison avait-elle de penser autrement ?
Qui était-elle pour mettre en balance ses rêveries et
leurs certitudes ? Parce qu'un regard, un baiser de
son père avaient soulevé en elle elle ne savait
quelles répugnances, parce qu'un mot de Georges
venait de remuer au fond de son âme le limon
odieux de ce souvenir, sans hésiter, elle accueillait
l'accusation, se constituait juge dans ce procès infâme, condamnait dans sa conscience celui qui ne
devait attendre d'elle que soumission et respect !

Georges était coupable, elle se l'affirmait à elle-
même. Et cependant elle tremblait qu'il ne lût
dans ses yeux, qu'il ne devinât au fond de sa pensée le hideux soupçon qui l'affolait.

Tout ce qu'il voyait, c'était qu'il avait touché juste, qu'un nom lui était venu aux lèvres, et que ces lèvres demeuraient closes. Il était arrivé préparé à tout, excepté à cela. Qu'elle pût avoir le pressentiment de la vérité et ne daignât point l'éclaircir, le moyen de lui rendre l'honneur et ne voulût pas l'employer, c'était si étrange et si monstrueux qu'il reculait devant l'évidence. Mais l'évidence s'imposait. Gabrielle savait et ne parlerait point.

Elle lui refusait le salut. Pourquoi?

L'avait-elle pris en haine à ce point qu'elle désirât un abîme entre elle et lui? Craignait-elle d'être obsédée de sa présence? Était-ce simplement l'ennui, le dégoût d'une nouvelle information à suivre, d'un témoignage à donner encore? Quoi, pour ne pas subir une seconde fois ces quelques minutes de malaise, d'angoisse, si l'on veut, entre le président qui interroge et le public qui attend, elle le condamnait, lui, à l'infamie!

Ah! elle pouvait être tranquille! Elle ne le verrait point s'attacher à elle; il ne lui imposerait pas son amour. Qu'elle lui rendît l'honneur, seulement! Qu'elle ne lui refusât pas cette suprême grâce! Elle ne pouvait pas se taire, enfin! Qu'était-il donc pour elle, ce misérable, qu'elle lui sacrifiât ainsi la vengeance de son mari et toute l'existence d'un honnête homme?

Elle se taisait, courbant la tête, se réfugiant dans le silence comme dans une forteresse inexpugnable. Un mot l'avait mis sur la voie. Elle ne voulait pas risquer une seconde imprudence. Qu'il la maudît! Qu'il la méprisât! il en avait le droit, certes, si l'accusation s'était trompée! Qu'il se vengeât sur elle, qu'il lui fît, sans le savoir, parta-

17.

ger l'amertume de son calice, elle y consentait avec
joie. Elle voulait bien souffrir avec lui.

L'épreuve vraiment cruelle, c'était de l'entendre
supplier. Mieux valait cent fois sa colère. Surtout,
elle tâchait d'étouffer en elle ce doute qui serait
vite devenu certitude, cette voix profonde et douce
qui lui affirmait l'innocence de Georges, et qu'elle
avait bien fait de l'aimer. Il fallait que Georges fût
coupable. Elle se faisait froide et inaccessible, à
mesure que son cœur faiblissait.

Par bonheur, la colère l'emportait. A la fin,
c'en était trop ! Qu'elle gardât son secret, il le dé-
couvrirait bien tout seul. Il en savait assez pour
se mettre à l'œuvre. Dans une semaine ou dans dix
ans, il arriverait au meurtrier. Tant pis pour elle,
si elle s'intéressait à lui ; car il commençait à le
croire ! Celui-là paierait pour son crime et pour
l'erreur dont un autre avait souffert.

— Je ne vous demande plus rien, Madame la
comtesse; mais je vous promets une chose : c'est
que votre mari sera vengé !

Il était temps qu'il la quittât. Une minute de plus,
peut-être, et ce cœur, qu'il se figurait insensible,
éclatait.

XXXVI

Ainsi, c'était fini ! La vision s'effaçait ; le rêve
s'évanouissait pour toujours. La fortune, oui; l'honneur, peut-être ; le bonheur, jamais ! L'honneur
retrouvé ne lui rendrait pas Gabrielle. Non seule—

ment elle l'avait cru coupable, mais elle ne le souhaitait pas innocent. Certes, il ne pensait pas, de sang-froid, tout ce qu'il avait dit, et pensé sans doute, dans l'emportement de la lutte où s'étaient mesurées leurs volontés. Qu'elle lui eût caché, sciemment, le nom du meurtrier de son mari, cela lui paraissait impossible. Évidemment, elle avait eu un soupçon, mais ce soupçon avait traversé son esprit comme un éclair. Elle ne s'y était pas arrêtée ; elle n'avait pas voulu exposer l'homme qui en était l'objet, elle n'avait pas, surtout, voulu s'exposer elle-même aux ennuis d'une nouvelle enquête. Elle croyait Georges coupable, cela répondait à tout. Elle aimait autant ne pas revenir là-dessus. Elle était en train d'oublier ; c'était chose plus qu'à moitié faite ; elle ne demandait qu'à ne pas être troublée dans ce travail. Les revenants gênent. Georges était pour elle une manière de défunt. Son acquittement valait une pierre de tombe. Il avait essayé de la soulever, tentative inutile et de mauvais goût.

Ou bien, — mais c'était là un soupçon odieux qu'il repoussait de toutes ses forces, — fallait-il chercher plus loin et plus bas ? Gabrielle, en dix-mois d'absence, s'était-elle laissée aller à quelque autre amour, indigne d'elle, inavouable ? Son sang brûlait ; sa pensée s'égarait. Allait-il donc, après avoir élevé si haut le piédestal de son idole, la traîner lui-même dans la boue ?

Dans tous les cas, elle se souciait peu de sa réhabilitation ; et maintenant qu'il réfléchissait, il regrettait ses dernières paroles. A quoi bon faire parade de sa résolution ? De tels desseins se poursuivent dans l'ombre. Pour que l'ennemi, quelque jour, se laissât deviner et surprendre, il ne fallait pas, dès maintenant, risquer de lui donner l'éveil.

Feindre le découragement, disparaître, c'est le prélude des plus sûres revanches. Et il fallait que la sienne fût terrible. Sa vie n'avait plus qu'un but. Le destin railleur faisait de lui le vengeur de son rival ; il ne faillirait pas à sa mission.

Disparaître, rien de plus facile. Il ne dépendait de personne. M. Bergeret et ses associés, dès le début de son procès, s'étaient entendus pour remettre en d'autres mains l'exploitation, qui, d'ailleurs, marchait toute seule. Il restait, selon l'acte de société, propriétaire du tiers des actions, ce qui lui constituait dès à présent une fortune réalisable de plus d'un million, que la continuation des bénéfices, certaine pour lui, devait au moins quadrupler. Qu'il repartît pour l'Indo-Chine à la recherche de quelque autre affaire, cette décision n'étonnerait personne. Il suffirait à Charles Mériel de l'annoncer discrètement ; la nouvelle en reviendrait bien vite aux oreilles des intéressés.

Lui, cependant, resté à Paris, caché sous un faux nom, introuvable, construirait laborieusement son piège. Il emploierait des agents qui ne le connaîtraient pas. Pas un des hôtes de la rue de l'hôtel Pierre-Charron, pas un étranger franchissant son seuil n'échapperait à sa surveillance. Il reconstituerait la vie de Gabrielle durant les semaines qui avaient précédé son mariage, patiemment, heure par heure. Le meurtrier, à un moment donné, avait fait partie de son entourage. Un indice saisi le trahirait tôt ou tard.

Ce jour-là, à défaut de bonheur, il aurait conquis deux choses qu'il désirait passionnément : sa réhabilitation, et le secret de Gabrielle.

Déjà, il avait quitté le Grand-Hôtel. Depuis deux jours, il habitait un petit appartement meublé, rue Monceau. Il partirait de là, ostensiblement, pour Marseille ; en réalité, pour une retraite mieux cachée, dans un de ces quartiers populeux où les amateurs d'incognito trouvent de sûrs refuges. Il n'aurait pas d'autre confident que Charles Mériel. Ce qu'il comptait d'amis, à part celui-là, ne lui témoignaient pas assez de sympathie pour qu'il se préoccupât de leur chagrin, sans doute très relatif, à la nouvelle de son exil.

Tous ? non, pourtant ! Il était une âme qu'il n'avait pas le droit de juger indifférente, une amie qu'il ne pouvait, sans ingratitude, attrister de son feint éloignement. Mais Adrienne saurait-elle garder son secret ? Le pourrait-elle auprès de Gabrielle hostile ? D'un autre côté, ne pouvait-elle lui fournir des indications précieuses, et le ferait-elle aussi librement, instruite de ses projets ? Certes, s'il est des luttes où les feintes sont permises, celle que Georges s'apprêtait à soutenir était de celles-là. Il songea qu'en annonçant simplement son prochain départ à la jeune fille, il était certain de le faire connaître à sa compagne, et presque sûr de recevoir une réponse qui amènerait facilement une entrevue. Là, sans inquiéter sa délicatesse, sans avoir l'air de l'interroger, il tâcherait d'obtenir qu'elle s'interrogeât-elle même, cherchât au fond de ses souvenirs quelque indice dont elle ne devinerait pas la valeur. Selon le résultat de cet entretien, selon les dispositions qu'elle lui laisserait entrevoir, Georges se livrerait à son tour ou réserverait ses confidences.

Il écrivit dans ce sens, exprimant son profond

regret de ne pouvoir retourner rue Pierre-Charron et de risquer ainsi de partir, Dieu savait pour combien de mois ou d'années! sans avoir revu et remercié celle à qui il devait tant. Sans bien se rendre compte du degré de sympathie inspiré par lui à l'ancienne sous-maîtresse, il se sentait sûr qu'elle voudrait lui dire adieu.

Sa lettre était partie la veille. Il venait de passer la journée à la recherche de son nouvel asile. Il avait à peu près trouvé ce qu'il voulait, et après un repas pris à la hâte au premier restaurant, il rentrait, quoiqu'il fût à peine huit heures et demie, songeant que peut-être une réponse l'attendait chez lui. Mais il n'en était arrivé aucune.

C'était une lourde soirée d'été, orageuse et chaude. Il était trop las pour ressortir sans but, et nulle des distractions que Paris, à cette époque de l'année, offre encore à ses hôtes de passage ne pouvait le tenter beaucoup. Il prit un livre et essaya de lire, mais sa pensée était ailleurs; il songeait à cette réponse d'Adrienne. Il était surprenant qu'il ne l'eût pas reçue. L'aurait-il le lendemain? Si elle allait ne pas répondre du tout? Ce serait grave, car ayant annoncé son départ à jour fixe, il lui serait difficile d'inventer un nouveau prétexte d'entrevue. Il regrettait maintenant de n'avoir pas demandé un rendez-vous à Adrienne. Un rendez-vous!.. Certes, elle pouvait accorder celui-là sans crainte. Elle le savait bien, qu'il ne pouvait y avoir pour elle dans le cœur de Georges Fergueil que reconnaissance et pure amitié!

Quelle étrange chose pourtant!... Le hasard avait mis sur sa route ces deux jeunes filles. A quoi avait-il tenu qu'il n'aimât Adrienne?... N'était-elle pas jeune, charmante, accomplie, plus régulièrement belle, peut-être, que sa compagne ? Rien n'indiquait pour lui l'impossibilité de lui plaire. Pourquoi aurait-elle refusé de partager cette fortune dont elle lui avait appris le chemin ? Comme toute sa vie eût été simple, et le bonheur facile !... Non, il avait été droit au péril, à l'inaccessible, au précipice !... Il y avait englouti son existence. En retirerait-il seulement son honneur ?...

Il songeait. Le tonnerre grondant sourdement ne troublait pas sa rêverie. Mais un coup du timbre aigu placé à sa porte le fit tressaillir. Il était neuf heures. C'était peut-être la réponse d'Adrienne qu'on lui apportait.

Il alla ouvrir et ne put retenir un cri d'étonnement. C'était Adrienne elle-même.

— Vous !

— Pourquoi non? dit-elle froidement. Malgré cette apparence de tranquillité, elle lui sembla plus pâle que de coutume.

— Je n'ai pas pu venir plus tôt, continua-t-elle avec le même calme ; et demain, je risquais de ne pas vous rencontrer. Mais est-ce donc vrai que vous partez?

— Vous voyez mon logis, dit-il en évitant de lui répondre directement. Ce n'est pas celui d'un homme qui s'apprête à un long séjour. Tel qu'il est, je le regretterai, maintenant que vous lui aurez accordé l'honneur de votre présence.

Il avait débité cette banalité presque gaiement, tout en la faisant passer devant lui. Au fond, il était inquiet. Une visite à cette heure, chez un garçon, de la part d'une fille aussi réservée, aussi correcte qu'Adrienne, annonçait quelque grave communication. Jamais il n'avait pensé qu'elle viendrait chez lui, et surtout à neuf heures du soir. Certes, elle ne risquait pas d'y entendre un mot qui pût la froisser. Mais le monde a des trésors de médisances. Elle le savait ; elle bravait tout pour lui rendre encore quelque service, ou simplement pour lui dire adieu. Ah ! la bonne et vaillante et fidèle amie ! et qu'il serait heureux, tout à l'heure, de lui prendre les deux mains et de lui dire, avec une fraternelle étreinte :

— Eh bien, non ; je ne pars pas !

Mais rien ne pressait ; il fallait l'écouter d'abord. Peut-être ce qu'elle allait lui apprendre modifierait-il ses résolutions. Il lui avança un fauteuil, le meilleur de son garni, et s'assit lui-même en face d'elle.

— Que vous êtes bonne d'être venue !

— J'ai eu tort, laissa-t-elle tomber à demi-voix, presque comme si elle se fût parlé à elle-même.

— Tort ! s'écria Georges. Pourquoi ?

Elle continua comme si elle n'avait pas entendu.

— Il y a des jours où tout paraît sombre. J'ai lu votre lettre ; je n'ai pas compris. Partir ! Renoncer à la lutte ! Accepter le mépris du monde, vous !.. Cela me paraissait impossible. Cependant, je devinais ce qui s'était passé entre elle et vous. Je sais ce qu'on peut ressentir, penser et résoudre dans une minute de désespoir. Ce mot de départ signifie parfois autre chose. J'ai eu peur.

Il baissa la tête, honteux de son mensonge. Comment n'avait-il pas compris qu'à elle il pouvait tout confier ? Il l'avait inquiétée, attristée inutilement. Et maintenant encore elle n'était pas tranquille.

Elle se méprenait à son attitude, et lui posant une main sur le bras, la voix tremblante et les yeux humides :

— Pardonnez-moi ; j'étais folle... Mais donnez-moi votre parole que vous allez vous embarquer !

— M'embarquer ? Mais...

Pour rien au monde il ne lui aurait menti, là, en face d'elle, en face de ces beaux yeux noirs mouillés et de ces lèvres frémissantes qu'elle mordait par instants pour mieux étouffer un sanglot. Et il restait très embarrassé ; non qu'il ne fût prêt à tout lui dire, mais parce qu'il aurait voulu tout exprimer d'un mot, qu'il ne trouvait pas.

— Ce n'est pas ce que vous imaginez, je vous assure...

Elle secouait la tête, incapable de parler, mais il voyait bien ce qu'elle voulait dire. Il s'était trahi ; elle ne le croyait plus. Alors, ne sachant comment la calmer, ému de cette douleur dont il était à la fois l'objet et la cause, il lui prenait une main, et malgré elle la portait à ses lèvres.

— Adrienne !

Elle la retirait d'un geste violent, et recouvrant la voix par un effort :

— Eh bien, non ! c'est être trop lâche, à la fin ! Je ne veux pas que vous mouriez, moi !

Elle glissait sa main dans son corsage, en tirait deux lettres et les lui tendait, tièdes de sa chaleur, embaumées d'une senteur discrète qui semblait une émanation d'elle-même. Les lettres n'avaient point d'enveloppes ; et il sentait, en les recevant d'elle, que c'était le salut, la réhabilitation, l'honneur qu'elle lui apportait ; et cela, ses larmes en faisaient foi, au prix de quelque mystérieux et terrible sacrifice.

En vérité, le sacrifice semblait si grand, son désespoir si profond, qu'il eut une seconde de remords, ébaucha le geste de les lui rendre sans y avoir jeté un coup d'œil. Mais elle ne voulait pas les reprendre. Et lui-même ne savait pas s'il aurait eu la force de la laisser partir avec son secret. Il fallait que le sacrifice fût consommé.

— Lisez! dit-elle à voix basse, et il obéit.

Ornolac, juillet 188 .

« Mademoiselle et chère maitresse,

« Malade et près de paraître devant Dieu, je
« ne veux pas affronter son jugement sans avoir
« fait tout mon possible pour décharger mon âme
« du lourd fardeau de mes péchés. M. le curé me
« dit d'espérer en sa miséricorde, mais sans doute
« Il daignera me tenir compte de mes efforts pour
« réparer le mal que j'ai pu commettre, et c'est
« pourquoi je viens, Mademoiselle et chère maitres-
« se, vous demander humblement pardon.

« Longtemps j'ai tâché de me tromper moi-même
« en me disant que je n'agissais que par l'ordre de
« M. votre père. M. le baron avait certainement le
« droit de lire et de garder vos lettres, mais ce n'é-
« tait pas à moi de l'aider par un mensonge à cacher
« sa surveillance et son intervention. Je n'ai bien
« compris cela qu'en voyant votre chagrin à mesure
« que les dernières lettres de M. Georges Fer-
« gueil manquaient de vous arriver. C'est moi qui
« les remettais à M. le baron, comme toutes celles
« qui vous arrivaient de la même personne. La
« plupart du temps, il se contentait de les garder

« d'une distribution à l'autre, et je vous les remet-
« tais ensuite comme si elles venaient d'arriver. Je
« faisais de même pour celles que vous adressiez à
« M. Fergueil. M. le baron les gardait aussi plus
« ou moins, sauf trois ou quatre qu'il a gardées tout
« à fait, une entre autres où vous aviez mis une
« boucle de vos beaux cheveux. Je crois qu'il l'a
« gardée parce qu'il avait déchiré l'enveloppe en
« l'ouvrant, de sorte qu'il ne pouvait pas la refermer
« pour l'envoyer comme les autres. J'ai aussi
« remis une dépêche à M. le baron, que Mademoi-
« selle n'a pas reçue.

« Quand j'ai vu le chagrin de Mademoiselle,
« j'aurais bien voulu prévenir Mademoiselle, mais
« j'avais reçu les mille francs que m'avait promis
« M. le baron. Je n'ai pas osé. Je ne me permets
« pas de juger M. le baron, qui aime tendrement
« Mademoiselle, mais pour moi, je suis sûre d'avoir
« fait mal, surtout ayant accepté les mille francs
« de M. le baron. C'est pourquoi je vous supplie,
« Mademoiselle et chère maîtresse, de me pardon-
« ner en ce monde, comme j'espère qu'il me sera
« pardonné dans l'autre.

« Votre bien humble et bien dévouée servante

« Elisabeth V. »

Ornolac, ... juillet 188 .

« Mademoiselle,

« Conformément aux dernières volontés d'Élisa-
« beth V.., naguère à votre service, je vous envoie
« la lettre ci-jointe, qu'elle a écrite la veille de sa
« mort.

« Veuillez agréer, Mademoiselle, mes compliments respectueux.

« B..., desservant à Ornolac (Ariège). »

Les deux lettres étaient écrites de la même encre sur deux feuilles du même papier. Évidemment le prêtre avait fourni à sa pénitente les objets nécessaires à cette satisfaction de son dernier désir. Du même coup la lettre de l'ancienne femme de chambre se trouvait pour ainsi dire authentiquée par un témoignage irrécusable. C'était l'innocence de Georges attestée par une mourante, à deux cents lieues du théâtre du crime, hors de toute influence possible. Visiblement, cette fille n'avait même pas entendu parler de « l'Affaire Fergueil ». Les desservants de villages, au fond des montagnes de l'Ariège, ne sont pas assez riches pour s'abonner au Figaro.

Georges avait lu. Il repliait les deux lettres, machinalement. Il se demandait s'il n'était pas fou. Qu'est-ce que cela signifiait ? Quel rôle avait joué M. Roger ? A quels motifs avait-il obéi ! Pourquoi, pouvant lui refuser purement et simplement la main de sa fille, avait-il feint de la lui accorder ? Comment la lettre et la tresse interceptées par lui s'étaient-elles retrouvées dans la main de M. de Val-Saint-Pé ? Les lui avait-il remises dans quelque intention incompréhensible? — Ou bien?..

De temps en temps, un scandale éclate. Les comptes rendus de cours d'assises révèlent un crime infâme et de monstrueuses amours. Mais le baron Roger ! Mais Gabrielle !.. Et cependant tout devenait simple, tout s'éclairait d'un jour de vraisemblance, à cette abominable lueur.

Jaloux de sa fille !.. Ce mot expliquait toute la conduite de M. Roger. Meurtrier de son gendre ! Ceci rendait compte des circonstances du crime, et de l'impossibilité, pour la justice, d'en soupçonner le véritable auteur. Et Gabrielle !.. Georges, maintenant, comprenait son silence. Elle l'avait sacrifié au salut de son père, à sa tranquillité à elle. Elle l'aurait envoyé au bagne pour épargner une tache à sa robe de fiancée ! Et le sacrifice consommé, son honneur perdu, sa vie brisée, elle l'avait rejeté comme un instrument inutile, comme on repousse du pied dans la boue la pierre dont on n'a plus besoin pour la franchir.

Il l'avait bien aimée; mais tout s'use. Peut-être, au début, si elle le lui avait demandé, n'aurait-il pas eu le courage de lui refuser l'impunité de son père au prix d'un aveu mensonger. Mais il aurait fallu se fier à lui, rougir devant lui, peut-être. Jusqu'à quel point était-elle victime, et jusqu'à quel point complice, dans cet imbroglio d'infamie ?

En tout cas, c'était bien fini. Assez de tendresse perdue, de dévouement méprisé ! Ces deux lettres chez Charles Mériel ce soir, et demain chez le juge d'instruction ! Et la justice aurait son cours; et l'enquête, cette fois, saurait bien éclaircir les mystères. Elle n'était pas terminée, « l'Affaire Fergueil », on en parlerait encore, mais cette fois, ce ne serait pas Georges qui en serait le triste héros !

Tout à coup, une idée lui traversa l'esprit. Comment Adrienne s'était-elle procuré ces lettres ? Elle devina sa question plutôt qu'elle ne l'entendit. Pendant qu'il lisait, elle s'était laissée retomber dans son fauteuil, le coude sur le guéridon, la joue sur sa main repliée, immobile. Elle répondit, si bas que ses paroles arrivèrent à peine jusqu'à lui.

— Je les *lui* ai volées.

Elle le vit tressaillir; elle continua.

— Méprisez-moi. Qu'importe! Vous êtes sauvé; et moi, je ne souffrirai pas longtemps.

— Vous mépriser? Moi!

— Quel honnête homme pourrait s'en empêcher? Depuis trois ans j'ai mangé le pain du baron Roger; j'ai partagé son luxe, et sa fille m'a traitée comme une sœur. Ce que j'ai fait ce soir est abominable. Mais je ne regrette rien. Vous êtes sauvé, le reste est une affaire entre Dieu et moi.

Elle se leva en disant cela. Ses paroles se ressentaient un peu de l'émotion qu'elle essayait de dominer, mais son geste et son accent étaient la simplicité même. Georges se jeta au devant d'elle. Son cœur débordait de reconnaissance, et il cherchait des mots pour l'exprimer. D'un autre côté, il comprenait qu'elle eût hâte de se trouver hors de chez lui. C'était à lui, désormais, d'aller à elle. Il ne tentait pas de la retenir; mais où, quand, lui permettrait-elle de lui porter le tribut de sa gratitude? Moins que jamais, il pouvait franchir le seuil du baron, maintenant!

— Et moi, croyez-vous donc que je ne l'aie pas franchi pour la dernière fois?

Chose étrange, il n'y avait pas songé! C'était pourtant bien clair qu'elle ne pouvait pas rentrer rue Pierre-Charron. Et maintenant, il se rendait compte de ce qu'elle lui avait sacrifié. Il comprenait ses larmes, son hésitation suprême... Reconnaissance, amitié, l'asile opulent où la vie pouvait lui être si douce, elle avait renoncé à tout!

Sans regrets? Non! C'était plus que le regret,

c'était le désespoir qui donnait à sa voix cette vibration profonde, à son regard cet éclat fiévreux, qui mettait dans sa bouche cette phrase singulière, dont il craignait d'entrevoir le sens : — Le reste est une affaire entre Dieu et moi !

— Raison de plus pour me laisser savoir où vous allez ! dit-il en s'efforçant de lui cacher l'inquiétude qu'elle commençait à lui causer. Avez-vous une maison amie, où vous soyez certaine d'être la bienvenue ?

— Une maison amie ? répéta-t-elle amèrement. En connaissez-vous une où l'on me reçoive à cette heure sans me demander qui je suis, d'où je viens, et ce que j'ai fait ? Celle-là serait vraiment une demeure hospitalière ! Mais ne vous inquiétez pas de moi. Il y a des hôtels à Paris.

— A l'hôtel, vous !

Il la regarda plus attentivement. Il était visible qu'elle s'était habillée à la hâte, dans la fièvre d'une résolution soudaine. Sa toilette était, comme toujours, d'une simplicité exquise, mais ce n'était pas un vêtement de voyage, c'en était à peine un de promenade. De quel air recevrait-on, dans un hôtel, à onze heures du soir, cette jeune femme de vingt-cinq ans, seule, admirablement belle, évidemment jetée hors de son milieu par quelque aventure facile à imaginer ? En même temps, il songeait au lendemain, à cette existence bouleversée, à ces habitudes d'élégance, de luxe et de loisir raffiné, brusquement remplacées par les rudesses d'une vie laborieuse et pauvre. Assurément, il serait là !.. Mais que ferait-il ? De quel droit offrirait-il ses services, et avec quelle chance de voir son offre accueillie ?

Elle le repousserait, le fuirait, peut-être. Elle se

remettrait au travail, à son dur métier d'institutrice; difficilement, car son histoire ne resterait
pas secrète, et, de quelque façon que s'expliquât sa
sortie de chez le baron Roger, peu de gens l'inter-
préteraient à son avantage.

Tout cela était prévu, accepté par elle; pour lui,
pour lui rendre l'honneur après lui avoir donné la
fortune. C'était plus que sa vie qu'elle lui sacri-
fiait, si toutefois elle avait le courage de vivre, s'il
n'avait pas eu raison de tressaillir tout à l'heure,
aux paroles qu'elle prononçait.

Ce dévouement, comment l'avait-il justifié? Que
lui avait-il donné en échange? A peine un remercie-
ment, naguère; et maintenant? l'abandon !

C'en était trop. Sa dette l'écrasait. L'admiration,
la reconnaissance, la pitié, un tourbillon de sensations et de pensées l'étreignaient, le jetaient frémissant aux pieds de la jeune fille.

— Adrienne ! Oh, Adrienne !..

XXXVII

Elle n'avait pas retiré ses mains, mais elle l'avait
obligé à se relever, et ils se parlaient ainsi, les yeux
dans les yeux, quoiqu'elle détournât souvent la tête.
Sa femme !.. est-ce que c'était possible ? Elle ne
niait pas qu'elle l'aimât. A quoi bon ? Il l'aurait vu
dès le commencement, à Luchon, s'il avait eu des
yeux pour voir autre chose que Gabrielle. Mais
lui ! pourquoi et comment l'aimerait-il ? A quoi bon
s'abandonner à cette illusion d'un instant qui ren-

drait la réalité plus amère ? Ce n'était pas sa faute.
Il n'avait rien à se reprocher. Mieux valait la laisser
partir.

— Réfléchissez, Monsieur Ferguell. Vous êtes
loyal et je suis fière. Le jour où je lirais un regret
dans vos yeux, il me serait plus dur qu'à présent
de mourir.

Plus dur ! Elle s'y était donc préparée ? C'était
là le compte à régler entre Dieu et elle !

Mais il n'y avait pas de danger qu'il regrettât
jamais cette minute. Il devait, il voulait l'aimer.
comme il devait et voulait oublier Gabrielle.

Maintenant, les paroles étaient échangées ; leurs
bouches rapprochées avaient scellé les fiançailles.
Il était temps qu'elle partît. Il était temps aussi que
les lettres fussent portées à Charles Mériel.

Le hasard faisait bien les choses. Le petit appartement loué le jour même par Georges, sous un nom
d'emprunt, dès ce soir, à la rigueur, pouvait abriter
Adrienne. Le logis était simple et décent ; les concierges paraissaient discrets. Georges, choisissant
pour lui, avait à peu près choisi pour elle. Il l'y con-
duisit sur-le-champ, s'arrêta dans la pièce d'entrée,
expliqua aux concierges ébahis le changement de
nom et de sexe de leur locataire, leur assura et leur
prouva, séance tenante, qu'ils n'y perdraient rien.
Le tout, y compris la course depuis la rue Monceau,
avait pris une trentaine de minutes. Il était à peine
dix heures et demie. Les minutes valent les semaines
pour la transformation d'une destinée.

Chez Charles Mériel, une petite contrariété attendait Georges : l'avocat n'était pas chez lui, et le
sourire discret du domestique donnait à entendre
qu'il rentrerait peut-être un peu tard.., dans la mati-

née. Il avait du reste laissé des ordres particuliers
pour son ami, et celui-ci pouvait disposer de l'appartement. Georges eut un instant la pensée de remporter ses lettres. Mais non, il lui tardait d'en finir,
d'entamer les poursuites par un acte irrévocable.
Maintenant que Gabrielle n'existait plus pour lui,
quelque chose dans son cœur se mêlait à son souvenir, dominant le mépris et la colère, qui ressemblait presque à de la pitié.

— Connaissez-vous M. Dardenne, le juge d'instruction?

— Parfaitement, Monsieur. M. Dardenne, est notre voisin.

— Le domestique de Charles Mériel était un vieux
compatriote incorruptible, convaincu d'ailleurs que
son maître serait ministre sous quatre ou cinq ans,
et rêvant de finir ses jours, la chaîne d'argent au
cou, place Beauveau ou rue de Grenelle. Georges
eut encore une seconde d'hésitation, et tout à coup,
glissant les deux lettres dans une enveloppe prise
sur le bureau de l'avocat :

— Portez-lui ce paquet. Il n'y a pas de réponse.
Mériel ou moi, nous irons demain lui fournir des
explications. Seulement, ces papiers sont précieux
et ne doivent être remis qu'à M. Dardenne lui-
même. Si vous ne pouvez lui parler, rapportez-les
immédiatement. Je vous attends.

— Bien, Monsieur !

Georges respira. Tout était dit. Il n'y avait pas à
y revenir. Un instant, vraiment, il avait balancé. Un
travail bizarre se faisait dans son esprit. Cette
preuve de son innocence, qu'il avait passionnément
désirée, commençait presque à lui faire horreur.
Etait-ce parce qu'elle impliquait la condamnation

du coupable ? Mais il n'avait jamais imaginé qu'il
pût en être autrement. Était-ce parce que le coupable était le père de Gabrielle ? Que lui importait
maintenant Gabrielle ? Enfin, mieux valait n'avoir
plus qu'à laisser aller les choses, et si quelque regret lui venait, par impossible, pouvoir se dire : Il
est trop tard !

Un regret ? Qui donc n'eût agi comme lui ? Il
n'avait pas demandé ces lettres à Adrienne. Elle
avait jugé bon de les lui apporter, de les voler pour
lui, pour tout dire... Mais était-il dans une situation
à se piquer de délicatesse ? M. Roger lui en avait-il
donné l'exemple, et n'était-ce pas entre eux une de
ces luttes mortelles où toute arme est bonne, qui
tue ?

Eh bien, non ! Il avait beau vouloir se tromper
lui-même, sa conscience n'était pas tranquille. Il se
représentait la scène du lendemain : la justice faisant irruption, les perquisitions, l'interrogatoire...
Il se voyait appelé, témoin à son tour, confronté
avec lui, avec elle, peut-être... Il suivait scène par
scène l'épreuve terrible dont elle allait sortir, flétrie
et brisée à jamais !

Il ne l'aimait plus, certes! Mais qu'une telle
épreuve lui vînt de lui! Elle ne l'avait pas ménagé;
mais était-elle libre ? A quelle pression hideuse
avait-elle obéi ? Complice, peut-être, n'était-elle pas
victime à coup sûr?

Il la revoyait, le jour de leur première rencontre,
à Luchon, descendant de son pas alerte le sentier de
Superbagnères ; et, plus tard, les chères promena-
des sous les arbres à demi dépouillés de Ville-d'A-
vray! Elle l'avait aimé, obscur et pauvre. Et depuis,
encore, durant la nuit terrible, il se rappelait le cri

qu'elle avait poussé en s'abattant sur sa poitrine ; il sentait encore à son cou l'étreinte folle de ses bras nus !

Haïr, oublier... paroles vaines ! Et que savait-il pour la juger ? Qu'elle eût voulu lui dérober l'infamie de son père, était-ce un crime, après tout ? Quelle autre, à sa place, ne l'eût commis ?

Il avait eu trop de hâte. L'arrivée d'Adrienne, ses larmes, son amour, ces lettres volées par elle l'avaient surpris, enfiévré. Il n'avait pas vu que son principal motif d'en vouloir à Gabrielle tombait à l'instant même où le nom du coupable lui était révélé. Cela ne diminuait pas la grandeur du service à lui rendu par l'ancienne sous-maîtresse. Ce n'était pas trop de sa vie en échange. Cela ne pouvait pas l'empêcher de poursuivre l'œuvre de la justice et de sa propre réhabilitation. Mais qui sait s'il n'y aurait pas eu quelque moyen d'épargner Gabrielle ? Charles Mériel l'aurait trouvé, lui ! Maintenant, il était trop tard.

Le domestique rentrait. Georges eut un moment l'espoir qu'il n'aurait pas vu le juge d'instruction. Mais il revenait les mains vides. M. Dardenne l'avait reçu. M. Dardenne était dans son cabinet, travaillant encore. Il allait prendre connaissance immédiatement.

C'était fini. Le redoutable engrenage de la justice avait reçu l'impulsion. Rien ne l'arrêterait plus. Georges se sentit accablé. Le domestique le vit si défait qu'il s'informa si Monsieur n'avait pas besoin de quelque chose.

— Oui, dit Georges ; un verre d'eau !

Et pendant que l'homme allait le lui chercher, il s'assit au bureau de Charles Mériel et traça rapidement quelques lignes. La feuille pliée et mise sous enveloppe, il vida le verre d'un trait, descendit en courant l'escalier et se jeta dans le fiacre qui l'attendait à la porte. Il avait glissé l'enveloppe dans sa poche.

— Rue Pierre-Charron, dit-il au cocher; et vite!

Il était à peu près onze heures du soir.

Rue Pierre-Charron, le concierge eut un instant d'hésitation. Mais il avait vu Georges reçu l'avant-veille, et Mme la comtesse, qui se couchait rarement avant minuit, serait peut-être en humeur de le recevoir encore. Il allait s'informer auprès de Germain, qui demanderait à la femme de chambre. Georges s'était mal expliqué; il voulait seulement être sûr que sa lettre serait remise immédiatement. Germain promit de faire le nécessaire. Monsieur Fergueil attendrait-il une réponse?

— Non, fit Georges. C'est-à-dire... Oui!

Georges n'attendait aucune réponse, mais il serait plus tranquille sachant son billet entre les mains de Gabrielle. Germain l'introduisit dans le salon où une lampe brûlait encore. M. Roger était dans son cabinet, où il n'aimait pas à être dérangé.

— Si Monsieur veut bien patienter un peu, je vais tâcher de parler à la femme de chambre.

XXXVIII

Gabrielle venait de se retirer. Mlle Rosalie, debout derrière elle, s'apprêtait à la coiffer pour la nuit, quand deux coups discrets à la porte arrêtèrent la

main de la cámeriste. La jeune femme tressaillit.
Qui pouvait se présenter à cette heure? L'absence
d'Adrienne, qui ne s'était pas montrée depuis le déjeuner, le souvenir des paroles de Georges, les idées
qu'il avait fait naître en elle, quoique rien dans la
conduite de son père ne fût venu, depuis, les justifier, tout, jusqu'à l'orage qui n'avait pas cessé de
menacer et de gronder au loin, contribuait à la
maintenir dans un état d'inquiétude nerveuse, de
crainte vague, presque aussi pénible que la certitude
d'un malheur. Elle était lasse, mais elle n'avait pas
sommeil. Il y avait bien des nuits déjà que le sommeil la fuyait.

— Voyez ce que c'est, Rosalie !

Un colloque bref suivit dans l'entre-bâillement de
la porte. La lettre de Georges passa des mains du
valet de chambre dans celles de la cámeriste. Germain ajouta probablement quelques paroles relatives
à la présence de Georges lui-même. Mais au même
instant, la voix de Gabrielle s'élevait, anxieuse.
Rosalie se hâta vers sa maîtresse sans bien se rendre compte de ce qu'elle avait entendu.

— Madame, c'est une lettre que M. Fergueil vient
d'apporter lui même. Il parait que c'est très urgent.

— Lui-même! Le temps était passé où elle pouvait lui renvoyer ses lettres sans les ouvrir. Si elle
fut un instant avant de déchirer l'enveloppe, c'est
que ses mains tremblaient, et Rosalie, à mesure
qu'elle lisait, la vit devenir si mortellement pâle
qu'elle étendit les bras, d'instinct, pour lui épargner
une chute. Mais elle se redressa, aspirant l'air avec
effort.

— Germain !

— Madame la comtesse m'a appelé ?

— Prévenez mon père que j'ai à lui parler sur-le-champ. Allez, je vous suis.

C'était net comme un commandement militaire. Germain obéit avec la précision d'un automate. Il croyait d'ailleurs Rosalie prévenue de l'attente de Georges. Si Gabrielle avait quelque chose à lui faire dire, elle enverrait sans doute sa femme de chambre.

M. Roger était dans son cabinet. L'annonce de la visite de sa fille lui arracha une exclamation. Mais comme l'avait promis la jeune femme, elle arrivait presque en même temps que le domestique. Celui-ci, sur un signe du baron, sortit aussitôt.

— Eh bien, demanda M. Roger en faisant un pas au-devant de Gabrielle, qu'y a-t-il ?

— Lisez ! dit-elle en lui tendant le billet de Georges. M. Roger ne put s'empêcher de tressaillir. Il avait reconnu l'écriture. Le billet disait.

« La confession d'Élisabeth est entre les mains
« du juge d'instruction. Il sait maintenant à qui
« votre lettre et la boucle de vos cheveux ont été
« remises.

« J'ai fait mon devoir ; ma conscience ne me re-
« proche rien. Mais il s'agit de votre père, Gabrielle,
« qui sera arrêté demain, de votre père, condamné
« d'avance dans un procès infâme, auquel vous
« serez inévitablement mêlée ! Si étrangers que
« nous soyons désormais l'un à l'autre, je donne-
« rais ma vie pour défaire ce que j'ai fait. Ah !
« pourquoi n'avez-vous pas eu confiance en moi ?
« Mais je m'égare et le temps presse. Prévenez-le.
« Peut-être peut-il encore fuir. Ou bien... Non, je
« ne vois que la fuite, et pas une minute à perdre ! »

M. Roger ne se troublait pas pour peu de chose.

Gabrielle le vit étendre la main derrière lui jusqu'au
marbre de la cheminée, où il s'appuya, sans la quitter des yeux. Mais un effort de volonté le redressa.
Sa main ayant rencontré un plateau sur lequel se
trouvait un verre, il en vida d'un trait le contenu,
évidemment sans avoir conscience de ce qu'il bu-
vait, le remit sur le plateau, tira son mouchoir et
s'en essuya la bouche à plusieurs reprises. On eût
dit qu'une glu lui restait aux lèvres et le gênait
pour parler. Tout cela fut l'affaire d'une minute.
Quant il remit son mouchoir dans sa poche, il était
calme, solide sur ses jambes; et sa voix rauque
trahissait seule l'émotion qui avait failli le terras-
ser.

— Qu'est-ce que cette confession? Je ne comprends pas... Élisabeth? Je croyais cette fille dispa-
rue sans qu'on ait pu la retrouver !

— Je le croyais aussi, Monsieur.

— Quand avez-vous reçu ce billet?

— A l'instant.

M. Roger parut réfléchir.

— Si c'était un piège !.. commença-t-il à demi-voix.
Mais Gabrielle ne lui laissa pas le temps d'achever.

— Oh ! Monsieur! je ne sais rien de ce qui s'est
passé. Je n'en veux rien savoir. Je ne vous juge
pas... Mais si vous avez quelque chose à craindre,
n'hésitez pas ; fiez-vous à Georges Fergueil !

— On a toujours quelque chose à craindre, dit
M. Roger d'un ton froid. Georges Fergueil était-il
coupable ? L'enquête disait oui; le jury a dit non;
ou du moins la moitié du jury. Cela ne me paraît
pas une raison suffisante pour croire à l'infaillibi-
lité de la justice. D'un autre côté, j'ai quelques
grosses affaires en train pour lesquelles la liberté

m'est nécessaire. Mais la fuite est un aveu, assure-
t-on. Laissez-moi seul, ma chère. J'ai besoin de
réfléchir avant de me décider.

— Mon père !...

— Revenez dans quelques minutes. De toute façon, j'aurai quelques instructions à vous donner.
Rassurez-vous, d'ailleurs ; quoi qu'il arrive, les
craintes de M. Fergueil ne se réaliseront pas.

— Je ne crains que pour vous, Monsieur.

— Je le sais. Vous êtes une bonne et vaillante fille.
Ne me jugez pas. Vous ne pouvez pas savoir... Mais
ce n'est pas le moment des explications. Allez, et
revenez dans un quart d'heure. Je me serai décidé
d'ici là.

Elle obéit, tremblant de lui faire perdre une minute.

Son affectation de sang-froid ne la trompait pas.
Elle le sentait en péril, et elle aurait donné sa vie
pour le sauver.

Qu'elle lui dût le malheur, la honte, peut-être,
elle n'en pouvait guère douter ; mais elle refusait
de le savoir. C'était son père. Toute son éducation
morale, quinze ans de leçons, d'exemples et d'impressions ineffaçables se résumaient pour elle dans
ce mot.

C'était son père, et elle n'avait plus que lui au
monde. Tout disparaissait devant cela. Le servir
de son mieux, le respecter quand même, ce n'était
pas seulement le devoir visible, c'était une raison
de vivre. Elle n'en apercevait plus d'autre, et ne se
souciait pas d'en chercher.

Sa crainte était qu'il ne voulût en finir tout de
suite. Elle prêtait l'oreille, de l'autre côté de la
porte, frémissant d'entendre la chute d'un corps ou

la détonation d'une arme à feu. Les minutes passaient, lentes comme des heures, dans cette angoisse de l'attente, qui fait l'atmosphère de plomb.

L'attitude du baron, si elle avait pu s'en rendre compte, ne l'aurait pas beaucoup rassurée. Son premier geste avait été d'atteindre un revolver placé toujours à sa portée, habitude américaine qui commence à pénétrer dans les mœurs françaises. L'arme était de choix, et prête à servir. Il l'avait reposée près de lui.

Ce n'était pas la première fois qu'il songeait à mourir ; mais il n'y était nullement résolu. Peut-être s'y serait-il plus facilement décidé avant la venue de Gabrielle. Ce n'était pas la lutte, le danger, la fuite qui l'effrayaient. Sa nature vigoureuse se réveillait sous la menace. Il pouvait ne pas tenir beaucoup à la vie, mais il entendait la quitter à son heure et dans sa pleine liberté.

Cependant, sa vie valait bien peu de chose. Ce n'était pas le remords qui troublait ses nuits ; une autre image l'obsédait que celle du comte : l'image de Gabrielle échevelée et demi-nue se débattant sous ses baisers.

Elle était veuve et séparée de Georges par un abîme. Ni mari, ni amant ! Pas de jalousie possible. Il l'avait pensé. Il s'était dit : Me voilà tranquille pour un an ou deux ; laissons les habits de deuil s'user ; respirons !

Mais le calme n'était pas venu. Sa jalousie n'était pas morte. A défaut d'objets présents, elle se nourrissait de souvenirs, ramenant à chaque instant devant ses yeux l'image adorée et maudite, irritant sans trêve, dans sa poitrine haletante, l'angoisse du désir inapaisé.

A côté de cette torture quotidienne, la menace d'un procès criminel ne devait pas lui paraître bien redoutable. Fuir, se cacher, changer de nom et de patrie, qu'était-ce pour lui qu'une aventure de plus, une diversion, peut-être? Avec un million et douze heures d'avance, on peut braver toutes les polices du monde sans chercher un refuge dans la mort.

Il est vrai que la première surprise l'avait atterré. Il ne s'attendait pas à cela. Au début du procès, il avait suivi les recherches ordonnées en vue de retrouver Élisabeth. Il pensait bien qu'il aurait à payer son silence, mais que pourrait-elle dire, après tout? Il était le maître de surveiller à sa façon la correspondance de sa fille. Que l'ancienne femme de chambre eût tenu registre des lettres qu'il ne lui rendait pas pour les jeter à la poste après en avoir pris connaissance, l'idée ne lui en serait venue jamais.

Les jours écoulés et les recherches vaines l'avaient affermi dans sa sécurité. Élisabeth, pensait-il, était morte sur quelque lit d'hôpital, après s'être laissé soulager de ses économies par quelque aimable garçon sans préjugés, protecteur professionnel du sexe faible. Elle était malade en quittant son service, beaucoup plus gravement qu'elle ne le croyait elle-même, au dire du docteur Guimbaud.

Le mot de « confession » employé par Georges ne démentait pas cette opinion. Mais, morte ou vivante, elle avait vu la tresse entre les mains de son maître. C'était là un témoignage précis, accablant. M. Roger avait un instant presque senti sur son épaule la lourde main de la justice.

Ce qui l'avait ému, surtout, c'était la pensée que Gabrielle, désormais, connaissait l'assassin. C'était son jugement qu'il redoutait, plus qu'un arrêt de cour d'assises. Mais elle ne semblait pas ébranlée dans sa tendresse filiale. Que lui importait le comte, en somme? N'était-ce pas en la défendant contre lui qu'il l'avait tué?

Vis à-vis de la justice, la défense était médiocre. Le procès une fois engagé menaçait de prendre vite mauvaise tournure. La jalousie supposée de Georges Ferguell pouvait espérer l'indulgence; la sienne n'inspirerait qu'horreur et dégoût.

Il fallait fuir, s'il voulait vivre. Mais le voulait-il vraiment? Était-ce la peine? En tout cas, il allait toujours se préparer à la fuite. Pour le reste, il serait toujours temps.

Il ouvrit sa caisse et en tira un portefeuille juste assez gonflé pour tenir sans gêne dans la poche de son paletot. C'était l'en-cas toujours prêt qu'un instinct de prévoyance lui faisait garder à sa portée. En outre, une partie considérable de sa fortune était placée à l'étranger, et de façon à pouvoir retirer ou faire retirer sur une simple signature les sommes confiées à différentes maisons. C'était près de quatre millions qu'il emportait ainsi, littéralement, avec lui.

Gabrielle avait ses trois millions de dot en lieu sûr. Restaient des valeurs nominatives et des immeubles pour une somme au moins égale. M. Roger réfléchit quelques secondes, puis il attira devant lui une feuille de papier, prit une plume de la main gauche et écrivit :

« Aujourd'hui,.. juillet 188. Je donne et lègue, par
« ce testament olographe, à ma fille bien-aimée,

« Gabrielle, comtesse de Val-Saint-Pé, la totalité de
« mes biens, meubles et immeubles. »

« Baron ROGER. »

Il mit la feuille sous enveloppe, traça sur l'enveloppe le mot : Testament, et la poussa de côté, près
du revolver.

Mais une nouvelle réflexion lui fit froncer le
sourcil.

— Si l'enquête s'avisait de remonter dans le passé ? Une découverte n'est guère probable ; mais
enfin !...

Il fit passer sa plume dans sa main droite. Depuis
son accident du *Péreire*, c'est-à-dire depuis dix ans,
personne n'avait vu M. Roger tenir une plume ou
un crayon de cette main-là.

— Vais-je encore savoir ? se demanda-t-il avec
une sorte de gaîté.

Malgré le long repos, la main droite traça har-
diment quelques lignes d'une écriture toute différente :

« Dans le cas ou mon nom et mon titre de baron
« Roger viendraient à être contestés, de façon à ren-
« dre douteux les droits de celle que je considère
« comme ma fille à mon héritage, je déclare, par
« ce testament olographe, signé de mon véritable
« nom, léguer la totalité de mes biens à Gabrielle
« Roger, comtesse de Val-Saint-Pé, dont le père est
« mort par accident, sous mes yeux, et sans que
« j'aie pu l'empêcher, le ... avril 187., dans l'abor-
« dage du *Péreire*. »

« CHALANDE. »

Paris, ... juillet 188..

Il plia la feuille comme la première ; mais sur

19

l'enveloppe, au lieu du mot Testament, il écrivit,
en revenant à son écriture ordinaire de la main
gauche :

« A Gabrielle, pour être ouvert par elle seule et
selon mes instructions. »

Comme il passait le buvard sur l'encre fraîche,
il entendit frapper à la porte. Le quart d'heure
était écoulé.

— Entrez ! dit-il.

Gabrielle s'avança vers le bureau.

— Je vais partir, dit M. Roger en posant sa
large main sur les deux enveloppes. Je ne sais
quand nous pourrons nous revoir, mais je compte
que vous vous conformerez scrupuleusement à mes
instructions.

— Oui, Monsieur.

— Toutes mes affaires sont en règle, et je ne pré-
vois pas de difficultés pour l'administration de mes
biens. Mon notaire et Berthomieu feront le nécessaire. S'il m'arrivait malheur, je n'ai pas besoin de
vous dire que vous êtes ma seule héritière. La loi
y suffirait, mais je n'ai pas voulu qu'on pût douter
de ma volonté. Voici mon testament.

— Monsieur !

— Cela n'est rien, mais voici qui est sérieux. Si
jamais, quand je ne serai plus, il s'élevait, à propos
de vos droits à cet héritage, une grosse, une très
grosse difficulté, d'une nature absolument impré-
vue ; si vous étiez sur le point d'être dépouillée lé-
galement ; alors, mais alors seulement, vous ouvri-
riez cette enveloppe. C'est tout. Vous avez compris ?

— Vous serez obéi, Monsieur ; mais...

— Mais ?

Gabrielle hésita ; les paroles lui restaient dans la gorge. Mais quelque chose de brillant attira son regard sur le bureau, c'était le canon nickelé du revolver.

— Pardonnez-moi, Monsieur, balbutia-t-elle en joignant les mains ; je suis folle…, j'ai peur !

— Peur de quoi ?

Elle se laissa glisser sur ses genoux, les mains sur le bras du fauteuil où M. Roger restait assis, les paupières baissées, évitant le regard anxieux qui cherchait le sien.

— Mon père, jurez-moi que vous n'allez pas vous tuer !

— Quelle idée !

— Mon père !

— Je vous donne ma parole d'honneur que je n'en sais rien, dit-il durement ; et d'ailleurs, qu'est-ce que cela vous fait ?

Depuis dix ans qu'elle le connaissait, depuis trois ans qu'ils vivaient ensemble, c'était la première fois qu'il lui parlait ainsi. Pourquoi ? Il n'aurait pu le dire lui-même. Il y avait de la haine dans sa passion. En tout cas, il n'aurait pu choisir un meilleur moyen de la rapprocher de lui. Ce n'était pas de ses duretés qu'elle pouvait avoir peur.

— Oh ! Monsieur, reprit-elle d'un ton suppliant, vous ne pensez pas ce que vous dites !

Elle oubliait tout, excepté le péril, la résolution mortelle qu'elle croyait lire dans ses yeux ; et lui déjà ne songeait plus qu'à savourer le charme de sa voix et la douceur de sa présence. Il pouvait bien s'abandonner une minute, puisqu'il allait partir, la quitter, probablement pour jamais. Sa main soulevée pour l'éloigner de lui redescendit lentement, se

posa, caressante, sur l'or fin de ses cheveux. Elle ne
retira pas la tête sous ce geste paternel qui ressemblait à une bénédiction. Elle ne s'étonna pas du
tremblement soudain de sa voix lui disant :

— Vous ne me haïssez donc pas ?

— Vous haïr, moi !

— Et pourtant, je vous ai fait souffrir ?

Elle n'osa répondre. Elle sentait, au frémissement
de sa main, qu'une émotion violente l'étreignait,
quoique son visage restât calme.

— Vous vous taisez. Vous ne voulez pas mentir.
Vous voyez bien que vous ne pourrez jamais me
pardonner ! Si vous saviez cependant ce que j'ai
souffert moi-même ! Mais une enfant comme vous
ne peut pas comprendre... Ce jeune homme, vous
l'aimiez, je vous ai brisé le cœur ! Hélas, je vous aimais bien, cependant. Me pardonnerez-vous quand
je serai parti ?

Il parlait presque à voix basse, comme dans un
rêve. N'était-ce pas un rêve de la tenir ainsi à ses
pieds, sous sa main, soumise et tendre ? Et elle ne
comprenait qu'une chose : c'est que, de quelque façon qu'il l'aimât, cet amour était le seul lien qui le
rattachât à la vie, lien fragile et qu'un mot d'elle
pouvait briser.

— De grâce, Monsieur, ne pensez pas à moi ! Je
n'ai pas à vous juger. Vous étiez le maître. Mais
songez au péril qui vous menace. Rappelez-vous
les termes du billet : Il n'y a pas une minute à
perdre !

M. Roger secoua la tête et se renversa nonchalamment dans son fauteuil.

— Pour ce que j'ai à faire !.. commença-t-il ; mais
il s'arrêta sur un geste d'effroi de la jeune femme.

— N'ayez donc pas peur, continua-t-il, presque d'un ton de gaîté ; si j'avais bien envie de me tuer, je ne vous le dirais pas. Et vous, quels sont vos projets ? Je crains que le séjour de cet hôtel ne finisse par vous paraître bien triste. Ne voyagerez-vous pas un peu ? Il n'y a plus personne à Paris.

— J'attendrai vos ordres.

— Quels ordres ?

— Ne me ferez-vous pas savoir où je pourrai vous rejoindre ?

— Me rejoindre ? Vous y avez pensé ? Vous consentiriez à partager mon exil ?

C'en était fini de son affectation d'indifférence. Sa bouche frémissait, son regard brûlait. Il n'y avait pas deux manières d'interpréter cette émotion : la réponse de Gabrielle était pour lui la vie ou la mort.

C'était son père, son père menacé faisant appel à son dévouement. Et comme si elle avait pu hésiter, il poursuivait :

— Ah ! ce serait trop beau ! Je me reprendrais à vivre. Je changerais de nom. Je voudrais vous faire tout oublier. Vous êtes une enfant. Je vous arrangerais une existence de rêve dans quelque pays merveilleux. Vous croyez savoir ce que peut la richesse ; vous ne le soupçonnez pas. J'ai dix millions ; je vous en gagnerais le double, le décuple ! Je voudrais vous voir servie par un peuple d'esclaves dans un palais des Mille et une nuits. Je vous ferais de chaque minute un poème de luxe et de joie !

Il lui avait pris la tête à deux mains et la contemplait, haletant, une flamme dans les yeux. Il se pencha et l'embrassa au front, sans qu'elle osât bouger d'abord ; mais comme il s'inclinait de nou-

veau, une crainte instinctive la fit se rejeter en arrière ; il la suivit dans son mouvement ; et cette fois,
ce furent ses lèvres, au lieu de son front, que rencontra son baiser.

— Mon père !

Elle cherchait à se dégager. Il la retint sans paraître même s'apercevoir de son effort ; et tout bas,
de si près que sa bouche effleurait sa joue :

— Et si je n'étais pas ton père?..

XXXIX

Georges n'avait guère attendu plus de cinq minutes quand Germain vint lui rendre compte du
premier résultat de sa tentative.

— Mᵐᵉ la comtesse a la lettre de Monsieur ; elle
est allée tout de suite trouver M. le baron. Elle ne
m'a encore rien dit pour Monsieur.

— Elle me sait ici ?

— Je l'ai dit à la femme de chambre.

— C'est bien, dit Georges après une seconde
d'hésitation ; j'attendrai.

Il pensait qu'elle ou son père pouvait avoir besoin de lui ; que celui-ci hésiterait à partir, peut-
être. Peut-être, sans se l'avouer, s'attardait-il à
cette dernière chance de la voir encore, de lui parler une dernière fois.

Cependant les minutes s'écoulaient ; Germain ne
reparaissait pas. On n'entendait aucun bruit dans
l'hôtel. Une fois seulement Georges crut saisir un
frôlement de jupes à l'une des portes du salon. Son

cœur battit; c'était sans doute Gabrielle. Mais le frôlement ne se renouvela pas, et Georges, au bout d'un instant, étant allé entr'ouvrir la porte, ne trouva que le silence et l'obscurité.

— J'attendrai encore un quart d'heure, pensa-t-il.

Le quart d'heure expiré, il se leva. Il était évident qu'on ne voulait pas le voir. Peut-être se défiait-on de lui. Minuit allait sonner; il songea à l'étrangeté de sa situation. Que faisait-il là, lui, le fiancé d'Adrienne?

— Elle a raison, songea-t-il en pensant à Gabrielle; que sommes-nous désormais l'un pour l'autre? Le plus tôt je serai hors d'ici sera le mieux.

Il s'orienta, désireux de s'éloigner avec le moins de bruit possible. Le plus court était de passer par le vestibule, où il trouverait sans doute quelque domestique pour lui faire ouvrir la porte de la rue. C'était d'ailleurs le seul côté où brillât encore une lumière, une lanterne chinoise pendue au plafond. Mais le petit vestibule, au premier coup d'œil, lui parut vide. Cependant, comme il s'approchait de l'escalier conduisant au premier étage, une forme féminine se détacha du mur et se dressa entre lui et la première marche, en même temps qu'une voix grave lui demandait :

— Où allez-vous, Monsieur Fergueil?

Georges recula d'un pas.

— Adrienne! s'écria-t-il.

Et sa surprise croissant avec la réflexion, il ajouta :

— Vous ici !

— Vous y êtes bien, dit la jeune fille en le regardant fixement. Si ma présence y est étrange, la vôtre l'est au moins autant, je suppose!

19..

— Peut-être est-ce le même motif qui nous amène, reprit Georges sans paraître remarquer le ton agressif de l'ancienne sous-maîtresse. Vous et moi nous avons commis une terrible action, et Dieu veuille qu'il ne soit pas trop tard pour en atténuer les conséquences.

— Que voulez-vous dire?

— Je n'ai pas trouvé Charles Mériel, et les deux lettres sont chez le juge d'instruction. Dans quelques heures la justice sera ici.

— Eh bien! pouviez-vous agir autrement?

— Peut-être; en tout cas, je pouvais rendre à ce malheureux un dernier service: l'avertir du danger, lui donner les quelques heures d'avance qui le mettront hors d'atteinte. Ma réhabilitation n'en sera pas moins complète.

— Et Gabrielle vous en saura gré.

— J'en doute, car elle n'a pas daigné me recevoir.

— Ah! fit la jeune fille avec un accent singulier. Cependant vous montiez chez elle.

— Au contraire, je cherchais à sortir.

— Sans l'avoir vue?

— Je ne demande qu'à ne la revoir jamais.

Adrienne poussa un long soupir. Depuis une heure elle souffrait toutes les tortures de la jalousie. A peine Georges l'avait-il quittée au seuil de son nouvel asile qu'un mouvement plus fort que sa volonté l'avait fait s'élancer sur ses traces. Elle se souvenait de la nuit du meurtre; elle se disait que Georges, ce soir encore, éprouverait l'irrésistible tentation de revoir Gabrielle.

Elle l'avait aimé deux années, sans espoir d'abord, et ne songeant même pas à se plaindre. N'était-ce pas naturel que sa compagne eût le bonheur comme la richesse? Avait-elle, et pouvait-elle avoir elle-même un autre rôle que de s'effacer? Mais lorsqu'on avait parlé du mariage lointain de Georges Fergueil, lorsque M. de Val-Saint-Pé s'était présenté comme aspirant à la main de son amie, un espoir étrange s'était glissé dans son cœur, car sans rien savoir de précis elle pressentait quelque trahison; elle ne croyait pas aux torts de l'absent.

Elle n'avait rien fait pour comuniquer ses soupçons à Gabrielle. C'était à elle de défendre son bonheur. Adrienne à sa place fût morte peut-être, mais elle n'aurait certes pas cherché la revanche banale d'un mariage de résignation.

Elle ignorait la raison qu'avait son amie de vouloir quitter le toit paternel. De ce côté aussi pourtant, elle n'était pas sans avoir deviné quelque chose. Elle avait surpris d'étranges regards de M. Roger. Mais elle gardait ses réflexions pour elle, et sans doute la pureté de sa compagne ne lui avait pas permis de les partager.

Le retour de Georges la fit tressaillir d'espérance. Il était libre; il était triste; il voyait en elle une amie. Le meurtre du comte et l'arrestation du jeune homme ne changèrent rien à ces idées. Coupable ou non de fait, il était innocent à ses yeux; ou plutôt son seul crime aurait été sa jalousie de Gabrielle. Mais s'il l'aimait encore, un abîme venait de se creuser entre eux, plus profond que tout autre, infranchissable. Georges, malheureux, ne resterait pas insensible aux témoignages d'un dévouement sans borne et d'une affection toujours en éveil.

L'attente pouvait être longue. Mais l'ancienne sous-maîtresse était patiente. Elle se savait belle

et se sentait forte. Elle guettait son heure. Elle lisait les lettres de Georges et prévoyait une scène
décisive. Son pressentiment ne devait pas être
trompé ; mais à l'heure où cette scène se produisait,
une lettre apportée au milieu de cinq ou six autres
par Rosalie allait modifier toute sa conduite et pré-
cipiter son intervention.

La lettre était adressée à Gabrielle ; mais ce n'é-
tait pas une chose rare pour Adrienne de décache-
ter les lettres de son amie. On en recevait beaucoup à l'hôtel Roger ; des demandes de secours
principalement. Celle-ci, d'une écriture inconnue,
vêtue d'une enveloppe à treize sous le cent, faisait
bien l'effet d'appartenir à cette catégorie, et depuis
quelques jours surtout, Gabrielle se reposait sur sa
compagne de cette partie de sa correspondance.
Mais le timbre d'origine la frappa. Il était lisible,
par hasard, et le mot Ariège s'y détachait nettement. Le nom d'Élisabeth vint aux lèvres de la jeune
fille.

Une seconde plus tard, l'enveloppe était ouverte
et la confession de l'ancienne femme de chambre
lui révélait toute la vérité. Qu'allait-elle faire ?
Donner cette lettre à Gabrielle, c'était la jeter éper-
due aux pieds de Georges. Comment aurait-elle le
courage de l'éloigner d'elle en le sacrifiant à son
père ? La supprimer n'avançait à rien. Mais peut-
être y avait-il moyen d'en tirer parti. Pourquoi ne
pas se donner auprès du jeune homme le mérite
d'une action, odieuse par elle-même, mais excusée
par l'amour ? Comment ne lui saurait-il pas gré de
ce dévouement absolu, de cet abandon de tout et
d'elle-même ? En même temps, il croirait Gabrielle
au courant. Pour lui, elle aurait lu cette confession

et l'aurait soigneusement gardée, le condamnant au déshonneur pour sauver son père et son propre avenir. Si l'entretien qu'ils avaient en ce moment même pouvait se terminer par quelques paroles vives, elle se sentait sûre du succès.

A l'attitude de Gabrielle après le départ de Georges, elle avait compris leur brouille. Ainsi, tout la favorisait. Cependant elle avait attendu deux jours. D'abord, les lettres étaient datées, et il fallait que l'intention de Gabrielle de les garder secrètes ne parût pas douteuse ; ensuite, à mesure qu'approchait le moment d'agir, l'odieux de son rôle lui apparaissait, et elle se demandait si elle aurait la force de le jouer jusqu'au bout.

Mais elle aimait Georges, et le premier pas franchi, elle n'avait plus hésité. Seulement, pour que le succès fût complet, il ne fallait pas que Georges revît Gabrielle, qu'elle pût se disculper avant que les fatales lettres eussent été remises à la justice. Elle sentait bien la fragilité de son triomphe, et combien il lui restait à faire avant de régner sans partage dans ce cœur plus troublé que conquis.

M. Roger arrêté sur la dénonciation du jeune homme, tout était fini ; il ne reverrait jamais Gabrielle. C'était donc ce soir, en une heure, sans doute, que le sort d'Adrienne allait se jouer. Si encore elle avait pu être près de lui, soutenir sa résolution chancelante ! Mais c'était là l'impossible. Elle n'avait pas à intervenir. Son rôle ne comportait plus que patience et soumission.

S'il allait se raviser, pourtant ? L'attendre ainsi, jusqu'au lendemain, décidément, c'était au-dessus de ses forces. Elle voulait savoir, sinon agir ; et l'idée lui vint qu'en le suivant de loin, elle se ren-

drait compte de ses démarches. Il ne l'avait pas
quittée depuis dix minutes qu'elle sortait à son tour,
prenait une voiture et donnait au cocher l'adresse
de Charles Mériel ; c'était là qu'il devait aller d'a-
bord, elle était sûre de l'y retrouver.

Devant la porte de l'avocat stationnait le fiacre
qui les avait transportés tout à l'heure ; elle en avait
retenu le numéro. Georges était donc là. Il n'y
avait qu'à patienter. Elle fit arrêter sa propre voiture deux maisons plus haut, et attendit.

Un quart d'heure plus tard, Georges reparaissait,
montait dans son fiacre et donnait une adresse au
cocher. Cette adresse décidait tout. S'il rentrait chez
lui, les lettres étaient restées chez Charles Mériel ;
elles seraient le lendemain chez le juge d'instruction. Adrienne ne pouvait deviner qu'elles y étaient
déjà. Elle n'avait pas autre chose à faire que de
suivre son fiancé d'une heure. Elle serait bientôt
fixée.

L'avocat demeurait rue de l'Oratoire. La voiture
de Georges, suivie par celle d'Adrienne, descendait
la rue de Rivoli, traversait la place de la Concorde
et remontait les Champs-Élysées. Elle ne se rendait
pas un compte exact du trajet le plus court ; il lui
semblait que cela pouvait mener rue Monceau aussi
bien que rue Pierre-Charron, d'autant plus que le
cocher gardait le côté droit ; mais à la hauteur du
Palais de l'Industrie, il traversa l'avenue. C'était
fini, Georges allait chez Gabrielle !

Adrienne mordit son mouchoir pour ne pas pleurer. Cependant, elle avait encore un espoir : il pouvait trouver porte close. Non, il entrait ; cinq minutes s'écoulaient encore, et il ne ressortait pas.
On l'avait donc reçu ! Que se passait-il entre lui et

sa première fiancée, — la vraie, l'adorée ! — elle le sentait bien à ce qu'elle souffrait ? Mais, au fait, qui l'empêchait d'entrer elle-même ? Que risquait-elle ? d'être chassée comme une misérable ? Non, elle en savait trop ; elle avait des armes trop sûres ; et d'ailleurs, que lui importait ?

Elle sonnait ; le concierge venait la reconnaître, fortement surpris, quoiqu'il ne fît pas exprès de le laisser voir. Les domestiques avaient appris à respecter l'ancienne sous-maîtresse. Elle entrait ; elle était encore chez elle. Dans le vestibule, elle rencontrait Germain, qui venait de parler à Georges. Qu'est-ce que cela signifiait ? Qu'était-il venu faire ? Devait-elle se montrer ? Que lui dirait-elle ? Gabrielle, dans tous les cas, ne paraissait pas fort empressée à le recevoir. Qui sait si les circonstances ne la serviraient pas encore ? Non, décidément elle n'irait pas à Georges. Mais si c'était Gabrielle qui allait à lui, ou lui à elle ? Alors, elle ne savait pas !.. Sait-on ce qu'on fera, si l'on devient fou ?

Le mouvement du jeune homme cherchant une issue lui avait fait croire qu'il allait gravir l'escalier. Elle s'était jetée au devant de lui, d'instinct. Mais l'entrevue qu'elle redoutait ne devait pas avoir lieu. Tout le reste était pour elle de peu d'importance. Les lettres étaient chez le juge d'instruction. Elle triomphait.

— Venez, dit-elle à Georges en lui touchant le bras. Vous ni moi n'avons plus rien à faire ici.

Il acquiesça d'un signe de tête, et déjà s'apprêtait à la suivre, quand un appel étouffé, à peine perceptible, le fit tressaillir, dans le silence de l'hôtel endormi. Le cri, si c'en était un, semblait venir du cabinet de M. Roger où, d'après ce qu'avait dit Germain, Gabrielle devait se trouver avec son père.

— Où allez-vous ?

— N'avez-vous pas entendu ?

— Rien. D'ailleurs ce qui se passe ici ne vous regarde plus. Rappelez-vous ce qui vous est arrivé déjà, Monsieur Fergueil. Une fois déjà vous avez cru entendre un cri de Gabrielle, et vous avez volé à son secours. Elle vous en a bien récompensé !

— Taisez-vous ! dit Georges durement. Elle ne se rebuta pas ; c'était sa dernière partie.

— Georges, reprit-elle de sa voix pénétrante, je vous ai donné plus que ma vie sans vous rien demander en échange ; c'est vous qui m'avez offert la vôtre. Pourquoi m'avoir ôté le courage de mourir ?

— Ma vie est à vous, dit-il, ému de cet appel à sa loyauté. Mais je ne laisserai pas commettre un crime à deux pas de moi si je peux l'empêcher. Je suis sûr d'avoir reconnu la voix de Gabrielle.

— Allez donc, fit-elle en cessant de le retenir. Au même instant un second cri s'élevait, impossible à méconnaître. Le jeune homme gravit l'escalier en quelques bonds. Adrienne s'élança derrière lui. Mais, à la porte du cabinet de M. Roger, le silence revenu le fit hésiter.

— Laissez-moi entrer la première, dit Adrienne. Elle ouvrit, et ce fut comme le passage d'un éclair. Georges vit M. Roger, penché sur Gabrielle, se redresser au bruit de la porte, saisir sur son bureau un objet brillant et le diriger de son côté. Il voulait écarter Adrienne, mais c'était-elle, au contraire, qui se jetait devant lui, le couvrant de son corps qu'il sentait soudain frémir et s'affaisser dans ses bras. Deux détonations avaient retenti ; le baron gisait, un trou à la tempe, tandis que les domestiques affolés accouraient, avec des exclamations de terreur et de pitié.

Adrienne était mortellement blessée; M. Roger était mort.

Le lendemain les journaux racontaient comment le baron, dans un accès de folie qui n'était malheureusement pas le premier, s'était brûlé la cervelle après avoir tué une amie de sa fille, Mlle Adrienne, bien connue et appréciée des habitués de la maison. Il n'était plus douteux qu'il n'eût lui-même étranglé son gendre dans un accès précédent, meurtre mystérieux dont on avait bien à tort soupçonné M. G. F. acquitté, par bonheur, dans un procès dont l'émotion s'éteignait à peine. Quant à Mme de V.-S.-P. échappée par miracle à la fureur inconsciente de son père, qui lui avait déjà ravi son époux, les termes manquaient pour exprimer sa douleur, objet d'universelle et respectueuse sympathie.

Georges Fergueil quittait Paris le soir du double enterrement, après une visite à M. Dardenne, en compagnie de Charles Mériel. Il n'avait pas revu Gabrielle. Mais il avait dû lui écrire, car une dépêche le précédait à Marseille, où il allait s'embarquer de nouveau, et cette dépêche signée d'un G. ne contenait que trois mots:

« Dans un an! »

Il y avait eu toute une moisson de fleurs sur le cercueil d'Adrienne.

FIN

Début d'une série de documents
en couleur

En vente chez tous les Libraires

BULLETIN BIBLIOGRAPHIQUE

DE LA

LIBRAIRIE E. PLON, NOURRIT & Cie

10, rue Garancière, PARIS

FÉVRIER 1889

ROMANS

GRÉVILLE (H.). — **Chant de noces.** Un vol. in-18. Prix. 3 fr. 50

L'auteur de *Dosia* nous apporte aujourd'hui une mélancolique histoire d'amour, profondément vraie, observée sur le vif avec une acuité singulière. Le roman s'ouvre par un chant de noces, par un hymne nuptial chaste, voluptueux et triomphant. Mais les larmes viennent bientôt se mêler aux sourires, puis les chasser sans retour. L'épouse est une fleur de beauté, de candeur, de vertu, de charme. Le mari est un de ces caractères faciles, séduisants au premier abord, mais sans ressort, sans résistance, livrés au caprice du moment, aussi prompts à s'éprendre qu'à se lasser, un de ces caractères qu'on rencontre si souvent chez les hommes de notre époque. Artiste parisien, recherché, adulé, gâté par la gloire, il dédaigne peu à peu les joies de son charmant foyer, et sa femme commence à monter un long, un douloureux calvaire dont les stations deviennent de plus en plus âpres. Ce dramatique récit, plein de tendresse, de passion, d'émotion tantôt contenue, tantôt débordante, est écrit dans ce style délicieusement nuancé, si pénétrant et si intime, dont Henry Gréville a le secret. Le succès général de *Chant de noces* n'est pas douteux. Cette œuvre exquise fera pleurer bien des yeux.

OUIDA. — **La Filleule des Fées.** Deux vol. in-18. Prix. . . . 7 fr.

On n'a pas oublié le succès obtenu par *Cigarette* et par *Fille du Diable*, ces histoires si charmantes et si originales de Ouida. La *Filleule des Fées* a une saveur non moins neuve, une physionomie non moins attrayante, une allure non moins étrange, non moins captivante. C'est une œuvre de grande envergure en même temps qu'un récit romanesque tout à fait vivant et passionné. L'auteur ne se contente pas de nouer et de dénouer habilement l'écheveau d'une intrigue. Les merveilleux tableaux qui apparaissent dans ce livre, les profondes idées, les hauts sentiments qui coulent de source à chaque page, les réflexions brèves, mais frappantes, qui éclatent çà et là et qu'on n'oublie plus, donnent à la *Filleule des Fées* une portée plus grande que celle des romans ordinaires. Nous recommandons spécialement cet ouvrage aux esprits délicats et cultivés, épris d'idéal, de nobles passions, curieux de beaux-arts, de littérature et de pensées pénétrantes.

La filleule des fées est une petite enfant trouvée qui ne peut se résigner à vivre dans un milieu de pauvreté et d'humilité, qui veut régner dans le monde le plus brillant, devient duchesse et expie cruellement son ambition sans bornes. Le récit de ces aventures fournit à l'auteur l'occasion de peindre avec une vigueur extraordinaire les scènes les plus variées.

GRÉVILLE (H.). — La Seconde Mère. Un vol. in-48. Prix. . 3 fr. 50

Ce roman est un des plus délicats, des plus fins, des plus fouillés que Henry Gréville ait jamais écrits. Ce qu'il y a de charmant et d'original dans cette honnête histoire, dans ce récit tout intime et familial, c'est que les personnages y sont tous, sans exception, sympathiques.

Un brillant avocat, un député, un galant homme, a eu d'un premier mariage deux enfants qu'il adore. Il se remarie malgré sa mère, qui regarde cette nouvelle union comme un outrage au souvenir de la première épouse, comme un danger pour les enfants. La jeune belle-mère va donc avoir un rôle terrible à tenir dans sa nouvelle famille. Elle s'en tire à merveille. C'est le sujet du roman. Henry Gréville a prouvé une fois de plus qu'il n'était pas nécessaire de descendre dans les bas-fonds ni de dépeindre des monstres pour passionner le public. Le chaleureux accueil que reçoit la *Seconde Mère* le prouve amplement.

MIE D'AGHONNE. — L'Usurier des gueux. Un vol. in-18. 3 fr. 50

Les affaires de cour d'assises ont déjà fourni à maints romanciers le canevas d'histoires émouvantes. Nous avions pourtant rarement lu un roman judiciaire d'un intérêt aussi soutenu, aussi poignant, contenant des pages aussi curieuses, des épisodes aussi passionnants, des détails aussi vrais que l'*Usurier des gueux*. L'intrigue est nouée et dénouée avec un art surprenant. Qui aura lu la première page de cette histoire extraordinaire ne fermera plus le volume avant d'être arrivé à la dernière ligne. Le style est précis, rapide, net, sans surcharge, sans descriptions inutiles : *semper ad eventum festinat*. L'*Usurier des gueux* est plutôt un drame qu'un roman.

GAULLIEUR (H.). — Maud Dexter. Un vol. in-48. Prix. . 3 fr. 50

Maud Dexter est un roman très dramatique, fait pour intéresser vivement le lecteur par ses péripéties, sa curieuse intrigue, le dessin ferme et original des caractères, le choc des passions qui se heurtent à chaque page. Mais ce qui donne à ce livre un attrait tout spécial, c'est la description de la scène sur laquelle l'auteur a placé l'action du récit. Cette scène, c'est l'Amérique : ce pays de fièvre, où un peuple encore jeune, encore neuf, et déjà plus raffiné, plus vieilli sous certains rapports que les peuples les plus vieux de l'ancien continent, vit d'une existence dont chaque phase, dont chaque acte nous étonnent, nous dénotent une race tout autre que celle de notre Europe. L'auteur de *Maud Dexter* esquisse avec une justesse et une vigueur singulières les types américains, leurs mœurs politiques, financières, leur façon particulière d'entendre la vie, l'amour, d'envisager les événements. *Maud Dexter*, par sa saveur exotique, est fait pour piquer l'attention des plus blasés et réveiller les curiosités les plus endormies.

J. VINCENT.—Vaillante. (*Ce que femme veut.*) Un vol. in-48. Prix. 3 fr. 50
(Couronné par l'Académie française.)

L'auteur de ces séduisants récits qui s'appellent: *Misé Féréol, la Comtesse Suzanne, le Cousin Noël, le Retour de la princesse*, nous donne aujourd'hui un roman des plus touchants, écrit avec une élégance et une délicatesse exquises, renfermant une donnée fort entraînante et une leçon morale. Tiomane, héroïne de *Vaillante (Ce que femme veut)*, est une pauvre petite ânière qui, en récompense d'un acte de courage, est adoptée par une riche famille. Mais les bienfaiteurs de Tiomane subissent un jour les coups de l'adversité, et c'est à la vaillante enfant qu'ils doivent alors leur salut.

La peinture d'un amour honnête et charmant qui se développe peu à peu entre Tiomane et le fils de ses parents adoptifs, la vérité des caractères, l'intérêt d'une intrigue nouée et dénouée de main de maître : tels sont les points les plus saillants de cet ouvrage écrit avec le charme habituel à l'auteur. Ajoutons que la description de la haute vie smyrniote donne au nouveau livre de Jacques Vincent un attrait tout spécial, un parfum d'exotisme fort original.

Amuser, passionner, faire chatoyer toutes les nuances d'un style infiniment souple et coloré, en même temps, montrer le courage et la vertu d'une jeune fille triomphant de tous les obstacles, et produire ainsi une œuvre honnête, saine, réconfortante, qui peut, chose rare, être mise dans toutes les mains : tel est le résultat qu'a obtenu Jacques Vincent avec *Vaillante*. Aussi obtient-il un succès des plus vifs et du meilleur aloi.

MAIZEROY (R.). — **La Grande Bleue,** avec préfaces de MM. Guy de Maupassant, Paul Bourget, Pierre Loti, Paul Bonnetain, Jean Richepin et Paul Arène. Un vol. in-18. Prix. . .   3 fr. 50

Fantaisie, roman, voyage, philosophie humoristique, anecdotes, poésie, psychologie amoureuse, rêverie tendre, épanchements d'une âme ardente, caressante et mélancolique en une prose aussi mélodieuse que des vers : on trouve tout cela dans le dernier livre de René Maizeroy. Par son infinie variété, par son imprévu, son originalité piquante, la nouveauté de la conception, la liberté de l'allure, il prend une place à part dans l'œuvre du délicat écrivain à qui nous devons déjà tant d'aimables récits. Il est souple, onduleux, changeant, multicolore, tantôt triste, tantôt joyeux comme son sujet : la mer.

Tour à tour l'auteur nous promène sur les rives fleuries qui bordent la Méditerranée, puis dans les ports; il nous entraîne sur l'Océan, il rythme *la chanson de la mer*, il décrit avec un charme exquis dans *Les femmes et la mer* les secrètes affinités qui rapprochent entre elles la mer et la femme, toutes deux belles, toutes deux capricieuses, toutes deux séduisantes et meurtrières.

TOLSTOI (comte Léon). — **Contes et Fables,** traduit du russe, avec l'autorisation de l'auteur, par E. Halpérine-Kaminski, précédé d'une préface de l'auteur. Un vol. in-18. Prix. . . . .   3 fr. 50

Tolstoï, le grand écrivain et le grand philanthrope russe, a écrit, à côté de ses romans si dramatiques, un petit livre des plus curieux : c'est un recueil de contes et de fables populaires. Parmi ces récits, les uns ont une origine évidemment orientale, et nous connaissons leur pendant dans notre La Fontaine. Mais il est alors des plus piquants de voir comment la même idée a été rendue par le bonhomme et par l'auteur russe. D'autres contes tirent leur intérêt de leur originalité, de leur couleur locale, de leur saveur de terroir, de leur accent bien moscovite. On y retrouve le peuple russe avec ses vertus et ses vices, ses beautés et ses laideurs.

GARCHINE. — **Nadejda Nikolaevna,** traduit du russe par N. et K. HALPÉRINE-KAMINSKI. Un vol. in-18. Prix. . . . . . 3 fr. 50

Nous avons rarement lu un récit aussi curieux, aussi émouvant, aussi étrange que cet ouvrage. Rien dans la littérature française ne saurait donner une idée de ce livre à la fois brutal, violent, plein de sentiments brusques et bizarres, et en même temps délicat, fin, mélancolique, délicieusement nuancé. Ces qualités en apparence contradictoires s'y retrouvent à chaque page. L'héroïne est séduisante au suprême degré par l'antithèse même de son double caractère : c'est en même temps une courtisane du dernier rang et une figure angélique, idéale. Aussi l'on comprend les folles passions qu'elle inspire; on la plaint, on plaint ceux qui l'aiment; on se sent remué jusqu'au fond de l'âme par ce profond sentiment de la pitié que les écrivains russes savent exciter à un si haut degré et que Dostoïevsky appelait : la religion de la souffrance humaine. À cet égard, *Nadejda Nikolaevna* est un des romans russes les plus caractéristiques et les plus originaux qui aient été traduits en notre langue.

DOSTOIEVSKY. — **Les Pauvres Gens.** Un vol. in-18. Prix. 3 fr. 50

Quelle puissante et originale conception que celle du héros de ce livre ! Imaginez un être chétif, dénué, offrant dans son humble personne le résumé des misères humaines, n'ayant qu'une intelligence rudimentaire, des idées plates, le langage incertain d'un ignorant, et avec cela le cœur débordant de la plus admirable charité. Là où toutes les circonstances devraient faire de cet homme un révolté, il reste soumis, résigné, bienveillant pour la société dont il est le paria.

Les Pauvres Gens auront le même succès que les œuvres précédemment publiées de l'illustre écrivain, car, dans celle-ci, Dostoïevsky a mis tout son grand cœur, toute sa brûlante pitié, tout son amour pour les pauvres et les déshérités du monde.

DOSTOIEVSKY. — **Les Frères Karamazov.** Deux vol. in-18. Prix. 7 fr.

C'est à propos de ce livre que M. de Vogüé a écrit dans sa magistrale étude sur le *Roman russe* : « Le roman français se fait de plus en plus léger, preste à se glisser dans un sac de voyage, pour quelques heures de chemin de fer; le roman russe s'apprête à trôner longtemps sur la table de famille, à la campagne, durant les longues soirées d'hiver; il éveille les idées de patience et d'éternité. »

Qu'il nous suffise de dire que, dans les *Frères Karamazov*, Dostoïevsky se montre psychologue incomparable parce qu'il y étudie les âmes qu'il a le mieux aimées, le mieux comprises : *les âmes noires et blessées;* il s'y montre aussi dramaturge merveilleux dans d'innombrables scènes d'effroi et de pitié. Effroi et pitié, telles sont en effet les deux dominantes de cette œuvre. Nous les connaissons déjà, ces frissons que Dostoïevsky excelle à faire courir dans nos veines; nous les avons ressentis en lisant *Crime et châtiment*, les *Souvenirs de la maison des morts*, l'*Idiot* et les *Possédés*. Nous les retrouvons avec plus d'intensité que jamais dans les *Frères Karamazov*.

Sous presse, pour paraître prochainement :

BRADA. — Compromise, 1 vol. in-18.
BOISGOBEY (F. du). — Décapitée, 1 vol. in-18.
L. BIART. — Antonia Bézarez.

PARIS. TYPOGRAPHIE DE E. PLON, NOURRIT ET Cⁱᵉ, RUE GARANCIÈRE, 8.

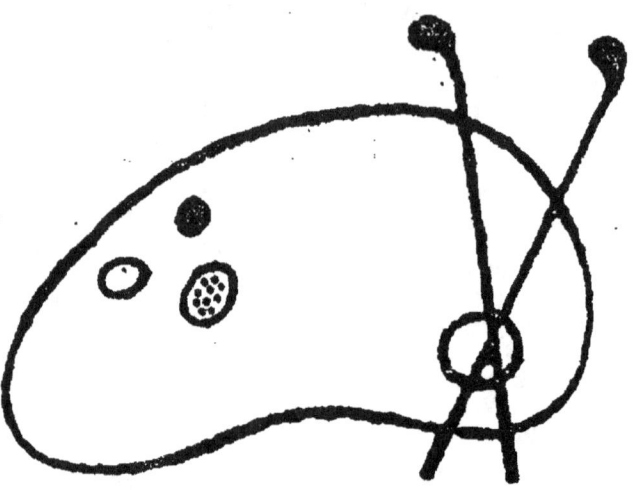

Fin d'une série de documents
en couleur

Original en couleur

NF Z 43-120-8

www.ingramcontent.com/pod-product-compliance
Lightning Source LLC
Chambersburg PA
CBHW060938030726
47503CB00003B/647